NORBERT HORST
Lost Places

GOLDMANN

NORBERT HORST

LOST PLACES

WO DIE TOTEN SCHWEIGEN

Kriminalroman

GOLDMANN

Der Verlag behält sich die Verwertung der urheberrechtlich
geschützten Inhalte dieses Werkes für Zwecke des Text- und
Data-Minings nach § 44 b UrhG ausdrücklich vor.
Jegliche unbefugte Nutzung ist hiermit ausgeschlossen.

Penguin Random House Verlagsgruppe FSC® N001967

3. Auflage
Originalausgabe Juni 2024
Copyright © 2024 by Wilhelm Goldmann Verlag, München,
in der Penguin Random House Verlagsgruppe GmbH,
Neumarkter Str. 28, 81673 München
produktsicherheit@penguinrandomhouse.de
(Vorstehende Angaben sind zugleich
Pflichtinformationen nach GPSR)

Dieses Werk wurde vermittelt durch die Literarische Agentur
Thomas Schlück GmbH, 30161 Hannover.
Umschlaggestaltung: semper smile
Umschlagmotive: gettyimages/Westend61; shutterstock/Foto Bummel,
Ivan Popovych, Wchiwit, Christina Krivonos
Redaktion: Gerhard Seidl
BH · Herstellung: ik
Satz: Uhl + Massopust, Aalen
Druck und Bindung: GGP Media GmbH, Pößneck
Printed in Germany
ISBN: 978-3-442-49367-8

www.goldmann-verlag.de

Die Schauplätze der Geschichte in diesem Buch sind real, die handelnden Personen und die Handlung dagegen reine Fiktion. Das gilt insbesondere für die im Buch genannten Angehörigen der verschiedenen Polizei- und Strafverfolgungsbehörden, die ausnahmslos erfunden und auch ausdrücklich niemandem nachempfunden sind. Sollte es dennoch Parallelen oder Ähnlichkeiten geben, sind diese zufällig und ausdrücklich nicht gewollt.

*Ich widme dieses Buch den »Goldfrauen« meines Verlages,
die mich jetzt seit über zwei Jahrzehnten wunderbar begleiten,
und unter ihnen in noch einmal besonderer Weise
Barbara Heinzius und Susanne Grünbeck.
Mit großem Dank.*

Hunter

Alleinsein, das war es, der letzte Kick, das, was es wirklich ausmachte. Lange hatte er das gedacht.

Er bückte sich in den engen Schacht, rostiges Lochblech gegen das Ungeziefer, dahinter eine gesprungene Scheibe. Beide Flügel ließen sich auf einer Seite nach innen drücken, der helle Kreis der Lampe tastete den Raum ab.

Einen anderen erreichbaren Zugang hatte er nicht entdeckt. Die Barrikaden an den Türen waren noch intakt, was nicht immer der Fall war, die Fenster im Erdgeschoss mit Spanplatten verschraubt, blieben nur die Kellerschächte, wenn man Glück hatte.

Vorsichtig rutschte er über den metallenen Rahmen hinein, verstaute die Taschenlampe im Etui am Gürtel und wechselte zur Stirnlampe. Der Raum war fast leer, überraschenderweise, leichter Hall war zu vernehmen. Alles andere war wie sonst auch, vor allem der Geruch. Staub und morscher Stoff, die mürbe Süße von zerfallendem Holz, Papier und all das Zeug, was Nässe und Kälte mit den Jahren pelzig und bunt aus den Wänden wachsen ließen.

Er ging los. Weil kein Wind ging, hörte er nur die Geräusche der eigenen Bewegungen. Jeder Schritt knirschte, das Schaben der Klamotten, wenn er stehen blieb, der Atem.

Der Raum führte auf einen längeren Gang, hier lag mehr Müll, rechts hinten ein altes Sideboard, schwer beladen. Zwischen den Türen Bilder an den Wänden, meistens abstraktes geometrisches Zeugs, einige der Rahmen nicht mehr rechtwinklig, die Gläser gesprungen. Weiter hinten eine Treppe.

Ein Geräusch, oben, ein Knarren. Er blieb stehen, löschte die

Lampe und horchte. Im Nacken leises Rieseln, die träge Adaption der Augen ließ nach und nach die Wahrnehmung der schwachen Lichtfetzen aus den seitlichen Räumen zu. Warten, horchen. Aber es blieb still. Vielleicht ein Tier. Ausatmen, zweimal. Weiter die Treppe hoch.

Dunkelheit spielte eine Rolle, klar, darum machte er es schon länger nachts. Ganz am Anfang war er tagsüber gegangen, einfach, weil dann vieles leichter war, auch wenn man am Tag häufiger auf Spaziergänger oder Hundemenschen traf. Danach begann er, morgens aufzubrechen, ganz früh beim allerersten Licht, war ein ganz anderes Gefühl dann. Wenn Sonnenstrahlen orangefarben durch zerborstene Scheiben und Vorhangfetzen den Niedergang beschienen, sah alles aus wie die Kulisse aus einem alten Hollywoodstreifen, verwahrloste Schönheit. Aber viel weniger Adrenalin natürlich. Denn ausgelieferter war man, wenn man nichts sah, nichts außer den paar Metern im Lichtkegel direkt vor einem.

Am Ende der Treppe ein schmaler Flur, an der Wand gegenüber ein lila-grünes Fantasiemonster als Graffiti. Ah, Shit, sie waren schon da gewesen. Leave nothing but footprints, geschenkt.

Er bog ab, nur wenige Schritte weiter öffnete sich ein großer Raum, die Empfangshalle, eindeutig. Neben der verschraubten Eingangstür große Fenster, die Spanplatten reichten nur bis zu den Oberlichtern, durch die hellen Rechtecke schimmerte schwarzer Himmel. Das Hotel stand in einem Waldstück abseits größerer Straßen, darum war das Fremdlicht nur spärlich. In einer Ecke Polstermöbel um einen Tisch, überall alte Zeitschriften. Er hob ein Jagdmagazin auf, suchte nach dem Datum, vergeblich, aber er fand einen sechs Jahre alten *Spiegel* mit einer brennenden Erdkugel als Titelbild. Sechs Jahre …

Etwas weiter die Rezeption, auch hier viel Papier, darunter versteckt eine alte Tastatur und ein paar Kugelschreiber mit Schriftzug. Er stöberte eine Weile, fand aber nichts mit echten Daten. War immer das Highlight, echte Daten zu finden, die Nachweise realer Menschen, er hatte keine Ahnung, warum. In einer alten Klinik waren vor Jahren unzählige Krankenakten gewesen, jedes Pflaster dokumentiert, jeder Husten, auch die ganz krassen Sachen wie Amputationen. Und alles immer mit vollem Namen, Adresse und allem. Hier gab's nur Listen mit Zahlen, die er nicht verstand.

Vielleicht hatte es mit dem zu tun, was in den Räumen geschehen war, dass er die Energie an diesen Orten so unterschiedlich empfand. Vielleicht ließen Todeskämpfe, verzweifelte Hoffnungen und glückliche Heilungen etwas anderes in den Mauern zurück als Besprechungen, leichtfüßige Urlaubsfreuden und wilde Liebesnächte. Und natürlich war es möglich, dass alles nur in seinem Kopf stattfand, aber er hatte über die Jahre viele dieser Orte besucht, und jeder einzelne hatte seinen ganz eigenen Charakter, seinen ganz eigenen Geist. Das war es, was er mitnahm, darum hatte er irgendwann auch aufgehört, Fotos zu machen. Fotos fingen das nicht ein.

An der linken Seite der Halle führte eine pompöse Treppe nach oben. Er wischte auf einer Stufe den Staub ab, sah aus wie Marmor. An manchen Stellen waren noch Klebebandreste vom Läufer erkennbar, er stellte sich vor, dass er rot gewesen war. Von der Empore konnte er durch die Oberlichter die Bäume sehen, an denen sich kein Zweig bewegte.

Nach links Zimmer 101 bis 116, nach rechts Zimmer 117 bis 128, Messing auf Holz. Dann nach links durch die Glastür. Typischer Hotelflur, leer, nur weiter hinten stand ein Stuhl, noch weiter hinten lag etwas. Die erste Tür war unverschlossen, das Zimmer leer geräumt bis auf die Garderobe, sogar der Spiegel war noch intakt. Im zweiten Zimmer stand ein Tisch noch mit einem Wasserglas darauf, die Schubladen der Kommoden waren herausgerissen. Weiter.

Beim Öffnen des dritten Zimmers schlug ihm durch den Spalt sofort süßlicher Geruch entgegen. Verwesung, unverkennbar. Er wich einen Schritt zurück, dreimal atmen, Wärme überall, der Magen, leichtes Zittern. Nach einem Moment öffnete er die Tür vorsichtig weiter und ließ den Lichtkreis durch den Raum gleiten. Im Fenster fehlte das halbe Glas, direkt darunter lag eine tote Krähe. Durchatmen. Er ging näher heran. Der Vogel konnte noch nicht lange tot sein, es waren lebende Maden zu sehen, und der Gestank war ziemlich heftig. Sonst war der Raum leer.

Es gab eine Zeit, da hatte er es für möglich gehalten, dass es das Verbotene war, was ihn trieb, weil das sonst nicht zu seinem Leben gehörte, Verbotenes tun. Aber das war es nicht, das war ihm mittlerweile klar. Es hatte auch mit dem Verfall zu tun, der an diesen Orten so allgegenwärtig und mit allen Sinnen wahrnehmbar war. Als würde man beim Sterben zusehen. Dabei sein, wenn etwas dem Ende Geweihtes seinen Weg geht, unausweichlich, übermächtig.

Wieder ein Geräusch, noch eins. Klappern, Scharren, weiter weg. Als bewege jemand Möbel oder eine Tür. Hörte sich nicht nach einem Tier an. Ihm wurde heiß. Er löschte die Lampe, sah vorsichtig um die Ecke, bevor er das Zimmer verließ. Wieder das Geräusch. Weit hinten im anderen Flur bewegte sich ein Lichtschein aus einem der Zimmer. Scheiße, da war jemand, ohne Zweifel. Das Licht verschwand einen Moment, er versuchte eilig, die Treppe zu erreichen, ohne Lärm zu machen. Schweiß im Nacken, in den Handschuhen, überall. In der Halle stolperte er, weil er in der Dunkelheit irgendwas übersehen hatte, weiter, nicht nach hinten sehen. Erst auf der Kellertreppe knipste er die

Lampe wieder an. Los, Beeilung. Welcher Raum? Der zweite, falsch, Scheiße, wieder auf den Gang. Der dritte. Er zwang sich, einen kurzen Augenblick stehen zu bleiben, blickte noch einmal zurück zur Treppe, lauschte angestrengt, aber es schien alles klar zu sein.

Mit Mühe zwängte er sich durch die enge Öffnung des Fensters, Hektik, er verhakte sich mit der Taschenlampe am metallenen Fensterrahmen.

Endlich im Freien. Stirnlampe aus. Ein kurzer Rundblick, wieder brauchten die Augen einen Moment, es war nichts zu sehen. Eilig stieg er aus dem Schacht und ging los, behielt das Gebäude im Auge, aber von außen war nirgendwo Licht zu entdecken. Nach wenigen Minuten begann er zu laufen, irgendwann tauchte sein Auto auf. Er setzte sich hinters Steuer und schloss für einen Moment die Augen.

Erst dreimal war er in den Jahren nachts auf andere getroffen. Wahnsinn. Mit offenem Mund atmen, ganz tief, ganz regelmäßig. Nach einer Zeit hatte er das Gefühl, als liefe irgendwo das Adrenalin langsam aus ihm heraus.

Er musste lächeln. Wie geil.

Denn der wirklich letzte Kick war, nicht allein zu sein, wenn man allein war.

Camilla

Sie musste tatsächlich an Bügeln denken.

Als sie Kind war, hatte ihre Mutter, bevor das heiße Eisen zum Einsatz kam, die Wäsche immer mit einem Zerstäuber aus blauem Plastik befeuchtet. Und wenn sie dem Bügeltisch zu nah gekommen war, zum Spaß auch ihr Gesicht. Den Atem der Meerjungfrauen hatte ihre Mutter das genannt. Und natürlich war sie ihr in diesen Momenten immer absichtlich zu nah gekommen, weil sie dann beide lachen mussten, ganz beieinander waren, und weil diese Berührung so sanft war.

Genauso fühlte sich der feine Regen an, der sich an diesem frühen Morgen inmitten der kleinen Lichtung auf ihr Gesicht legte. Sie blieb stehen, hob für einen Moment das Kinn und schloss die Augen. Selbst der chemische Geruch der Stärke kam zurück, den die Hitze damals aus der Wäsche getrieben hatte. Auch diesen Geruch hatte sie gemocht.

Durch die schmale Senke, dann sehen Sie es, waren die Worte der jungen Polizistin im Streifenwagen auf dem Waldweg gewesen. Dass die Senke ziemlich feucht war, hatte sie verschwiegen, die weißen Sneaker waren schon jetzt versaut.

Zuerst hörte sie die Stimmen, dann sah sie durch die Zweige hinter den Brennnesseln den Ort des Geschehens. Einer der beiden uniformierten Polizisten suchte im Umkreis um das kleine Zelt den Waldboden ab, der zweite betrachtete die Leiche. Deniz Müller kniete in roter Jacke davor, das Diktiergerät in der Hand.

Der Tote war so weit herausgezogen, dass lediglich der Kopf noch auf der orangefarbenen Plane des Zeltbodens lag. Die Vorderseite des Oberkörpers war von den vielen Schichten der verwahrlosten Kleidung befreit, wahrscheinlich das Werk des Notarztes. Neben dunklen Flecken waren zwei Wunden auf der Brust und am Bauchnabel erkennbar.

»Ah, Frau Staatsanwältin, so früh schon unterwegs?« Der Todesermittler wandte sich ihr zu und lächelte. Seine Haare waren nass und wirkten noch dunkler als sonst.

»Scherze auf Kosten anderer sind am Morgen eine gefährliche Sache.«

Sie reichte ihm zur Begrüßung die Hand.

»Und bei der Wahl des Schuhwerks hättest du auch einen dezenten Tipp gebrauchen können, wie man sieht.« Er sah auf ihre Schuhe. Einer der uniformierten Kollegen grinste.

»Übertreib es nicht, mein Lieber. War ohnehin ziemlich mutig, mich um kurz vor sieben anzurufen.«

»Ich hatte gesehen, dass du schon online warst. Hätte ich sonst nicht gemacht, Ehrenwort. Und es liegt halt auf deinem Weg, dachte ich mir.«

Sie begrüßte den Polizisten, der in der Nähe stand, ebenfalls mit Handschlag. »Camilla Lopez, ich bin die Staatsanwältin.«

»Markus Brand.«

Der zweite hob aus der Entfernung kurz die Hand.

»Was haben wir hier? Mord im Obdachlosenmilieu?«

»Das wissen wir noch nicht. Der Notarzt hat keine Todesursache eingetragen. Er kann nicht sagen, ob die Wunden was mit dem Tod zu tun haben, glaubt es zwar nicht, aber er ist sich nicht sicher. Er sei ja kein Gerichtsmediziner ...«

»Hast du Handschuhe für mich?«

Deniz Müller lief zu seinem Rucksack, der ein paar Meter abseits stand. Die Staatsanwältin streifte den blauen Latex über, ging in die Hocke und betastete vorsichtig den Bereich um die Wunden.

»Sehen nicht so tief aus, aber man weiß ja nie. Ist schon länger tot, oder?«

Der Kripomann hockte sich daneben, klappte den Hosenbund des Toten auf und zog den Zipfel auf einer Seite nach unten. Erst jetzt sah sie, dass auch Gürtel und Hose schon geöffnet waren.

»Ein, zwei Tage, vielleicht etwas länger, weil es hier ja relativ kühl war die letzte Woche. Aber hier am Unterbauch ist es schon ziemlich dunkel und gebläht.« Er drückte auf den Bereich dicht oberhalb der Leiste, der grünlich-grau verfärbt war.

»Was glaubst du?«

»Ich weiß es nicht. Bisher haben wir nichts, was für ein Fremdverschulden spricht, außer den beiden eigenartigen Wunden. Vom Gefühl her ist es nichts, aber man weiß nie?«

»Wer hat ihn gefunden?«

»Sein Mitmieter.« Der uniformierte Kollege ging ebenfalls in die Hocke. »Mitmieter und Saufkumpan. Die beiden wohnen hier schon länger, sagt er. Der Mitbewohner war drei Nächte woanders, und als er heute Morgen zurückkam, lag er hier tot im Zelt. Er kennt den Toten als Erwin Schneider, Papiere haben wir bisher nicht gefunden, waren allerdings noch nicht im Zelt. Soll wohl nicht so lange in der Szene unterwegs sein.«

»Und wo ist der andere jetzt?«

»Im Gewahrsam, ausnahmsweise«, sagte Markus Brand, »weil er breit war wie 'ne Natter. Bevor der vernehmungsfähig ist, muss der ein paar Stunden schlafen.« Er zog die Stirn in Falten.

»Okay, spricht doch alles für eine Obduktion, oder?« Sie sah Deniz an.

»Sieht ganz so aus. Und dann müssen wir das hier erst mal auch als Tatort betrachten, für alle Fälle.« Er sah sich um. »Kleiner Vorteil: Hier ist nichts groß abzusperren.«

Alle erhoben sich und betrachteten für einen Moment wortlos die Leiche des Mannes. Auch die Abwesenheit allen Lebens verhinderte nicht, dass ihm die geöffnete Hose auch jetzt noch etwas Schamverletzendes und Entwürdigendes gab. Die langen Haare waren so verfilzt wie der Bart, das Gesicht gebräunt, voller tiefer Falten und mit dem unverkennbaren Ausdruck des Todes. Aber es sah friedlich aus, dachte die Staatsanwältin, was nicht immer der Fall war.

»Was ist einem im Leben passiert, dass man besoffen und versifft in einem feuchten Zelt irgendwo im Wald so vor die Hunde gehen muss.« Markus Brand sagte es, ohne hochzusehen.

Niemand antwortete.

»Wenn wir dir noch irgendwie helfen können, sehr gerne, ansonsten …?«, sagte der Schutzmann schließlich. »Weil wir noch vom Nachtdienst sind.«

»Wir könnten ihn grad zusammen wieder ein Stück ins Zelt hieven, dass wenigstens der Oberkörper nicht nass wird. Für eventuelle DNA-Spuren ist das zwar scheiße, und Overalls und Mundschutz habe ich nicht dabei. Nur wenn er hier klitschnass wird, ist das genauso blöd für die Spuren.«

»Okay«, sagte Markus Brand, zog jetzt ebenfalls Latexhandschuhe aus einer seiner Taschen und streifte diese über, »wir können ja vorsichtig sein.«

Beide fassten die Kleidung an jeweils einer Seite des Oberkörpers und hoben die Leiche so weit in das Zelt, wie es die geringe Höhe der Dachstangen zuließ.

Sie nickten sich danach kurz zu, dann grüßten die Uniformierten und machten sich auf den Rückweg durch die Senke.

»Bin ich hier noch vonnöten?« Camilla ließ eine kleine Pause. »Weil meine Schuhe echt durch sind und ich noch mal nach Hause muss.«

Deniz Müller lächelte und ließ sich einen Moment Zeit. »Ich wollte eigentlich immer noch mal wieder mit dir im Wald allein sein.«

»Ach, komm, das haben wir doch wirklich hinter uns.« Sie zog die Brauen nach oben. »Und Wald ist ja ganz nett, aber fast mitten in der Nacht, im Nieselregen und neben einer Leiche, die langsam zu stinken anfängt«, sie hob nacheinander drei Finger, »ist nicht grad der Gipfel der Romantik, oder?«

»Okay, versuche ich es ein andermal.« Mit gespieltem Gleichmut.

»Aber wenn es irgendwie nötig ist, kann ich gern bleiben, ehrlich.«

»Nein, geht schon.« Er zog sein Handy aus der Tasche und wählte. »Ich bestell grad die KTU.«

Die Wegbeschreibung am Telefon fiel etwas umfangreicher aus, weil der Fundort der Leiche keine feste Adresse hatte, sondern im Schellenberger Wald tief im Essener Süden lag.

»Das war ganz ernst gemeint«, mit Nachdruck, als er fertig war. »Soll ich noch bleiben? Du bist allein, und wenn es doch ein Tatort werden sollte ...«

»Nein, alles gut. Ich denke, hier taucht die nächsten zwei Stunden nicht mal ein Gassigeher mit Hund auf. Und länger als 'ne halbe Stunde brauchen die KTUler auch nicht.«

Sie verabschiedeten sich.

Auf dem Rückweg wählte sie einen Weg am Rand der Senke, der tatsächlich weniger morastig war.

Als sie ihren Wagen erreichte, bog ein uralter grüner Ford Mondeo Kombi in den Waldweg ein, den sie kannte. Er hielt neben ihr, und der Fahrer ließ die Scheibe nach unten gleiten.

»Morgen, Cami, auch schon unterwegs?«

»Alex, was machst du denn hier? Polizeifunk abhören geht doch schon länger nicht mehr.«

»Intellektuell induzierter journalistischer Instinkt ...« Mit ernster Miene.

»Ja, ja.« Sie nickte lächelnd.

Er fuhr rechts ran und stieg aus.

Wie Deniz Müller kannte sie Alexander Rahn seit ihrer gemeinsamen Schulzeit in Bochum. Sie hatten sich danach ein gutes Jahrzehnt aus den Augen verloren, aber das Leben hatte alle drei im Revier nicht nur örtlich wieder näher zusammengeführt, auch beruflich kreuzten sich jetzt öfter ihre Wege.

»Einer unserer Fotografen wohnt hier in der Nähe und hat heute Morgen beim Joggen zwei Streifenwagen und den Notarzt gesehen. Er rief mich an und meinte, irgendwas müsste vielleicht los sein.«

»Wahrscheinlich ist nichts los, ist aber noch nicht klar. Ein toter Obdachloser in einem Zelt. Aber es gibt erst mal keine Anzeichen auf ein Fremdverschulden. Wahrscheinlich ist das nichts Besonderes für so ein investigatives Portal wie eures. Aber Deniz bearbeitet die Sache, du kannst ihm ja einen Guten Morgen wünschen.«

Er blickte in Richtung Wald.

»Ist die Leiche noch da?«

»Ja.«

»Ach, ne, ich glaub, dann ruf ich ihn nachher mal an. Leichen vorm Frühstück sind nichts für Feinsinnige, das überlass ich lieber den robusteren Gemütern. Und wenn es eh nichts ist ...« Er zeigte auf ihre Schuhe, grinste. »Außerdem habe ich meine Outdoorausrüstung grad nicht dabei. So wie du.«

»Sehr witzig.« Sie öffnete die Fahrertür ihres Autos.

»Wir könnten mal wieder einen Kaffee trinken, oder?«

Sie stieg ein, ließ die Scheibe nach unten gleiten.

»Ja, ruf einfach an. Ich muss jetzt los, weil ich heute Sitzungstag habe und noch mal nach Hause muss.«

Er grüßte, und sie fuhr los. Bevor sie die erste Kurve nahm, sah sie im Rückspiegel, dass Alex in seinen Wagen einstieg, dann verschwand er aus ihrem Blickfeld.

Im Radio sang ein Typ eine seichte Gitarrenballade, die sie nicht kannte. Nach einer Weile las sie im Display, dass der Song »Remember When« hieß. Das wollte sie sich merken.

Der Regen hatte aufgehört.

Alexander

Als Camilla gefahren war, startete Alex den Wagen, blieb aber noch eine Weile stehen, was nicht nur an der Mahler-Sinfonie im Radio lag, deren sich augenblicklich ausbreitende düstere Schwere er wie immer genoss, sondern an der Erinnerung an eine Textstelle, die er vor Jahren in Tania Blixens berühmtem Roman gelesen hatte. Sie beschrieb darin die nach langem Aufenthalt unter afrikanischen Menschen ihres Erachtens zwangsläufig entstehende Einschätzung, dass keineswegs die weiße, sondern die schwarze Haut der Gipfel der Schönheit sei, was vor dem Hintergrund der Zeit, in der sie dieses Bewusstsein nicht als klandestines Gefühl in sich trug, sondern in einem Roman für alle Welt formuliert hatte, nach seinem Empfinden eine beachtliche Befreiung von Konventionen bedeutet haben musste.

Er sah auf die Uhr und fuhr los. Auch wenn Pünktlichkeit seiner Meinung nach primär etwas für Leute war, deren Fähigkeitsspektrum ansonsten überschaubaren Umfang besaß, war sie in diesem Fall angebracht, weil sein Gesprächspartner erklärt hatte, nach dem vereinbarten Termin heute nicht mehr greifbar zu sein.

An einer Gesamtschule in Steele waren seit einiger Zeit nach dem Unterricht und in den Pausen junge Leute von außen aufgefallen, die unter den Schülern Broschüren, Sticker und anderes Material mit rechten Inhalten verteilt hatten. Der Schulleiter hatte ihm vor dem Unterricht zehn Minuten seiner kostbaren Zeit gewährt und erwartete ihn hinter seinem Schreibtisch, nachdem die fast klischeehaft adrette Vorzimmerdame Alex ins Zimmer geleitet hatte.

»Alexander Rahn, guten Morgen.«

»Gernot Peitzmeier, guten Morgen. Sie sind von *WtW* und kommen wegen der Broschüren und dem rechten Zeugs, richtig?«

Alex nickte. »Wir hatten telefoniert.«

»Äh, Rahn, sagen Sie? Aus Essen? Sind Sie verwan...«

»Nein, ich bin nicht verwandt, nicht mal entfernt.«

»War nur so eine Idee«, verlegenes Lächeln, »kleinen Augenblick.«

Er stand auf und ging ins Vorzimmer, wo hörbar Schubladen auf- und zugeschoben wurden, kam zurück und reichte Alex ein paar Faltbroschüren aus einer roten Mappe.

»Dieses Anschauungsmaterial haben wir von einigen Schülern erhalten. Sie sehen, es ist nicht schlecht gemacht, die Leute scheinen dazugelernt zu haben. Nicht zu platt, durchaus mit Witz, aber die Botschaften sind eindeutig.«

Nach einem ersten Durchblättern konnte Alexander die Einschätzung des Mannes teilen. Die Cartoons waren lediglich dezent ausländerfeindlich, Aufmachung und Layout von einer professionell-witzigen Coolness, lediglich zu den Texten konnte er so schnell noch nichts sagen.

Er hatte seit ein paar Monaten in *Watching the West* immer wieder im Netz über dieses Phänomen an Schulen im Revier geschrieben, und ihm war danach auch schon per E-Mail ans Redaktionspostfach gedroht worden. Daher wusste er, dass der Schulleiter mit seiner Einschätzung richtig lag. Die Leute lernten langsam dazu.

»Genaueres kann Ihnen aber einer unserer Hausmeister, Herr Atakan, sagen. Der hat auch schon mal persönlich einige von denen gesehen.«

»Kann ich mit ihm reden?«

Die Möglichkeit bestand. Sie fanden Emin Atakan in seinem

Büro, das eher wie eine Werkstatt aussah, wie er dabei war, am Ende eines üppigen Straußes aus bunten Kabeln etwas zu löten.

Nach Alexanders Erfahrung mit diesem Berufsstand gab es primär zwei Ausführungen dieser Spezies. Einmal jene, die nahezu jeder handwerklichen Anforderung professionell gerecht wurden, und jene, die immer Leute kannten, die dazu in der Lage waren. Emin Atakan schien der ersten Kategorie anzugehören, konnte aber leider kaum mit weiteren wichtigen Informationen zu den Broschüren dienen. Er berichtete lediglich von einem Haus ein paar Straßen weiter, das früher mal eine Kneipe gewesen war. Dort sei mittlerweile ein Treffpunkt solcher Leute, habe er gehört, und er halte es für möglich, dass die Aktionen an der Schule von dort ausgingen.

Das Haus lag tatsächlich nur zwei Straßen weiter und war leicht zu finden, denn obwohl das Namensschild der Kneipe nicht mehr vorhanden war, zeigten aus der Wand hängende Kabel und dessen ehemalige Umrisse im Schmutz des Fassadenputzes ebenso die vormalige Verwendung der unteren Räume wie eine noch vorhandene Lampe mit Fiege-Bier-Emblem. In den oberen beiden Etagen war ebenfalls nur unbewohnte Ödnis zu erkennen, soweit man von der Straße Einblick hatte. Einzig eine einzelne Mülltonne, die er an einem Nebeneingang entdeckte, sprach dagegen, dass das Haus tatsächlich leer stand.

Einem Instinkt folgend parkte er fünfzig Meter weiter am Straßenrand zwischen anderen Autos, stieg aus und nahm den seitlichen Plattenweg, aus dessen Ritzen reichlich grüne Vielfalt spross. Er öffnete den Deckel, und die Tonne war bis zur Hälfte gefüllt mit Flaschen, Bierdosen, Pizzakartons und Pappschachteln mit Anhaftungen von roter und weißer Soße. Die Einschätzung des Hausmeisters schien richtig zu sein, denn Optik und Geruch zeigten, dass der Müll noch nicht alt war.

»Was wird das hier, Jugend forscht? 'n bisschen zu alt dafür, oder?«

Der vordere der drei, die plötzlich dastanden und von hinter dem Haus gekommen sein mussten, war der Sprecher. Er war Ende zwanzig, und mit Basecap, Skaterhosen und Markensneakern hätte man ihn für jemand anderen halten können, aber das Emblem auf der Mütze verriet ihn ebenso wie die zackigen Scheitel der beiden Begleiter.

Der letzte der drei jungen Männer ließ ihn zusammenzucken, er kannte den Mann als »Snowdown«.

»Besser zu alt als sonst wie ungeeignet. Ich meine, Forschung setzt ja eine gewisse geistige ...«

»Ziemlich große Fresse für die Situation.«

»Ausatmen! Ich dachte, das Haus stände leer, und weil ich hier etwas in der Gegend suche ...«

»Soso, und da glotzt man in Mülltonnen?«

»Na ja, ansonsten sieht es schon sehr verlassen aus, und Mülltonnen sind da ein verlässlicher Indikator. Indikator heißt, man kann daran etwas erkennen.«

Die drei brauchten einen Augenblick.

»Der krückt doch«, Nummer zwei wagte sich auch vor, »dem geht es nie im Leben um die Hütte. Ist das 'n Bulle?«

»Dann hätte er uns schon seine Scheiß-Marke hingehalten«, wieder der Erste. »Also, was willst du hier?«

»Ich sag doch, ging mir um das Haus, war offensichtlich ein Irrtum. Bin auch schon wieder weg.«

»Stopp, nicht so eilig!« Der Zweite machte drei schnelle Schritte an Alex vorbei und stellte sich ihm in den Weg. »Das stinkt doch mehr zum Himmel wie 'n Haufen Schafscheiße. Haus ansehen, ts ...«

»Als.«

»Was?«

»Als ein Haufen Schafscheiße. Im Deutschen wird der Komparativ mit ›als‹ gebildet.«

Wieder brauchten sie ein paar Sekunden.

»Du bettelst wirklich um Schläge, Arschloch.« Der Basecapträger fand als Erster die Sprache wieder und machte einen Schritt auf ihn zu.

»Außerdem ist das doch ganz klar Hausfriedensbruch«, wieder der Kleinere, »können wir den nicht festnehmen? Und dann ein paar aufs Maul hauen, weil er sich dabei gewehrt hat.«

Der Spruch sorgte bei den beiden anderen für temporäre Belustigung. Basecap sah Alex mit leicht verkleinerten Augen an und schürzte die Lippen. »Das ist kein Bulle. Ich wette, das ist 'n Schmierfink, einer von der Lügenpresse, stimmt's?«

Mit diesen Worten stieß er ihm heftig den Zeigefinger auf die Brust.

»Es wäre mir angenehm, wenn auf Berührungen verzichtet würde.«

»Und was der ständig für eine Scheiße labert.«

Der Kleinere wirkte genervt, ließ es aber zu, dass Alex sich an ihm vorbeidrückte und Richtung Straße ging.

Hier beschleunigte er zügig seinen Schritt in die dem Standort seines Autos entgegengesetzte Richtung und ignorierte die hinterhergerufenen Beleidigungen und Drohungen. Zum Glück hatte er leidlich vorschriftsmäßig geparkt, sodass sie den Wagen wohl nicht als seinen identifizieren würden.

Nach etwa einhundert Metern bog er in eine kleine Siedlungsstraße ab, und ein Blick zurück verriet ihm, dass er nicht verfolgt wurde. Nach noch einmal etwa derselben Strecke ging er durch eine unverschlossene Einfahrt in einen frei zugänglichen Hinterhof eines Mietshauses und wartete.

Den dritten aus der Runde, der verbal nicht mit eingestiegen war, hatte er vor längerer Zeit als Informanten aus der Szene angeworben, es hatte sogar schon ein Treffen gegeben. Wahrscheinlich hatte der Mann in der Situation gerade einen noch größeren Schrecken bekommen als er selbst.

Fünf Minuten hielt er für ausreichend und hoffte, dass niemand aus dem Haus Anstoß am Aufenthalt eines Fremden nahm und man ihm heute nicht ein zweites Mal Hausfriedensbruch vorwerfen würde. Aber es blieb alles still.

Die Vibration eines seiner Mobilgeräte zeigte den Eingang einer E-Mail an. Sie war von »Mooodhunter«.

Neben dem Einfluss rechter Gruppen an Schulen war ihm vor einiger Zeit das Thema der »Lost Places« in den Schoss gefallen, von denen es gerade im Ruhrgebiet eine Menge zu geben schien. Er hatte angefangen, dazu zu recherchieren, und je tiefer er darin eintauchte, desto einnehmender empfand er es. »Mooodhunter« war jemand aus jener Szene, die sich nicht auf YouTube und Instagram mit eigenen Fotos und Filmen tummelte, sondern zurückhaltender und mehr auf versteckteren Plattformen agierte, in diesem Fall vielleicht sogar im Darknet, auf denen nur Eingeweihte verkehrten und sich Infos zukommen ließen. Er hatte ihn fast ohne Hoffnung auf Antwort angeschrieben. Aber vielleicht war doch etwas möglich.

Noch bevor er zum Auto ging, schrieb er zurück und hoffte, bei seiner Antwort den richtigen Ton getroffen zu haben.

Deniz

Es war viel später geworden.

Zuerst hatte der Bestatter es fertiggebracht, zweimal an der Einmündung zum Waldweg vorbeizufahren, dann war den Leuten von der KTU eingefallen, nicht nur die Leiche lieber im Trockenen unter die Lupe zu nehmen. Wenn man schon mal in der glücklichen Lage war, einen Tatort einpacken und unter den Arm nehmen zu können, wollten sie auch das Zelt lieber in der KTU-Garage auf links drehen.

Deniz Müller bog in den Flur des KK 11 ein. Brigitte Bellmann, die Chefin, im ersten Büro hatte Besuch von einem Anzugtypen, den er nicht kannte. In den anderen Zimmern die üblichen Leute bei den üblichen Geschäften. Bürosound am Dienstagmorgen, heimatliche Klänge. Dieter Bartel, sein Stubenkamel, wie er sich selbst immer nannte, sah kurz vom Bildschirm auf.

»Moin. Auch schon da?« Mit gespielter Anmache. »Hattest du eine Leiche oder zwei?«

»Ne, nur eine, hat sich nur alles hingezogen wie bescheuert. Und wir wissen auch noch gar nicht, ob es natürlicher Tod ist.« Er legte seine Sachen ab und zog sich die nasse Jacke aus. »Ein toter Penner in 'nem Zelt im Schellenberger Wald, und das bei dem Scheißwetter. Die KTUler haben alles eingepackt und machen hier im Haus die Spurensicherung, sonst hätte es noch länger gedauert. Zum Glück war Camilla schon da.«

»Hast du die Gerichtsmedizin schon erreicht?«

»Ja, Köslin-Richter wird kurz nach Mittag hier aufschlagen. Danach können wir es hoffentlich als natürlichen Tod behandeln.«

Es liefen in Essen aktuell drei Mordkommissionen, eine davon noch in der Anfangsphase mit ziemlich großer Mannschaft, da brauchte es nicht noch mehr Stress.

»Da ist er ja.«

Die Chefin blieb halb in der Tür stehen, halb dem Krawattenheini von eben zugewandt. Er war etwas älter als Deniz, nach hinten gegelter Blondschopf, demonstrativ gezeigtes Interesse, nicht ohne einen Rest Hochnäsigkeit.

»Das ist Deniz Müller, seit diesem Jahr der dritte unserer Leichensachbearbeiter und einer unserer neuen MK-Leiter. Herr Damjanoff, unser neuer Inspektionsleiter.«

»Ah, ja, äh..., Müller?« Er sah Deniz an, dann auf das Namensschild neben der Tür, anschließend wieder Deniz, leichte Falten auf der Stirn. »Bei dem Vornamen?«

»Eigentlich heiße ich Aslan, aber als ich meine erste Frau kennenlernte, dachte ich: Türke ohne ü im Nachnamen geht ja nicht. Da habe ich die Chance ergriffen.«

»Aha, so.« Mit deutlicher Unsicherheit im Blick. Die Chefin verdrehte die Augen.

»War nur 'n Scherz. Herr, ähh... Ich bin nicht verheiratet. Meine Mutter war Türkin, mein Vater ist Deutscher.«

Der Blondschopf ließ zwei ziegenhafte kurze Lacher hören und den Mund so lange offen stehen, dass Deniz befürchtete, ihm tropfe gleich ein Speichelfaden von der Unterlippe aufs blaue Revers. Für jemand im höheren Dienst brauchte er ziemlich lange, um den Gag zu raffen. Dann ergriff er schlaff Deniz' hingehaltene Hand.

»Ja, schön, freut mich jedenfalls, ist ja als Leiter immer wichtig, dass man weiß, auf welche Mitarbeiter man in seinem Team zurückgreifen kann. Werden ja jetzt häufiger miteinander zu tun haben.«

»Ja, wird sich wohl nicht vermeiden lassen«, mit breitem Grinsen.

Brigitte verdrehte ein zweites Mal die Augen, der neue Inspektionsleiter zeigte keine Reaktion.

»Und ich bin darüber hinaus sehr erfreut, ein solches Paradebeispiel für gelungene Integration in meiner Truppe zu haben.«

Für einen Moment hatte die Unsicherheit das Hochnäsige tatsächlich vertrieben, jetzt war es wieder da.

Beide rauschten ab.

Dieter Bartel warf ihm einen Blick zu, ohne den Kopf zu bewegen, skeptische Miene.

»Du willst doch noch was werden in diesem Verein, oder? Sagst du doch immer. Es gibt da echt bessere Instrumente als ein loses Maul, hab ich dir schon öfter gesagt.«

»So schlimm war's doch nicht. Kleiner Scherz zum besseren Kennenlernen.«

»Ja, ja, diese Scherze. Konfuzius sagt: Machst du Witz, immer gucken, wer lacht. Wichtig für nächste Witz und für Läbben.« Mit übertriebenem Akzent.

»Konfuzius? War das nicht in den Achtzigern dieser Mittelstürmer von Rot-Weiß Oberhausen?«

»Verarsch du nur dein Stubenkamel …« Er nickte vielsagend.

»Ach, Didi, wenn's scheitert mit der Karriere, dann nicht daran.«

Deniz setzte sich hinter seinen Schreibtisch und begann, die Unterlagen der Leiche zu sortieren.

»Vertu dich nicht. Und der sieht doch auch schon so aus, als hätten sie ihm auf'm Ratslehrgang einiges rausoperiert wie den meisten von denen.«

»Gute Arbeit ist noch immer das beste Argument«, mit breitem Lächeln.

»Ach, ja, stimmt ja.« Sein Gegenüber schlug sich mit großer

Geste mit der flachen Hand gegen die Stirn. »Und die Geschenke an Weihnachten bringt auch der alte Sack im roten Kittel, hatte ich ganz vergessen.«

Für einen Çay hatte er keine Geduld, und er nahm sich seine Tasse.

»Auch 'nen Kaffee?«

Der Kollege wollte und reichte ihm seinen Pott mit Rot-Weiß-Essen-Emblem, der zuletzt offensichtlich vor ein paar Tagen gespült worden war.

In der kleinen Küche war eine der Fachhochschülerinnen dabei, sich irgendetwas Gesundes in ihren Joghurt zu mischen, und grüßte zurückhaltend.

»Na, wie waren die Wochen bei uns?«

»Sehr spannend.« Es klang artig, aber nicht unehrlich. »Und ab morgen bin noch ich in der Mordkommission.«

»Welche? Die aktuelle mit den beiden Toten in der Dealerwohnung oben in Altenessen?«

»Ja, genau.«

»Wird dir gefallen, da bin ich mir sicher.«

Er goss den üblichen üppigen Schuss Milch in den Kaffee des Kollegen und schob ab. Nach zwei Metern stoppte er und kehrte um.

»Ich habe nachher eine Obduktion. Wenn es passt, kannst du ja mitkommen. Nur wenn du willst natürlich und bei deinem Tutor abkömmlich bist.«

»Ja, klar, gern.« Ihre Begeisterung schien echt.

»Schon mal eine mitgemacht?«

»Komplett noch nicht. Mit dem Kurs waren wir mal in der Gerichtsmedizin.«

»Okay, dann passt das doch gut. Die Leiche ist auch relativ frisch, von daher ... Sag mir einfach Bescheid, äh ...«

»Anna«, hälf sie und lachte.

Er lächelte ebenfalls, nickte und ging.

Zum Glück hatten sie in einer der Plastiktüten im Zelt einen abgelaufenen Personalausweis des Toten gefunden, was die Recherche mit dem Namen ziemlich erleichterte. Die ersten Abfragen ergaben, dass Erwin Schneider vor zwei Jahren aus einer Wohnung in Essen-Altendorf von Amts wegen abgemeldet worden war. Drei Jahre hatte er dort gelebt, und Adresse und amtliche Abmeldung sprachen nicht dafür, dass zuletzt alles glatt gelaufen war in seinem Leben.

Davor hatte er fast achtzehn Jahre in Bredeney im Essener Süden gewohnt, auch das ließ nichts Gutes vermuten. Es war eine Gegend, in der am späten Vormittag Frauen mittleren Alters mit gut operierten Nasen, Lippen und Brüsten in schicken kleinen Cabrios zu Pilateskursen oder Maniküreterminen fuhren, nachdem ihre Männer in dicken Limousinen oder SUVs vom gepflegten Gehöft geritten waren.

Zumindest zuletzt war das bei Erwin Schneider nicht mehr so gewesen, denn seine Frau war vor neun Jahren gestorben, und Kinder waren nicht zu ermitteln.

Eine weitere Abfrage in den üblichen Systemen zeigte, dass es vor fünf Jahren gegen den Toten ein Verfahren wegen Insolvenzverschleppung gegeben hatte und dass er offensichtlich mal Inhaber einer Firma mit seinem Namen gewesen war.

Deniz wählte die Nummer von Tina bei der Wirtschaftskriminalität, weil die Kolleginnen und Kollegen dort in diesen Dateien mehr zu Hause waren.

Sie erledigte das sofort und fand im Handelsregister tatsächlich etwas über die Schneider GmbH, einem Transportunternehmen, das fast fünfundzwanzig Jahre bestanden hatte und vor fünf Jahren in Konkurs gegangen war.

Wie es aussah, hatte der Tote die Insolvenzverschleppung damals noch abbiegen können, denn von einer Verurteilung war nichts bekannt. Trotzdem ergaben diese wenigen Infos das Bild eines Mannes, dem das Leben zuletzt ziemlich regelmäßig den Eimer mit den Nieten hingehalten hatte. Dass dieses Leben unfreiwillig zu Ende gegangen sein könnte, wäre fast schon eine passende letzte Stufe dieser abwärts führenden Treppe, dachte Deniz.

Fünf Stunden später, nachdem der Obduktionsassistent den letzten Stich der groben Naht gesetzt hatte, wusste er, dass Erwin Schneider sehr wahrscheinlich an Organversagen gestorben war, welches wiederum mit an Sicherheit grenzender Wahrscheinlichkeit an jahrelanger Sauferei gelegen hatte. Aber auch das war auf eine grausame Weise ein passendes letztes Kapitel dieses Lebens gewesen.

»Jedenfalls können wir ein Fremdverschulden weitestgehend ausschließen, dafür gibt es nicht einen Anhaltspunkt«, sagte Frau Dr. Köslin-Richter und seifte sich dabei am Waschbecken die Hände ein. »Und so eine Leber bekommt man nicht, wenn man am Wochenende des Öfteren zwei Flaschen Wein trinkt.« Sie lachte, trocknete sich die Hände ab und warf die Papierhandtücher wie eine Basketballerin in den Drahtkorb neben dem Becken.

Deniz hatte erst wenige Obduktionen mit ihr erlebt, aber er wusste von den Älteren im Kommissariat, dass sie es drauf – und in all den Jahren noch nie falsch gelegen hatte. Außerdem mochte er wie alle ihre kollegiale Art.

»Kann ich euch noch einen Kaffee auf der Dienststelle anbieten?« Kurzer Blick in die Runde.

»Sehr nett, danke. Aber ich habe heute Abend noch einen Termin, den ich gern wahrnehmen würde. Oder enthalte ich euch da etwas vor?« Sie sah ihre beiden Begleiter an, die aber abwinkten.

»Okay«, sie reichte Deniz die Hand, »dann bis zum nächsten Mal. Wenn Sie jetzt in die Riege der MK-Leiter eingestiegen sind, sehen wir uns ja sicher öfter.«

»Ich freu mich drauf«, sagte Deniz.

Sie packten ihre Sachen und verabschiedeten sich.

»Und? Wie war die erste richtige Obduktion?«, fragte er Anna auf dem Rückweg.

Sie brauchte einen Augenblick.

»Interessant. Ehrlich.« Wieder eine kleine Pause. »Und ich fand es auch zu keinem Zeitpunkt eklig oder so. Ist das komisch? Weil einige aus dem Kurs, die schon bei einer dabei waren, damit echt Schwierigkeiten hatten.«

»Nein, gar nicht. Bei mir war das auch so. Vielleicht ist es wie bei allem anderen, manche können das besser und manche eben nicht.«

»Ja, vielleicht.« Sie blickte weiter nach vorn auf die Straße. »Ich ekle mich zum Beispiel vor Kaninchen. Finde ich ganz furchtbar, die anzufassen, diese Knochen unter dem Fell. Meine Schwester liebt Kaninchen.«

»Genau das meine ich.«

An der nächsten Ampel bog er ab und hoffte, sein üblicher Schleichweg durch den Feierabendverkehr würde auch heute Abend funktionieren.

Jetzt musste er nur noch einen Angehörigen des Toten ausgraben, dann war die Leiche vom Tisch.

Aber das würde schon klappen.

Rosi

Das Angebot war verlockend, aber Rosemarie Wachowiak wusste, dass zehn Kilogramm Katzenstreu sie quälen würden. Schon auf dem Heimweg, aber der war noch zu bewältigen, denn da konnte sie sich Zeit lassen. Die drei Treppen zu ihrer Wohnung waren das eigentliche Problem, und sie wollte nicht ständig irgendwen bitten müssen, der grad vorbeikam, und vielleicht kam auch niemand vorbei.

Also lud sie nur das Fünf-Kilo-Paket in den Korb ihres Rollators und drapierte die restlichen drei Lebensmittel so daneben, dass sie gut sichtbar waren und nicht der Verdacht aufkam, sie wolle etwas an der Kasse vorbeischleusen.

»Lassen Sie es im Korb«, sagte die Kassiererin mit einem Lächeln, als sie das Paket aufs Transportband hieven wollte, und Rosemarie Wachowiak war froh. Sie zahlte wie immer in bar, verstaute das Portemonnaie in ihrer Handtasche, die oben auf dem Einkauf lag und deren Schlaufe sie einmal um einen der Griffe geschlungen hatte. Sicher war sicher.

»Ach…!« Sie hatte die junge Frau weder gehört noch gesehen, darum erschreckte sie der Zusammenstoß auf dem Bürgersteig sehr. Ihr Rollator drohte zu kippen, und ein Teil des Einkaufs fiel zu Boden.

»Entschuldigen Sie, wie blöd ich bin.« Die Frau ging sofort in die Hocke, hob das Paket mit dem gekochten Schinken und das leicht zerbeulte Butterpäckchen wieder auf und legte den Einkauf zurück in den Korb unter die Tasche. Dann wandte sie sich der Rentnerin zu. »Ich hoffe, Ihnen ist nichts passiert. Tut mir furchtbar leid, aber ich war so in Gedanken.«

»Nein, nein«, sagte Rosemarie Wachowiak, versuchte, unbeeindruckt zu lächeln, aber ihre Knie zitterten leicht.

»Wirklich? Wollen Sie sich nicht einen Moment setzen?«

Die Sorge der Frau wirkte echt. Sie legte der Rentnerin den Arm um die Schultern und drehte den Körper so, dass sie auf der Sitzfläche des Rollators Platz nehmen konnte.

»Ach, danke, ich denke, das ist nicht nötig.«

»Ein Moment kann sicher nicht schaden. Da können Sie sich von dem Schreck ein wenig erholen.«

Die Frau war vielleicht um die vierzig, hatte ihre dunklen Haare zu einem Zopf gebunden und lächelte freundlich.

»Soll ich Sie nach Hause bringen? Wohnen Sie hier in der Nähe?«, fragte sie nach einer Weile.

»Ach, nein. Es ist ja nichts passiert.«

Obwohl sie keinerlei Verantwortung dafür trug, war ihr die Situation und die Fürsorge ein wenig peinlich, und sie wollte sie beenden. Sie stand auf, fasste die beiden Griffe der Gehhilfe und löste die Bremse. »Und nochmals vielen Dank, dass Sie sich so nett gekümmert haben.«

»Ich bitte Sie, das war doch das Mindeste nach meiner Unachtsamkeit.«

Mit einem Nicken setzte Rosemarie Wachowiak ihren Heimweg fort, auch wenn in den Beinen noch eine kleine Unsicherheit zu spüren war.

Der fast tägliche Gang zum Supermarkt gehörte für Rosemarie Wachowiak zu den angenehmen Abwechslungen in ihrer Woche. Fünfzehn Minuten hin und wieder zurück fühlten sich nach ihrem alten Leben an, von dem sie in den Jahren nach und nach vieles hatte sein lassen müssen. Bis vor drei Monaten hatte sie sich auf diesen Gängen zweimal in der Woche mit Antonia verabredet, und beide hatten beim Bäcker im Foyer des Marktes einen Kaffee getrunken und eines der belegten Brötchen gegessen. Aber Antonias Herz hatte ihr den beneidenswerten Tod beschert, dass sie eines Morgens einfach nicht mehr aufgewacht war. Seitdem waren bei diesen Gelegenheiten die beiden netten unter den Kassiererinnen ihre einzigen Gesprächspartnerinnen.

Sie war an ihrem Haus angekommen und holte den Schlüssel hervor, den sie immer an einem längeren Gummiband am Körper trug, seit sie sich einmal selbst ausgeschlossen hatte.

»Frau Wachowiak!«

Zuerst hielt sie es für einen Täuschung.

»Rosemarie Wachowiak!?«

Aber sie täuschte sich nicht, jemand rief ihren Namen. Sie drehte sich um und sah einen schlanken jüngeren Mann auf sich zukommen, der etwas mit der einen Hand umklammert hielt, während die andere mit etwas wedelte.

»Rosemarie Wachowiak, das sind Sie doch, oder?« Er lächelte und hielt ihr etwas hin, was sie erst beim zweiten Hinsehen als ihren Personalausweis erkannte.

»Ja, ja, das bin ich«, sagte sie, ohne ganz zu begreifen, was gerade geschah.

»Ich glaube, Frau Wachowiak, Sie haben Ihr Portemonnaie verloren, kann das sein?«

»Mein Portemonnaie? Verloren?«

»Ja, ich habe es nämlich soeben gefunden.« Das Lachen des Mannes wurde breiter und ein wenig amüsiert, aber es blieb freundlich. »Drüben, an der Einfahrt zum Parkplatz des Supermarktes. Es lag auf dem Bürgersteig.«

»Ach ...« Mehr konnte sie nicht sagen, obwohl ihr langsam klar wurde, wie die Dinge zusammenhingen.

»Ich wollte es schon zur Polizei bringen, aber als ich Ihren Ausweis fand, sah ich, dass Ihre Wohnung auf meinem Heimweg liegt, ich wohne gerade mal zwei Straßen weiter.«

Er zeigte in eine Richtung, und sie blickte seinem Wink hinterher.

»Sie sind ja ganz sprachlos. Ist doch aber gut, dass es wieder da ist, oder?«

»Ja, ja, natürlich.« Sie nahm das hingehaltene Portemonnaie und den Ausweis, als seien es Geschenke.

»Wollen Sie nicht nachsehen, ob alles da ist?«

»Wie?« Es entstand eine kleine Pause, in der der Mann sie nur ansah. »Ach, so, ja natürlich.«

Sie öffnete nacheinander die verschiedenen Fächer der Geldbörse, aber nicht nur die dreihundertvierzig Euro in Banknoten, auch alle anderen Sachen schienen noch an ihrem Platz zu sein.

»Ja, ja, ich glaube es ist alles noch da. Haben Sie vielen herzlichen Dank, ich habe es nicht bemerkt.«

»Ich hoffe, Sie halten mich nicht für indiskret, Frau ... Wachowiak, weil ich reingeschaut habe, ich wollte nur wissen, ob ich vielleicht eine Adresse finde. Aber Sie haben viel Geld dabei, wenn ich das jetzt mal so sagen darf. Da sollten Sie vorsichtig sein, dass das niemand sieht, ohne Ihnen Angst machen zu wollen. Haben Sie keine Karte?«

Der Mann zog die Brauen nach oben und presste die Lippen aufeinander.

»Ja, ich weiß, ich passe schon auf.«

Ihre Mutter war keine gute Rechnerin gewesen, und als Kind hatte sie ein paarmal erlebt, dass sie beim Kaufmann zu wenig Geld hatte, um zu zahlen, und irgendeine Ware wieder zurück über den Tresen reichen musste, manchmal auch dann, wenn andere das mitbekamen. Diese Momente waren ihr damals unbeschreiblich peinlich gewesen. Niemals würde ihr das passieren. Und dass man mit einem Stück Plastik, das bei jedem gleich aussah, Dinge bezahlen konnte, hatte sie mittlerweile akzeptiert, verstanden hatte sie es nie.

»Mein Name ist übrigens Paul Weber, ich wohne, wie gesagt, zwei Straßen weiter. Kann ich Ihnen sonst noch helfen?«

Einen Moment überlegte Rosemarie Wachowiak, ob sie ihn bitten solle, das Paket mit der Katzenstreu zu tragen, aber das kam ihr unverschämt vor.

»Soll ich Ihnen tragen helfen?« Er zeigte auf das Paket in ihrem Korb. »In welcher Etage wohnen Sie denn?«

»In der dritten.«

»Na, dann ist es doch gut, dass ich grad hier bin. Wenn Sie wollen, trage ich Ihnen den Einkauf gern nach oben.«

»Ja, also, wenn es Ihnen keine Umstände …«

»Ach, was. Natürlich nicht. Schließen Sie mal auf, ich schnapp mir die Sachen.«

Sie öffnete die Tür, parkte ihren Rollator an seinem Platz neben dem Kellerabgang und stieg die Treppe nach oben.

Dabei kam ihr der Gedanke, dass sie den Mann nicht kannte, und die Vorstellung, dass er in ihre Wohnung kam, um die Sachen abzustellen, war ihr unangenehm.

»So, Frau Wachowiak, da wären wir. Schön, dass ich Ihnen helfen konnte.«

Er stellte das Paket vor ihre Tür und gab ihr die restlichen drei Lebensmittel in die Hand.

»Wenn Sie mal wieder Hilfe brauchen, und ich bin in der Nähe, jederzeit.«

Er grüßte freundlich und ging. Als er bereits eine halbe Treppe geschafft hatte, fiel ihr ein, dass Menschen in solchen Fällen doch

Finderlohn bekommen. Sie hatte sogar mal gehört, dass es da eine gesetzliche Regelung gab.

»Ach, Herr ..., Herr ...«, rief sie hinter ihm her, »wie war doch Ihr Name?«

»Weber. Paul Weber.« Er war stehen geblieben.

»Sie bekommen doch Finderlohn. Das ist doch so, in solchen Fällen.«

Sein Gesicht nahm einen fast beleidigten Ausdruck an.

»Frau Wachowiak, ich bitte Sie. Wenn wir wegen solcher Selbstverständlichkeiten belohnt werden wollen, dann ist es um die Menschheit schlimm bestellt, oder? Freuen Sie sich, dass es wieder da ist, und machen Sie sich einen schönen Abend mit Ihrer Katze.«

Sie nickte unsicher, lächelte dann.

»Es ist ein Kater.«

Er grüßte noch einmal und ging mit leichten Schritten die Treppe nach unten.

Sie sah ihm noch eine Weile nach, dann öffnete sie ihre Wohnung und ging hinein. Als sie die Sachen verstaut hatte, blickte sie noch einmal in die Geldbörse. Es fehlte tatsächlich kein Cent.

Sie setzte sich und streichelte den Kater, der sofort zu ihr auf das Sofa gesprungen war.

»Ach, Sultan, das war vielleicht mal ein aufregender Einkauf«, sagte sie.

Aber sie hatte sich lange nicht mehr so gut gefühlt.

Deniz

Als sie von außen die Tür ins Schloss gezogen hatte, fiel Deniz auf, wie still es im Zimmer war und dass er nicht mehr gefragt hatte, woher ihr Dialekt stammte, irgendwie aus dem Süden.

Zum Glück hatte die Obduzentin Erwin Schneider mit einem natürlichen Tod in die ewigen Jagdgründe reiten lassen. Hätte sich die erste Annahme vom Morgen bestätigt, wäre ihm dieses Tinder-Date durch die Lappen gegangen, was sich jetzt, im Nachhinein, als bedauerlich herausgestellt hätte, und das war keineswegs immer der Fall.

Er war sich sicher, dass Jenny nicht ihr wirklicher Name gewesen war, nicht wenige machten das so bei diesen Terminen, er beließ es bei Deniz. Aber ihre Lust und ihr Spaß waren echt gewesen, sie hatte ein sehr frauliches und unbeschwertes Lachen gehabt, und auch die Stunde danach mit ihr hatte sich leicht angefühlt. Er strich sich mit der Hand übers Gesicht, und an seinen Fingern haftete noch ihr Geruch.

Obwohl ihn die Nüchternheit und professionelle Sauberkeit eines günstigen Hotelzimmers umgab, hinderte ihn eine eigenartige Trägheit daran, aufzustehen und ebenfalls zu gehen. Er fand die Fernbedienung in Reichweite neben dem Bett und zappte einmal durch alle Programme. Lediglich ein Tierfilm mit grandiosen Bildern über riesige Fischschwärme, die von unten gegen einfallendes Sonnenlicht gefilmt worden waren, hielt ihn ein paar Sekunden länger gefangen, dann schaltete er den Fernseher wieder aus.

Ein Blick aufs Handy zeigte ihm, dass niemand in den letzten Stunden etwas von ihm gewollt hatte, und er stellte den Ton wieder laut.

Noch einmal sog er tief den Geruch ihres Körpers an seinen Händen ein, rollte sich zur Seite und schloss für einen Moment die Augen. Aber er musste aufpassen, jetzt nicht einzuschlafen, weil der Weg zurück nach Essen morgen früh einmal quer durch den Pott die doppelte Zeit benötigen würde.

Die Chance, dass man bei diesen Gelegenheiten auf jemanden traf, der einen woher auch immer kannte, war nie ganz auszuschließen, nahm aber mit jedem Kilometer ab, den man sich von zu Hause entfernte; Dortmund war deshalb schon okay gewesen. Meistens verlegte er diese Treffen in die Rheinschiene Richtung Düsseldorf oder Bonn, war sogar schon einmal bis Koblenz gefahren. Aber für Jenny war Dortmund günstiger gewesen.

Er hatte am Nachmittag noch lange mit Camilla telefoniert. Eigentlich wollte er ihr nur das Obduktionsergebnis mitteilen und dass sie sich im Wald ihre Schuhe umsonst versaut hatte, aber sie waren ins Quatschen gekommen.

Klar hatte sie sich verändert seit der Schulzeit und der kurzen Phase ihrer damaligen Verliebtheit, war nach all den Jahren ja kein Wunder. Aber ihre Fähigkeit, den Raum um sich in eine Sphäre zu verwandeln, in der er sich immer wohlfühlte, hatte sie behalten. Und er war sich sicher, nicht der Einzige zu sein, dem das so ging.

Er setzte sich auf die Bettkante, suchte seine Klamotten zusammen und steckte Jennys Anteil an den Zimmerkosten ein. Er hatte ihr angeboten, diese komplett zu übernehmen, aber sie hatte darauf bestanden zu teilen.

Die Uhr zeigte 23:07 Uhr, noch nicht allzu spät, und er überlegte, ob er noch Bock auf eine Runde Zocken in Hohensyburg hatte, wenn er schon mal in Dortmund war, verwarf den Gedanken aber wieder.

Die Jugendliche hinter der Rezeption war offensichtlich begeisterte Piercing- und Tattoo-Jüngerin. Sie quittierte die Schlüsselrückgabe mit einem kurzen abwesenden Blick und kehrte dann wieder zur intensiven Beschäftigung mit ihrem Handy zurück. Gezahlt hatte er vorher. Die Zeiten, dass man mit wissendem Lächeln den Schlüssel überreicht bekam, wenn man den Preis für eine Nacht im Voraus auf den Tresen legte, natürlich in bar, damit sie auf keiner Kreditkartenabrechnung auftauchte, waren lange vorbei. Lag vielleicht daran, dass die Internetportale, auf denen man sich zum verpflichtungsfreien Vögeln verabredete, in letzter Zeit ein echter Renner geworden waren. Vielleicht waren auch die Prostis schuld, die vor einigen Jahren vom Gesetzgeber aus den Wohnzimmerbordellen vertrieben worden waren und ihre Dienste jetzt nicht selten in billigen Hotels anboten. Da hatte man den Zimmerpreis nach einem Kunden raus, Tom von den Rotlichtleuten hatte ihm das erzählt, als er die Truppe letztens bei einem Einsatz im Milieu unterstützt hatte.

Die A40 war wie erwartet ebenso leer wie die Stadt. Nur die Parkplätze waren um diese Zeit natürlich vergeben. Er fand einen am Ende der Welt.

Mit einer Dose Bier setzte er sich für eine Weile auf den Balkon, weil es für April schon ein warmer Abend war, der das erlaubte. Es waren keine Sterne zu sehen, und die Stadt klang wie ein Lebewesen. Noch bevor er das Bier ausgetrunken hatte, wurde er müde und legte sich ins Bett, und wie so oft erschienen ihm kurz vor dem Einschlafen Gesichter. Zuerst sah er das von Erwin Schneider, aus dem alles Leben gewichen war, dann jenes seiner Mutter, wie immer lächelnd. Er sah das Gesicht von Jenny, wie ihr die Nasenflügel bebten, und kurz bevor er einschlief, sah er Camilla, die sich ihm zuwandte und ihn anschaute.

Alexander

Es war das Erste, was Alex auffiel, als er die Redaktionsräume von *Watching the West* betrat.

»Du hast zwei verschiedene Strümpfe an.«

Er stieß im Vorbeigehen leicht an einen von Lisas Füßen unter ihrem Schreibtisch.

»Aber sie sind zumindest beide rot, also alles halb so schlimm. Und passen auch zu den Turnschuhen. Beide. Oder ist das Trendsetting?«

Sie zog die Beine an, sah kurz nach unten, zuckte mit den Schultern und tippte weiter. Er hatte keine andere Reaktion erwartet.

»Ich habe was zu deinem Mooodhunter gefunden«, sagte Lisa, »zwar nicht viel und auch nichts im Darknet, aber ein bisschen ist er doch unterwegs.«

»Ach, sorry, hat sich wahrscheinlich erledigt.« Er blieb stehen und sah sie über die Monitore hinweg an. »Hätte ich dir früher schreiben können, hab's vergessen. Er hat sich vorhin gemeldet, und ich hab mit etwas Glück vielleicht noch heute einen Termin mit ihm.«

»Ist das Ihre Story mit den Ruinen?«

Bettina Berens lehnte am Rahmen der Tür zu ihrem Büro, die Arme verschränkt, die Füße in auffallend farbigen Joggingschuhen. Auch der Rest der Kleidung ließ nicht eindeutig erkennen, ob sich die neue Chefin nach dem täglichen Lauf zur Redaktion schon umgezogen hatte.

Er fand es bemerkenswert, dass bei zwei von vier Frauen in

ihrem Team Kleidung offensichtlich ziemlich weit hinten im Wichtigkeitsranking auftauchte, und er fragte sich, ob ein solcher Gedanke schon ein Zeichen von Misogynie war.

»Ja, genau, die Lost Places. Und das ist einer, der im Netz darüber schreibt, allerdings auf besondere Weise. Er hat auf meine Mail geantwortet, immerhin.«

»Was heißt ›besondere Weise‹?«

»Seine Posts in ein paar Blogs klangen interessant anders, reflektierter als die anderen. Nicht so vordergründig gruselaffin. Und er schreibt nicht, wo die Orte sind, das machen allerdings die meisten von denen nicht.«

»Was wollen Sie von ihm?«

Das hatte ihn von Anfang an genervt. Was wollte die Frau? Seit sechs Wochen war Bettina Berens Chefin der Redaktion, und Alex empfand vor allem ihre Ambivalenz auffallend. Sie rauchte, lief aber Marathon, gab sich liberal, auch politisch, kontrollierte die Arbeit jedes Einzelnen aber viel mehr als ihr Vorgänger.

»Einfach was aus dieser Szene erfahren, was treibt die an, vielleicht mal so einen Ort besuchen. Und nach Möglichkeit nicht unbedingt einen, der bei YouTube drei Millionen Klicks hat.«

»Dann scheint er nicht der Falsche zu sein.« Lisa nahm einen Schluck einer rosafarbenen Flüssigkeit aus einer Plastikflasche, ohne den Blick vom Bildschirm zu lösen. »Von ihm gibt es nämlich kein einziges Video im Netz. Ich hab jedenfalls keins gefunden.«

»Wenn du es nicht findest, gibt es sicher auch keins.«

Er sagte es mit einem Lächeln, damit sie das Lob verstand, was bei Lisa nicht selbstverständlich war. Das Mädchen war ein mathematisches Genie, aber für alles, was nicht mit Zahlen und Formeln darstellbar war, fehlten ihr offenbar nicht nur ein paar Synapsen. Leider hatte sie sich in den Kopf gesetzt, Journalistin zu werden und mit Worten und Texten zu arbeiten.

»Klickzahlen sind ein gutes Stichwort«, sagte die Chefin, »die sind bei dem Thema nämlich nicht so berauschend, darum würde ich da nicht zu viel Zeit und Energie vergeuden.«

Sie verschwand kurz in ihrem Büro, kam mit Papier und Tabak zurück und drehte sich eine Zigarette.

»Aber nicht hier drin, bitte.« Lisa mit Ekelmiene.

»Ich geh gleich bei mir ans Fenster«, ohne den Blick zu heben. Sie leckte kurz über das Papier und kniff die Enden ab. »Was machen Ihre anderen Projekte?«

»Ich war heute in der Schule in Steele, die Sache mit dem rechten Infomaterial. Gut gemachtes Zeug, kann ich gleich mal reinreichen. Und die scheinen da ganz in der Nähe einen Treffpunkt zu haben, vielleicht sogar mehr. Jedenfalls hab ich da drei Typen angetroffen. Einen von denen kenne ich. Bei den anderen muss ich mir gleich mal meine Fotosammlung ansehen.«

Die Sache mit dem Informanten hatte er der Chefin bislang noch vorenthalten.

»Und die Leiche von heute Morgen?«

Alex stellte seine Tasche neben den Schreibtisch, hängte die Jacke über die Stuhllehne und setzte sich. Er ließ ein paar Sekunden verstreichen.

»Sollte es je zu einer solchen Situation kommen, Frau Berens, wird es mein großes Bestreben sein, Sie vor dem Vorwurf des übermäßigen Kontrolleifers zu beschützen.«

Einen Augenblick lang war es still, weil selbst Lisa aufgehört hatte zu tippen.

Er versuchte, unschuldig zu lächeln, konnte aber nicht erkennen, ob er auf den Zügen der Frau den Ansatz zu einer Erwiderung entdecken konnte.

»Es wird heute keine Redaktionssitzung geben, weil fast alle unterwegs sind. Wenn, dann höchstens später. Deshalb frage ich.«

»Schon gut.« Er hob beide Hände. »Also, der tote Obdachlose im Wald? Ist zumindest kein Verbrechen, habe eben mit dem Ermittler gesprochen. Wir kennen uns von früher.«

Sie nickte und verschwand aus dem Türrahmen, kam nach einer Sekunde zurück.

»Was ich Sie die ganze Zeit schon fragen wollte: Sie kommen aus Essen und heißen Rahn. Sind Sie verwandt mit dem ...«

»Nein, weder verwandt noch verschwägert. Und zu Fußball habe ich nicht mal entfernt eine Beziehung.«

»Ah, ja. Ich dachte ...«

Sie beendete den Satz mit einer Geste und verschwand aus seinem Blickfeld. Kurze Zeit später hörte Alex, wie ihr Fenster geöffnet wurde.

Bevor er sich seinen Bildschirmen widmete, holte er sich einen Kaffee. Dann begann er, in seiner ganz persönlichen Fotosammlung nach den Gesichtern zu fahnden, die er nicht gekannt hatte. Nach kurzer Zeit hatte er einen gefunden. Sven Jäger, in der lokalen rechten Szene leidlich bekannt, war in der Vergangenheit bei verschiedenen Gelegenheiten aufgetaucht und gehörte zur neuen Generation, die nicht mehr mit Springerstiefeln und Glatze durch die Gegend rannte.

»Ich hab dir was geschickt. Könntest du mal drüberschauen?«

Lisa blickte nur kurz in seine Richtung. »Ein Text über ein Konzert, auf dem ich am Wochenende war.«

Es war ihm ein Rätsel, warum das so war, aber Lisa hatte offenbar ihn als den Menschen aus der Truppe erkoren, dem sie nicht nur in dieser Angelegenheit vertraute, was die Sache umso schwieriger machte, weil er sie mochte.

Der Text war wie alles andere, was sie schrieb, nicht brauchbar, schon gar nicht als etwas, was man veröffentlichen konnte. Sie hatte weder ein Gefühl für Worte noch für Timing noch für Rhythmus.

Fast schüchtern stand sie von ihrem Platz auf und stellte sich neben seinen Schreibtisch.

»Und sei ehrlich, bitte. Was würdest du sagen, wenn du ihn auf einem Musik-Portal im Netz entdecken würdest?«

Er drehte sich ihr zu und sah sie an.

»Ich würde sagen, da hätte noch mal jemand drübersehen sollen.«

Sie presste die Lippen aufeinander und nickte stumm.

»Siehst du mal drüber. Bitte.«

Obwohl die beiden Mitarbeiter für die Anzeigen schon gegangen waren, sah er sich um, ob jemand zuhörte, aber die Chefin schien an ihrem Schreibtisch zu sitzen oder rauchte noch.

»Kennst du die Geschichte vom Hasen und dem Eichhörnchen?«

Kopfschütteln.

»Hat einer unserer Profs im Studium erzählt. Der Hase ist eines der schnellsten Tiere auf der Erde. Wenn er nur ein bisschen trainiert, gar nicht viel, wird er vielleicht das schnellste Tier, schneller als alle anderen. Wenn er sich aber in den Kopf gesetzt hat, zu klettern wie ein Eichhörnchen, dann kann er jeden Tag üben und üben, stundenlang, mit ganz viel Anstrengung und nach ein paar Jahren kriegt er es vielleicht hin, auf die untersten Äste eines Baumes zu kommen, von denen er bei der leichtesten Windböe wieder runterfällt. Dabei könnte er ganz leicht das schnellste Tier der Welt sein.«

Sie nickte mit einem schiefen Lächeln.

»Und ich will klettern, ja?«

»Ich glaube, ja.«

Er beugte sich in ihre Richtung vor. »Aber du bist ein Zahlengenie, Lisa, wirklich. Ich hab letztens in eines deiner Bücher gesehen, die bei dir lagen, und ich verstehe nicht eine einzige Formel, nicht eine, ich kenne kaum eines der Zeichen, die da stehen, und das mit Mathe-Leistungskurs. Du lernst Programmiersprachen wie andere Menschen Kinderlieder, gewinnst internationale Mathemeisterschaften, und wenn du morgen mit deinem Rechner die ISS dazu bringst, blau im Takt zum Steigerlied zu blinken, würde mich das nicht wundern. Du bist wahrscheinlich gar kein Hase mehr, sondern schon ein Gepard.«

Er sah sie an, und eine Weile sagte sie nichts.

»Ich würde nur so gerne klettern.«

»Ich weiß.«

»Schaust du trotzdem mal drüber?«

»Ja, klar.«

Eines seiner beiden Handys meldete sich. Es war eine E-Mail von Mooodhunter. Er schlug ein Treffen vor.

Camilla

Der Richter folgte Camillas Antrag und verurteilte den jungen Mann, der schon zum zweiten Mal Drogen im Internet bestellt hatte und dabei aufgeflogen war, zu einer Geldstrafe von dreißig Tagessätzen. Bei seiner finanziellen Lage bedeutete das wahrscheinlich, dass er um eine Ersatzfreiheitsstrafe nicht herumkam und schon bald für einen Monat das gestapelte Chaos in seiner Wohnung mit einer sehr übersichtlich möblierten Zelle tauschen musste.

Und er konnte noch von Glück reden, denn obwohl auch eine Feinwaage sichergestellt worden war, hatte ihm das Gericht den Eigenbedarf abgenommen. Das nicht nur wegen der Menge, sondern weil er angab, seine vier Wände seit Jahren nur einmal die Woche zum Einkaufen zu verlassen und der Richter ihm das glaubte. Auch sonst habe er keine sozialen Kontakte, weder zur Familie noch zu Freunden, er verbringe viel Zeit mit Videospielen.

Der Bericht der Polizisten hatte das ebenso bestätigt wie die wenigen Bilder in der Akte, die bei der Durchsuchung entstanden waren. Sie zeigten, dass dieser eins neunzig große Koloss mit dem Gemüt eines Zwölfjährigen inmitten eines irrsinnigen Durcheinanders lebte, das wahrscheinlich ein Spiegelbild seines Inneren war. Wenn die Schilderung seines Alltags der Wahrheit entsprach, wie Camilla glaubte, versuchte er, beidem offensichtlich zu entfliehen, öfter mit Drogen, aber meistens als muskelbepackter Avatar in einer Welt, welche von Wesen mit magischen Kräften besiedelt war, die für das Gute mit ihrem Leben einstanden, von dem man praktischerweise mehrere besaß.

Obwohl sein Gesicht selbst beim Urteil weder Zorn noch Enttäuschung, weder Erleichterung noch Traurigkeit gezeigt hatte, sondern einfach leer geblieben war, tat er ihr einen Moment lang leid. Sie war sich auch nach sieben Jahren als Staatsanwältin nicht sicher, ob dieses Gefühl in ihrem Beruf eine hinderliche Regung war, die man sich mit der Zeit besser abgewöhnte, oder ob man dann einen zu hohen Preis zahlte.

Ihr Sitzungstag war damit beendet. Sie packte ihre Sachen zusammen, grüßte kurz Richtung Richtertisch und verließ den Gerichtssaal.

In ihrem Büro sah sie noch einmal die Akten für den nächsten Tag durch, dem sechsten Verhandlungstag in einem Prozess wegen Totschlags, an dem es vermutlich nur um zwei Gutachten der Jugendhilfe gehen würde, weil der Täter noch Heranwachsender war. Es reichte, sich das am nächsten Morgen anzusehen.

»Hallo, du bist schon da, wie schön.«

Sebastian Haller war ein Kollege von der Wirtschaftskriminalität.

»Zur Info, ganz schnell: Meine Frau ist überraschenderweise heute für vier Tage nach Berlin gefahren zu ihrer Schwester, wusste ich vorher nicht. Drei Abende, und die ersten beiden davon bin ich absolut abkömmlich. Treffen wir uns bei dir? Können ja vorher was machen, essen gehen oder ins Kino.«

»Ach so.«

»Müsste nur so gegen elf, halb zwölf zu Hause sein, falls sie auf dem Festnetz anruft – und wegen der Nachbarn, weißt du ja. Vielleicht können wir uns sogar beide Abende sehen, wäre doch wunderbar, oder?«

»Ja, äh ...«

Es klopfte, der Aktenbote kam herein und legte ihr wortlos einen Stapel Rotakten auf den Schreibtisch.

»Kannst es dir ja überlegen und mir Bescheid geben, ich hab's grad etwas eilig, sorry.« Demonstratives Zahnpastalächeln.

In der Tür drehte er sich noch einmal um.

»Melde dich.«

Er verschwand, dicht gefolgt vom Aktenboten.

Camilla lehnte sich auf ihrem Stuhl zurück und ließ den Kopf in den Nacken sinken.

Seit fast neun Monaten, seit einem gemeinsamen Kneipenabend mit der Abteilung, hatte sie mit diesem Mann das, was Menschen allgemein ein Verhältnis nannten, was bedeutete, dass sie sich hin und wieder trafen, spazieren gingen, redeten und danach meistens in ihrer Wohnung miteinander schliefen, weil in seiner Wohnung noch eine Ehefrau und eine studierende Tochter wohnten. Sebastian war gut aussehend, kultiviert, sehr sportlich, er war amüsant und zärtlich, er war aufmerksam und großzügig, aber sie wusste nicht, ob es das war, was sie all die Stunden mit ihm hatte verbringen lassen. Von Beginn an war für ihn klar gewesen, dass er seine Familie nie verlassen würde. Daran gedacht hatte sie hin und wieder, aber sie war nicht sicher, ob sie es sich in irgendeinem Augenblick auch einmal gewünscht hatte, dass er es wirklich täte. Das letzte Treffen lag eine Zeit zurück, und ihr fiel auf, dass sie gar nicht mehr genau sagen konnte, wann es gewesen war.

Ihr Handy klingelte, im Display stand »Alexander«.

»Camilla.«

»Sie haben gewonnen, Frau Lopez, und zwar ein Essen mit kultiviert-anspruchsvoller Zerstreuung zum Feierabend in entsprechender Gesellschaft. Herzlichen Glückwunsch.«

»Spinner.« Sie musste lächeln. »Außerdem hau mal nicht so auf die Sahne. Ganz schön große Versprechungen.«

»Wenn man viel zu bieten hat, erscheint das, was tatsächlich möglich ist, anderen manchmal utopisch.« Er machte eine kleine Pause, weil sie laut lachte. »Ganz ernsthaft: Hatten wir uns doch vorgenommen. Heute Abend Lust auf ein Bier, meinetwegen auch einen Happen zu essen? Ich lade dich ein.«

»Das ging aber schnell mit dem Umsetzen.«

»Wenn wir's auf die lange Bank schieben, wird es eh nichts.«

»Du hast Glück. Ich hatte heute Sitzungstag, der ist grad zu Ende, und ich habe noch nichts gegessen seit dem Frühstück.«

»Klingt gut. Groß oder klein, die Mahlzeit, meine ich.«

»Was kleines Herzhaftes wäre mir schon recht.«

»Okay. Sieben Uhr. Ich hätte vorher nämlich noch einen kurzen Termin, nicht unwichtig.«

Einen Augenblick zögerte sie. »Okay, und wo?«, sagte sie schließlich.

»Wo bist du, noch in der Staatsanwaltschaft?«

»Ja.«

»Dann vielleicht bei dir in der Nähe? Irgendwo auf der Rüttenscheider, das passt doch?«

Die Wahl fiel auf eine Kneipe, die Camilla kannte und öfter besuchte.

Sie drückte das Gespräch weg und ging zum Fenster.

Damit war der erste der beiden möglichen Abende schon dahin, und sie war fast ein wenig erschrocken darüber, dass sie bei diesem Gedanken keine Enttäuschung, schon gar keine Trauer empfand, sondern sogar eine leise Erleichterung. Sie sah den Menschen an der Straßenbahnhaltestelle auf der Zweigertstraße beim Warten zu und gab diesem Gefühl Zeit, an den Rezeptoren in ihrer Seele anzudocken.

Es hielt eine Bahn, sorgte für ein paar Sekunden Betriebsamkeit, sie schloss die Türen und fuhr an, dann begannen die Stehengebliebenen wieder damit, auf ihre Displays oder an den anderen vorbeizuschauen.

Sie wählte Sebastian Hallers Nummer.

»Hi, wie schön, so schnell. War eben ein bisschen blöd mit dem Aktenfuzzi, also ...«

»Du, ich wollt dir nur sagen, dass ich diese Woche leider keinen Abend Zeit habe, sorry. Du warst so schnell verschwunden eben.«

Das Schweigen am anderen Ende der Leitung war zu lang, aber sie zwang sich, es nicht zu unterbrechen.

»Echt jetzt, gar nicht?«

»Nein, leider.«

»Und überübermorgen, also der dritte Abend, ich könnte versuchen, mich auch da frei zu ...«

»Ne, leider auch nicht. Ich sag doch, die ganze Woche. Tut mir leid.«

»Tja, okay, kann man nichts machen.« Er hielt kurz inne, schien auf eine Erklärung zu warten. »Wenn du, also, ich meine, sollte ...«

»Ja?«

»Ach, nichts. Ich bin ein wenig in Eile, sagte ich ja, ich ruf dich wieder an.«

Er verabschiedete sich, und Camilla trat ans Fenster.

Sie wusste nicht, ob sie froh sein sollte, es gesagt zu haben, oder enttäuscht von sich selbst, nicht mit der ganzen Wahrheit rausgerückt zu sein, denn es war ihr plötzlich klar, dass sie sich nicht mehr mit ihm treffen würde. Woher diese Erkenntnis gekommen war, konnte sie nicht sagen, auch nicht warum in diesem Moment, aber sie war plötzlich da gewesen so deutlich wie eine Neonreklame in der Nacht.

Unten hielt wieder eine Bahn, öffnete und schloss die Türen, fuhr wieder ab und ließ dieses Mal eine alte Frau allein auf dem Bahnsteig zurück.

Es war kurz nach fünf, und die Kneipe lag um die Ecke, da wäre noch reichlich Zeit für die Akte. Aber das Bild dieser Frau hatte ihr schlechtes Gewissen angeknipst und erinnerte sie an ein Versprechen. Sie hatte es wie immer aufgeschoben, wofür es gute Gründe gab, aber es war dieses Mal zu lange, um es weiterhin unbeachtet zu lassen.

Sie nahm ihre Sachen, schloss ab und ging.

Alexander

Als Treffpunkt hatte Mooodhunter einen bekannten Aussichtspunkt im Schellenberger Wald vorgeschlagen. Die kleine Terrasse lag so günstig hoch oben über der Krümmung des Baldeneysees, dass er wie ein gigantischer Bumerang dalag und man die Wasserfläche zu beiden Seiten vollkommen überblicken konnte.

Weil der Ort nur zu Fuß oder mit dem Rad erreichbar war, stellte Alex seinen Wagen auf dem Parkplatz eines Lokals in der Nähe ab.

Schon nach wenigen Minuten ging er einen der beiden kurzen seitlichen Zugänge zu der Stelle hinab, und der Mann fiel ihm sofort auf. Weiter hinten widmeten sich drei junge Burschen einem Sixpack, lachten laut und erzählten sich Heldentaten, wie es aussah. Sonst war niemand da.

Mooodhunter saß auf der Mauer, die den schmalen Platz zum Abhang abgrenzte, ließ die Beine baumeln und wandte den Kopf, als Alex näher kam.

Er war etwa Ende zwanzig, trug einen dunklen Hoodie, Jeans und eine schwarze Kappe, und auch, wenn er saß, konnte Alex erkennen, dass er sehr klein war.

»Mooodhunter, nehme ich an.«

Alex trat nicht zu nah an ihn heran, versuchte es mit einem angedeuteten Lächeln, weil das Gesicht seines Gegenübers ernst und verschlossen blieb, fast ein wenig abweisend. »Ich hoffe, du wartest nicht schon zu lang.«

»Nein.«

Die tiefe Stimme überraschte Alex, und er empfand sie als unpassend, was vermutlich mit der Körpergröße zusammenhing.

Mooodhunter schwang die Beine mit einer halben Drehung herüber, blieb aber sitzen und stützte sich nach hinten mit den Händen auf der breiten Mauer ab.

»Danke, erst mal fürs Antworten auf meine Anfrage und auch fürs Kommen natürlich.« Wieder ein Lächeln und ein knappes Nicken waren alles, was kam.

Von diesem Typen ging etwas Irritierendes aus, aber es war nicht klar zu fassen. Er wirkte weder bedrohlich noch lächerlich, er wirkte vielmehr auf eine fremde Weise bei sich selbst. Aber okay, dachte Alex, wer seine Freizeit damit verbrachte, durch verrottete Ruinen zu wandern, der konnte vielleicht auch nicht ganz normal wirken.

»Ich hatte ja gemailt, dass ich über alte, verfallene Orte schreibe, die ihr euch …, also, die Menschen wie du sich ansehen.«

»Ich weiß, ich kenne deine Artikel.«

Alex schwieg, weil er noch Kritik erwartete, einen Verriss, irgendeine Bewertung, aber es kam nichts weiter. Kein Schwätzer, dachte er.

»Und?«

»Ich bin nicht euch.«

»Bitte?«

»Du hast gesagt, die ihr euch anseht.«

»Ja, ich meinte …«

»Also, das bin ich nicht so richtig.«

»Du gehörst nicht dazu, heißt das?«

Er nickte, und eine Weile waren nur die drei jungen Trinker am anderen Ende der Mauer zu hören.

»Worin besteht der Unterschied?«

»Ich bin kein Trophäenjäger.«

»Trophäen.«

»Ja, die Orte sind für mich nichts, was ich ausstelle. Wie einen

Pokal oder einen Hirschkopf mit Geweih, den man sich an die Wand hängt.«

»Du meinst damit die Leute, die ihre Videos ins Netz stellen? Take nothing but fotos, leave nothing but footprints?«, sagte Alex.

Mooodhunter veränderte seine Sitzposition und beugte sich nach vorn.

»Ja, ist so 'n alter Szene-Spruch von früher, aber genau.« Er nickte.

»Hab ich öfter gelesen, den Satz, wenn ich auf diesen Seiten unterwegs war.« Der Unterton klang mehr nach Entschuldigung als nach Erklärung.

»Ja, ich weiß. Ich mache keine Fotos.«

»Was ist dann deine Motivation? Irgendwas wird es ja sein, was dich dahin treibt.«

Er überlegte einen Moment.

»Ich sammle Orte.«

»Okay.«

»Orte und Stimmungen.«

Alex lächelte.

»Daher der Name.«

Wieder nickte er nur.

»Was machen die anderen anders, wer immer die sind? Warum gehörst du nicht dazu?«

Er machte eine Pause, sein Blick wanderte über den See Richtung Süden, dann sah er wieder Alex an.

»Was passiert mit dem, was ich sage?«

»Es passiert das damit, was du möchtest. Ich schreibe nichts von dir, was du mir nicht ausdrücklich erlaubst.«

Wieder dachte er einen langen Moment nach, ein wenig zu lang für Alex.

»Ich kann dir den Text auch zeigen, bevor er online geht, wir reden darüber, und du hast das letzte Wort. Ich kann dich auch ganz rauslassen. Ich will es erst mal nur ein wenig verstehen, ja, darum geht es mir in unserem Gespräch.«

Er nickte. »Okay.«

Wieder versuchte Alex ein Lächeln, das aber keine Resonanz fand.

»Also noch mal: Wenn du nichts ausstellst, wenn du Orte sammelst, was ist dann deine Motivation, was ist anders daran?«

»Die Stimmung zählt, der Augenblick, sonst nichts.«

»Was ist das Besondere daran, für dich, meine ich? Hat es was mit Grusel zu tun?«

Er zuckte mit den Schultern, suchte nach Worten.

»Damit hat es auch zu tun, ja, entfernt, auch mit dem Alleinsein, aber nicht hauptsächlich.«

Alex ließ ihm Zeit zum Nachdenken.

»Es ist eben nur dann da, in diesem einen Moment. Und nur für mich.«

»Es geht also um Unwiederbringlichkeit? Und um Exklusivität?«

»Ja, vielleicht. Und um Einzigartigkeit. Es ist schwer zu erklären.«

Das erste Lächeln, das er zeigte, war kurz und mehr ein kleines verlegenes Bedauern.

»Wenn es so schwer zu erklären ist, könnte ich dann vielleicht einfach mal mitkommen?«

Für eine Sekunde wirkte er fast schockiert, fing sich aber sofort wieder.

»Ich könnte da natürlich auch allein reingehen. Aber erst mal kenne ich gar keinen dieser Orte, und dann so gemeinsam, mit jemandem, der da Erfahrung hat, wär schon schön. Und ich könnte vielleicht kapieren, was du meinst.«

Mooodhunter biss sich auf die Unterlippe.

»Ich nehme auch nichts mit, weder Kamera noch sonst was, wenn es daran liegt.«

»Hab ich noch nie gemacht, so was.«

»Kann ich mir vorstellen, und soll ja auch nur einmal sein. Ich wär dir auch sehr dankbar.«

»Ich überlege es mir, ja, und melde mich dann.«

Mit einer behänden Bewegung stand er auf, ging aber nicht sofort. Auch Alex erhob sich.

»Ich hätte dich wenigstens gern auf einen Kaffee oder so eingeladen, aber du hattest ja diesen Ort hier vorgeschlagen.«

Mit zwei kleinen Schritten ging er noch einmal so dicht an die Mauer, dass er sie mit den Knien berührte und blickte über den See, in dem sich die späten Wolken spiegelten.

»Ich sag doch, es geht um den Augenblick. Immer.«

Wieder lächelte er schmal und verlegen, dann ging er zum Waldweg hinauf und verschwand.

Die drei Jugendlichen hatten mittlerweile das zweite Sixpack aus einem Schalke-04-Rucksack geholt und in Angriff genommen.

Alex setzte sich auf die Mauer und ließ jetzt ebenfalls die Beine zum Abhang hin baumeln.

Eigenartiger Typ, dachte er und hoffte, dass seine Zweifel, ob da psychisch alles zum Besten gestellt war, sich im Gespräch nicht zu offensichtlich nach vorn gekämpft hatten.

Überm Horizont war ein Flugzeug im Landeanflug, so träge, als würde es gleich runterfallen.

Deniz

Dritter Stock, das hatte Deniz sich merken können und gehofft, der Name fiele ihm wieder ein, wenn er die Klingelschilder vor sich hatte.

Bingo: Schreiner.

Er drückte die Tür auf, als der Summer schnarrte, und auf halbem Weg zur zweiten Etage blieb er kurz stehen. Bereits hier lag eine leise Spur Fäulnis in der Luft, und wenn das so war, lag die Leiche schon eine Zeit. Mit jeder weiteren Stufe nach oben fragte er sich, ob alle anderen Leute im Hause seit Wochen unter kollektivem Schnupfen litten, wenn sie erst jetzt die Polizei gerufen hatten. Aber vielleicht lag es einfach an der Tür, denn manche der neueren Modelle von Qualität ließen kaum etwas durch, und dieses Anwesen sah nicht nach sozialem Wohnungsbau aus.

Von den beiden Kollegen der Streife, die im Flur der Wohnung warteten, kannte er Jens, den Dienstgruppenleiter; kurze Begrüßung. Der Leichengeruch war hier noch intensiver, Jens ging vor in Richtung Wohnzimmer.

»Wir waren kaum drin, auch der Notarzt hat nicht mehr viel an der Leiche gemacht.«

Das Alter der Frau war auf den ersten Blick und aus der Entfernung nur vage zu schätzen, weil das Gesicht, soweit zu erkennen, einen hellen Lilaton angenommen hatte. Ihre kurzen Haare waren offensichtlich braun gefärbt, und sie saß aufrecht in einem Ohrensessel, lediglich der Kopf war so weit nach vorn gefallen, dass das Kinn die Brust berührte.

»Der Schlüssel steckte von innen, es war aber nicht abgeschlossen, der Schlüsseldienst war nach wenigen Sekunden drin. Hat an der Tür auch kaum was kaputt gemacht. Das Radio lief, als wir kamen. Ansonsten haben wir die Räume nur kurz durchgesehen, ob sonst noch jemand drin ist.«

»Okay. Ausweis oder so was habt ihr auch noch nicht?«

Jens schüttelte den Kopf. »Waltraud Schreiner, mehr wissen wir noch nicht. Willst du dir grad die Personalien vom Anrufer notieren? Wohnt eine Etage höher, genau hier drüber.«

Deniz fotografierte mit dem Tablet die Seite im Notizbuch, der Kollege verstaute es wieder in einer seiner unzähligen Taschen.

»Der Totenschein liegt hier auf der Garderobe. Brauchst du uns noch? Für die Leichenschau, weil … so allein ist vielleicht nicht der Hit?«

»Ja, bei uns war keiner mehr aufzutreiben. Didi bekam parallel 'ne Leiche in Rüttenscheid und hat unsere Studentin mitgenommen, und die K-Wache ist auch im Einsatz.«

Er ließ den Blick über die schmale Gestalt im Sessel gleiten, über das Wasserglas und den Teller mit den braun eingetrockneten Apfelstücken auf dem Couchtisch davor, über den Rest der Einrichtung, die für so einen alten Menschen relativ modern wirkte. Ihm fiel die Ordnung auf, denn nirgendwo stand etwas herum.

»Ne, alles gut, Leichenschau mache ich dann beim Bestatter. Habt ihr den schon verständigt?«

»Noch nicht.«

»Alles klar, mach ich dann.«

Sie verabschiedeten sich und zogen die Tür hinter sich zu.

Deniz streifte sich Latexhandschuhe über, schaltete als Erstes das Radio aus, und für einen Moment überraschte ihn die auffallende Stille, die dadurch entstand und erst wieder verschwand, als er zwei Fenster öffnete. Über die Leitstelle bestellte er den Bestatter und begann mit den Fotos.

Auf den ersten Blick war an der Leiche nichts Auffallendes. Er tippte darauf, dass die Frau mindestens eine Woche tot war, vielleicht etwas länger. Sie trug eine Jogginghose und einen Pullover mit langen Ärmeln. Die gesamte Erscheinung wirkte gepflegt, auch die Hände. Lediglich auf dem Ballen der linken klebte ein größeres Pflaster, das er noch an seinem Platz ließ. Er legte die Hand zurück in den Schoß, und erst bei diesen leichten Bewegungen fiel ihm auf, dass zwischen Sitzfläche und Körper dunkle Feuchtigkeit glänzte und schon in das Polster eingezogen war, wie man jetzt auch deutlich roch.

Zur Wohnung gehörten noch drei weitere Räume, in denen er dieselbe makellose Reinlichkeit vorfand. Ordentliches Mädchen, dachte er. Da reichten Übersichtsfotos. Es standen keine Schuhe in Ecken, es hingen keine Klamotten über Stühlen, nirgendwo alte Zeitschriften oder geöffnete Post, nur in der Küche lagen auf einem Holzbrett auf der Arbeitsplatte ein Messer und Schalen, die ebenso braun und eingetrocknet waren wie der Apfel im Wohnzimmer, von dem sie stammen mussten. Daneben eine Schere, eine Packung Pflaster und zwei kleine weiße Folien vom Klebestreifen. An der Spitze des Messers war ein kleiner dunkler Fleck erkennbar, und er nahm an, dass das Blut war.

Mit angehaltenem Atem öffnete er den Kühlschrank, in dem sich aber nur ein paar Lebensmittel verloren, die noch keinen verdorbenen Geruch verströmten. Neben einer Tüte H-Milch stand in der Tür eine angebrochene Mineralwasserflasche, aus der sie sich vermutlich das Wasser genommen hatte.

Er suchte weiter und fand ihren Ausweis gleich zuoberst in der Schublade des Vertikos im Wohnzimmer, dazu die Karte ihrer Krankenversicherung. Waltraud Irmgard Schreiner, geborene Cielinski. In ein paar Wochen wäre sie neunundachtzig Jahre alt geworden. Nach weiterem Wühlen hielt er die Visitenkarte eines praktischen Arztes in der Hand, ein wenig schmuddelig und schon etwas abgegriffen, aber vielleicht noch aktuell, hoffte er, denn der Notarzt hatte wie üblich keinen natürlichen Tod bescheinigt.

Er wählte die Nummer auf der Karte, und eine nette Frauenstimme verriet ihm, dass derzeit alle Leitungen besetzt seien und man seine Nummer und sein Anliegen hinterlassen solle. Deniz sagte seinen Spruch und beendete die Verbindung.

Nachdem Waltraud Schreiner mit den Bestattern zum letzten Mal die eigenen vier Wände verlassen hatte, suchte er weiter an den üblichen Stellen nach irgendeinem Hinweis auf Angehörige. Vergeblich. Nicht selten waren bei Menschen dieses Alters noch Telefonregister mit handschriftlichen Einträgen zu finden, aber Waltraud Schreiner hatte entweder ein gutes Gedächtnis oder kannte den Umgang mit neuerer Telefontechnik. Wirklich mit jemandem gesprochen hatte sie vor zehn Tagen, der letzte Anruf in Abwesenheit war fünf Tage alt. Er fotografierte die Einträge im Display ihrer Anlage bis zu einem Anruf vor vier Wochen. Dann sah er sich noch einmal um, schloss die Fenster und nahm den Wohnungsschlüssel an sich.

Gustav Rohleder eine Treppe höher kannte die Tote kaum persönlich.

»Ich wohne erst seit einem Jahr hier, müssen Sie wissen, Herr Kommissar. Aber sie hat die letzten Tage die Werbung nicht aus dem Briefkasten genommen, der ist direkt neben meinem. Und dann konnte ich nachts, wenn es still war, hören, dass die ganze Zeit ihr Radio lief, ununterbrochen.«

Ziemlich intakte Lauscher für das Alter, dachte Deniz, denn so laut war das Radio nicht gewesen.

»Na ja, und heute habe ich dann vor ihrer Tür den Geruch

bemerkt, ganz leicht zwar, aber da war mir schon alles klar. Ich habe früher mal eine Zeit lang bei einem Bestatter gearbeitet, da vergisst man diesen Geruch nie.«

Ansonsten wusste der unmittelbare Nachbar Wilhelm Dierks genauso wenig über die Tote wie die restlichen drei Bewohner, die er noch im Haus antraf. Eine Mieterin glaubte, vor Wochen mal einen Mann im Treppenhaus gesehen zu haben, der möglicherweise aus ihrer Wohnung kam, war sich aber nicht sicher.

Zwei Stunden später machte Deniz nach der Leichenschau beim Bestatter einen kleinen Umweg, um in einer Leichensache der letzten Woche einen Nachbarn zu befragen, der aber nicht zu Haus war.

An Waltraud Schreiners Leiche war alles so an seinem Platz gewesen wie in ihrer Wohnung. Sämtliche Zeichen des Todes, wie man sie erwarten konnte, es gab außer dem Schnitt im Handballen keinerlei Verletzung, und alles sah danach aus, dass die Frau einen Tod erlebt hatte, von dem viele immer behaupteten, dass sie ihn sich wünschten. Plötzlich und sanft am Ende eines langen Lebens. Dennoch war in ihm ein Gefühl, das selten auftauchte, das er aber gut kannte. Wie die ersten leisen Zeichen eines Unwohlseins, noch so diffus, dass man nicht wusste, woher es kam.

Camilla

Kurz vor ihrem Tod hatte Erika, die sie immer Tante Erika genannt hatte, nach einem langen Gespräch Camilla einen Schlüssel zum Haus gegeben, für alle Fälle, aber das wusste Arthur nicht. Darum klingelte sie wie jedes Mal. Ihr war klar, dass er wie immer hinter der Gardine des kleinen Flurfensters nachsah, wer vor der Tür stand, sie ignorierte das aber jedes Mal und wartete, bis er öffnete.

Ihr letzter Besuch war viele Wochen her, und sie war froh, wenn sie ihn wohlauf vorfand und in der Zwischenzeit nichts passiert war. Weniger wegen ihm, wahrhaftig nicht, sondern weil sie ihrer Großtante vor ihrem Tod versprochen hatte, hin und wieder nach ihm zu sehen.

»Dass er nicht wochenlang tot zu Hause herumliegt«, waren ihre Worte gewesen.

»N'Abend, Arthur.«

»N'Abend.«

Er ließ sie herein, und sie wartete, bis er die Tür geschlossen hatte und ins Wohnzimmer vorging.

»Na, wieder Kindermädchen für den alten Onkel spielen? Ob er noch allein aufs Klo kommt?«

Der scherzhafte Anstrich seiner Worte war so wässrig, dass es nicht schwerfiel, Missfallen und Ablehnung dahinter zu erkennen, sie kannte das. Aber diesen Ausweg ließ er sich immer, er wollte sie schließlich nicht vollkommen verärgern. Wenn man nämlich siebenundneunzig Jahre alt war, hatte es auch seine Vorteile, jemanden zu kennen, der hin und wieder vorbeischaute und ein paar Dinge erledigte, die für die alten Knochen nicht mehr möglich waren, auch wenn man diesen Jemand verachtete.

»Ich weiß, wie er ist und dass das ein Opfer für dich ist, aber du bist die Einzige, die ich bitten kann.«

Es war das vorletzte Gespräch mit Erika gewesen, und da hatte sie schon gewusst, wie ernst es um sie stand. Gesagt hatte sie es niemandem.

»Und? Geht's dir gut, Arthur, gesundheitlich, meine ich? Du weißt, wenn du mal zum Arzt musst, ruf mich an.«

»Ärzte stecken einen nur in Krankenhäuser, das ist das Einzige, was die wollen. Und da kommt man in meinem Alter meistens nicht mehr lebend raus, wenn man erst mal drin ist.«

Dabei ist der Mann ein körperliches Wunder, dachte sie, was an den Genen liegen musste. Göttliche Belohnung für sein Leben konnte es jedenfalls nicht sein.

Sie begann ihren beiläufigen Kontrollgang in der Küche und war überrascht, dort Geschirr und Töpfe von lediglich zwei Tagen zu finden. Wortlos ließ sie heißes Wasser ein, gab Spülmittel dazu und begann mit dem Abwasch.

Auf dem Weg zum Haus hatte sie gesehen, dass der Rasen zwar nicht frisch geschnitten, aber keineswegs verwahrlost war.

»Kommt der junge Bursche aus der Nachbarschaft noch manchmal vorbei? Ich meine den, der Rasen mäht?«

»Wenn du so fragst, nehme ich an, es ist dir aufgefallen.« Er setzte sich auf einen der Küchenstühle und sah ihr zu. »Ja, er kommt noch, auch wenn Zuverlässigkeit heute keine Tugend mehr zu sein scheint.«

»Immerhin schneidet er den Rasen noch, oder?«

»Wahrscheinlich nur, wenn er Geld braucht.«

Sie ließ die Sachen zum Trocknen auf der Ablauffläche stehen und wischte einmal über alle Arbeitsplatten.

»Hast du dir mittlerweile überlegt, mal eine Putzfrau zu nehmen?«

»Was soll ich damit? Oder ist das ein versteckter Hinweis darauf, dass ich hier nicht mehr selbst für Sauberkeit sorgen kann? Ich brauche keine Putzfrau.«

»Ach, Arthur, ich dachte einfach, du könntest dir dein Leben ein wenig leichter machen.«

»Sei nicht so herablassend. Außerdem brauche ich hier kein türkisches oder albanisches Weib im Haus. Wer anders meldet sich ja heute nicht mehr auf solche Annoncen.«

Sie ging zurück ins Wohnzimmer und entschloss sich, auf einen Toilettengang zu verzichten, weil sie sicher war, dass er es schon immer durchschaut hatte, wozu der eigentlich diente. Die Pflanzen im Wohnzimmer sahen aus, als bekämen sie regelmäßig Wasser, und auch sonst machte die Wohnung nicht den Eindruck, als wäre der Mann vollkommen überfordert.

»Willst du oben noch nachsehen, ob ich genug saubere Wäsche habe?«

Sie sah ihn an, und er wich ihrem Blick nicht aus. Dann ging sie zur Tür, blieb im Flur noch einmal stehen und drehte sich ihm zu.

»Ich weiß, Arthur, dass es nicht nur darum geht, dass hier jemand nach dir schaut, sondern dass du auch Schwierigkeiten mit mir als Person hast, aber ich habe es Tante Erika versprochen, und ich werde mein Versprechen halten.«

Er blickte sie voller Skepsis an.

»Hat doch auch für dich ein paar Vorteile, oder? Sollen wir nicht versuchen, es irgendwie hinzukriegen?«

Es gab eine Stimme in ihr, die gern hinzugefügt hätte, dass es doch nur noch ein überschaubarer Zeitraum sei. Aber ein, zwei andere Stimmen verhinderten das.

»Ich werfe es dir nicht vor, dass sich deine Großmutter im Heu einer LPG mit einem kubanischen Tabakpflücker eingelassen hat, das ist Sache eurer Familie. Aber goutieren muss ich das auch nicht.«

Sie schüttelte leise den Kopf. Wie konnte sich eine so überaus freundliche und gutherzige Frau wie die Schwester ihrer Großmutter so unsterblich in solch einen Menschen verlieben, der noch dazu viel älter war als sie.

Aber vielleicht ist irgendwann auch mal die Verantwortung aus einem Versprechen aufgebraucht, ging es ihr durch den Kopf – und sie hatte diesen Gedanken zum ersten Mal.

»Mach dir einen schönen Abend, Arthur.«

Er schloss die Tür, und Camilla ging zu ihrem Wagen.

Bevor sie einstieg, winkte von schräg gegenüber ein älterer Mann, von dem sie wusste, dass er Konrad Strecker hieß und früher Richter gewesen war, das hatte sie bei einer zufälligen Gelegenheit erfahren. Ihre Vereinbarung war, dass er sie anrief, sollte irgendetwas Außergewöhnliches vorfallen.

»N'Abend Herr Strecker. Na, geht's Ihnen gut?«

»Frau Staatsanwältin, guten Abend. Sie wissen doch, Unkraut vergeht nicht, gilt im Garten immer und manchmal auch im Leben.«

Er unterbrach seine Arbeit und trat an den Zaun.

»Haben Sie mal wieder nach dem Rechten geschaut?«

Sie war sich nicht sicher, ob er den Satz doppeldeutig meinte, denn er wusste um die Gesinnung und die Vergangenheit seines Nachbarn von gegenüber. Sie entschloss sich, es anders zu verstehen.

»So kann man das gar nicht nennen, so selten wie ich da bin. Er scheint aber noch klarzukommen, wie es aussieht.«

»Na, dann ist ja gut. Man bekommt ihn eigentlich nie zu

sehen. Also, nicht dass ich da ständig auf der Lauer läge, in letzter Zeit habe ich allerdings ein-, zweimal mitbekommen, dass jemand bei ihm war, außer dem Postboten, meine ich. Zuletzt sogar heute Morgen. Aber ansonsten sieht man ihn eigentlich nie.«

»Vielleicht war das der Junge, der den Rasen mäht, der kommt manchmal.«

»Ja, schon möglich, so genau schaue ich ja nicht hin. Aber es stand auch schon mal ein Auto dort letztens. Jedenfalls melde ich mich, wenn nötig. Und sonst? Wird dem Recht weiterhin zum Sieg verholfen?«

Sie lachte.

»Eine sehr optimistische Sicht für jemanden, der so lange im Geschäft war.«

Jetzt lachte auch er.

Sie tauschten noch ein paar Juristenanekdoten aus, dann verabschiedete sie sich und ging zum Auto.

Bevor sie losfuhr, sah sie noch einmal zum Haus. An einem der Fenster glaubte sie, eine Bewegung zu erkennen. Aber vielleicht war das auch eine Täuschung.

Oma

Liebe Mädchen machen das, hat Oma gesagt, sie dabei sehr ernst angesehen und dann weiter Kartoffeln geschält. Das ist schon eine Weile her.

Und jetzt hört sie, wie Oma und Opa reden und sich in der Wohnung bewegen. Was die beiden sprechen, ist nicht zu verstehen, nur der unterschiedliche Klang ihrer Stimmen ist zu hören und die knarrenden Dielen, wenn sie hin und her gehen.

Am Anfang ist da immer auch noch das Klappern vom Geschirr, wenn Oma in der Küche räumt, aber das hört irgendwann auf, wenn sie ins Bett geht.

Sie liegt schon eine ganze Weile im Bett und beginnt jetzt allmählich damit, es wird Zeit. Es ist nicht von Anfang an so gewesen, und eigentlich ist sie auf diesen Trick ganz zufällig gekommen, aber er klappt ganz gut. Als es begann, hat sie immer versucht, an schöne Dinge zu denken, denn dann ist da nichts anderes in ihrem Kopf, nur die schönen Dinge. Aber mit der Zeit ging das damit nicht mehr so gut, weil die schönen Dinge einfach weggeschoben wurden in ihrem Kopf.

Ihr ist dann wieder eingefallen irgendwann, was sie mal mit ihrer Freundin Lina ausprobiert hat, als die noch nebenan wohnte, und sie beide jeden Tag beieinander gewesen sind. Sie hatten eines Tages Eiswürfel in eine Schale getan und eine Hand so lange hineingehalten, wie es nur eben auszuhalten war. Wenn man sie dann wieder herauszieht, spürt man eine ganze Weile gar nichts in dieser Hand, sie wird fast völlig gefühllos, ja, es ist, als wäre sie tot. Man kann sogar in die Haut kneifen, ohne dass es wehtut. Einmal hat Lina sich sogar mit einer Nadel gepiekt und gesagt, nicht mal das würde man spüren. Selbst hat sie sich das mit der Nadel nicht getraut, aber Lina konnte man das glauben, wenn sie so etwas sagte.

Und das ist ihr irgendwann wieder eingefallen, als das mit den schönen Dingen nicht mehr klappte.

Sie hatten das damals natürlich nicht mit dem ganzen Körper gemacht, so viel Eis hätte man ja gar nicht herstellen können, sondern eben nur mit der Hand und einer Schüssel. Und vielleicht wäre sie damals in echt auch gar nicht in so eine Badewanne mit Eis gestiegen.

Aber genau diesen Trick macht sie jetzt mit ihrem Körper und stellt sich immer vor, sie läge in einer Badewanne voller Wasser, in dem Eiswürfel schwimmen, ganz viele, und nur der Kopf kuckt heraus. Und wenn sie rechtzeitig beginnt, sich das vorzustellen, fühlt sie ihren Körper überhaupt nicht mehr.

Am Anfang, als Opa sie nur angefasst hat, klappte das ganz gut. Sie hat seine Hände dann gar nicht an sich gefühlt, weil sie ja in einer Badewanne mit Eiswürfeln lag. Aber irgendwann hat Opa angefangen, sich auch ganz auszuziehen und neben sie zu legen, und da fing es an, schwierig zu werden.

Und das liegt am Geruch. Den Geruch bekommt man mit diesem Trick nicht weg. Nicht den Geruch, den Opa immer hat, wenn er am Tisch neben ihr sitzt oder auf dem Sofa. Der ist auch nicht schön, aber nicht so schlimm. Aber als er damals angefangen hat, sich auszuziehen und neben sie zu legen, da konnte man riechen, wie er da unten riecht, und das ist gar nicht schön. Noch schlimmer wird es, wenn sie Sachen an ihm machen muss, denn dann riecht sie hinterher auch so wie Opa, und da hilft es kein bisschen, wenn sie sich vorstellt, dass sie ihren Körper nicht fühlt. Den Geruch kriegt sie nicht weg.

Sie hat lange gewartet, bis sie das Mama erzählt hat, aber das war kurz bevor Mama in die Klinik kam, und da hatte sie immer das Gefühl, dass sie gar nicht mehr richtig zuhören und verstehen konnte, was man ihr erzählte.

Sie hat dann wieder lange gewartet, bis sie damit zu Oma gegangen ist, denn eigentlich sollte es ja etwas Schönes sein, das sagt Opa jedenfalls immer, dass sie etwas ganz Schönes machen würden und sie sein großer kleiner Schatz wäre. Aber es fühlt sich alles gar nicht schön an. Es fühlt sich sogar schrecklich an und so, als wäre es etwas Falsches, was sie tut.

Liebe Mädchen machen das mit ihrem Opa, hat Oma dann aber gesagt, als sie ihr das erzählt hat. Liebe Mädchen machen das, und sie erzählen niemandem davon, hörst du, Sandra?

Aber wenn das so ist, versteht sie eines dabei nicht. Wenn es so was Schönes ist, wie Opa sagt, und sie ein liebes Mädchen ist, wenn sie das tut, wie Oma sagt, warum soll sie das dann niemandem erzählen? Opa spricht sogar immer von einem Geheimnis, das niemand wissen darf. Er hat gesagt, dass Mama das bestimmt gar nicht verstehen könnte, wenn sie das wüsste, weil ihr Kopf doch krank ist, und sie dann vielleicht ganz traurig und noch kränker wird. Aber warum, wenn sie doch ein liebes Mädchen ist, weil sie das mit ihrem Opa macht?

Sie schließt die Augen und fühlt, dass sie allmählich kalt wird.

Deniz

Er entschied sich für die Treppe. In der ersten Etage flog die Tür zum Treppenhaus auf, und Anna kam dazu, auch auf dem Weg nach oben.

»Schon wieder da?«

»Ja, schon eine ganze Zeit.«

»Und? Wieder was gelernt am täglichen Fließband des Grauens?«

Sie blieb stehen, zog die Brauen nach oben.

»Echt, so was glaubt man nicht, wenn man es nicht selbst gesehen hat. Dass Menschen so leben können. Eigentlich brauchte ich erst mal 'ne Dusche.«

Sie ging weiter, und Deniz musste schmunzeln.

»Die Frage sollte eigentlich ein Scherz sein. So schlimm?«

»Die Leiche war gar nicht so schlimm, die Wohnung. Es war unfassbar. Es war überall kniehoch Müll, in allen Räumen, wirklich ausnahmslos. Der hatte Gänge angelegt, damit er sich in seiner Wohnung bewegen konnte.«

»Kommt öfter vor, als man denkt, wirst du noch sehen.«

»Dann hatte der noch zwei Katzen, und in der Küche waren überall offene Dosen Katzenfutter und versiffte Näpfe und bääähh ...«

Er hielt ihr die Tür zum nächsten Flur auf, und sie verschwand ohne weiteres Wort auf der Toilette.

Didi, das Stubenkamel, stand hinter seinem Schreibtisch und sortierte bei Radiomusik irgendwelche Papiere. Kurzer Gruß.

»Na, warst du auch schon duschen?«

»Duschen?« Ohne aufzusehen.

»Habe grad unsere Hospitantin getroffen, die war noch ziemlich von der Rolle und hätte gern zwischendurch geduscht.«

»Ach, so, das …« Kurzer Lacher. »Ja, war 'ne Messibude, und auch eine von der schlimmeren Sorte. Wenn die Kollegen und der Arzt nicht vorher schon drin gewesen wären, hätten wir Schwierigkeiten gehabt, die Leiche überhaupt erst mal zu finden.«

»BtM?«

»Ne, haben jedenfalls keins gefunden. Aber kann gut sein, dass da irgendwo im Müll noch was ist, sah schon nach Kifferwohnung aus.«

Deniz packte die Sachen aus, die er aus der Wohnung mitgenommen hatte, und wählte dann noch einmal die Nummer des Arztes. Wieder sprach nur die Anrufbeantworterin mit ihm.

»Und bei dir?«

»Nichts Besonderes. Neunundachtzig Jahre, fast. Saß tot im Wohnzimmer im Sessel, geschätzt seit einer Woche, vielleicht etwas länger.«

Er nahm den Fotoapparat aus dem Rucksack und sah sich die Fotos der Wohnung und der Leiche auf dem Display an.

»Und in der Beziehung war es das komplette Gegenteil, alles völlig aufgeräumt und absolut sauber. Wie heißt es immer: Du konntest vom Boden essen.«

»Das konntest du bei uns auch, war alles da. Altes Brot, Katzenfutter, Chips, faule Äppel …«

Deniz musste schmunzeln.

»Obst gab's bei mir auch. Wie es aussieht, wollte sie noch in Ruhe einen Apfel essen und ist dann ganz einfach still und leise bei Musik in den Sonnenuntergang gesegelt.«

Die Fotos liefen weiter über den kleinen Bildschirm, zuerst aus der Wohnung, Schlafzimmer, Wohnzimmer, Küche, dann die vom

Bestatter. Aber auch an der nackten Leiche war alles unauffällig gewesen.

Er ließ den Fotoapparat sinken und sah aus dem Fenster.

»Kennst du das, Didi? Wir haben ja nun echt fast jeden Tag mit dem Tod zu tun, und meistens ist die Sache klar, egal ob einer nachgeholfen hat oder nicht. Aber manchmal, ganz selten, hat man einfach ein eigenartiges Gefühl, mehr nicht, keine Dinge, die offensichtlich nicht passen, einfach ein Gefühl. Ich meine, du machst das doch noch viel länger als ich.«

Didi unterbrach seine Sortiererei, sah aus dem Fenster und schob die Unterlippe vor, dann begann er sacht zu nicken.

»Ja, kenne ich. Hat man manchmal. Und ich könnte dir jetzt nicht mal sagen, wann zuletzt und ob es irgendwann mal berechtigt war. Aber ja, kenne ich. Wer weiß, woran man da unbewusst erinnert wird.«

Er widmete sich wieder seinem Zettelpuzzle.

Deniz hatte sich auf dem Rückweg zum Präsidium ein Lahmacun besorgt, holte sich einen Kaffee dazu und nahm auf dem Weg zurück den Papierkram aus seinem Fach mit, den er erst mal zur Seite legte. Fettflecken auf Akten machten sich nicht besonders.

Nebenher Fotos von der Kamera ins System zu laden, war aber möglich. Er stoppte den Durchlauf bei den Fotos aus der Küche und sah sich jedes einzelne jetzt auf dem größeren Bildschirm noch einmal länger an. Nach kurzer Zeit wählte er die Nummer der KTU.

»Deniz, alter Halbtürke, was gibt's?«

»Immer diskriminierst du mich wegen einer Hälfte meiner Gene, das schreibe ich noch mal dem Innenminister, du Sackgesicht. Wart ihr heute schon draußen?«

»Ja, müssen aber gleich noch mal zu einem Tatort nach Frillendorf. Wieso?«

»Kannst du mir bei einer Leichensache einen Gefallen tun?«

»Was heißt Gefallen? Was gemacht werden muss, machen wir.«

»Ja, so klar isses nicht, es ist erst mal kein Tatort.«

»Oh, Mann, das hört sich scheiße an. Wir haben bei deinem Penner im Wald schon zwei Stunden für den Eimer gearbeitet, ist das hier wieder so?«

»Ich hab den Hausarzt noch nicht erreicht, wahrscheinlich ist es natürlicher Tod, aber es ist ein Gefallen.«

Ein langes, demonstratives Stöhnen kam aus dem Hörer.

Deniz nannte die Adresse und erklärte die Situation.

»Vom Messer in der Küche bräuchte ich einen DNA-Abstrich, wenn das Blut ist. Ich hatte eben keine Tests dabei und hab vergessen, das Teil mitzunehmen. Für alle Fälle. Ist mir jetzt erst eingefallen. Den Schlüssel hab ich hier, eilt auch nicht.«

»Ich sollte echt irgendwann das Bundesverdienstkreuz kriegen. Aber ich mache es zum Schluss, nach dem Tatort.«

»Danke.«

»Den Schlüssel hol ich mir auf dem Weg.«

»Ach, und Mustafa: Wenn es umsonst sein sollte, geb ich einen aus.«

»Jaja …«

Nach dem letzten Bissen stellte er das Fenster auf Kipp, damit das Büro nicht wie ein Imbiss roch, und brachte das Papier in den Abfalleimer vorm Frühstücksraum. Da nölten zwar die anderen, weil die Putzfrau um die Zeit längst durch war, aber der Weg nach unten zu den Müllcontainern war ihm jetzt zu weit.

Dann nahm er sich den Stapel aus dem Fach vor.

Die Infomappen hatten Zeit, auch die beiden Rückläufer von der Staatsanwaltschaft, aus einem geöffneten Umschlag von der Wache Süd fiel ihm eine Debitkarte auf den Namen Ernst Huber entgegen, und es war noch eine kurze Notiz dabei.

Hallo, Kollegen,

diese Debitkarte ist heute hier von einer Mitarbeiterin, Frau Jacho, Tel…, der Autovermietung AVIS abgegeben worden. Sie lag in einem ihrer Mietwagen und wurde bei einer Reparatur gefunden. Da die Karte nur den Namen enthält, habe ich bei der Bank angerufen, Frau Dörr, Tel…, und dort sagte man mir, der Inhaber sei schon vor Monaten verstorben.
Eine Nachfrage mit seinen Daten in unserem System bestätigt das und weist den Kollegen Dresing vom KK 11 als den Sachbearbeiter der Leichensache aus.
Darum zu euren Händen. Ich hoffe, das ist okay so.

Gruß
Mirko Kaschinsky
Wache Süd – E –

Ja, ist okay, Mirko, dachte Deniz.

Es musste eine der letzten Leichensachen seines Vorgängers gewesen sein. Nachdem der Vorgang auf dem Bildschirm erschien, überflog er den Bericht der Leichenschau und sah sich die Fotos an.

Der Mann war vor etwa zehn Monaten mit dreiundneunzig Jahren in seinem Bett gestorben, vermutlich nachts, weil er einen Schlafanzug trug. Außer einer kleinen OP-Wunde, die von einer frischen Leistenbruch-Operation stammte, wie es im Bericht stand, war nichts Auffälliges zu sehen. Eine Allerweltsleichensache. Der Mann hatte allein gelebt, und die Todesursache war erst mal nicht festzustellen gewesen, der Klassiker, in diesem Fall auch deshalb, weil der Fäulniszustand schon relativ weit fortgeschritten war.

Der Stromableser hatte nach seinem dritten vergeblichen Besuch die Kollegen verständigt. Ein freistehendes Einfamilienhaus, wie es auf dem Foto aussah.

Er rief den gesamten Vorgang auf und las im Schlussvermerk, dass es keine Hinweise auf ein Fremdverschulden gegeben hatte. Wahrscheinlich war damit die Sache ans Ordnungsamt gegangen, denn von einem Verantwortlichen stand da nichts.

Dass nach all dieser Zeit jetzt die Karte in einem Mietwagen auftauchte, war eigenartig.

Weil Kollege Mirko glücklicherweise alle Erreichbarkeiten sauber notiert hatte, versuchte Deniz es bei Frau Jacho, die aber schon im Feierabend war, im wohlverdienten, was ihrem hektischen Kollegen wichtig war zu erwähnen. Aber wegen der Karte wäre er auch im Bilde. Die sei bei einer Reparatur des Mietwagens gefunden worden, bei der der Sitz ausgebaut worden wäre, an einer Stelle, die ohne diesen Ausbau nicht einsehbar gewesen sei. Nein, sie stamme von keinem ihrer Kunden, das habe man gecheckt. Ein Mann dieses Namens habe kein Auto geliehen, weder dieses noch ein anderes.

Deniz sah auf die Uhr, und um die Zeit war es utopisch, noch jemanden beim Ordnungsamt zu erreichen.

Obwohl ein Anruf in der Sache unnötig war, versuchte er es bei Camilla, aber auf ihrem dienstlichen Anschluss nahm niemand ab. Für einen kurzen Moment dachte er daran, sie auf dem Handy anzurufen und zu fragen, ob sie ein Feierabendbier mit ihm trinken wolle. Aber dann kam etwas in ihm hoch, das diesen Wunsch davonschwimmen ließ, und er wusste nicht, was es war.

Didi ließ sich gegenüber kraftlos in seinen Stuhl plumpsen, blickte ihn über die beiden Schreibtische hinweg an und nickte kurz. Dann packte er seine Sachen, grüßte still und ging.

Gute Idee, dachte Deniz. Die nächste Mordkommission kam

bestimmt, da konnte man auch mal pünktlich Feierabend machen, wenn nichts Besonderes anlag.

Noch einmal wählte er die Nummer des Arztes, erreichte wieder niemanden aus Fleisch und Blut und hinterließ eine weitere Nachricht, dieses Mal mit etwas mehr Ungeduld und Genervt-Sein.

»Hast du heute Abend was vor?«

Die Chefin stand in der Tür mit einem Gesicht, was bei dieser Frage nur eines bedeuten konnte.

»Ja, ich wollte die grad heute Abend sehr reale Chance nutzen, die Liebe meines Lebens zu treffen, damit eine lebenslange erfüllte Beziehung begründen und den Grundstein für eine glückliche Familie …«

»Laberkopp. Ernsthaft jetzt.«

»Nichts, was ich nicht verschieben könnte.«

»Heike muss ad hoc in der Mordkommission mit dem Dealer vier Objekte durchsuchen, und wir brauchen dringend noch drei Teams. Wir haben schon in der Inspektion nachgefragt und die 12er schicken auch Leute. Dauert wahrscheinlich nicht allzu lang.«

Er nickte, nahm seinen Einsatzrucksack aus dem Schrank und ging seine Waffe holen.

Camilla

Als Alex zur Toilette ging, nutzte Camilla die Gelegenheit und beantwortete zwei WhatsApp-Nachrichten, eine dienstliche an einen Kollegen, für den sie eine Sitzung übernehmen sollte, und eine private an ihre Freundin Janine.

Es war viel später geworden als geplant, aber sie hatten geredet, gegessen und getrunken und waren in den Abend hineingeglitten. Jetzt war sie zwar nicht betrunken, aber dass sie in ihrem Auto nach Hause fuhr, war nicht mehr möglich.

»Komm, ein Letztes trinken noch«, sagte er und quetschte sich wieder in die Bank gegenüber.

»Ist jetzt eh egal. Aber wirklich ein Letztes, ich habe morgen Sitzungstag.«

»Du weißt doch, verschmähte gute Gelegenheiten rächen sich bitter, sie vertreiben ihresgleichen. Altes chinesisches Sprichwort.«

»Spinner. Nie im Leben ist das ein Sprichwort.«

»Stimmt. Hätte aber das Zeug dazu.«

Sie lachte, und er bestellte noch zwei Bier.

»Und eines hab ich vorhin noch nicht ganz kapiert. Das ist der Mann einer Schwester deiner Großmutter. Und von dem lässt du dir solche Anmaßungen bieten.«

»Ich habe ihr das versprochen kurz vor ihrem Tod, weil sie so eine liebe Frau war und sonst keine Verwandtschaft hier hatte. Und ich wusste ja, wie er ist, nicht nur wegen seiner Geschichte.«

»Ach, ja. Beseitige doch da auch mal eine weitere kognitive Dissonanz in mir.« Er hob den rechten Zeigefinger.

Schon in der Schule hatte er diese Überlegenheit demonstrierende kommunikative Protznummer für alles Mögliche angewandt. Nicht wenige beeindruckte das, sie musste schmunzeln.

»Der war bei der SS und bei der Stasi? Ich habe ja 'ne Menge an entsprechender Literatur gelesen, aber dass das überhaupt möglich war, ist mir echt neu.«

»Du bist ja auch ein Wessi, da hat man das vielleicht nicht so im Fokus. Er hat sich 1944 als Achtzehnjähriger zur Waffen-SS gemeldet, aus Überzeugung, wie meine Oma erzählt hat, war auch noch in Kampfeinsätzen. In der DDR sind diese Leute dann in den 1950ern entweder nachträglich verurteilt worden, wenn das rauskam, oder man hat sie unter Druck gesetzt und zu ziemlich zuverlässigen Spitzeln umfunktioniert, weil man sie ja in der Hand hatte.«

»Der wird ja immer sympathischer.«

»Ja, und er hat dann als höheres Tier in einem Chemiekombinat alle ausspioniert, bei denen das möglich war, vom kleinsten Arbeiter bis zur Führungsetage, ebenso in seinem Fußballverein, wo er Funktionär war. Nur seine Familie hat er tatsächlich, so gut es ging, außen vorgelassen. Das hat mein Vater rausgefunden, als er bei Gauck die Akten eingesehen hat.«

»Welch edelmütiges Herz.«

Die Kellnerin brachte die beiden Stauder, und sie stießen an.

Seit Alex vor etwa einem Jahr wieder nach Essen gezogen war, hatten sie sich ein paarmal kurz auf einen Kaffee gesehen, und bei der ein oder anderen Ermittlung hatte er sie angerufen, um ein paar exklusive Infos zu bekommen, aber es war das erste Mal, dass sie wieder länger miteinander sprachen.

»Dass er dich da rassistisch anmacht, ist jedenfalls unter aller Sau. Dem würde ich nie im Leben seine scheiß Töpfe waschen.« Er lehnte sich zurück und nahm noch einen Schluck Bier.

»Wieso wohnt der überhaupt hier im Westen?«

»Kannst du dir doch vorstellen. Als das nach der Wende mit der Stasi nach und nach rauskam, war es besser für ihn, ganz woanders hinzugehen. Und weil meine Eltern schon drei Jahre hier wohnten, haben sie den beiden geholfen, was mehr der Schwester meiner Mutter galt.«

»Außerdem wolltest du mir noch erzählen, warum du jetzt Lopez heißt. In der Schule warst du noch Camilla Winkler.«

»Ach, ist 'ne längere Geschichte.« Sie winkte ab, aber Alex behielt seine aufmerksame Mimik bei.

»Dass mein Großvater einer der ersten Vertragsarbeiter in der DDR war, das hatte ich dir irgendwann schon mal erzählt. Ich sehe ja nicht umsonst so aus.«

»Du hast es mal erwähnt, mehr nicht. Das waren doch Leute aus sozialistischen Bruderstaaten, Nordvietnam, Angola und was damals noch so die ›Internationale‹ sang.«

»Genau, und auch Kuba. Mein Großvater hieß Camillo Lopez, und, ja ...«, sie machte eine kleine Pause und zog die Brauen nach oben, »weil meine Großmutter nicht nur seinen karibischen Charme mochte, sondern offensichtlich auch seinen braunen Knackarsch, wie meine Mutter es immer zum Besten gibt, wenn sie auf Familienfeiern was getrunken hatte, ist es zu einem Ereignis gekommen, aus dem neun Monate später mein Vater hervorging.«

»So genau hast du mir das damals nicht erzählt. Das mit dem Knackarsch, meine ich.« Er grinste mit gespielter Süffisanz.

»Nein, warum auch.«

»Hört sich nach Wolke siebeneinhalb an.«

»Von wegen. Es war Drama, Drama hoch drei. Es sollte außer am Arbeitsplatz eigentlich überhaupt keine Kontakte zwischen Bürgern und Vertragsarbeitern geben, so brüderlich sollte es dann doch nicht sein. Und so was wie bei meiner Oma war eine schlichte Katastrophe. Er ist sofort wieder nach Kuba geschickt worden, als das rauskam, und meine Großmutter hatte bis zu ihrem Tod 1987 nie wieder Kontakt zu ihm. Sie sagt, dass es damals sogar Andeutungen von entsprechender Seite gegeben habe, das Kind abzutreiben.«

»Das ist ja ein Hollywoodstoff.«

Es war das erste Mal seit langer Zeit, dass sie das jemandem erzählte, und sie war einen Augenblick lang selbst überrascht, wie sehr sie das alles in diesem Moment wieder berührte. Sie nahm einen Schluck Bier, um Tränen zu vermeiden.

»Kann man wohl sagen. Darum sind wir nach der Wende auch ziemlich bald in den Westen gezogen. Meine Eltern und Großeltern waren wegen dieses ganzen Theaters vielleicht keine offenen Regimegegner, aber viel am Hut hatten sie nicht mit dem Staat.«

»Nachvollziehbar. Mehr als das.«

»Na ja, und mein Vater hat dann nach der Wende über amtliche Wege versucht, etwas herauszubekommen, was aber schwierig war. Irgendwann hat er es gelassen, ich weiß nicht warum. Vielleicht hatte er Angst, irgendwie enttäuscht zu werden. Wir haben nie darüber gesprochen.«

»Aber du hast nicht lockergelassen.«

»Nein, hab ich nicht, schließlich trage ich die weibliche Form seines Vornamens, das war der Wunsch meiner Oma. Ich bin nach dem Studium nach Kuba geflogen, und den anstrengenden Behördenkram da erspare ich dir mal, aber ich hab ihn gefunden. Er war seit über dreizehn Jahren tot. Eine Schwester von ihm lebte noch, und ich habe an seinem Grab gestanden.«

Alex atmete einmal tief ein und aus, lehnte sich zurück und verschränkte die Hände hinter dem Kopf.

Mit den Bildern des kargen, sonnenüberfluteten Friedhofs, die in ihr hochkamen, wehte auch wieder eine leise Brise des Gefühls durch ihre Seele, das sie bei diesem ersten Besuch an seinem Grab hatte. Ihr waren damals die Tränen gekommen, Tränen für einen Mann, den sie nie gesehen, mit dem sie nie gesprochen hatte, dessen Gene sie aber in sich trug. Aber vielleicht hatte sie auch für ihre Oma geweint, Stellvertretertränen für die Frau, die mit ihm möglicherweise ein Leben im Glück geführt hätte, wenn das möglich gewesen wäre.

An einem Nebentisch lachte eine Frau laut, der Kellner rief der Kollegin hinter der Theke eine Bestellung zu, und auch alle anderen Geräusche schienen für einen Moment, als habe sie jemand lauter gestellt.

»Na ja, hat mich jedenfalls sehr angefasst, das alles, und als ich wieder hier war, dachte ich mir, dass ich eigentlich Lopez heißen würde, wenn alles normal gelaufen wäre, und mein Vater hatte auch nichts dagegen. Das war dann noch mal ein wenig Arbeit und Organisiererei, aber es hat geklappt.«

Sie sah auf die Uhr.

»Und jetzt muss ich auch los, dann bin ich noch einigermaßen pünktlich im Bett.«

Alex strich sich mit beiden Händen übers Gesicht und ließ sie auf seinen Wangen ruhen.

»Meine Güte, was für eine Geschichte. Ich glaube, darauf muss ich gleich noch eine Tüte rauchen.«

»Dass du damit angefangen hast ... Hätte ich dir früher, als du Schulsprecher warst, niemals zugetraut.«

»Passiert auch nicht so oft, ist manchmal aber das relaxionale Sahnehäubchen auf dem Tag.«

»Das was?«

Überlegen-lässiges Schmunzeln.

»Hast du das noch nie probiert, echt nicht?«

»Wirklich, noch nie.«

Er machte ein entgeistertes Gesicht.

»Du verarscht mich. Wir haben 2022, und du hast noch nie Gras geraucht?«

»Nein, noch nie. Das heißt, als ich noch geraucht habe als Studentin, da hab ich auf 'ner Fete mal an was gezogen, da war ich mir nicht sicher. War aber nicht besonders.«

Er winkte dem Kellner und gab ihm seine Kreditkarte. Der Mann war etwas älter und warf, bevor er das Plastik mitsamt Zettel zurückgab, einen Blick darauf.

»Vielen Dank, Herr Rahn. Übrigens, sind Sie aus Essen?«

»Nein, ich bin nicht verwandt. Auch nicht entfernt.«

»Schade.« Er zuckte mit den Schultern und ging.

»Was war das denn?«

»Ach, Fußball …«, sagte Alex und klang ein wenig genervt.

Sie zogen sich ihre Jacken an und verließen die Kneipe Richtung Taxiplatz.

Alex blieb abrupt stehen.

»Los, dann beschließen wir den Abend mit einer ganz neuen Erfahrung. Fahr noch mit zu mir und rauch das erste Gras deines Lebens. Jedenfalls bewusst. Das wäre doch ein würdiger Abschluss.«

Er hatte sich vor sie hingestellt, und seine Hände umfassten ihre Oberarme. Für einen winzigen Augenblick sagte etwas in ihr »Ja« zu diesem Vorschlag, aber aus verschiedenen Ecken ihres verwinkelten Bewusstseins kamen ein paar Gegenstimmen und waren lauter.

»Ne, lass man. Für eine Staatsanwältin ist das sicher nicht der geeignete Vorschlag. Und danach kann man drei Tage nicht Autofahren, das weißt du hoffentlich.«

»Ach, komm. Ich sag's auch keinem. Außerdem kannst du dann viel fundierter vor Gericht argumentieren, wenn du deine Dealer verknackst.«

»Jaja. Mit Drogen habe ich nur in Ausnahmefällen zu tun, du weißt doch, mein Metier sind Leichen.«

Sie umarmten sich, was sie auch noch niemals getan hatten, und als sie für einen Moment den Geruch seines Körpers und seiner Haare intensiver wahrnahm, holte die Ja-Sagerin von grad eben tief Luft, aber sie blieb still.

Dann stiegen beide in zwei verschiedene Taxis und fuhren nach Hause.

Deniz

Zehn, elf, zwölf, ausatmen.

Er legte die Hantel ab und verabschiedete sich von der Kollegin und den beiden Kollegen. Die drei gehörten zu den Frühaufstehern, die er regelmäßig an manchen Tagen vor dem Dienst im behördeneigenen Kraftraum traf. Seine Ausdauer dabei, Eisengewichte in Wiederholungen gegen die Gravitation zu bewegen, war sehr begrenzt, aber seit einiger Zeit spürte er, dass sein Körper ihm manches nicht mehr durchgehen ließ, was vor zehn Jahren noch folgenlos gewesen war.

Als er nach dem Duschen sein Büro aufschloss, waren außer bei der Chefin erst zwei andere Türen auf dem Flur des KK 11 geöffnet, ein Radio dudelte. Er holte Wasser aus der Küche und befüllte seinen Teekocher für einen Çay, wofür an vielen Tagen nur am Morgen genügend Zeit war, später reichte es oft nur für einen schnellen Kaffee.

»Moin, Deniz.«

Frank Glaser stand mit einem Zettel in der Hand und Kannst-du-mir-mal-helfen-Gesicht in der Tür.

»Hast du zehn Minuten Zeit? Die Wache Süd hat heute Nacht einen Vergewaltiger festgenommen, den wollte ich kurz vernehmen.«

»Nur hochholen, oder soll er auch gerollt werden?«

»Das hat die K-Wache heute Nacht schon erledigt. Darum wissen wir, dass er kein Unbekannter ist.«

Sie nahmen den Aufzug.

»Vergewaltiger?«

»Der Typ hat eine demente, bettlägerige Fünfundachtzigjährige gevögelt, die sich nicht mehr wehren konnte. Eigentlich sollte er nur drauf aufpassen, aber dann ist seine Bekannte, deren Oma das war, zwei Stunden früher zurückgekommen als geplant und hat ihn erwischt.«

»Meine Fresse.« Deniz schüttelte den Kopf. In diesem Job hatte man oft mit den absoluten Prachtexemplaren der Gattung Homo sapiens zu tun, aber selbst unter denen gab es noch den ein oder anderen mit einem besonders goldenen Herzen.

Im Gewahrsam hatte der Frühdienst schon übernommen. Das Prachtexemplar schlief tief und fest unter seiner Decke, die seit Neuestem blau statt grau waren und nicht mehr gewaschen, sondern nach Gebrauch entsorgt wurden.

»Gibt es da nicht so ein Sprichwort über den Zusammenhang von gutem Gewissen und Ruhekissen?«

Frank und der Kollege aus dem Gewahrsam lächelten müde.

Nachdem der Mann mit etwas rauer Zärtlichkeit geweckt worden war, brauchte er eine Weile, um in der Realität anzukommen. Vor der Zelle zog er sich seine Schuhe an und hatte dabei leichte Schwierigkeiten mit dem Gleichgewicht, weil das im Stehen passieren musste. Er wusch sich notdürftig im Waschraum und folgte ihnen in den Fahrstuhl.

Nicole, die bessere Bürohälfte des Kollegen, war schon da, damit war Deniz' Job erledigt, und er konnte sich wieder seinem Çay widmen.

»So, hier das Messer.«

Mustafa vom Erkennungsdienst kam, ohne zu klopfen, hereingeschneit und legte ihm eine kleine Tüte und zwei Bakterietten auf den Schreibtisch.

»Das Dunkle am Messer ist tatsächlich Blut, ich hab dir einen Abrieb gemacht.«

»Möchtest du einen Tee?«

»Wenn du grad einen fertig hast, ja. Ich wollte dir nämlich noch was erzählen.«

Deniz mischte zwei Gläser mit Tee und heißem Wasser und stellte ihm eines hin.

Mustafa nahm einen Löffel Zucker, verrührte ihn und setzte sich.

»Keine Ahnung, ob das wichtig ist. Die Leiche war ja schon etwas länger tot, oder? Jedenfalls dem Geruch nach, und der Sessel sah auch danach aus. Hast du schon eine Todesursache?«

»Noch nicht, und den Hausarzt habe ich noch nicht erreicht. Aber nach allem geh ich von natürlichem Tod aus.«

»Okay. Also, erst mal war da ja echt alles wie geleckt in der Bude, und am Messer habe ich auch keine Fingerspur gefunden. So was kommt schon mal vor, wenn jemand sehr trockene Haut oder sich grad gewaschen hat. Aber ich hab dann mal nur so aus Interesse das Glas, den Teller mit dem Apfel auf dem Tisch und die Flasche im Kühlschrank abgepinselt, und auch darauf findest du keine Fingerspur, nichts, nicht mal ein Fragment.«

Er nahm schlürfend einen Schluck Tee.

»Die Sachen standen da allerdings auch schon mindestens eine Woche, vielleicht sogar etwas länger.«

»Ja, muss ja auch nichts heißen. So wie die Bude aussah, hat sich die Frau vielleicht auch zwanzigmal am Tag die Hände mit Domestos gewaschen, im Alter kriegen manche so Marotten, ich wollte es dir nur mitteilen, weil es trotzdem nicht ganz gewöhnlich ist.«

Draußen auf dem Flur trudelten nach und nach die anderen ein und grüßten im Vorbeigehen. Die Chefin blieb einen Moment stehen, als sie Mustafa sah, und hatte eine Frage, die in einem anderen Verfahren eine Rolle spielte.

Anja, die Herrscherin des Geschäftszimmers und Schreibkraft, huschte zwischen beiden durch, legte die SD-Karte mit einem

»Datei hab ich geschickt« auf seinen Schreibtisch und huschte wieder zurück.

Die beiden anderen hatten ihre Sache geklärt, Mustafa trank den Rest seines Tees aus, grüßte kurz und ging ebenfalls.

Deniz mischte sich ein zweites Glas und las am Bildschirm noch einmal das, was er gestern in der Wohnung und beim Bestatter diktiert hatte. Auch wenn sachlich alles richtig war, korrigierte er die ein oder andere Stelle, damit es besser klang. Schon in der Fachhochschule hatten die türkischstämmigen Kollegen den Ruf, schriftlich nicht immer auf der Höhe zu sein. Er hatte keine Ahnung, ob das tatsächlich so war oder ob bei denen nur besonders drauf geschaut wurde, aber schon damals hatte das seinen Ehrgeiz geweckt.

Der Bericht klang gut, jetzt fehlte nur noch ein entsprechender Totenschein.

Obwohl er sich sicher war, nichts überhört zu haben, kontrollierte er wieder seine Anrufliste, verzichtete aber darauf, dem Arzt noch einmal auf den Wecker zu gehen. Bis zum Feierabend gab er ihm Zeit.

Er rief WhatsApp auf und sah, dass Camilla an diesem Morgen noch nicht online gewesen war. In einem Ton, von dem er hoffte, sie würde darüber schmunzeln, schrieb er ihr eine dienstliche E-Mail. Den Bericht und die Fotos der Leichensache kopierte er in den Anhang und schickte alles mit dem Hinweis auf die Reise, dass die Todesursache noch nicht ganz klar war, aber sie sich schon mal ein Bild machen könne.

Unter den zwölf E-Mails, die er danach in seinem Posteingang fand, war nichts, was sofort erledigt werden musste, und er nahm sich den Umschlag mit der Debitkarte von Ernst Huber vor.

Sein Handy klingelte und zeigte im Display keinen Namen, sondern eine Nummer.

»Müller.«

»Dr. Tilkowski. Ich hatte gestern eine Nachricht von Ihnen auf der Mailbox. Verzeihen Sie, Herr Müller, dass ich mich erst jetzt melde.«

»Ah, Herr Doktor, danke für den Rückruf. Es geht um eine Ihrer Patientinnen, das hoffe ich jedenfalls, denn ich habe Ihre Nummer lediglich von einer Visitenkarte in der Wohnung.«

Er erklärte dem Arzt, worum es ging und was sein Anliegen war.

»Und von mir wollen Sie jetzt wissen, woran die Frau gestorben ist?«

»Zumindest, ob sie eine Idee haben als ihr Hausarzt.«

»Ich müsste mir mal ihre Krankenakte ansehen und mich dann wieder bei Ihnen melden. So aus der Erinnerung kann ich sagen, dass sie Probleme mit dem Herzen hatte, und dann in dem Alter ... Aber ich habe sie länger nicht mehr gesehen.«

»Wie lange nicht?«

»Puh, das ist Monate her, würde ich aus der Erinnerung sagen. Aber auch das kann ich nach Einsicht der Akte konkretisieren. Und sie war mindestens eine Woche tot, sagen Sie ...? War irgendetwas an der Situation ungewöhnlich?«

»Nein, eigentlich nicht. Sie saß in ihrem Wohnzimmer, und das Radio lief.«

»Gut, Herr Müller, wie gesagt, lassen Sie mir heute noch Zeit, dann weiß ich mehr. Könnte ich mir Frau Schreiner im Zweifelsfall noch einmal ansehen?«

»Kein Problem.« Er nannte ihm Namen und Anschrift des Bestattungsinstituts.

»Vielen Dank. Ich melde mich wieder.«

Deniz verabschiedete sich und drückte das Gespräch weg.

Herzprobleme. Das passte ebenso wie alles andere.

Alexander

Das eigentliche Ziel hatte Mooodhunter nicht genannt, nur den Treffpunkt. Eine Straße mit Mehrparteienhäusern in einem unauffälligen Wohngebiet, ein Ort, an dem man Autos problemlos parken konnte, ohne dass sie auffielen, so seine Worte. Von dort ging es zu Fuß weiter.

Hatte was von Spuren verwischen, diese Aktion, und erinnerte Alex an alte Westernfilme, solche, die sich sein Vater früher gern angesehen hatte, meistens an Sonntagnachmittagen, in denen Apachen oder Sioux oder Cherokee Meister darin waren, sich so spur- und lautlos zu bewegen, dass die tumben Cowboys in diesen Szenen immer ziemlich dämlich wirkten, wie Verlierer. Am Ende lagen dann aber doch die Federgeschmückten mit dem bemalten Gesicht im Staub, und die mit den Halstüchern und Hüten tranken Whiskey und lachten mit harten Gesichtern.

Sein Bruder war nach diesen Filmen immer sofort mit Holzgewehr nach draußen gestürzt und hatte alles mit seinen Freunden nachgespielt. Er fand das schon damals langweilig. Eigenartigerweise gab es bei den Jungs nie Probleme bei der Rollenverteilung. Diese exotischen Fähigkeiten der Ureinwohner schienen eine große Faszination auszuüben, auch wenn man am Ende zu den Verlierern gehörte und sterben musste.

Vielleicht lag es an dieser Erinnerung, dass Alex das Wort »infantil« durch den Kopf ging, seit sie sich auf den Weg gemacht hatten.

Den Sinn all dessen hatte Mooodhunter ihm noch nicht verraten, und Alex wollte nicht von Beginn an damit nerven, alles zu hinterfragen. Vielleicht gehörte es zum Spiel, und es ging ja um Stimmungen, das hatte er nicht vergessen. Ihre Unterhaltung blieb spärlich, der kleine Mann ging mit großer Zielstrebigkeit durch die Dämmerung.

Alex wusste nicht wirklich, wo sie sich befanden, irgendwo auf Velberter Gebiet, und jetzt lag auch schon mindestens ein knapper Kilometer Fußmarsch hinter ihnen. Die Häuser standen hier spärlicher. Nach einer ganzen Weile bog Mooodhunter in einen Schotterweg ab, den am Anfang noch ein paar Häuser säumten, der aber mehr und mehr zu einem Waldweg wurde. Die einzelnen Stämme waren wegen der Dämmerung weiter hinten bereits nicht mehr zu unterscheiden, und er tastete nach seiner Taschenlampe, die er nach langem Suchen in einer Küchenschublade gefunden hatte. Du brauchst eine Lampe, denn bei Dunkelheit ist es noch besser, hatte sein Führer gesagt, also gleich das volle Programm.

»Stopp.«

Er stellte seinen Rucksack auf den Boden und fischte ein paar Dinge heraus, von denen Alex nur eine Stirnlampe mit orangefarbenen Gummigurten erkannte, weil er sich das Teil gleich über den Kopf zog. Die Taschenlampe steckte am Gürtel.

»Ich war auch noch nicht hier, müssen mal sehen, wie wir rankommen. Es soll einen Zaun geben.«

Woher er die Info hatte, blieb sein Geheimnis. In den Foren, die Alex in der Sache bisher besucht hatte, gab es zwar reichlich Videos mit oft inszeniertem und verbalisiertem Grusel, aber die Adressen rückten die Leute nie raus.

Sie verließen den Weg, den er mit der Taschenlampe beleuchtete, und die Bewegung des Lichts zwischen den Stämmen erzeugte eine Stimmung, die Alex aus seiner Kindheit kannte, wenn er sich einen bedrohlichen Märchenwald vorgestellt hatte. Der

Abend schien sich zu einem Trip in emotionale Urerfahrungen zu entwickeln.

Nach einer halben Ewigkeit tauchte tatsächlich ein Maschendrahtzaun auf, der aber nach wenigen Metern ein ausreichend großes Loch hatte, zumindest für jemanden wie ihn. War man einen Kopf größer, wurde es schon schwieriger.

Hinter dem Zaun drückten sie sich an wesentlich dünneren Stämmen vorbei als davor, dann zeichnete sich gegen den Himmel das Dach der alten Villa ab. Aus dem Schotter der Auffahrt wuchsen kniehohe Sprösslinge verschiedener Sträucher und Bäume, und als er beim Annähern den Lichtkreis der Taschenlampe über die Fassaden gleiten ließ, waren ein paar Graffitis zu erkennen.

»Klar, wir sind natürlich nicht die Ersten.« Er sagte es mit einer Mischung aus Enttäuschung und Entschuldigung. »Mal sehen, wo wir reinkommen.«

Die doppelflügelige Eingangstür am Kopf einer geschwungenen Treppe war so verrammelt, dass sie sich nicht einmal einen Millimeter bewegen ließ. Das galt auch für die Terrassentür, nachdem sie das Haus auf einer Seite umrundet hatten. Weil alle Kellerfenster ebenfalls vergittert waren, und die Villa auf einem Sockel stand, blieb nach langem Suchen nur ein Einstieg über ein Fenster in etwa zwei Metern Höhe, das jemand eingeschlagen hatte. Sie waren auch da nicht die Ersten, und das Holzgestell, das offensichtlich schon mal als Leiter gedient hatte, lag ganz in der Nähe.

»Und? Du zuerst?«

Sein Grinsen verriet eine solche Freude an der kleinen Provokation, wie Alex sie ihm nicht zugetraut hätte, und er wusste nicht, was größer war, die Überraschung darüber oder das mulmige Gefühl, gleich in ein schwarzes Loch zu steigen.

Das Holzgestell war erstaunlich stabil, als es an der Wand stand. Er stieg nach oben, öffnete vorsichtig den Fensterflügel, weil noch ein paar Scherbenreste im Rahmen steckten. Der Lichtschein seiner Taschenlampe glitt über einfache Holzregale voller Müll, der ebenfalls auf dem Boden verstreut war. Er horchte und hatte den Eindruck, von irgendwoher aus dem Innern ein Geräusch zu hören, ein leises Rascheln. Aber auch im nächsten Raum, in den man durch eine Tür leuchten konnte, bewegte sich nichts, und vielleicht täuschte er sich auch.

Sein Begleiter war ihm gefolgt und drängte ihn, über die Brüstung zu klettern. Mit Überwindung sprang er ins Zimmer, unter seinen Sohlen knirschte es unangenehm. Nur aus Interesse fühlte er seinen Puls und zählte in der Eile deutlich mehr als zwei Schläge pro Sekunde.

Mooodhunter schaltete jetzt seine Stirnlampe ein, ging vor, und er hatte den Eindruck, dass das seinem Puls guttat.

Sie verließen so etwas wie einen Abstellraum, der in eine Küche führte, eindeutig, überall standen Töpfe und Geschirr. Mit einer Art, die für Alex etwas Professionelles hatte, bewegte Mooodhunter sich durch diese Räume und öffnete und schloss Schränke und Schubladen. Die Küche hatte eine Durchreiche zu einem Essraum, auf dessen Tisch tatsächlich für zwei Menschen gedeckt war.

»Hier, sieh mal.«

In einer Schublade im Wohnzimmer fand er Briefe, auf denen ein Name und eine Adresse standen, und die er Alex wie ein verstecktes Geschenk präsentierte, das man schon vor Weihnachten gefunden hat.

Wieder ein Geräusch, jetzt so deutlich, dass er es auch gehört hatte, aber seine gelassene Reaktion nahm Alex mit Beruhigung zur Kenntnis.

Sie gingen über einen Flur gegenüber ins Schlafzimmer, was selbst jetzt noch ein Gefühl von Indiskretion in ihm auslöste. Eine der Schranktüren war geöffnet, und es hingen darin dicht an dicht Klamotten auf Bügeln. Bei der Tür daneben ragten aus dem geöffneten Spalt in Schulterhöhe zwei unterschiedlich lange Halme, die aussahen wie Stroh oder irgendein Gras.

»Wie kommt das denn hierher?«

Alex zog an den Halmen, und alles passierte auf einmal. Die Tür schlug so heftig auf und gegen seine Hand, dass ein heftiger Schmerz bis in seinen Ellbogen stach, ein hoher hysterischer Schrei erklang, und etwas Dunkles, das sich an seiner Wange für einen Moment wie ein Fell anfühlte, jagte über seine Schulter aus dem Raum, bevor einer der beiden reagieren konnte. Weiter hinten in den Räumen klapperte es noch einmal, dann war alles still.

Alex versuchte zu begreifen, was gerade geschehen war, atmete heftig mit offenem Mund, spürte seinen Puls im ganzen Körper.

»Scheiße, irgendein Vieh. Wahrscheinlich ein Waschbär oder Marder.«

Mit ein paar schnellen Schritten war Mooodhunter im Flur und leuchtete dem Schrecken hinterher.

»Kommt schon mal vor, aber selten.«

»Na, da bin ich doch ein echter Glückspilz, dass mir so ein Highlight gleich beim ersten Mal passiert«, sagte er und war sicher, dass selbst in diesem Zwielicht nichts als Panik in seinem Gesicht erkennbar war.

Obwohl die Stirnlampe seines Begleiters Alex ein wenig blendete, erkannte er auf dem Gesicht darunter wieder die hämische Freude von vorhin.

Nur langsam kam der Aufruhr in ihm zur Ruhe. Kleines Amygdala-Beben im limbischen System, dachte er, nahm ein wenig Abstand vom Schrank und setzte sich aufs Bett, obwohl Staub darauf lag.

»Siehst du, das meine ich. Dieser Augenblick kommt nicht wieder. Und wäre ich allein gewesen, wäre er noch intensiver gewesen.«

»Ich bin untröstlich, dass ich dir den ultimativen Genuss versaut habe. Mir hat es auch so gereicht, in Gesellschaft, danke. Und ich glaube, die gewonnenen Eindrücke sind heute erst mal ausreichend für mich.«

Der Rückweg verlief schweigsam und ereignislos, glücklicherweise, nur ein Hundemensch wunderte sich offensichtlich über zwei dunkle Gestalten, die mit Rucksäcken und Taschenlampen aus dem Wald kamen.

»Danke«, sagte Alex, als Mooodhunter sein Zeug im Kofferraum verstaut hatte. »War echt beeindruckend, wirklich. Auch ohne die Bestie. Hat mir geholfen.«

Er lächelte, sieh an.

»Das mit dem Tier, okay, aber ansonsten war es entspannt. An manchen Orten ist es echt viel heftiger, zum Beispiel was Ekel angeht.«

»Glaub ich ungesehen. Würd mich nicht wundern, wenn man irgendwo 'ne Leiche findet.«

»Es sind schon mal Unfälle passiert, also von Lost-Places-Hunters, liest man immer mal, meistens durch Stürze. Manche Gebäude sind ja auch echt gefährlich, wenn man da durch eine Decke fällt oder drei Etagen durch ein Treppenhaus. Diese Leute sind dann irgendwann von anderen gefunden worden.«

»Kann ich mir vorstellen.«

»Ich habe zum Beispiel meinen Standort am Handy immer ausgeschaltet, aber wenn ich unterwegs bin, schalte ich ihn ein. Damit man mich zur Not findet. Ein paar Leute wissen das.«

»Dass das auch für solche Leute nicht ungefährlich ist, schon klar. Aber ich meinte das eigentlich anders.«

»Ich weiß.« Er biss sich auf die Unterlippe und kniff die Augen zusammen. »In einem Forum hat letztens einer Fotos von Knochen gepostet. Er nannte es die Grabkammer.«

»Wer weiß, was für ein Vieh da verreckt ist.«

»Ne, sah schon anders aus, könnten Menschenknochen gewesen sein. Muss auch gar nicht so weit weg sein, der Ort. Wenn ich es rausbekommen habe, sehe ich es mir mal an.«

»Okay, viel Spaß dabei.«

»Ich kann mich ja bei dir melden, wenn Interesse besteht.«

Wieder das herausfordernde schmale Lächeln.

Alex war sich nicht klar, ob er noch eine zweite Erfahrung dieser Art brauchte. Aber vielleicht kam eine gute Story dabei heraus.

»Ich überleg's mir, okay? Für heute danke.«

Mooodhunter verabschiedete sich, stieg in sein Auto und fuhr ab.

Alex setzte sich hinters Steuer und legte die Hände aufs Lenkrad. Im Radio lief Barockmusik, die er nicht kannte, aber das Geräusch tat gut. War doch noch einiges an Adrenalin in ihm. Was musste lernpsychologisch bei diesen Menschen passiert sein, dass sie sich so ihren Kick holten? Aber manche sprangen ja auch mit Fallschirmen von Hochhäusern oder segelten wie Flughörnchen durch Felsspalten.

Ihm fiel auf, dass er den Typen immer noch nicht nach seinem wirklichen Namen gefragt hatte.

Nächstes Mal.

Deniz

Der Gedanke kam wie aus dem Nichts.

Im Radio lief irgendeine belanglose Popmusik, und die Autos neben ihm fuhren an. Hinter ihm hupte es, und der Mann im Rückspiegel hob mit »Ey-Mann«-Geste und offenem Mund die Hand, weil Deniz immer noch stand.

Die Folie. Die Folie des Pflasters.

Er fuhr an, ging dabei in seiner Vorstellung noch einmal langsam Raum für Raum durch die Wohnung von Waltraud Irmgard Schreiner, blieb am Schluss in der Küche stehen und fragte sich, warum diese Frau, die nicht einmal ein einziges verdammtes Wäschestück irgendwo rumliegen ließ, die selbst die Wasserflasche nach dem Eingießen wieder in den Kühlschrank gestellt hatte, warum diese Frau die Schutzfolie vom Klebestreifen des Pflasters nicht im Abfalleimer entsorgt hatte, der zudem im Auszug direkt vor ihren Füßen gestanden hatte, gleich neben dem Biomülleimer für die Apfelschalen.

Der Huper von eben überholte ihn und hatte sich immer noch nicht beruhigt. Als er sah, dass Deniz das Seitenfenster geöffnet hatte, blieb er auf gleicher Höhe und ließ seine Scheibe nach unten gleiten.

»Das ist kein Eselskarren. Das ist ein Auto. Schon gemerkt, Ali?«

Bevor der Mann Gas geben konnte, zeigte Deniz ihm einen mit Daumen und Zeigefinger geformten Kreis und bog dann rechts ab.

Das Handy klingelte.

»Müller …«

»Tilkowski hier, Doktor Tilkowski.«

»Ah, danke, dass Sie sich melden.«

»Ich war heute Mittag beim Bestatter, Herr Müller, und ich kann Ihnen bei Frau Schreiner einen natürlichen Tod bescheinigen.«

»Okay, danke, das erspart uns einiges.«

»Ich bin ziemlich sicher. Sie litt seit Längerem, seit vielen Jahren eigentlich, unter einer globalen Herzinsuffizienz, die eigentlich dringend medikamentös hätte behandelt werden müssen. Aber ich habe ihr dieses Medikament zuletzt vor dreizehn Monaten verschrieben, hatte ich falsch eingeschätzt, ihren letzten Besuch.«

»Wir haben in der Wohnung nichts an Medikamenten gefunden, ist eigentlich ungewöhnlich in dem Alter. Es gab lediglich eine angebrochene Schachtel Aspirin.«

»Das wäre jetzt noch meine Frage gewesen, ob da irgendetwas war. Hätte ja sein können, dass sie sich die Tabletten woanders besorgt hat. Aber Frau Schreiner war schon früher eine sehr unzuverlässige Konsumentin von Medikamenten. Wenn sie wirklich nichts genommen hat, ist es sehr gut möglich, dass das Herz in dem Alter einfach nicht mehr mitgemacht hat, wenn Sie sie so aufgefunden haben, wie geschildert.«

»Wie gesagt, es wirkte so, als sei sie vom Tod überrascht worden. Sie saß in einem Sessel und hatte etwas zu trinken und zu essen vor sich.«

»Ja, hatten Sie schon gesagt. Und auch sonst habe ich an der Leiche nichts Außergewöhnliches feststellen können. Also, ich bin sicher, dass wir da richtig liegen. Soll ich Ihnen den Totenschein zusenden?«

»Wenn es Ihnen nichts ausmacht, würde ich mir den jetzt

gleich abholen, ist das möglich? Dann ist die Sache schneller vom Tisch. Ich kläre das mit dem Notarzt wegen des alten Scheins, der wird sich dann wahrscheinlich kurz bei Ihnen melden.«

»Können wir so machen. Dann bis gleich.«

Deniz drückte das Gespräch weg und sah in den Rückspiegel, aber der ungeduldige Mitbürger von eben war ihm nicht gefolgt. Kam ja schon mal vor bei Leuten mit so kurzer Zündschnur, dass solche Sachen noch geklärt werden mussten. Vor Jahren hatte es eine Mordkommission gegeben, die mit einer Drängelei von zwei Vollpfosten auf der Autobahn angefangen hatte.

Im Treppenhaus kam ihm von oben der gegelte Krawattenträger entgegen, und Deniz suchte hektisch nach dem Namen. Irgendwas Russisches, erinnerte er sich … Stroganoff? Nee, das war das Essen, so ähnlich …

»Ach, Herr Müller, gut, dass ich Sie treffe.« Er blieb stehen. »Ich hab mir mal die Personalakten der Leute, die in meiner Verantwortung arbeiten, angesehen, und ich wollte Sie fragen: Haben Sie schon mal überlegt, sich für den höheren Dienst zu bewerben?«

Muss ich dann solche Anzüge tragen, mir Gel in die Haare schmieren und hochnäsig sein?, dachte Deniz und sagte: »Nein, so konkret noch nicht.«

»Überlegen Sie sich das mal. Mit Ihrem Migrationshintergrund hielte ich das für eine famose Idee.«

Er zeigte ein Lächeln, das zu dem Wort »famos« passte.

»Ich dachte, es ginge da eher um Leistung?«

»Na ja, das kommt natürlich dazu. Und da ist bei Ihnen doch auch alles im Lot. Lassen Sie sich die Sache mal durch den Kopf gehen, und vor allem: Lassen Sie es mich wissen, das ist wichtig. Ich würde das entsprechend mit auf den Weg bringen, wenn Sie verstehen, was ich meine.«

Krawatte nickte noch einmal, nahm leichtfüßig die nächsten Stufen und verschwand in der Tür zur ersten Etage.

Als Deniz in den Kommissariatsflur einbog, war es stiller als sonst, nur die Stimme der Chefin war zu hören, die offensichtlich telefonierte. Dennoch hatte er nach wenigen Metern das Gefühl, als pulsiere die Atmosphäre wie der Mörderbass in einem Techno-Club. Didi, das Stubenkamel, kam ihm eilig mit Einsatzkoffer entgegen, sagte nur »Leiche« und war Richtung Fahrstuhl verschwunden. Der Bass blieb.

Er setzte sich hinter seinen Schreibtisch, legte die Totenbescheinigung zu den anderen Papieren und holte sich einen Kaffee. Als er im Vorbeigehen durch die Tür sah, telefonierte die Chefin immer noch und hob kurz die Hand.

Ohne ihn noch einmal zu lesen, druckte er den Bericht in der Leichensache Waltraud Irmgard Schreiner aus und heftete die Papiere zusammen. Als er hörte, dass das Telefonat beendet war, wollte er die Chance nutzen.

»Alles klar?«

»Ne, gar nicht.« Sie schrieb etwas auf, erst dann sah sie ihn an. »Wir haben eine aktuelle Mordkommission. Zwei Erschossene irgendwo in einer Wohnung in der Nordstadt, wahrscheinlich 'ne Bandengeschichte.«

»Ich wollte nur ganz kurz was mit dir besprechen.«

»Wenn, dann jetzt, zackig, bevor das Telefon wieder klingelt.«

Er erzählte Brigitte Bellmann von Waltraud Schreiner, von der sauberen Wohnung, dem Pflaster, den fehlenden Fingerabdrücken und von seinem Gefühl.

»Was sagt denn der Arzt?«

»Der Hausarzt sagt: Natürlicher Tod. Herzpatientin. Seit Jahren.«

Sie machte große Augen und breitete die Unterarme aus.

»Und wo ist jetzt das Problem, mein lieber junger Mitarbeiter?«

»Konkret nirgendwo. Ich würd sie gern obduzieren lassen.«

»Noch mal, damit ich es kapiere: Du hast nichts, was den natürlichen Tod infrage stellt?«

»Nein, nicht wirklich.«

»Auf gar keinen Fall, Deniz. Geht's noch? Ich weiß nicht, wo ich die Leute hernehmen soll. Das ist jetzt die dritte aktuelle Mordkommission für das ganz große Besteck. Die Führungsstelle kriegt schon Panik, wenn die meinen Namen im Display sehen, und die anderen Kommissariatsleiter haben dermaßen die Schnauze voll, dass wir ewig wen haben wollen, was ich vollkommen verstehe, weil die sich die Leute auch nicht schnitzen können. Da investieren wir auf gar keinen Fall in eine Sache, bei der der Arzt natürlichen Tod bescheinigt, nur weil jemand ein Gefühl hat. Wer Gefühle hat, soll zum Arzt gehen, hat schon ein deutscher Bundeskanzler gesagt.«

»Waren das nicht Visionen?«

»Ist mir scheißegal. Jedenfalls bist du mein letzter freier MK-Leiter, und wir laden uns keine Arbeit an den Hals, für die es keinen Grund gibt.«

Er wusste, es war eine Täuschung, aber er hatte das Gefühl, dass zwischendurch Rauch aus ihren Nasenlöchern kam.

»Und auf Chefinnen verbessern steht Kastration.«

»Dann gehe ich lieber.«

Er schob ohne ein weiteres Wort ab.

Am Morgen hatte sich eine entfernte Verwandte der Toten gemeldet, die von der Hausverwaltung informiert worden war. Der letzte Kontakt zwischen den beiden lag mehr als zehn Jahre zurück und war davor auch nur sporadisch gewesen, weil beiderseits eine aufrichtige Abneigung bestand. Deniz erreichte die

Frau am Telefon und teilte ihr mit, dass sie sich die Papiere abholen konnte, um Waltraud Irmgard Schreiner beerdigen zu können.

Wieder war Camilla nicht auf ihrem dienstlichen Apparat zu erreichen, darum schrieb er ihr eine Mail, kurz und spaßig wie immer, und er stellte sich vor, wie sie die Zeilen las und lächelte.

Rosi

Als letzten Happen ließ sich Rosemarie Wachowiak wie immer das Mittelstück mit der Marmelade. Ein Mund voller süßer Klebrigkeit, die sich nur ganz langsam auflöste.

Sie hatte sich zur Feier des Tages im Café des Bäckers im Foyer des Supermarktes zwei Cappuccino und ein Ochsenauge gegönnt, und schon immer war die runde Mitte dieses Gebäcks der abschließende Höhepunkt gewesen. Auch wenn es jedes Mal etwas schwierig war, den kleinen Wulst aus knusprigem Marzipanteig drum herum sauber abzubeißen, ohne sich zum Schluss die Finger zu verkleben, und meist war der Rest dann nicht mehr ganz rund, aber das schmälerte den Genuss nicht. Wie lange das schon ihr Lieblingsgebäck war, hätte sie nicht sagen können, aber am Anfang ihrer Ehe hatte ihr Mann öfter ein Ochsenauge mit nach Haus gebracht, um ihr eine Freude zu machen. Es ist wie Aldebaran, erinnerte sie sich an seine Worte, das rote Auge des Stiers, denn er kannte sich mit Sternen aus, und immer, wenn sie jetzt eines aß, waren ihre Gedanken bei den Abendspaziergängen voller Erklärungen über die Plejaden oder das Wintersechseck. Lange her.

Sie stellte die Tasse und den Teller in den Tablettwagen für das gebrauchte Geschirr, grüßte die Frau hinter dem Tresen, die aber mit einer Kundin beschäftigt war, und machte sich auf den Weg zur Bank.

Dort hob sie wie immer am Monatsanfang einen Großteil des Geldes ab, das regelmäßig überwiesen wurde, eine der Aufgaben, die sie nach dem Tod ihres Mannes von ihm übernommen hatte.

Er war immer für alles Finanzielle zuständig gewesen, und dass man Geld besser zu Hause aufhob, wo es jederzeit greifbar war, hatte sie von ihm gelernt und beibehalten.

Heute bediente sie in der Bank eine der jüngeren Frauen, deren Namen sie nicht kannte, die ihr aber wie alle anderen mittlerweile ohne Kommentar, aber mit einem Lächeln die eintausendfünfhundert Euro in einem Umschlag überreichte. Den verstaute sie in einem Innenfach ihrer Tasche, zog den Reißverschluss zu und machte sich, nachdem sie sich den langen Riemen mit etwas Mühe über den Kopf gezogen hatte, auf den Heimweg.

Über den Dächern im Westen waren während ihrer Zeit im Café dunkle Wolken aufgezogen, und jetzt ärgerte sie sich, das Geld nicht schon gestern von der Bank geholt zu haben, als es sonnig gewesen war, denn nun sah es nicht so aus, als würde sie es noch rechtzeitig vor dem Regen nach Hause schaffen.

Für Sultan hatte sie heute ganz besondere Leckerlies aus Fisch gekauft, die er liebte, und sie freute sich den gesamten Weg darauf, ihn damit zu füttern.

Als die ersten Tropfen kleine dunkle Punkte auf den Bürgersteig tupften, war sie nur noch wenige Meter von ihrer Haustür entfernt und froh, doch trocken geblieben zu sein, auch wenn der Atem ein wenig rasselte. Sie stellte den Rollator an seinem Platz hinter der Treppe ab, ruhte einen Moment aus und begann mit dem Aufstieg.

»Wenn du wüsstest, was ich dir mitgebracht habe«, sagte sie, als sie Seidentuch und Jacke an die Garderobe hängte. Der Kater kam wie erwartet aus dem Wohnzimmer, setzte sich vor ihre Füße und sah zu ihr auf. Sie lächelte und knisterte nur mit der Tüte.

»Aber erst das Geld.«

Das Tier folgte ihr in die Küche, wo sie vom untersten Teller eines kleinen Stapels zwei Schlüssel nahm, damit am Schreibtisch eine Tür aufschloss, hinter der mehrere Schubladen waren. Die zweite von unten zog sie ganz heraus, griff dann in das Fach und zog eine Metallkassette hervor, die sie mit dem zweiten Schlüssel öffnete. Dreizehn Hunderter steckte sie zu den anderen, zwei behielt sie für Einkäufe.

Nachdem sie alles wieder verstaut und der Kater sie dabei keine Sekunde aus den Augen gelassen hatte, nahm sie nun endlich eine Schere, schnitt die Tüte auf und genoss dieses kleine Machtgefühl, Herrin über die Objekte der Begierde ihrer Katze zu sein. Sultan wich ihr jetzt erst recht nicht mehr von der Seite und sprang sofort auf das Sofa, als sie sich setzte. Nachdem er das zweite Stück viel zu hastig verschlungen hatte, schellte es an der Tür. Mittlerweile erschrak sie fast ein wenig bei diesem Geräusch, weil es so selten geworden war, und auch jetzt hatte sie nicht den Hauch einer Idee, wer das sein könnte.

»Ja, wer ist da bitte?«, sagte sie in den Hörer der Gegensprechanlage, als Antwort darauf klopfte es an ihre Tür. Beim Blick durch den Spion sah sie zuerst nur etwas Buntes, dann kam das Gesicht eines Mannes zum Vorschein, das sie trotz der leichten Verzerrung der Linse wiedererkannte.

»Guten Tag, Frau Wachowiak. Ich wollte Ihnen gern zum Geburtstag gratulieren«, sagte er mit einem Lächeln und hielt ihr einen kleinen Blumenstrauß hin. Einen Moment lang wusste sie nicht, was größer war, ihre Verwirrung oder die Peinlichkeit, als sie in ihrer Erinnerung vergeblich nach dem Namen des Mannes suchte.

»Paul Weber, erinnern Sie sich? Ich hatte letztens das Glück, ihre Geldbörse samt Ausweis zu finden. Dabei ist mir aufgefallen, dass sie in ein paar Tagen Geburtstag hatten.«

Immer noch war sie überfordert und fand erst allmählich wieder Worte.

»Doch, jetzt, ja ... Das ist ... also ich weiß nicht ... die schönen Blumen ... Wollen Sie nicht reinkommen?«

Die letzte Frage war mehr ein Reflex aus Zeiten in ihrem Leben, als sie noch häufig Gäste empfangen hatte, gerade an diesem Tag. Das wurde ihr bewusst, als der Mann wirklich eintrat, denn sie war weder auf Besuch vorbereitet noch an Gesellschaft in ihrer Wohnung gewöhnt.

»Sie müssen entschuldigen, ich wollte Sie keineswegs überrumpeln. Ich dachte nur, dass Sie sich vielleicht freuen würden.«

»Nein, also ... doch, ich freu mich, die schönen Blumen, aber ... na ja, ein wenig überrumpelt bin ich schon«, sagte sie und versuchte, dabei nicht vorwurfsvoll zu klingen, »ich habe halt niemanden erwartet.«

»Niemanden? An Ihrem Geburtstag? Ich hatte mehr die Befürchtung, dass ich hier eine familiäre Feier störe, darum will ich auch gar nicht Ihre Zeit in Anspruch nehmen.«

Sie hielt immer noch die Blumen in der Hand, von denen ein intensiver Duft ausging und den kleinen Flur erfüllte.

»Ach, nein, familiäre Feiern gibt es schon lange nicht mehr.«

»Soll das heißen, dass Sie heute gar keine Gäste bekommen?«

»Ja, das wird es wohl heißen.«

Sie ging vor in die Küche, um die Blumen in eine Vase zu stellen, und der Mann folgte ihr.

»Kann ich Ihnen irgendetwas anbieten, einen Kaffee oder Tee vielleicht?«

»Nur, wenn Sie einen fertig haben. Wie gesagt, es war so eine spontane Idee, und ich will um Gottes willen keine Umstände machen.«

»Nein, ich müsste erst welchen kochen, aber das ist ja nun nicht die Welt.«

Immer noch leicht verwirrt über diese unerwartete Gegenwart

eines anderen Menschen in ihren vier Wänden, kamen bei ihr alte Höflichkeitsformen wieder zum Vorschein, die schon ein wenig verschüttet waren.

»Wissen Sie was, Frau Wachowiak, ich nehm einfach ein Wasser und setz mich einen kleinen Augenblick zu Ihnen, was halten Sie davon? Dann hatten Sie wenigstens kurz einen Gast an Ihrem Ehrentag.«

Damit griff er die Lehne eines der Küchenstühle und sah sie mit Erwartung an. »Oder kommt vielleicht doch noch jemand Unerwartetes?«

»Nein, das wird nicht passieren.« Sie nahm ein Glas aus dem Schrank und schenkte ihm Wasser ein. »Es ist niemand mehr da. Mein Mann und meine Schwester sind schon vor über zehn Jahren verstorben, und wir waren kinderlos. Und die Toni ist vor drei Monaten gegangen, aber hier war sie auch schon seit Jahren nicht mehr – wegen der Treppe.«

»Das tut mir leid.«

Sie nahm sich auch ein Glas Wasser und setzte sich an die gegenüberliegende Seite des Tisches. Aus sicherer Entfernung beobachtete Sultan den Besuch, kam aber nicht näher, das kannte sie von ihm von früher.

»Dann fallen Ihnen manche Dinge sicher nicht so leicht, oder? Wie letztens das Paket mit dem Katzenstreu.«

»Nein, es wird nicht einfacher. Und ich weiß gar nicht, wie lange ich hier noch wohnen kann. Natürlich möchte ich hier nicht mehr weg und schon gar nicht in eine Einrichtung, aber wenn es nicht mehr geht, werde ich darum nicht herumkommen.«

Sie machte eine kleine Pause und sah in ihr Wasserglas.

»Aber vielleicht wache ich eines Morgens in diesem Bett einfach nicht mehr auf.«

»Sagen Sie so etwas nicht, Frau Wachowiak. Gibt es denn im Haus niemanden, der helfen könnte?«

»Ach, das ist auch nicht mehr so wie früher. Oben der Rohleder und Frau Schacht, das sind die einzigen, die man noch kennt, aber die haben genug mit sich selbst zu tun. Die neueren Mieter oder Eigentümer grüßt man mal im Treppenhaus, aber es wechselt auch, wissen Sie.«

Er nahm einen Schluck, sah sie länger an und schien nachzudenken.

»Was halten Sie davon, Frau Wachowiak, wenn ich öfter mal vorbeischaue und frage, ob etwas anliegt? Oder ich gebe Ihnen meine Handynummer, dann können Sie mich erreichen. Ich sagte doch, ich wohne um die Ecke, und wenn uns das Schicksal schon so zusammengeführt hat.«

Wieder blickte er mit freundlicher Miene über den Tisch.

Sie war von diesem Vorschlag so überrascht, dass sie zunächst nicht darauf antworten konnte. Sie kannte den Mann kaum, und auch wenn er sehr freundlich war, scheute sie sich ein wenig, ein solches Angebot anzunehmen.

»Wissen Sie«, er wandte den Blick von ihr ab und sah eine Weile aus dem Fenster, »ich hoffe, Sie verstehen das nicht falsch, ich will keineswegs aufdringlich sein, aber vielleicht möchte ich an Ihnen einfach etwas gutmachen.«

»Ich verstehe nicht.«

»Nun, meine Mutter ist vor vier Jahren gestorben, und ich habe sie aus beruflichen Gründen – ich bin Arzt – lange Zeit nur sehr sporadisch besucht. Es war eben immer viel zu tun, dennoch mache ich mir Vorwürfe, weil ich sie vor ihrem Tod wochenlang nicht gesehen habe. Verstehen Sie das? Ich befürchte, sie hätte mich öfter mal gebraucht.«

Ja, das verstand sie, konnte nur nicht sofort antworten, so unerwartet hatte sie die unverstellte Emotionalität dieses Geständnisses getroffen.

Mit einer behänden Bewegung stand er auf.

»Ich will Sie nun auch nicht länger stören. Überlegen Sie es sich, Frau Wachowiak, ich schau die Tage noch einmal herein. Ich würde mich aber freuen, wenn das klappt. Danke für das Wasser.«

Auch sie stand nun auf und folgte ihm in den Flur.

»Ich muss mich bedanken für die schönen Blumen.«

»Nicht dafür. Schön, wenn Sie sich gefreut haben. Machen Sie es gut.«

Damit öffnete er die Tür, blickte nach rechts den Flur entlang und ging zügig die Treppe nach unten.

Erst jetzt bemerkte sie, wie sehr sie dieser Besuch doch aufgeregt hatte und dass sie innerlich ein wenig zitterte, wahrscheinlich deshalb, weil er so überraschend gekommen war.

Sie dachte über seinen Vorschlag nach. Es wäre wirklich eine Hilfe, und freundlich war er ja, überaus freundlich sogar. Sie hatte das Bild vor Augen, als er ihr am Tisch gegenübersaß. Und ein Arzt, du meine Güte.

Sie fragte sich, was ihr Mann zu all dem sagen würde, wenn er dabei gewesen wäre. Sein Lächeln lächelt nicht, hätte ihr Mann vermutlich gesagt, das war ihm öfter an Menschen aufgefallen. Aber manchmal konnte man sich in solchen Dingen auch täuschen, dachte sie.

Camilla

Seit sie sich ihren Herzenswunsch erfüllt hatten und vor drei Jahren auf den Darß gezogen waren, hatte Camilla ihre Eltern erst viermal dort besucht. Obwohl die Hochglanzgegend für jeden Reisekatalog traumhafte Motive hergab und auch das Haus gegenüber ihrem alten wie eine blinkende Bernsteinbrosche neben einem Stück Kohle wirkte, stellte sich dort für sie nicht das warme Heimatgefühl ein wie in ihrem alten Backsteinbau in Bochum-Linden.

Als sie nach drei Tagen essen, spazieren gehen, aufs Meer schauen und Wein trinken ihr Büro aufschloss, war das Kunstwerk, das der Aktenbote auf ihrem Schreibtisch geschaffen hatte, kleiner als befürchtet. Sie sah alles oberflächlich durch, ob etwas ganz Dringendes dabei war, und wuchtete den Stapel auf den Aktenbock am Fenster. Das öffnete sie ebenso wie die Tür und gab dem zaghaften Wind für eine Minute die Chance, die alte Luft aus dem Raum zu schieben.

Während ihr erster Kaffee durchlief, sah sie den Ordner für den morgigen Sitzungstag durch, es ging um Brandstiftung. Der Chef einer Möbelfirma hatte versucht, sein unternehmerisches Unvermögen durch zwei Vorstadtganoven korrigieren zu lassen. Zu seinem Pech waren die beiden allerhöchstens die zweite Besetzung und zu blöd gewesen, ein Gebäude, in dem so ziemlich alles brennbar war, anzuzünden. Die Polizei hatte sie mit verrußten Gesichtern in der Nähe des Tatorts festgenommen. Nur hatte der Mann die dilettantischen Feuerleger nicht selbst gedungen und sich einen Staranwalt genommen, was die beiden Hauptprobleme an dem Fall waren. Morgen waren nur zwei Sachverständige geladen, die ihre Gutachten darlegten, was die Sache für sie entspannte.

Sie legte die Akte zur Seite, scrollte einmal über alle sechsundfünfzig E-Mails in ihrem Postfach, ob etwas ganz Dringendes dabei war. Die ihres Kollegen Sebastian Haller öffnete sie.

Meine geliebte Camilla,

ich hatte nach unserem letzten Telefonat gar kein gutes Gefühl. Ist etwas zwischen uns vorgefallen? Du weißt, ich liebe Dich, aber ich kann meine Familie nicht verlassen, zumindest jetzt noch nicht. Aber Du bist die schönste Frau, die ich je kennengelernt habe, und die erotischste ;-). Du bist für mich wie wunderbar duftender süßer Milchkaffee, der mein Herz rasen lässt, und ich muss den ganzen Tag an Dich denken. Bitte ruf an, wenn Du wieder da bist.

Dein
Seb (sehnsüchtig)

Sie lehnte sich in ihrem Stuhl zurück und blickte weiter auf die Zeilen, ohne zu lesen. Das mit dem Milchkaffee hatte er ganz am Anfang schon einmal gesagt, aber dann nie wieder, und sie wusste nicht warum. Die Leute hielten das tatsächlich für ein Kompliment. Roys verwirrtes Kleinejungengesicht fiel ihr ein, der ihr zum ersten Mal etwas von Schokolade gesagt hatte, da war sie grad ein paar Tage im Kindergarten gewesen. Wahrscheinlich hatte er es auch nett gemeint und darum gar nicht verstanden, dass sie nicht gelacht hatte und ihn ab da blöd fand.

Sie löschte die Mail, öffnete dann die älteste ungelesene und arbeitete sich weiter vor bis zur ersten Nachricht von Deniz.

Liebe Sonderbeauftragte für passendes Schuhwerk in Einsatzsituationen,
1. die Sache mit der Krankenhausleiche von letzter Woche (Wilhelm Leber) hat sich geklärt und ist erledigt, das zu Info.
2. Anhängend eine Leichensache von gestern. Sah alles unspektakulär aus, habe aber den Hausarzt noch nicht erreicht, ich weiß auch gar nicht, ob wir den richtigen haben. NA hat keinen natürlichen Tod bescheinigt. Sieh es Dir mal an und sag mir, was Du davon hältst.

LG
Deniz (freundlicher WhatsApp-Wecker)

Spinner, dachte sie, sah sein lachendes Gesicht vor sich und musste schmunzeln.

Sie öffnete den Bericht und las die Leichenschau, sah sich dann die Fotos an. Trotz der schon fortgeschrittenen Fäulnis war erkennbar, wie gepflegt die Frau war, Camilla war beeindruckt. Da gab es in dem Alter auch andere Beispiele. Vor allem die Hände und Füße sahen so aus, als sei beides gerade von jemand Professionellem gemacht worden. Lediglich der Schnitt im Handballen störte diesen Eindruck, der auf den Fotos ziemlich tief aussah.

Sie sah sich noch einmal die Aufnahmen der Küche an, wechselte wieder zum Bericht und fand die Stelle, an der Deniz etwas zu dem Messer und zu dem Pflaster geschrieben hatte.

Okay, speichern, die nächste.

Zehn E-Mails weiter ärgerte sie sich, nicht sofort Deniz' zweite Nachricht gelesen zu haben. Er hatte den Hausarzt erreicht, schon vor zwei Tagen, der natürlichen Tod bescheinigt hatte. Dann war die Frau vielleicht schon unter der Erde. Erledigt.

Um 11.17 Uhr lief die Besprechung der Abteilung seit siebenundvierzig Minuten, von denen der Chef mindestens eine halbe Stunde über ein Schreiben der Generalstaatsanwaltschaft referiert hatte, und es klang nicht danach, als sei das Thema gleich durch.

Sie war in dieser Zeit noch einmal am Strand gewesen, hatte Honecker den Ball aus dem Wasser holen lassen, war in der Küchenabteilung des Möbelhauses die Fronten abgegangen und vor der schwarzen stehen geblieben, hatte noch einmal das Foto mit den gepflegten Händen der alten Frau betrachtet; dass sie mit ihrer Freundin seit Langem mal wieder ins Kino wollte, war ihr eingefallen, an Deniz und Alex hatte sie gedacht, und wie unterschiedlich die beiden waren, die Hand der Frau kam ihr noch einmal in den Sinn, und sie überlegte warum.

Um sie herum standen alle plötzlich auf, und ihr fiel erst dadurch auf, dass sie das Ende des Vortrags nicht mitbekommen hatte.

Wieder im Büro erwachte ihr Rechner mit einer winzigen Bewegung der Maus erneut zum Leben, und sie erinnerte sich an einen Kollegen, der seinen Computer immer »Lazarus« genannt hatte, weil er der Meinung war, so ähnlich müsste es sich angefühlt haben.

Als sie die endlose Liste im Verzeichnis ihrer Leichensachen sah, wollte sie schon aufgeben, ging dann aber noch einmal konzentriert die Namen durch, ob es irgendwann klingelte. Vielleicht war aber alles eine Täuschung. Nach elf vergeblichen Versuchen war sie kurz davor aufzugeben und gab sich noch vier Anläufe. Mit dem dritten öffnete sie die Leichensache Bruno Casper. Den Bericht ersparte sie sich zunächst und ließ die Fotos über den Bildschirm laufen. Der Mann war mit siebenundachtzig Jahren beim Essen nach vorn gekippt, und als man ihn nach Tagen gefunden hatte, war das Wurstbrot fast Teil seines Gesichts geworden. Sie scrollte weiter bis zur Leichenschau, Gesamtaufnahme, Gesicht, die Beine, lagegerechte Livores, die Hände. An der linken Hand hatte der Mann einen kleinen, blutigen Verband und nach dem Entkleiden der Leiche ein paar Fotos weiter war darunter erkennbar eine ziemlich tiefe Schnittwunde im Handballen, den ihr Vater früher immer »die Maus« genannt hatte. Sie ließ die Fotos weiterlaufen. Auf einem Tisch in einem Raum, der wie eine Werkstatt wirkte, lag neben einem Kabel, bei dem bei zwei von drei Phasen die Isolierung abgezogen war, ein Messer und eine Papierhülle. An dieser Hülle, in der eine Kompresse mit Binde gewesen war, klebte ein wenig verwischtes Blut, von dem auch der Tisch etwas abbekommen hatte.

Die Leichensache hatte Dieter Bartel bearbeitet, den Deniz immer sein Stubenkamel nannte. Laut Bericht hatte der Arzt damals nachträglich einen natürlichen Tod bescheinigt, weil der Mann ziemlich krank gewesen war, und auch sonst war nichts Auffälliges erkennbar gewesen.

Lange betrachtete sie das Foto und fragte sich, warum sie noch nicht ganz zufrieden war, warum noch eine Unruhe in ihr kitzelte. Sie hatte etwas anderes im Kopf gehabt, ein anderes Bild.

Aber Erinnerung ist ein Drehbuchautor, kein Chronist, das hatte sie auf einem Seminar über Zeugenbefragungen gelernt, und vielleicht täuschte sie sich einfach, verwechselte etwas. Es war ziemlich am Anfang gewesen, irgendwie, dachte sie. Seit knapp dreieinhalb Jahren war auch sie in dieser Stadt für Leichensachen zuständig, und sie begann dort. Nach unzähligen Fotos von Toten in allen Variationen war sie wieder kurz davor aufzugeben, als sie die Leichensache Hildegard Holland öffnete. Sie sah sich die Bilder an, und die Frau war beim Mittagsschlaf auf dem Sofa gestorben, wie es aussah. Fotos mit Decke, ohne Decke, die Leiche mit Kleidung, ohne Kleidung, Vorderseite, Rückseite, auch hier lagegerechte Livores am Rücken, die Hand. Auf dem Handballen klebte ein blutdurchtränktes, großes Pflaster. Das nächste Foto zeigte den Ballen der rechten Hand mit einer tiefen Schnittwunde. Sie ließ die Fotos durchlaufen und stoppte bei einem Bild, auf dem ein zerbrochenes Glas mit Blutanhaftungen in einer Spüle stand. Drei Fotos weiter lag auf einer Arbeitsplatte die blutverschmierte Schachtel mit Heftpflastern, daneben eine Schere.

Die Leichensache hatte Hauptkommissar Hannes Dresing bearbeitet, der Kripo-Mann, dessen Platz nach seiner Pensionierung Deniz eingenommen hatte.

Die Leiche war damals freigegeben worden, ohne dass ein Arzt natürlichen Tod bescheinigt hatte, las sie ihren eigenen Bericht. Aber die Tote war in einer verschlossenen Wohnung gefunden worden, und es hatte keinerlei Hinweise auf ein Fremdverschulden gegeben.

Erinnerung ist ein Drehbuchautor, kein Chronist, dachte sie, aber manchmal waren da vielleicht beide am Werk. Sie hatten in Essen an die tausend Leichensachen im Jahr, war es da ein Zufall, wenn dreimal eine identische Verletzung auftrat? Und zwar immer offensichtlich kurz vor Eintritt des Todes?

Eine ganze Weile saß sie da und überlegte, welche Erklärung es dafür geben könnte, oder ob das alles ganz normal war. Dann nahm sie den Hörer ab und wählte Deniz' Nummer.

Deniz

Die Chefin blätterte vor und zurück, sah sich einzeln die ausgedruckten Fotos an, die Vergrößerungen der Details, legte alles nebeneinander vor sich auf den Schreibtisch und seufzte einmal tief.

»Das hat dir deine Kap-Dezernentin geschickt?«

»Hat sie. Ihr war das aufgefallen, weil zufällig alle drei Leichensachen über ihren Tisch gegangen sind. Hätte auch ganz anders sein können, bei uns haben das nämlich drei verschiedene Kollegen bearbeitet.«

»Leck mich, was für 'n Gedächtnis. Wie lange ist die älteste her? Ungefähr drei Jahre?« Sie sah zu Deniz hoch, der neben ihr stand. »Wäre dir das aufgefallen, wenn du alle drei gehabt hättest? Im Leben nicht. Und außerdem: Wir wollen die Kirche auch mal im Dorf lassen. So …«, lang gezogen und mit Betonung, »… ein irres Indiz ist es nun auch nicht. Menschen schneiden sich halt mal, kommt vor.«

»Ist ja nicht das Einzige, was eigenartig ist. Alle Toten sind alt, sogar extrem alt, alle Wunden müssen kurz vor Eintritt des Todes entstanden sein, denn – und das ist auch eigenartig – das Zeug, mit dem sie die Wunde versorgt haben, lag noch irgendwo. Und es lag auch irgendwie demonstrativ rum.«

Sie blickte zu ihm auf mit gesengtem Kopf.

»Was willst du damit sagen? Dass das inszeniert worden ist?«

»Ich habe keine Ahnung, Chefin, wir haben erst mal nur das, könnte aber sein. Ansonsten habe ich noch kein bisschen drum herum ermittelt. Ich würde die letzte Tote, also meine von letzter Woche, nur gern obduzieren lassen. Das Okay von der Staatsanwaltschaft hab ich. Wenn die Leiche überhaupt noch existiert. Ich habe die Verantwortliche eben nicht erreicht.«

Sie sah sich die Fotos noch einmal an und tippte dann hart mit dem Finger darauf.

»Ich bearbeite seit zweiundzwanzig Jahren Tötungsdelikte, mein Lieber. So eine Inszenierung, wenn es denn eine sein sollte, habe ich nicht ansatzweise erlebt. Das kommt ohnehin kaum vor, das weißt du. Und die Frage nach dem Motiv, stellt sich natürlich auch.«

»Ich müsste natürlich noch ein bisschen was dran tun, Chefin, klar. Aber ohne großen Aufwand.«

Tiefer Seufzer.

»Ich nehm dich beim Wort. Wenn deine anderen Sachen liegen bleiben, gibt es Ärger, du hast genug um die Ohren, und uns steht das Wasser bis zum Hals. Schließlich sind alle Leichen eingehend von Ärzten begutachtet worden, und versierte Todesermittler haben ihren Haken dran gemacht.«

Mit ein paar Handgriffen sammelte er die Bilder ein und verschwand. Bevor sie noch einen Rückzieher macht, dachte er.

Er versuchte es ein zweites Mal bei der Frau, die die Unterlagen der Toten beim Bestatter vor ein paar Tagen abgeholt hatte, erreichte sie wieder nicht. Er hoffte sehr, dass Frau Schreiner noch nicht verbrannt worden war.

Den Bestatter erreichte er auf dem Handy.

»Herr Maibohm, Müller, Polizei. Nur eine kurze Frage, es geht um die tote Frau Schreiner, Sie wissen, aus der Wohnung in Haarzopf. Was ist mit der passiert?«

»Die ist gestern auf dem Parkfriedhof beerdigt worden.«

»Yeah, super.«

»Kann ich Ihnen sonst noch eine Freude machen, Herr Müller? Vielleicht mit einer netten Feuerbestattung?«

Deniz konnte hören, dass der Mann lächelte.

»Ne, eben nicht. Sorry, ich ... also, sollte nicht pietätlos klingen. Aber es ist gut, dass die Leiche noch existiert. Ich habe nur die Verantwortliche, Frau Westheide, nicht erreicht.«

»Es kann sein, dass die mittlerweile auch schon wieder nach Süddeutschland gefahren ist. Sie sagte so etwas.«

»Ja, das regelt sich alles. Aber wo ich Sie schon dran habe, Herr Maibohm, wahrscheinlich müssen wir die Leiche exhumieren. Wir würden sie uns gern noch einmal ansehen. So schnell wie möglich, am besten morgen.«

»Kriegen wir irgendwie hin, melden Sie sich einfach.«

Er legte auf.

Eine Viertelstunde später war auch die Obduzentin im Bilde, und er versuchte es bei Camilla. Vielleicht ergab sich ja die Gelegenheit, die Sache bei einem kleinen Imbiss zu besprechen. Aber es sprach nur ihre Mailbox mit ihm.

Mit hinter dem Kopf verschränkten Armen drehte er sich zum Fenster und blickte in den blassen Essener Himmel, den eine Krähe langsam von links nach rechts durchquerte.

Schade, dachte er, und war sich nicht sicher, was er davon halten sollte, enttäuscht darüber zu sein, Camilla nicht erreicht zu haben. Sie hatten sich viele Jahre nur sporadisch gesehen, aber seit die Toten von Essen sie nach all der Zeit wieder häufiger zusammenführten, war ihm ganz neu bewusst geworden, dass Freundschaft vielleicht doch nicht das richtige Wort für das war, was er mit ihr verband. Aber er war sich nicht sicher, ob das tatsächlich so war und schon gar nicht, ob das gut war.

Er sah auf die Uhr, holte alles für seine kleine Çay-Zeremonie aus der Schublade und drückte auf den Knopf des Samowars.

Dann zog er sich die Leichensachen der beiden anderen Toten auf den Bildschirm und begann zu lesen. Wenn morgen die Obduktion lief, war es nicht verkehrt, im Bilde zu sein.

Deniz

Einen Versuch war es wert. Die Karte steckte in einer klaren Plastikhülle, und weder der Mann von AVIS noch Kollege Kaschinsky wollten sie rausgenommen und angefasst haben.

Bei den Daktyloskopen war Mustafa dabei, sich durch eine riesige beleuchtete Lupe einen alten Zehnfingerbogen anzusehen.

»Moin, du Vollbluttürke. Kannst du mir kurz einen Gefallen tun?«

Mustafa sah hoch, als habe Deniz von ihm verlangt, augenblicklich nackt zu tanzen.

»Du willst mich verarschen, oder?«

»Nein, im Ernst.« Deniz lachte.

»Wenn du das Wort Gefallen sagst, kriege ich mittlerweile grüne Flecken. Hab ich nicht mittlerweile Kaffee bis zur Pensionierung bei dir gut? Plus jeden Morgen türkisches Frühstück.«

»Muss auch nicht sofort sein.«

»Jaaa, dann.«

»Ernsthaft. Kannst du dir die Karte mal ansehen, ob da 'ne Spur drauf ist?«

Ein tiefer Seufzer, dann sah er wieder durch das Glas.

»Sofort geht auch nicht, ich muss das hier grad fertig machen. Leg sie da hin.«

»Danke.«

Mit einem Klaps auf die Schulter verschwand Deniz wieder.

Die Frau vom Ordnungsamt musste erst suchen, hatte beim Rückruf den Vorgang vor sich und teilte ihm die Adresse und

Telefonnummer eines Halbbruders von Ernst Huber mit, dem damals als Erben alles übergeben worden war.

Der Mann war achtundsiebzig Jahre alt und klang am Telefon so, als sei er mal Rocksänger gewesen. Er wohnte in Norddeutschland und erklärte Deniz, das Haus und die Einrichtung seien mittlerweile längst verkauft und das Konto aufgelöst. Das mit dem Nachlassgericht habe damals alles sein Rechtsanwalt gemacht. Nein, nach Kontobewegungen habe er nie geschaut.

Auch Frau Dörr von der Bank musste sich erst den Vorgang ansehen und rief dann zurück.

»Und was möchten Sie jetzt wissen, Herr Müller?«

»Herr Huber ist am 23. Juni letzten Jahres tot in seiner Wohnung gefunden worden. Gab es davor Bewegungen auf seinem Konto?«

»Ja, gab es. Es ist ab dem fünften Juni mit insgesamt elf Auszahlungen der Großteil seines Girokontos abgehoben worden.«

»Wie viel war das?«

»Insgesamt siebenunddreißigtausend Euro.«

Deniz pfiff durch die Zähne.

»Und immer mit seiner Euroscheck- oder Debitkarte?«

»Genau. Und auch immer hier in der Stadt an verschiedenen Geldautomaten.«

»Gibt es da noch Fotos, wer abgehoben hat?«

»Da sind sicher Fotos gemacht worden, aber ob die jetzt noch greifbar sind, Herr Müller, ist ja schon eine Zeit her. Da müsste ich unsere Security-Leute fragen.«

»Das wäre ausgesprochen nett, Sie hätten was bei mir gut.«

»Oh, da komm ich drauf zurück.« Lachen. »Ich melde mich wieder.«

Er legte auf.

Da hatte jemand offensichtlich Opa Huber ein wenig erleichtert, und wie es aussah, vielleicht sogar in der Zeit, die er mit einem Leistenbruch im Krankenhaus verbracht hatte. Aber das war nichts fürs KK 11.

Seit Betrüger erkannt hatten, wie leicht man sich als falscher Enkel, falscher Bulle oder falscher Zählerableser die zum Teil irrsinnigen Ersparnisse von alten Menschen unter den Nagel reißen konnte, gab es dafür eine eigene Ermittlungskommission im Präsidium. Deniz schrieb seine Erkenntnisse kurz zusammen, gab einen Hinweis darauf, dass die Karte noch beim Erkennungsdienst war, und schickte es an die entsprechende EK im Hause.

Als er zu seinem Schreibtisch zurückkam, waren die Bilder der Leiche von Ernst Huber, die Hannes Dresing gemacht hatte, noch auf dem Bildschirm. Siebzehn Jahre hatte der Kollege sich um Leichen gekümmert, und vielleicht wurde man da manchmal ein wenig blind. Deniz ließ sie noch einmal durchlaufen, auch die Übersichtsaufnahmen der Wohnung, aber es war nichts erkennbar, was auf ein Fremdverschulden hinwies, da war er ganz bei der Einschätzung seines Vorgängers.

Er blickte auf die Uhr, bis zur Exhumierung hatte er noch Zeit für die E-Mail.

Liebe Kolleginnen und Kollegen,

nur eine kurze Anfrage.
Anbei die Fotos von identischen Verletzungen an drei hiesigen Leichen aus verschiedenen Jahren, die allesamt letztlich als natürlich Gestorbene freigegeben worden sind, teilweise nachträglich nach Involvieren des Hausarztes. Hinweise auf Fremdverschulden hatten sich nicht ergeben. Bei allen drei Leichen kommt hinzu, dass die Versorgung der Verletzung unmittelbar

vor Eintritt des Todes erfolgt sein muss, weil – siehe Fotos – das verwendete Verbandmaterial vorgefunden worden ist. Sind bei euch ähnliche Fälle aufgetreten?

*Kollegiale Grüße
Deniz Müller, KHK,
KK 11, PP Essen*

Er trug die Adressen der Dienststellen für Todesermittlung in Nordrhein-Westfalen in die Adressleiste ein und drückte auf Senden.

Dann nahm er seine Jacke und fuhr zum Friedhof.

Hunter

Der Wind, der Wind, das himmlische Kind.

Er wusste, dass das aus einem Märchen war, aber er erinnerte sich nicht mehr, aus welchem. Dass Wind ein Anfacher war, ein Potenzierer, auch wenn es um die Stimmung an diesen Orten ging, das allerdings wusste er lange. Weil zerstörte Scheiben und eingeschlagene Türen, löchrige Wände und undichte Dächer dafür sorgten, dass diese Orte anders klangen. Und man hörte sich selbst nicht mehr, keine eigenen Schritte, keinen Atem, nichts, auch das änderte der Wind.

Natürlich waren die Metadaten des Fotos und des kurzen Videos unbrauchbar, das verstand sich von selbst. Aber er hatte einen Kommentar über beides in einem der Lost-Places-Foren im Darknet gefunden, von einem Typen, der sich »Krypto567« nannte und es geil fand zu zeigen, warum er so hieß. Trotzdem enthielt der Text eine Angabe, die zusammen mit Infos aus anderen Kanälen brauchbar waren. Am Ende war er sich ziemlich sicher, das Objekt mit der Grabkammer gefunden zu haben, auch wenn ein Rest Zweifel blieb. Die wurden für einen Moment wieder lauter, als klar wurde, dass diese ehemalige Klinik nicht irgendwo an der tschechischen Grenze lag oder in der Mark Brandenburg, sondern wahrscheinlich fast um die Ecke in einem Wald zwischen Witten und Hagen. So viel Glück war fast nicht möglich, aber die Infos, die er hatte, gaben nichts anderes her.

Als er davor stand, war für einen Augenblick die erste Euphorie verschwunden. Der Kasten hatte vier Etagen, war relativ groß, und auf dem Sechzehn-Sekunden-Video waren lediglich die letzten Meter zu einem kleinen Loch in einer Wand zu erkennen. Die Ecke eines umgestürzten Metallregals hatte dort ein Dreieck in die Wand geschlagen, die nur aus einer dünnen Platte bestand. Der Blick durch dieses Loch zeigte dahinter einen kleinen Raum, eine verbaute Nische voller Schutt, aus dem Knochen ragten, von denen einer wie ein menschlicher Oberschenkelknochen aussah. Die Polizei schien davon noch nicht Wind bekommen zu haben, er hatte lange im Netz nach Pressemeldungen gesucht und hielt es für möglich, dass die Sache eine wichtigtuerische Inszenierung mit irgendwelchen Tierknochen war. Auch diese Idioten gab es in der Szene.

Der Zugang zum Gebäude war einfacher, als es zunächst ausgesehen hatte. Der Haupteingang und die Tür zur Notaufnahme waren versperrt, aber über einen leicht zugänglichen Balkon im Hochparterre betrat er eines der Krankenzimmer, in dem nur noch das Krankenbett und ein Stuhl standen. Einzelzimmer.

Er zog das Band der Stirnlampe etwas fester und trat auf einen langen Flur. Ziemlich wenig Graffiti, fand er, dafür war alles vollgestellt mit alten Möbeln und übersät mit Plastikbechern, woher immer die kamen. An einigen Stellen hing die Deckenverkleidung herab und mit ihr die darunter liegenden Kabel. Es zog, und der Wind erzeugte irgendwo im Gebäude verschiedene dunkle Töne, einige ganz kurz, einige fast permanent, darunter von irgendwoher ein unrhythmisches Schlagen. Der Eingangsbereich musste links liegen, er stieg über ein paar Spanplatten, wahrscheinlich alte Einlegeböden, und sah nur im Vorbeigehen in die Zimmer, deren Türen offen waren und in denen noch verschiedene Möbel standen. Vor der Glastür zum Raum mit der Rezeption führte eine breitere Treppe nach oben und unten. Wohin? Eine heftige Böe ließ eine vielstimmige dunkle Fanfare mit kurzen

Pfeiftönen durchs Gebäude hallen, einer der hohen Töne klang wie aus einer Trillerpfeife. Das unrhythmische Schlagen blieb.

Noch einmal sah er sich das Video auf dem Handy an. Bevor es in den Raum ging, war links für den Bruchteil einer Sekunde ein gelber Schatten zu sehen, der ein Türschild gewesen sein könnte. Er wandte den Kopf, ließ den Schein seiner Lampe den Flur entlanggleiten und sah, dass alle Türen grüne Schilder hatten. Okay, dachte er, vielleicht macht das die Sache einfacher.

Nach oben oder unten? Der Raum sah weniger aus wie ein Krankenzimmer und hatte an den beiden Wänden, die kurz zu sehen waren, kein Fenster. Er entschied sich für den Keller.

Die Treppe machte eine Hundertachtzig-Grad-Wende, auf der Zwischenplattform befand sich eine Reihe alter, hoher Aktenschränke aus grünem Blech. Eine Tür des letzten war geöffnet und bewegte sich leicht im Wind. Er schloss sie, plötzlich verlor der Schrank das Gleichgewicht und fiel mit einem Scheppern, das alle Windgeräusche übertönte, bis zum Fuße des letzten Treppenabsatzes.

Er hatte einmal »Scheiße« gerufen, wahrscheinlich lauter als gewollt, aber Sekunden danach waren wieder nur die Geräusche des Windes zu hören. Er machte drei tiefe Atemzüge und fühlte, wie sein Puls sich wieder normalisierte.

Die Treppe ging weiter hinab in ein weiteres Kellergeschoss, er blickte einmal in den dunklen Schlund und entschied sich, mit dem ersten zu beginnen.

Die Tür vor ihm führte auf einen langen Gang, in dem sich zu beiden Seiten ein übliches Bild bot und verschiedene Möbel kreuz und quer verteilt waren. Er blieb stehen, und jetzt fiel ihm auf, dass das unrhythmische Schlagen aufgehört hatte. Im ersten Moment hatte er dafür keine Erklärung, vielleicht war ein Tier von dem Krach des Schranks gestört worden. Er ging weiter.

Auch hier waren neben den Türen grüne Schilder, OP-Abteilung, Kein Zutritt, Station 3. Weiter hinten hing etwas von der Decke, ein weißes Viereck, auf dem etwas Gelbes zu erkennen war. Er beschleunigte seinen Schritt ein wenig, nicht ohne durch die offenen Türen in die Räume links und rechts zu sehen. Je näher er kam, desto deutlicher wurde im unruhigen Schein seiner Lampe das gelbe Dreieck mit der dreiflügeligen Schiffsschraube. Darunter stand in gestanzten schwarzen Buchstaben »Röntgen – Kein Zutritt für Unbefugte«, und ein Pfeil zeigte nach rechts auf eine Tür, die nur angelehnt war. Neben dieser Tür hing ein weiteres Schild, auf dem »Röntgen« stand – in schwarzer Farbe auf gelbem Grund. Bingo.

Er drückte die Tür langsam auf, und nach dem ersten Blick, den der wandernde Schatten der Tür freigab, war er sich vollkommen sicher, im richtigen Raum zu sein. Das stählerne Regal hatte jemand wieder aufrecht hingestellt, der Boden schien voller Bauschutt, vor der Wand gegenüber der Tür bedeckte eine ausgebreitete blaue Plastikplane den Boden. Auch wenn die Perspektive eines Videos einiges verzerrte, erkannte er vieles wieder, lediglich dort, wo der kleine dreieckige Schaden in der Wand gewesen war, klaffte jetzt ein Loch von etwa einem Quadratmeter. Er machte drei weitere Schritte in den Raum hinein, ließ das Licht durch dieses Loch fallen und blickte tatsächlich auf einen Haufen Bauschutt vermischt mit verschiedenen Knochen, aus dem die typische Kugel eines Oberschenkelgelenks herausragte. Sein Körper fühlte sich von einer Sekunde auf die andere an wie in kochendes Wasser getaucht, und er hatte Mühe zu atmen. War das der Schrecken oder der befriedigende Triumph, nach all dem an der richtigen Stelle zu sein? Es war kein Fake gewesen, und es dauerte nur Sekunden, bis ihm die Bedeutung dessen, was er da vor sich hatte, bewusst wurde. Wenn das Menschenknochen waren, und danach sah es aus, dann musste er die Polizei verständigen. Ja, was sonst? Daran führte kein Weg vorbei. Wenn das tatsächlich Menschenknochen waren, dann gehörten die da nicht hin.

Er nahm sein Handy und sah, dass er ausreichendes Netz hatte, zögerte aber einen Moment. Die Sekunden, um diesen Triumph ganz frisch zu teilen, diese Zeit hatte er. Keine Fotos, dem blieb er treu, aber er öffnete sein E-Mail-Konto und schrieb an *Watching the West* die Worte: *Grabkammer gefunden. Informiere Polizei. Melde mich morgen.* Dann drückte er auf »Senden« und lächelte.

Der Wind hatte weiter zugenommen und damit auch das Konzert außerhalb dieses Raumes, in dem es auffallend still war, vermutlich, weil er kein Fenster besaß.

Irgendjemand hatte dieses Loch vergrößert. Entweder war das der Filmer selbst gewesen oder jemand mit genügend Grips, diesen Ort ebenfalls zu finden. Aber warum hatte er das hier dann nicht gefilmt? Und warum war dann noch keine Polizei hier gewesen?

Nach einem Rundumblick bemerkte er erst jetzt, dass unter der Plane etwas hervorragte, das wie ein Stiel aussah, und er hatte tatsächlich einen größeren Hammer in der Hand, als er es hervorholte. Vorsichtig hob er die blaue Plastikplane weiter an, und gegen das, was jetzt in ihm geschah, war die Adrenalinkaskade von eben nur ein lächerliches Rinnsal. Vor ihm lag die Leiche eines offensichtlich alten Mannes.

Trotz des Schocks und des betäubenden Getöses in sich nahm er in den Windgeräuschen ein Geräusch außerhalb des Raumes wahr, das nicht dazu passte, ein Scharren.

Camilla

»**Das Herz befand sich** in einem jederzeit versagensbereiten Zustand«, sagte Frau Doktor Köslin-Richter und betrachtete das entnommene Organ auf der kleinen erhöhten Metallfläche am Ende des Obduktionstisches noch einmal genauer. »Aber ob sie tatsächlich daran gestorben ist, kann jetzt nicht mehr mit Sicherheit festgestellt werden.«

In ihren Worten fand Camilla leises Bedauern.

Das Herz verschwand wieder in der Leiche, und der Assistent begann damit, optisch alles wieder einigermaßen herzurichten, was für sie immer auch etwas mit Würde zu tun hatte.

»Es gibt Tage, da fühle ich mich genauso«, Deniz stieß den Zeigefinger sanft in die Luft Richtung Leiche, »in einem jederzeit versagensbereiten Zustand. Kenne ich.«

»Solange es nicht von Dauer ist.« Die Gerichtsmedizinerin sah ihn an, er lächelte zurück.

Die Obduktion war fast vorbei, und diese Termine hatten für Camilla nach all den Jahren mittlerweile etwas Alltägliches, was die Menschen in ihrem Freundeskreis, wenn auf Partys die Sprache darauf kam, meist mit einem fassungslosen Kopfschütteln begleiteten. Vielleicht hatte sie früher auch so empfunden, sie wusste es gar nicht mehr, aber man gewöhnte sich tatsächlich an diese unmittelbare Greifbarkeit des Todes. Selbst der Geruch war nur noch in extremen Fällen etwas, das sie wirklich störte.

Heute, bei Waltraud Schreiner, war es von Anfang nicht alltäglich gewesen, und sie versuchte eine Erklärung dafür zu finden, woran das lag. Es hatte mit der Exhumierung zu tun, da war sie sich sicher, allerdings nicht auf diese künstliche Weise, mit der in Hollywoodfilmen ein morbider Schauer erzeugt werden sollte, wenn Gräber oder Grüfte geöffnet wurden. Sie empfand es fast als widersprüchlich, aber die endgültige Einsamkeit im Tode war ihr viel klarer und erdrückender erschienen bei diesem Vorgang, jemanden wieder aus der feuchten Erde hervorzuholen, als ihn dort hinabzulassen und mit Blumen und Erde und Worten zu bedenken. Vielleicht lag es daran, an den Blumen, den Leuten, den Worten und auch dem Singen, vielleicht, denn all das hatte es heute nicht gegeben. Heute hatten ein paar Männer in Arbeitskleidung mit Neon-Applikationen einen verwelkten Blumenstrauß abgeräumt und sich dann ins Zeug gelegt, um anderthalb Meter lehmige Erde beiseitezuschaffen, welche die Tote von den Lebenden trennte. Vielleicht war es das.

»Ansonsten müssen wir mal abwarten, was die Untersuchung von Blut und Mageninhalt ergibt, dahin geht doch Ihr Verdacht, oder?«

»Verdacht ist zu viel gesagt, es sind halt ein paar Dinge, die mir oder uns aufgefallen sind. Und du sagtest doch auch«, sie sah Deniz an, »dass in der Wohnung kaum Fingerspuren zu finden waren, oder?«

Er nickte.

»Äußerlich sind bei dem Fäulniszustand sonst keine Verletzungen zu erkennen gewesen, außer der Wunde an der Hand, und die sieht, soweit man das zwei bis drei Wochen nach Todeseintritt noch sagen kann, wie ein normaler Schnitt aus.«

Sie sah die beiden nacheinander an.

»Mir war halt aufgefallen, dass es in der Zeit, in der ich Leichensachen bearbeite, dreimal diese signifikante Verletzung gab. Jedenfalls soweit ich mich erinnern konnte.«

»Die, das kommt dazu, alle unmittelbar kurz vor Todeseintritt entstanden sein müssen«, sagte Deniz, »weil das Verbandszeug noch irgendwo in der Wohnung rumlag.«

Obwohl alle sich ansahen, sagte einen Moment lang niemand etwas, nur der Obduktionsassistent klapperte beim Abwaschen der Werkzeuge.

»Man kann natürlich über so eine Wunde etwas in den Blutkreislauf einbringen, eine giftige Substanz.« Frau Doktor zog ihre Handschuhe aus und warf sie in den Abfalleimer. »Und man könnte damit auch eine Injektion kaschieren, auch das. Es sind aus der Historie Fälle bekannt, bei denen an unübersichtlichen Stellen injiziert wurde, in den Anus oder die Vagina, um die Einstichstelle zu verbergen. Aber eine Wunde eignet sich dafür natürlich auch.«

Sie nahm ihre Schürze ab.

»Und das erkennt man nicht?«

»Schwer, und in dem Fäulniszustand sowieso nicht mehr.«

Sie sah Deniz an, der den Blick erwiderte und die Stirn für einen Moment in Falten legte.

»Gibt es denn ein Motiv?«

»So weit sind wir noch nicht«, sagte Deniz. »Wir sind da ja erst ganz kurz dran, und vielleicht löst sich auch alles in Luft auf. Die Wohnung sah ganz normal aus, bis auf die Tatsache …«

Wieder suchte er Blickkontakt.

»… dass sie extrem sauber war.«

»Extrem sauber? Dafür käme meine Wohnung schon mal nicht infrage.« Sie nahm ihre Schürze ab, lachte. »Und Sie halten das für verdächtig.«

»Na ja, könnte schon sein. Ich habe da gleich noch mal einen Termin mit der Verwandten, die sie beerdigt hat. Möglicherweise hat die noch Informationen, die uns weiterbringen.«

»Gut, wir wären dann hier durch.«

Sie zeigte ein Lächeln, das kein bisschen nach Tod und ganz viel nach Leben aussah, packte gemeinsam mit dem Assistenten ihre Sachen zusammen, und beide fuhren ab.

»Begleitest du mich zu dem Termin? Ist doch die Chance. Mal so richtig vor Ort wie 'ne echte Ermittlerin – und nicht immer nur Leute im Gerichtssaal quälen.«

»Ich bin mit der Bahn hier, weil mein Wagen zur Inspektion ist, du musst mich sowieso hinterher bringen.«

»Wunderbar. Seite an Seite mit der schönen Frau Staatsanwältin.«

Ihr fiel nichts Passendes ein, was sie darauf sagen sollte.

Susanne Westheide wusste selbst nicht so genau, in welcher Weise sie mit Waltraud Schreiner verwandt gewesen war, weil es von der Seite einige Halbgeschwister und uneheliche Kinder gegeben hatte. Sie habe da letztlich nie richtig durchgeblickt.

So viele gemeinsame Gene konnten es tatsächlich nicht sein, dachte Camilla, denn die Frau war mit ihren dreißig Kilo Übergewicht, asymmetrischer Strubbelfrisur und Schlabber-Fetzen-Look das komplette Gegenteil der Toten. Und sie war trotz aller forschen Attitüde unglücklich damit. Schon als Kind hatte Camilla festgestellt, dass sie ein sicheres Gespür für Menschen hatte, die damit, wie sie aussahen, unglücklich waren. Sie selbst hatte sich damals manchmal das Gesicht mit Creme ganz weiß gemacht und sich gewünscht, es bliebe so. Aber es blieb nicht so, und damals war sie darüber unglücklich. Das war lange her, aber zu der Zeit fing es an, dass sie es Menschen wie dieser Frau ansah.

Jedenfalls sei sie die letzte Verwandte, und da fände sie es schon irgendwie in Ordnung, die Sache abzuwickeln.

»Auch wenn wir uns nicht besonders mochten und Jahre nicht gesehen hatten.«

Sie besaß noch einen Schlüssel zur Wohnung, in dem ein paar

letzte Kisten und die Couchgarnitur standen. Die Küche hatte der Vermieter ebenfalls behalten wollen.

»Haben Sie irgendwas in der Wohnung gefunden, was Ihnen ungewöhnlich vorkam?«, fragte Deniz.

»Nein, eigentlich nicht«, sagte sie, »bis auf den Safe.«

»Den Safe?«

Deniz war genau so überrascht wie sie.

»Ja, hier war …«, sie ging in einen angrenzenden Raum, »… hinter einem Bild dieser kleine Wandtresor.«

Etwa in Kopfhöhe war in der Wand eine graue Metalltür erkennbar, etwa so groß wie ein DIN-A-4-Blatt, und Camilla war enttäuscht. Bei dem Wort »Safe« hatte sie kleine Rädchen mit Zahlen vor Augen gehabt, aber hier war auf der rechteckigen lackierten Fläche lediglich ein Schlitz erkennbar.

»Hinter einem Bild, ziemlich clever.« Deniz nickte übertrieben anerkennend. »Und das Geld wahrscheinlich zwischen den Bettlaken versteckt. Gibt es da einen Schlüssel?«

»Gibt es, aber der ist schon beim Vermieter. Ich habe nur noch einen Wohnungsschlüssel, weil noch jemand die Couchgarnitur und die Bücher und Schallplatten abholen will. Aber vielleicht ist er ja offen.«

Er war offen. Mit einem Fingernagel, auf dem brauner Lack abgeblättert war, hakte sie in den Schlüsselschlitz und klappte die Tür auf.

»War er leer?«

»Nein. Es lagen ein paar wenige Urkunden darin, eine Uhr und ein kleiner Fünf-Gramm-Barren Gold.«

»Gold!?«

»Ja«, sie schob die Tür wieder zu, »man kann nicht sagen, dass ich irgendwas erwartet hätte, aber meine Mutter hatte mal erzählt, dass Waltrauds Mann, Egon, so ein Goldfan gewesen ist.

Der habe immer erzählt, das sei die einzig sichere Anlage, und er hätte sein gesamtes Geld nur in Gold angelegt.«

»Wenn da fünf Gramm übrig geblieben sind, war da wohl nicht so viel zum Anlegen. War noch was auf der Bank?«

»Eigentlich interessiert mich das nicht, die sollten mit ihrem Geld machen, was sie wollten. Aber ich kann Ihnen das nicht sagen. Der Erbschein ist beim Nachlassgericht beantragt, und ohne den habe ich noch keinen Zugriff auf das Konto.«

»Wo ist das Gold jetzt?«, fragte Deniz. »Die fünf Gramm, meine ich.«

»Ich habe es behalten und weiß noch nicht, ob ich es verkaufe. Hatte ich noch nie in echt gesehen, so 'n Teil. Sieht schön aus.« Sie lachte entschuldigend.

»Ich will nicht indiskret sein«, sagte Camilla, »aber gab es sonst Vermögenswerte der Toten? Das wäre für uns nicht unwichtig.«

»In der Wohnung nicht. Und ansonsten kann ich Ihnen das nicht sagen.« Susanne Westheide schien die Frage nicht als indiskret zu empfinden. »Stichwort Erbschein. Das dauert noch etwas.«

Sie gingen wieder in den Flur.

»Gut, Frau Westheide, das war's erst mal«, sagte Deniz, »ich habe ja Ihre Nummer. Wie lange sind Sie noch in der Stadt?«

»Ein paar Tage sicher noch, ist ja noch einiges abzuwickeln.«

Sie verabschiedeten sich.

»Ach, ja ...« Camilla drehte sich noch einmal zu ihr um. »Wo war denn der Schlüssel für den Tresor?«

Sie musste lachen.

»Genauso gut versteckt wie der Safe. Er lag mit anderen Schlüsseln in einem abgeschlossenen Fach im Schreibtisch. Und der Schlüssel dafür befand sich in einer Schublade.«

Deniz sah sie an und zuckte mit den Schultern.

»Bettlaken, sag ich doch.«

Dann gingen sie.

Bevor sie gefahren waren, hatten beide noch die restlichen Hausbewohner befragt, ob denen etwas aufgefallen war, aber außer einem Arzt, der vor nicht allzu langer Zeit zweimal einen dunkelhaarigen Mann um die vierzig gesehen haben wollte, der vermutlich bei Frau Schreiner gewesen war, hatte niemand etwas wahrgenommen.

Vor der Staatsanwaltschaft fuhr Deniz im Halteverbot rechts ran. »Da sind wir. Wir hätten auch noch was Nettes unternehmen können, Boot fahren am Baldeneysee zum Beispiel, aber du hast ja wieder nur Karriere im Kopf und willst arbeiten.«

»Jaja, wo dir die Karriere so ganz egal ist.«

»Aber okay. Dafür hast du mal an der Seite eines Top-Ermittlers richtige Fronterfahrung gesammelt. Ist mal was fürs Leben.«

Ein Auto hinter ihnen hupte.

Sie musste schmunzeln.

»Wir haben uns ja Jahre kaum gesehen, aber in manchen Momenten hast du dasselbe beknackte Verhalten wie in der Schule.«

»Verstehe. Immer noch dasselbe attraktive Sport-Ass mit der guten Figur und dem gewinnenden Humor und …«

»Ich geh lieber, bevor es schlimmer wird.«

Der nächste Wagen hupte.

Sie bückte sich und sah durch die offene Seitenscheibe.

»Soll ich bei der Bank anrufen wegen des Kontos?«

»Ne, mach ich schon. Ich habe da einen Kontakt. Und ich schaue auch mal, was mit den Konten der anderen Leichensachen ist, die du mir geschickt hast.«

Sie winkte und verschwand.

Als er sich wieder in den Verkehr einfädeln wollte, hupten hinter ihm zwei Autos, die abbremsen mussten.

Alexander

Grabkammer gefunden. Informiere Polizei. Melde mich morgen.

In der linken Hand Kaffee, rechts das Handy stand Alex an der Brüstung des Flachdaches, auf das seine Terrasse führte, und sah dabei zu, wie die Schattenkante der Dachfirste an den gegenüberliegenden Fassaden schon ziemlich weit nach unten kroch.

Die Mail hatte Mooodhunter um 01:14 geschrieben, und wieder fragte er sich mit Unverständnis, was Menschen dazu brachte, um diese Zeit spinnwebbehangen in staubigen Ruinen rumzustöbern und nach was auch immer zu suchen.

Er stellte den Kaffee auf die blecherne Verkleidung vor ihm und nahm die Zigarette aus dem Mund. Abermals ärgerte er sich über sein blödes Versäumnis, den Typen nicht nach seinem Namen gefragt zu haben oder wenigstens nach der Handynummer.

Er wählte Lisas Eintrag aus seinen Kontakten und drückte auf den Hörer.

»Hi.«

»Moin, Lisa. Nur kurz eine Frage: Ich habe nur eine E-Mail, die von einem Handy an mich versandt wurde. Kann man die Handynummer herausfinden?«

»Möglicherweise.«

»Kannst du das versuchen?«

»Natürlich. Leite mir die Mail weiter. Aber gleich auf eine meiner privaten Adressen, da habe ich mit meinem privaten Rechner ganz andere Möglichkeiten.«

Sie nannte ihm eine Adresse, und er brachte Mooodhunters E-Mail auf den Weg.

Den selbst gedrehten Rest ließ er nach dem letzten Zug in die Jim-Beam-Coladose fallen, die auf der Brüstung stand, es zischte. Dann öffnete er den Eingang des Denunzianten-Postfachs, wie sie es in der Redaktion nannten, in dem drei ungelesene Mails gelistet waren.

Vor Monaten hatte er einen provokativen E-Mail-Aufruf ins Netz gestellt, in dem er Geld für Infos aus der Szene anbot bei Zusicherung absoluter Diskretion. Er hatte nicht ernsthaft mit einem Kontakt gerechnet, aber nachdem anfangs kübelweise Beschimpfungen und Drohungen eingegangen waren, er bei einem fingierten Treffen in einen Hinterhalt gelockt werden sollte, um verprügelt zu werden, war eine Mail dabei von Snowdown, die er anfangs auch nicht ernst genommen hatte.

Nach zwei Treffen an belebten Orten in der Innenstadt, in versteckter Begleitung zweier Kollegen aus der Redaktion, von denen einer es in irgendeiner dieser asiatischen Kampfsportarten, die für ihn alle gleich klangen, zum Schwarzgurt gebracht hatte, war es zu zwei weiteren Gesprächen im Treppenhaus eines Parkhauses gekommen.

Eine der Mails heute enthielt wieder eine Beleidigung, eine weitere einen Anhang mit wahrscheinlich irgendeinem Trojaner, er löschte beide. Die dritte war von Snowdown.

Hallo,
hätte Informationen. Schlage ein Treffen morgen um 14.00 Uhr am üblichen Treffpunkt vor.
E.S.

Auch Snowdowns wirklichen Namen kannte er nicht, und nach der kurzen Zeit, die er bei den Treffen mit ihm verbracht hatte, hielt er ihn für einen Menschen, der Hoffmann von Fallerslebens

Zitat über Denunzianten alle Ehre machte. Eine charakterlose, miese Zecke, wie der Schwarzgurtträger ihn nannte, und Alex konnte mit dieser Einschätzung weitestgehend d'accord gehen.

Der Mann war wahrscheinlich gar kein wirklicher Rechter, sondern sog auf krude Weise Selbstbewusstsein daraus, sich in der Gesellschaft von sozial und medial Verstoßenen zu bewegen, die er aber ohne Zögern für Geld hinterging. Durch ihn wusste Alex, wer die wichtigen Leute in der Szene waren und das hin und wieder zwei Ratsmitglieder aus Ruhrgebietsstädten schon mal bei dem ein oder anderen Treffen dabei waren.

Der Termin war möglich. Er bestätigte mit »Okay«.

Marode Brücken und die gesperrte Autobahnauffahrt Essen-Zentrum … Beim letzten Punkt in der Redaktionssitzung ging es um Verkehrsthemen, bei denen Alex raus war. Das Geld für die Info von Snowdown musste er vorschießen, bekam es aber wieder, das hatte die Runde beschlossen.

Als die Chefin die Besprechung beendete, winkte Lisa ihn an ihren Schreibtisch, auf dem neben den üblichen drei Bildschirmen ein Notebook stand, von dem er annahm, dass es ihr eigenes war.

»Also, das ist seine IP-Adresse, damit kannst du wahrscheinlich nichts anfangen.«

Sie sagte es ohne Häme, auch nicht scherzhaft.

»Das ist seine Handynummer, und der Typ heißt, wenn es keine Fake-Adresse ist, glaube ich aber nicht, Philip Olschewski und wohnt da.«

Sie kreiste mit dem Cursor um eine Adresse in Altenessen.

»Außerdem ist bei dem Handy die Standortbestimmung eingeschaltet, und es befindet sich, seit du mich heute Morgen angerufen hast, hier.«

Sie wechselte an einen der drei größeren Bildschirme und ließ wieder den Cursor auf einer Karte um eine Markierung kreisen, die irgendwo südöstlich von Bochum auf einem Gebäude in einem Waldgelände steckte.

»Was ist das?«

»Das war mal ein Krankenhaus, ist es aber wohl schon länger nicht mehr. Wahrscheinlich einer von deinen Lost Places, über die du schreibst.«

»Und das Telefon ist da jetzt immer noch, kein Zweifel?«

»Ja, sieht so aus.«

»Und hat sich nicht bewegt?«

»Nicht, seit ich es identifiziert und da gefunden hab.«

Alex sah sie an.

»Kann ich dir irgendwas Gutes tun, du Hohepriesterin der Bits und Bytes?«

Sie lächelte verlegen und schon ein wenig entmutigt.

»Du kannst mir beibringen, wie man wunderbare Texte schreibt.«

Er schwieg einen Moment zu lange.

»Okay, ein Schokoriegel reicht auch. Wenn es geht, ein Nuts.«

»Sobald ich rausfahre, bringe ich dir eins mit. Ach, 'ne ganze Packung.«

Mit einem Kaffee ging Alex zu seinem Schreibtisch und dachte darüber nach, ob es zu aufdringlich war, den Mann anzurufen. Er hatte sich heute melden wollen, was bis jetzt nicht passiert war, und sein Handy schien noch an dem Ort zu sein, von dem er heute Nacht eine Mail gesandt hatte.

Er wählte die Nummer, die Lisa ihm gegeben hatte, und sprach nur mit der Mailbox.

Hunter

Er trat zurück auf den Gang, schickte die Strahlen der Stirnlampe mit einer Kopfbewegung nach links, wo alles so aussah wie vor ein paar Minuten, dann sah er nach rechts, und in seinem Körper explodierte es zum dritten Mal, seit er dieses verdammte Gebäude betreten hatte. Er blickte auf eine schwarze Gestalt, die kein Gesicht hatte. Mund und Nase waren nicht zu sehen, und die Augen verdeckte etwas, das aussah wie eine undurchsichtige Taucherbrille. All das passierte im Bruchteil einer Sekunde, sodass nur ein Reflex ihn den rechten Arm hochreißen ließ, denn die Gestalt kam auf ihn zu gerannt und schlug mit etwas nach ihm. Das glühende Stechen in seinem Arm jagte durch seinen ganzen Körper, ein weiterer Schlag glitt ab und streifte ihn heftig an der Stirn. Mit einem zweiten Reflex trat er in die Richtung des schwarzen Mannes und erwischte ihn mit genügend Druck, dass er nach hinten schlug.

Obwohl der Schmerz in seinem Arm ein rauschendes Festival feierte, rannte er in die entgegengesetzte Richtung und hörte hinter sich eine helle Stimme rufen: »Hinterher!« Dann tappten Schritte in Laufgeschwindigkeit.

Er sprintete ins Treppenhaus, umkurvte den gestürzten Blechschrank und hechtete weiter am Geländer entlang nach oben. Zu spät bemerkte er, dass er in Panik zu weit gelaufen und schon in der ersten Etage war. Er hörte unter sich Schritte auf der Treppe, sah aber keinen Lichtschein, und schlagartig wurde ihm klar, was die Taucherbrille gewesen war.

Rechts, links? Er entschied sich für den rechten Flur, übersah nach der Glastür ein Kabel, das von der Decke hing, und ihm die Stirnlampe vom Kopf riss, die beim Aufschlagen auf den Boden sofort erlosch. Scheiße. Er rannte weiter, verschwand nach rechts in einer der Türen und hatte zum Glück einen Raum erwischt, der voller Möbel war. Hinter einen Schrank, machte sich so schmal es ging und versuchte, seine Panik in den Griff zu bekommen, die umso mehr brannte, seit ihm klar geworden war, dass dort unten eine Leiche lag und er von jemand verfolgt wurde, der es wahrscheinlich auch auf sein Leben abgesehen hatte und mit einem verdammten Nachtsichtgerät ausgerüstet war. Erst jetzt wurde ihm klar, dass er blutete, weil sich sein Gesicht auf einer Seite feucht anfühlte. Hektisch griff er nach seinem Handy, fand es in der üblichen Tasche nicht, tastete die zweite ab, die dritte ... doch es war nirgends, und eine Stimmung machte sich in ihm breit, dass er sich für einen Augenblick am liebsten einfach nur hinsetzen und die Dinge geschehen lassen wollte. Dann kam die Angst wieder – und das Zittern.

Er glaubte auf dem Flur im Konzert des Windes etwas zu hören, was wie langsame Schritte klang, aber war das wirklich so? Die Öffnung der Tür hob sich dunkel gegen die helle Wand ab, und er war sich sicher, es im Restlicht erkennen zu können, sollte die Gestalt in dieses Zimmer kommen.

Nachdenken, los! Er musste das Handy irgendwo verloren haben, als er gerannt war. Zuletzt in der Hand hatte er es beim Anblick der Leiche, danach gingen die Dinge in seinem Kopf durcheinander. Vielleicht lag es irgendwo auf dem Gang oder im Treppenhaus. Dieser verdammte Wind verhinderte, dass er hörte, ob jemand irgendwo ging. Er war taub und blind und wischte sich etwas aus dem Auge, was vermutlich Blut war.

Nachdenken, los! Er war in der ersten Etage, und er war über einen Balkon im Hochparterre eingestiegen. In seiner Erinnerung waren überall Balkone gewesen, und er sah hinter einem weiteren Schrank den schwachen Lichtschein der Balkontür. War das klug? Der Verfolger wusste, dass er noch im Gebäude war, darum musste er raus, irgendwie. Natürlich war das klug. Da draußen konnte er weglaufen.

Mit aller Aufmerksamkeit horchte er in den Wind, der nicht schwächer geworden war, aber außer dem üblichen Heulen und Pfeifen war nichts wahrnehmbar.

Er ging Richtung Balkontür, was glücklicherweise keine Geräusche machte, öffnete sie, und der Wind schlug den Flügel mit einem lauten Knall gegen irgendetwas, was er in der Dunkelheit nicht erkennen konnte.

Der Balkon war leer, er blickte nach unten, stieg über das Geländer, ließ sich langsam daran hinab, und ein Glücksgefühl durchströmte ihn, als er das Geländer des Balkons im Hochparterre unter seinen Füßen spürte. Um nicht abzustürzen, musste er einen Zwischenstopp auf dem Betonboden einlegen, dann stieg er auch über dieses Geländer, und bevor er sich daran herabgleiten lassen konnte, sah er im dunklen Ausschnitt der Tür, die in das Zimmer führte, zuerst die glänzenden Rundungen der Taucherbrille – und er sah die Gestalt, wie sie mit einem Gegenstand in der Hand auf den Balkon trat, dann wurde es vor seinen Augen noch schwärzer, als es ohnehin gewesen war.

Deniz

Die Frau wusste nicht, wer die Anweisung gegeben hatte, die Fässer mit dem brennbaren Reinigungsmittel in den Kellerraum zu stellen, neben dem das Feuer ausgebrochen war, und nach dem, was Deniz nebenbei von der Vernehmung des Kollegen mitbekommen hatte, wusste diese Zeugin auch sonst nicht viel vom Leben.

Mit einem tiefen Seufzer ließ Dieter Bartel die Frau das Gesagte lesen und unterschreiben und begleitete sie zum Aufzug.

»Wollte sie nicht, oder konnte sie nicht?«, fragte Deniz, als Dieter zurückkam.

»Keine Ahnung«, sagte das Stubenkamel, setzte sich wieder und brachte die Blätter in die richtige Reihenfolge. »Wahrscheinlich will sie nichts sagen. Nach den Aussagen einiger Kollegen vögelt sie mit dem Chef, der bei der Sache wahrscheinlich den schwarzen Peter hat.«

»Oh, scheiße. Liebe.«

»Von Liebe habe ich nicht gesprochen, wenn, dann höchstens auf ihrer Seite. Ist die typische Chefsekretärin. Alte Jungfer, ledig, mit der Firma verheiratet, verbringt ihr Leben im Büro, darf's ihm zwischendurch und auf Geschäftsreisen besorgen, und wahrscheinlich erzählt er ihr seit fünfzehn Jahren, dass er seine Frau für sie verlassen will. Jetzt grad nicht, aber bald, ganz bestimmt.«

»Wo hast du dir eigentlich dein Menschenbild so versaut, Didi?«

»Seit ich das Büro mit dir teile.«

Bei der Miene, mit der er es sagte, hätte jeder andere es für Ernst gehalten. Deniz musste lachen.

Waltraud Schreiner hatte ihre Konten bei demselben Institut wie Ernst Huber, der Mann, dessen Debitkarte sie gefunden hatten.

»Guten Morgen, Frau Dörr. Müller, Polizei Essen.«

»Herr Müller ... Bald können wir aber eine Standleitung einrichten, habe ich das Gefühl.« Er suchte nach einem Schmunzeln in ihrer Stimme und hatte den Eindruck, da war eins. »Man könnte ja meinen, Sie wollen was von mir. Was kann ich heute für Sie tun?«

»Ich bräuchte ein paar Informationen über eine Ihrer Kundinnen, die verstorben ist.«

Die Tiefe des Seufzers war selbst durchs Telefon zu hören.

»Sie wissen, dass das ohne irgendetwas Schriftliches von der Staatsanwaltschaft nicht so einfach ist, eigentlich.«

Das »eigentlich« machte ihm Hoffnung, und er erklärte ihr in Ansätzen, worum es ging, dass ein Beschluss sicher auch kein Problem wäre und wahrscheinlich sowieso alles gut enden könnte und überhaupt.

Nach einer Viertelstunde rief sie zurück.

»So, Herr Müller, ich habe mal geschaut, und Sie verraten mich nicht. Frau Schreiner und ihr Mann haben ihre Konten seit sechsundzwanzig Jahren bei uns, und auf den ersten Blick ist da nichts besonders auffällig.«

»Ist da viel zu vererben?«

»Es sind auf verschiedenen Konten ein paar Tausend Euro, aber nichts Weltbewegendes.«

»Gab es vor ihrem Tod irgendwelche auffälligen Kontobewegungen oder wie Sie das nennen?«

»Ne ...«, sie machte eine Pause und schien etwas nachzusehen, »das Einzige, was ein wenig auffallend ist, sind die Goldkäufe.«

»Gold?«

»Ja. Frau Schreiner und mehr noch ihr Mann haben seit vielen Jahren Gold gekauft, insgesamt für etwa zweihunderttausend Euro.«

»Was? Donnerwetter!«

»Das sind Zahlen auf der Grundlage des jeweils aktuellen Goldpreises, der schwankt ja ziemlich über die Jahre, wie Sie sicherlich wissen.«

In Deniz' Kopf wirbelten ein paar Infos durcheinander, und er wusste nicht, nach welcher er zuerst greifen sollte.

»Wo hatten sie dieses Gold?«

In dem Augenblick, als die Frage seinen Mund verließ, war ihm klar, dass die Frau das nicht wissen konnte.

»Tja, das kann ich Ihnen nicht sagen, Herr Müller, bei uns jedenfalls nicht, denn sie hatten kein Bankschließfach.«

»Hatten sie nicht?«

»Nein. Wer weiß, vielleicht haben sie es auch anderweitig verkauft. Aber das ist wenig wahrscheinlich, wenn ich das so sagen darf, denn diese Geschäfte haben sie ja über Jahrzehnte alle bei uns abgeschlossen, da regelt man da auch die Verkäufe.«

»Wie viel Gold ist das? Würde das in einen ...«, er suchte nach einem passenden Vergleich, »... Schuhkarton passen?«

»Das sind ja schon einige Kilos, aber in einen Schuhkarton passen die auf jeden Fall. Ein Kilo-Barren Gold ist etwa so groß wie eine Tafel Schokolade. Warum fragen Sie?«

»Es gab in der Wohnung einen Safe, der etwa so groß war.«

»Na, dann. Das ist übrigens auch nichts Ungewöhnliches. Das nimmt zwar langsam ab, aber grad ältere Leute haben immer noch Misstrauen gegenüber Banken und lagern ihr Geld da, wo sie es anfassen können. Und ich glaube, wir wären beide überrascht, was unter so mancher Matratze zu finden ist.«

»Da ist was dran. Ich glaube, das wär's erst mal, Frau Dörr. Sie haben echt was bei mir gut.«

»Ach, Herr Müller. Ein Cappuccino oder auch ein Glas Wein, nichts dagegen. Melden Sie sich einfach.«

»Hat Ihr Institut Fotos der Mitarbeiter auf der Homepage?«

»Ich lasse Ihnen diese Unverschämtheit mal durchgehen«, sie lachte, »und auch die ist mit einem Essen wiedergutzumachen.«

»Ja, also ... dann, bis demnächst.«

Daher wehte der Wind also ...

Alexander

Sie unterbrachen das Gespräch, bis ein älteres Pärchen in der Tür zum Parkdeck drei verschwunden war.

»Und der hat auf dem letzten Treffen gesprochen?«

»Genau«, sagte Snowdown, »hat aber einen ziemlichen Affen gemacht, dass er nicht gesehen wird.«

Alex notierte sich den Namen des Mannes, der in der Stadtverwaltung Duisburg ein höheres Tier sein sollte.

»Dann gibt es davon auch keine Handyvideos, nehme ich an?«

»Jedenfalls keins, das ich kenne.«

»Gut. Noch was?«

»Demnächst haben sie einen Zeitzeugenabend geplant, ›Gegen das Vergessen‹«, Snowdown grinste breit. »Dafür haben wir zwei SS-Leute aufgetan. Wird echt immer schwieriger, sind ja nicht mehr so viele im Angebot.«

»Wo soll das stattfinden?«

»In der Kneipe, wo du beim Rumspeckern aufgeflogen bist. Da gibt es hinten raus einen Saal.«

»Wann soll das sein?«

Alex notierte sich auch den Termin. Vielleicht konnte man aus sicherer Entfernung mal schauen, wer da so auflief.

Das war's mit den brauchbaren Infos, der Rest, den Snowdown zum Besten gab, war primär wichtigtuerisches Geplänkel. Er zahlte seinen Whistleblower aus und ging zu seinem Wagen auf Parkdeck 3.

Als er im Auto saß, checkte er noch einmal sein Postfach, das aber nur zwei frische Werbemails enthielt.

Vor sechsunddreißig Stunden hatte er die Nachricht von Mooodhunter bekommen, und der Mann hatte sich weder wie angekündigt gemeldet, noch war sein Telefon bewegt worden, was Lisa für zwei Nuts im Blick behielt. Obwohl er den Typen kaum kannte, hatte er ein eigenartiges Gefühl dabei und entschloss sich, zu seiner Wohnung zu fahren. Mehr als den Kontakt abbrechen, weil ihm das zu aufdringlich war, konnte der Mann nicht.

Zwanzig Minuten später stand er vor einem alten Fabrikgebäude in Altenessen-Süd, das offensichtlich als Lager benutzt wurde, in dessen früheren Büroräumen aber zwei Wohnungen eingerichtet worden waren, wenn man sich an den Klingelschildern orientierte. Er drückte auf den Knopf neben »Olschewski«, zweimal, dreimal, aber es tat sich nichts.

Dann eben bei Otte. Auch da brauchte es ein zweites Mal, bevor hinter der Tür Geräusche zu hören waren.

Ein junger Typ öffnete, er hatte kurze blonde Rastalocken und war so dünn, dass alles an ihm schlabberte, auch das Rot-Weiß-Essen-Trikot.

»Moin, kann ich dir helfen?«

»Guten Tag, mein Name ist Alexander Rahn, ich wollte zu Philip Olschewski.«

»Er ist nicht da.«

»Ja, habe ich gemerkt. Hast du eine Ahnung, wo der sein könnte? Der wollte sich heute bei mir melden.«

»Und mich wollte der jetzt eigentlich bringen, ich warte auch auf ihn.« Mit leiser Verärgerung.

»Hast du eine Ahnung, wo er sein könnte?«

»Nein, keinen Schimmer. Er ist auch nicht in der Wohnung. Wir haben einen gemeinsamen Balkon, und ich kann da reinschauen.«

»Kommt das öfter vor, dass er so unauffindbar ist?«

»So viel Kontakt haben wir nicht, aber dass er was zusagt und nicht einhält, das hab ich noch nie erlebt, echt nicht.«

»Vielleicht ist er irgendwo mit 'nem Mädel versackt, neue Beziehung. Oder spontaner Entschluss zum Austausch von Zärtlichkeiten.«

»Ne, auch das passt nicht zu ihm. Philip ist nicht so der Gesellschaftslöwe. Der kommt ganz gut mit sich selbst zurecht, wenn er nur seinen Rechner hat.«

Einen Moment überlegte Alex, ihm die Sache mit dem Handy zu erzählen, dann überwogen doch die Zweifel.

»Scheint es übertrieben, sich Sorgen zu machen?«

»Tja«, er schob die Unterlippe vor und wiegte den Kopf, »wir wohnen jetzt drei Jahre nebeneinander, und dass er eine Abmachung nicht einhält, ohne sich zu melden, das ist das erste Mal so.«

»Gut, danke. Da sich im Augenblick keine Alternative aufdrängt, warte ich mal ab, wird sich schon wieder melden, hoffentlich. Schönen Tag noch.«

Alex drehte sich ab und wollte gehen.

»Äh, nur 'ne Frage: Wo fährst du lang?«

»Richtung City.«

»Könntest du mich mitnehmen? Liegt fast auf dem Weg.«

»Ich sehe nichts, was dagegen sprechen könnte.«

Der Rastaman verschwand für ein paar Sekunden, kam mit einer Jacke im Arm zurück und begleitete ihn zum Auto.

»Du heißt Rahn, hast du gesagt? Kommst du aus Essen?«

»Ich bin nicht verwandt …«

Deniz

Zwei Mails mit der Bitte um Fahndungsunterstützung, einmal nach einem Raub in Düsseldorf, einmal nach einem Tötungsdelikt in Siegen. Beides war schon eine Zeit her. Deniz sah sich die Bilder der Tatverdächtigen an, las die Namen, in seiner Erinnerung blieb der Bildschirm schwarz. Löschen.

Eine Mail über veränderte Abläufe beim polizeiärztlichen Dienst. Unwichtig.

Eine Mail der Behördenleiterin zu aktuellen Projekten. Sollte man vielleicht kennen, falls man sich mal im Fahrstuhl begegnete.

Das Telefon.

»Müller, KK elf.«

»Hallo, hier ist Alex.«

»Ah, die Lügenpresse.«

»Und bei euch so? Heut schon ein paar minderjährige Demonstranten zusammengetreten?«

»Das machen wir nur mit Schwangeren und Rollstuhlfahrern, die das Gesocks immer als Schutzschilde in die erste Reihe stellen. Was gibt's?«

Alex schilderte ihm ausführlich die Sache mit Mooodhunter, und ob man da nicht einen Streifenwagen vorbeischauen lassen könnte.

»Puuh, ne, noch nicht. Der ist wie lange weg?«

»So zwei Tage.«

»Ist das ein Kumpel von dir?«

»Nein, ein Informant, aber wir hatten uns verabredet.«

»Gibt es irgendeinen halbwegs konkreten Hinweis, dass dem was passiert sein könnte?«

»Konkret nicht. Höchstens die Sache mit dem Handy.«

»Weißt du, das ist so 'n Fall, da sagen dir die Vermisstensachbearbeiter, dass man als Erwachsener eben mal zwei, drei Tage oder länger verschwunden sein darf, und dass neunundneunzig Prozent aller so Vermissten nach vier Tagen wieder da sind. Und da ist auch was dran.«

»Also, fährt da keiner hin?«

»Ich glaub nicht. Wenn er sich in drei Tagen immer noch nicht meldet und das Handy sich ebenfalls nicht bewegt hat, vielleicht.«

»Dann wird der Akku leer sein.«

»Wahrscheinlich.«

»Na, gut. Gibt es sonst irgendwas, was du aktuell gern an eurer Pressestelle vorbei einer breiteren Öffentlichkeit nicht vorenthalten möchtest?«

Sie kannten sich seit der Schulzeit, und auch wenn ihrer Freundschaft schon immer die letzte Hingabe fehlte, und Deniz sich sicher war, dass keiner den anderen als besten Freund bezeichnen würde, vertrauten beide einander genug, um hin und wieder die sehr unterschiedlichen Informationspools zum gegenseitigen Nutzen auszutauschen.

»Ne, eigentlich nicht. Zurzeit ist viel alltägliches Geschäft.«

Als sie sich verabschiedet hatten, fiel Deniz auf, dass sie schon lange kein Bier mehr miteinander getrunken hatten, was sonst schon mal der Fall gewesen war.

Nach einer weitergeleiteten Mail des Deutschen Wetterdienstes über eine Sturmwarnung am Wochenende öffnete er die Nachricht eines Kollegen vom KK 11 aus Dortmund und fragte sich, warum er die übersehen und nicht als erste geöffnet hatte.

Hallo, Kollege Müller,

zu Deiner Mail über die speziellen Verletzungen an drei Leichen:

Ich erinnere mich tatsächlich an zwei Fälle aus dem Jahre 2017, die genau die Indizien aufweisen, die Du beschrieben hast. Beide Leichen hatten ähnliche Verletzungen, deren Ursprung offensichtlich verifizierbar war. Bei Josefine Kaminski am Handballen (Küchenmesser beim Schälen) und bei Otto Hölzemann in der Handfläche (Stecheisen bei Holzarbeiten).

Letztere Verletzung hatte ich selbst schon einmal, darum ist sie mir damals aufgefallen und in Erinnerung geblieben.

Erst jetzt ist mir beim erneuten Durchsehen der Leichensachen aufgefallen, dass auch das benutzte Verbandsmaterial wie bei euch noch auffindbar war.

Beide Leichen sind letztendlich in Abstimmung mit der Staatsanwaltschaft zur Beisetzung freigegeben worden, weil es keinerlei Hinweise auf Fremdverschulden gab.

Habe erst mal nicht weiter ermittelt, aber glaube mich zu erinnern, dass bei der Leichensache Hölzemann mit dem Stecheisen keine Angehörigen vorhanden waren.

Berichte und Fotos sind angehängt. Hoffe, es hilft Dir weiter.

Gruß
Wolfgang Sturm, Kriminalhauptkommissar

Deniz klickte auf die angehängten Lichtbildmappen und fand alles genau so vor, wie der Kollege es beschrieben hatte. Bei der Leiche, die sich die Wunde mit dem Schälmesser zugefügt hatte, erinnerte ihn einiges an die Situation in der Wohnung von Waltraud Schreiner. Die Schachtel mit dem Pflaster, die abgezogenen

Folien des Klebestreifens, die Schere, alles lag noch neben dem Messer und der alten Zeitung, auf der die Kartoffelschalen entsorgt worden waren. Die Leiche saß auf einem Stuhl in der Küche, war nach vorn gekippt und hatte eine Tasse Kaffee vor sich.

Nach einer kurzen Recherche hatte Deniz ermittelt, dass der Bruder der Frau, dem damals die Papiere übergeben worden waren, immer noch an der Adresse in Pforzheim gemeldet war und tatsächlich einen Festnetzanschluss besaß.

»Kaminski.« Die Stimme klang zittrig und alt.

»Herr Kaminski, mein Name ist Müller von der Polizei in Essen. Keine Angst, es ist nichts Schlimmes passiert.«

Deniz sprach automatisch etwas lauter und hoffte, dass das Gehör des Mannes nicht dem Zustand der Stimme entsprach.

Eine Zeit lang tat sich nichts.

»Sind Sie wirklich von der Polizei? Ich glaube Ihnen das nicht. Das sagen sie doch immer im Fernsehen, dass da falsche Polizisten anrufen.«

»Alles klar, Herr Kaminski, ist genau richtig, wie Sie das machen. Dann bitte ich Sie um Folgendes: Rufen Sie die Auskunft an und lassen sich die Nummer vom Polizeipräsidium Essen geben. Die rufen Sie dann an und verlangen Deniz Müller vom Kriminalkommissariat elf. Kriegen Sie das hin? Ich hätte nur ein paar Fragen.«

Wieder brauchte er ein paar Sekunden zum Überlegen.

»Ja, kriege ich hin.«

Bevor Deniz noch etwas sagen konnte, hatte Eduard Kaminski aufgelegt.

Zehn Minuten lang tat sich nichts, und er wollte schon aufgeben, als das Telefon klingelte.

»Herr Kaminski?«

»Ja, Kaminski.«

»Super, dass das geklappt hat, hier ist Müller, wir hatten eben schon miteinander gesprochen. Ich hätte eine Frage zu Ihrer Schwester Josefine, Herr Kaminski, die ja vor fünf Jahren gestorben ist.«

»Josefine? Was denn für eine Frage?«

Einen Moment überlegte er, ob der Mann belehrt werden musste, aber noch waren sie nicht in einem Strafverfahren.

»Herr Kaminski, Sie haben damals nach dem Tod Ihrer Schwester alles geregelt, sagten mir die Kollegen. Ist das so?«

»Ja, das stimmt. Damals war ich auch noch besser beieinander.«

»Herr Kaminski, das ist jetzt eine indiskrete Frage, ist mir völlig klar, aber haben Sie damals auch die Konten Ihrer Schwester aufgelöst?«

»Ich habe das alles abgewickelt, auch die Konten.«

»Wie gesagt, das ist jetzt nicht indiskret gemeint, aber vielleicht geht es hier um eine Straftat, darum die Frage: Bei den Konten Ihrer Schwester, war da irgendetwas Auffallendes, irgendwelche ungewöhnlichen Überweisungen oder so?«

»Das kann ich nicht sagen. Es war noch etwas Geld vorhanden, aber ansonsten habe ich das nur abgewickelt, angeschaut habe ich mir da nichts.«

»Wie viel Geld war denn noch vorhanden?«

»Nicht viel, ungefähr zweitausend Euro.«

»Ist Ihnen sonst etwas aufgefallen, ich meine, nicht nur bei den Geldsachen, sondern überhaupt, in der Wohnung etwa?«

»Nein. Sie müssen wissen, dass wir nur Halbgeschwister waren und nur sehr sporadischen Kontakt pflegten. Wir haben hin und wieder mal telefoniert, aber ich hatte sie vor ihrem Tod zwei Jahre nicht gesehen.«

»Können Sie mir sagen, bei welcher Bank Ihre Schwester ihre Geldgeschäfte machte?«

Konnte er, nur die Telefonnummer wusste er nicht mehr.

»Gut, Herr Kaminski, das war's schon. Danke, Sie haben mir sehr geholfen.«

Beim Ordnungsamt der Stadt Dortmund erreichte er wenig später zwar einen zuständigen Sachbearbeiter für Leichensachen, der sich einen Vorgang von vor fünf Jahren erst aus dem Archiv holen musste. Er wollte sich per E-Mail melden.

Als Deniz nach dem Auflegen aufsah, stand die Chefin mit einem Zettel in der Hand in der Tür.

»Die Leitstelle hat mich angerufen, bei dir ist ewig besetzt, und bei Dieter nimmt keiner ab.«

»Er ist ja auch nicht da.«

»Wir haben eine Leichensache. Ein Erhängter in einem Keller in Kupferdreh. Hier ist die Adresse.«

»Alles klar.«

Er notierte sich die Erkenntnisse und überlegte, ob er Camilla noch informieren sollte, aber dafür reichte die Zeit nicht mehr.

Er nahm seinen Einsatzrucksack, machte am Fahrstuhl aber noch einmal kehrt.

Anna fand er im Büro ihres Tutors.

»Lust auf eine Leichensache?«

Hatte sie.

Rosi

Es schellte an der Tür. Mittlerweile war es für Rosemarie Wachowiak kein so fremdes Geräusch mehr, wie es zuletzt gewesen war. Langsam ging sie den kleinen Flur entlang, Sultan blieb wie immer an der Schwelle zur Küche stehen, und sie öffnete die Tür.

»Paul, guten Tag. Wie schön, dass Sie es einrichten konnten, denn Sie haben ja auch viel zu tun.«

»Alles gut, Rosemarie, ich hatte Ihnen doch erklärt, wie die Dinge zusammenhängen. Ich komme gern, und es ist ja um die Ecke.«

Er trat in den Flur, und Sultan verschwand wieder in den Tiefen der Wohnung.

»Zunächst habe ich Ihnen hier das Vitamin-Mineralkonzentrat mitgebracht, das hatte ich letztens mal erzählt. Auch meine Mutter hat es viele Jahre genommen, und es hat ihre Werte deutlich verbessert. Sie wissen ja, dass alte Menschen das im Auge haben müssen. Ich weiß jetzt nur nicht, welche Geschmacksrichtung Ihnen angenehm ist. Wollen Sie diese mal probieren?«

Er ging in die Küche vor, und wie er das tat, zeigte eine gewisse Vertrautheit, dachte sie, ebenso die wissende Art, wie er ein Glas aus dem Küchenschrank nahm, in dem die Gläser zu finden waren. Er goss einen kleinen Schluck ein und reichte ihr die gelbe Flüssigkeit.

»Schmeckt gut«, sagte sie, und das war nicht gelogen.

»Gut, dann lass ich Ihnen die Flasche mal hier. Morgens zwei Finger breit in einem Glas. Wenn es zu intensiv ist, können Sie es auch mit Wasser verdünnen.«

Er lächelte.

»Und es gibt noch andere Geschmacksrichtungen. Ich bringe bei Gelegenheit mal andere mit.«

»Was bin ich Ihnen dafür schuldig, Paul?«

»Die erste Flasche ist ein Geschenk. So, und wo ist denn nun das Problem?«

Sie bedankte sich, ging ins Wohnzimmer vor und blieb vor dem Deckenstrahler stehen.

»Er geht nicht mehr, und damit meine ich beide Lampen. Nicht nur das, was an die Decke leuchtet, viel wichtiger ist die kleine Leselampe an der Seite, die man bewegen kann. Das ist doch hier mein Platz zum Lesen.«

»Das kriegen wir sicher wieder hin, Rosemarie. Obwohl die ja schon einige Jahre auf dem Buckel hat.« Er zeigte wieder dieses Lächeln, von dem ihr Mann gesagt hätte, dass es nicht lächelt.

»Ich schau sie mir mal an.«

Er hantierte eine kurze Zeit am Fußschalter und nahm beide Birnen aus ihren Fassungen.

»Die haben so lange gehalten. Die letzten hat mir noch der Rohleder von oben reingetan, aber das ist schon eine ganze Weile her.«

»Ich glaub, die sind es.«

Er hielt beide Birnen hoch, die gar nicht mehr wie Birnen aussahen, sondern wie Stäbe oder kleine Knubbel aus Glas, dachte Rosemarie Wachowiak.

»Haben Sie dafür Ersatz im Haus?«

»Ersatz? Nein, ich glaube nicht. Ich habe im Flur einen Karton, da sind noch ein paar Sachen drin. Mit diesem elektrischen Kram kenne ich mich doch nicht aus.«

Im Flur gab sie ihm einen Schuhkarton aus einer Schublade in der Garderobe, in dem ihr Mann alle möglichen Dinge aufbewahrt hatte, aber Paul schüttelte schon nach kurzer Zeit den Kopf.

»Ne, ich besorg grad neue.«

»Ach, das ist mir jetzt sehr peinlich, dass ich solche Umstände mache.«

Wieder das Lächeln.

»Ach, Rosemarie, das ist doch kein Problem. Wenn das alles ist, was getan werden muss, damit Sie heute Abend wieder lesen können …«

Noch bevor er seine Jacke übergezogen hatte, noch auf dem Weg zur Tür, blieb er stehen.

»Ach, Rosemarie, ich hab da nur ein kleines Problem, aber ich befürchte, Sie können mir da nicht helfen, war nur ein Gedanke.«

»Worum geht es denn? Vielleicht kann ich ja auch mal helfen.«

»Nein, so viel Geld haben Sie sicher nicht im Haus, sollten Sie zumindest nicht.«

»Worum geht es denn?«

»Ich habe mir eben von der Bank nur drei Fünfhundert-Euro-Scheine geben lassen, weil ich gleich genau diese Summe brauche, aber im Baumarkt könnte ich damit Schwierigkeiten haben, wenn ich nur eine Birne kaufen will. Manche Häuser nehmen so große Scheine nicht an, und meine Karten habe ich blöderweise nicht dabei. Ich dachte, Sie könnten vielleicht wechseln, aber schon gut, so viel Geld haben Sie sicher nicht im Haus.«

»Wie teuer sind diese Birnen denn? Ich könnte Ihnen das Geld doch mitgeben, sind ja eh für mich. So teuer wird es doch nicht sein.«

Einen Augenblick sah er sie an und schien zu überlegen, dann lächelte er.

»Ja, auch eine Idee. Können wir so machen. Nur ich müsste auch dringend tanken, und an den Tankstellen kommt man mit so einem Schein auch nicht weiter, das steht sogar immer an den Zapfsäulen. Aber alles gut, Rosemarie, ich krieg das schon hin.«

Einen kurzen Moment dachte sie nach, wie sie es anstellen könnte, denn auch, wenn Paul mittlerweile eine angenehme Bereicherung ihres Lebens war, wollte sie nicht alle Geheimnisse vor ihm preisgeben.

»Warten Sie einen Augenblick. Fünfhundert, sagen Sie? Reichen Ihnen fünf Hunderter? Kleiner hab ich es wahrscheinlich auch nicht.«

Sie ging in die Küche, schloss die Tür hinter sich, nahm die Schlüssel aus dem Tellerstapel, schloss danach auch die Tür des Arbeitszimmers ihres Mannes hinter sich und entnahm ihrem Versteck drei Hundert-Euro-Scheine. Zwei Hunderter wusste sie noch in ihrem Portemonnaie.

»So hätten wir das Problem gelöst, denke ich«, sagte sie, gab ihm das Geld.

»Sie haben mir wirklich geholfen, Rosemarie, vielen herzlichen Dank. Obwohl ich trotzdem ein bisschen mit Ihnen schimpfen muss. Sie sollten nicht so viel Geld im Haus haben, wirklich. Das ist hier nicht sicher. Ich will Ihnen nicht zu nahe treten und schon gar keine Angst machen, aber man liest das immer wieder, dass grad ältere Menschen oftmals Opfer von skrupellosen Verbrechern werden.«

»Ja, aber ich bin vorsichtig. Das ist schon alles sicher.«

Er machte ein Gesicht, als sei er nicht überzeugt.

»Und hier ist der Fünfhunderter. Und schön überprüfen, ob er echt ist, bei so großen Scheinen.« Er hielt ihn gegen das Licht aus dem Wohnzimmer. »Wasserzeichen, Sicherheitsfaden, alles da.«

Sie nahm das Geld an sich.

»Bis gleich.«

Nachdem sie die Tür hinter ihm geschlossen hatte, legte sie die Schlüssel wieder auf den zweiten Teller von unten und trank den Rest des Saftes. Schmeckte wirklich gut.

Alexander

Über den wolkenlosen Essener Morgenhimmel zog sich ein »Z« aus Kondensstreifen, als habe Zorro selbst es mit spitzer Klinge in das blasse Blau geritzt.

Alex stand mit Kaffee und Zigarette an der Brüstung des Daches und überlegte, ob er sich da nicht langsam in etwas hineinsteigerte und vielleicht einfach nur abwarten sollte. Was ging der junge Mann ihn überhaupt an?

Aber Mooodhunters Telefon hatte sich bis zum gestrigen Abend immer noch nicht bewegt, jetzt sandte es kein Signal mehr, wie es in Lisas Nachricht vom Morgen stand. Und gemeldet hatte er sich immer noch nicht, obwohl Alex das dem Nachbarn und Rot-Weiß-Essen-Fan bei der gemeinsamen Autofahrt noch einmal ans Herz gelegt hatte. Zeit genug dafür war ja gewesen, denn von »liegt auf dem Weg« hatte der Komiker offensichtlich eine ganz eigene Vorstellung gehabt.

Er wählte Deniz' Nummer und brachte ihn in der Angelegenheit auf den neuesten Stand, der der alte war.

Zehn Minuten später rief Deniz zurück und teilte mit, dass die zuständige Polizei in Witten bei dieser Informationslage wie erwartet noch keinen Anlass für einen Einsatz sähe. Das Gebäude stehe seit vielen Jahren leer und sei nur schwer zugänglich.

Nach dem letzten Zug versenkte Alex die Kippe in der Jim-Beam-Dose, und ihm fiel auf, dass die bald ausgewechselt werden musste. Er dachte noch kurz darüber nach, tippte dann auf seinem Handy die Adresse der ehemaligen Klinik ein. Laut Routenplaner würde er eine knappe Stunde brauchen, wenn er über die A40 führ.

Okay, aber erst noch einen Kaffee.

Zwei Stunden später stand er nach längerem Suchen auf einem alten, gepflasterten Zufahrtsweg, der offensichtlich zu der ehemaligen Klinik führte. Auch wenn für ihn Pfadfinderspiele und der damit verbundene Wissenskomplex schon als Kind von eher untergeordneter Attraktivität waren, erkannte selbst er in dem Grünzeug, das an vielen Stellen reichlich aus den Ritzen wucherte, dass hier vor Kurzem jemand entlanggefahren sein musste.

Er umging die Schranke, und erst auf den zweiten Blick fiel ihm auf, dass das saubere, glänzende Vorhängeschloss an dem verrotteten Eisen wie ein Fremdkörper aussah.

Wenige hundert Meter weiter stand er vor einem eisernen Tor, um dessen mittige Stäbe eine Kette geschlungen war, die ebenfalls von einem augenscheinlich neuen Schloss zusammengehalten wurde, was nur den Schluss zuließ, dass hier erst kürzlich jemand mit einem Fahrzeug auf das Gelände gefahren sein musste. Weil der Zaun weder links noch rechts vom Tor in absehbarer Distanz beschädigt zu sein schien, nutzte er in der Nähe eine Stelle, an der es mithilfe eines dicht am Zaun gewachsenen Baumes möglich war, auf die andere Seite zu kommen, ohne sich die Knochen zu brechen.

Als mit jedem Schritt, den er sich dem Komplex näherte, dessen mächtige Ausmaße deutlicher wurden, fragte er sich immer mehr, was er hier eigentlich wollte. Ein Handy finden? Utopisch. Trotzdem suchte er nach einer Möglichkeit, irgendwo in das Gebäude zu gelangen.

Das Hauptportal war verschlossen, und alle Scheiben waren noch intakt, was auch für den Eingang galt, der einmal die Notaufnahme gewesen war. Als er an einer ebenfalls mit Kette gesicherten Kellertür das dritte Vorhängeschloss fand, das erkennbar neu war, wusste er nicht, was er davon halten sollte. Ihm fiel ein, dass Mooodhunter die Polizei hatte verständigen wollen, aber einen Einsatz vor zwei Tagen hätte Deniz bei dem Anruf am Morgen sicherlich erwähnt. Außerdem kannte er es, dass solche Orte versiegelt wurden, wenn die Polizei sie verschloss.

Nach längerem Suchen fand er ein Fenster, dessen Scheibe gerissen und aus der an einer Ecke ein Dreieck herausgebrochen war. Es verstieß gegen alle Regeln der Urbexer-Szene, das war ihm klar, aber mit einem herumliegenden Ast schlug er die Scheibe ganz ein. Der Lärm gab ihm noch mehr das Gefühl, etwas Verbotenes zu tun, und mit schlechtem Gewissen sah er sich reflexartig um, aber natürlich war niemand da. Vorsichtig säuberte er die untere Kante von emporstehenden Scherben und versuchte, über die Brüstung zu kommen.

Das war einer der Momente, in denen er sich wünschte, dass Sport in seinem Leben eine größere Rolle gespielt hätte, aber irgendwie gelang es ihm dennoch, nach kurzer Zeit in einem Raum zu stehen, der mal ein Büro gewesen war. In den Schränken erkannte er sogar noch beschriftete Ordnerrücken, und in einem Fach waren Tassen gestapelt.

Die Tür führte auf einen langen Flur, dessen Boden mit Müll übersät war. Jeder Schritt knirschte, und als dies das einzige Geräusch war, das er vernahm und er sich ganz allein in einem riesigen, verfallenen Gebäude wusste, glaubte er ein wenig zu verstehen, was Leute wie Mooodhunter antrieb.

Der Flur mündete nach zwei Abbiegungen in der Eingangshalle mit der Rezeption, hinter der noch die alte Telefonanlage stand. Er ging weiter durch eine Glastür und stoppte vor einer breiten Treppe, die nach oben und nach unten führte. Auch hier hatten die Jahre auf allem eine gräuliche Schicht hinterlassen, vielleicht fielen ihm deshalb die dunklen Punkte erst auf, als er die ersten Stufen nach oben nahm. Er bückte sich und kratzte mit einem herumliegenden Stück Holz an einem der Flecken, die von weicher Konsistenz waren. Das war ... das war Blut. Er folgte der Spur, die über den Wendeabsatz der Treppe weiter nach oben führte und vor der Glastür zu den Fluren im ersten Stock an Intensität zunahmen. Auch hier rieb er mit dem Holz daran, auch hier löste sich die Substanz leicht vom Boden. Er erhob sich wieder, folgte den Tropfen in den rechten der beiden Flure, und beides schlug in so kurzen Abständen bei ihm ein, dass es sich gleichzeitig anfühlte: die Erkenntnis, mit seiner düsteren Ahnung richtig zu liegen, und ein explodierender Schrecken. Vor ihm im Staub lag eine Stirnlampe mit orangefarbenen Haltegummis, an denen eindeutig Blut klebte.

Er machte ein Foto, nahm sein Handy und wählte Deniz' Nummer.

Camilla

Natürlich war die Soljanka in der Kantine einer Justizbehörde im tiefsten Westen mit der ihrer Oma aus Kindertagen nicht zu vergleichen. Aber auch unterhalb dieses Standards war offenbar noch etwas ziemlich Leckeres möglich. Wahrscheinlich kam der Koch aus dem Osten, dachte Camilla, aß mit Genuss und Bedauern den letzten Löffel und fragte sich mit lächelndem Kopfschütteln, ob ein solcher Gedanke noch ein Indiz für die Mauer in den Köpfen der Menschen war.

Sebastian Haller war glücklicherweise nicht allein zum Essen gekommen, saß mit anderen aus seiner Abteilung in einer entfernten Ecke und hatte wahrscheinlich deshalb darauf verzichtet, sie anzusprechen. Dass sie auf seine Mails gar nicht reagierte, war in der Vergangenheit eigentlich nicht vorgekommen, vielleicht hatte er es einfach akzeptiert, dass es vorbei war. Sie war sich nicht sicher, ob sie darüber nur erleichtert oder auch ein wenig enttäuscht war. Ohne den Blickkontakt zu suchen, stellte sie ihr Geschirr auf das Laufband und ging.

Das Schnarren ihres Telefons hörte sie bereits wenige Meter vor ihrer Bürotür, schaffte es trotz Eile aber nicht mehr rechtzeitig. In der Anrufliste fand sie eine Nummer mit Dortmunder Vorwahl und hatte damit noch nicht gerechnet.

Mit einem richterlichen Beschluss waren Auskünfte bei Geldinstituten nie ein Problem, ohne Beschluss machten manche der gesetzestreuen Sachbearbeiter eine feine Unterscheidung. Mit einem solchen Exemplar, bei dem Deniz etwas von »Stock im Arsch« erwähnt hatte, schienen sie es bei der Dortmunder Bank zu tun zu haben. Der Polizei wollte der Mann so ohne Weiteres keine Auskunft geben, wenn es noch nicht um eine konkrete Straftat ginge, der Staatsanwaltschaft natürlich schon.

Zumindest hatte er schneller zurückgerufen als erwartet.

»Hansen.«

»Lopez, Staatsanwaltschaft Essen.«

»Ja, Frau Lopez, also ich habe mir die Infos besorgt, schreibbereit? Fangen wir mal bei Otto Hölzemann an. Da hat es in den Wochen, genauer gesagt in den zwei Wochen vor seinem Tod eine ganze Reihe Überweisungen von unterschiedlicher, aber manchmal durchaus beträchtlicher Höhe gegeben, allerdings immer geschickt unterhalb der diversen Meldepflichten. Bis auf die letzte Überweisung, die war höher.«

»Wie hoch insgesamt?«

»Immer unrunde Summen, insgesamt etwa hundertfünfundfünfzigtausend Euro.«

»Uiih ... Wer war der Empfänger?«

»Das Konto einer Bank in den Niederlanden, das dem Namen nach eine Firma eingerichtet haben müsste.«

»Haben Sie da einen Verantwortlichen?«

»Nein, da müssten Sie beim entsprechenden Institut selbst nachfragen.«

»Könnten Sie mir die Daten anschließend zumailen, Herr Hansen, das wäre sehr nett und hilfreich.«

»Kann ich machen. Haben Sie hierzu sonst noch eine Frage?«

»Erst mal nicht. Was war mit dem Konto von Josefine Kaminski?«

»Josefine Kaminski, da kann ich mich eigentlich nur wiederholen, allerdings zog sich das über einen Zeitraum hin, der eine Woche länger war. Und die Überweisungen hatten geringere Beträge, waren dafür zahlreicher.«

»Wie hoch war hier der Gesamtbetrag?«

»Muss ich mal grad überschlagen.«

Er schwieg einen Moment.

»Nicht ganz so hoch, knapp siebzigtausend Euro.«

»Und die Empfänger?«

Wieder schien er einen Augenblick nachlesen zu müssen.

»Auch hier sind es drei Konten bei derselben Bank in den Niederlanden. Allerdings nicht identisch mit dem Konto beim Kunden Hölzemann. Es liegen ja auch ein paar Monate dazwischen.«

»Und davor, also vor dieser Häufung, waren die Überweisungen von Frau Kaminski auf einem anderen Niveau?«

»Ja, da war nichts Auffallendes.«

Sie dachte einen Moment über die Informationen nach.

»Wonach sieht das für Sie aus, Herr Hansen?«

Er lachte, als sei die Frage eine intellektuelle Unterforderung.

»Ich kenne natürlich die Lebensumstände beider Kontoinhaber nicht, aber seit das SEPA-Verfahren eingeführt worden ist, kommen Überweisungsbetrügereien häufiger vor. Sie brauchen halt nur einen Überweisungsträger, die IBAN und eine gefälschte Unterschrift. Das könnte hier der Fall sein.«

»Das sehe ich auch so.«

Wie das alles zusammenhing, war ihr bislang nicht klar, aber dass mit diesen Informationen vielleicht noch ein ganz anderes Kaliber an Straftat möglich wurde, behielt sie für sich.

»War denn immer genügend Geld auf den Konten, um die Überweisungen durchführen zu können, das sind ja doch beträchtliche Summen?«

»Bei Frau Kaminski war das so, beim Kunden Hölzemann sind vorher Umschichtungen von einem anderen Konto vorgenommen worden.«

»Kaum zu glauben, dass diese Menschen derartig viel Geld auf einem Konto belassen haben.«

»Ach, Frau Lopez, da gibt es ganz andere Geschichten. Sie glauben gar nicht, wie viele Captain Flints es gerade unter den alten Menschen gibt.«

»Captain Flints …?«

»Ich nenne sie so, wenn Sie mir dieses literarische Bonmot erlauben, nach dem Piraten aus *Die Schatzinsel*. Ich meine damit Menschen, die ihr Zuhause zu einer Schatzinsel machen und ihr Geld oder ihre Wertsachen dort aufbewahren.«

»Ja, erstaunlich. Warum ist das so, haben Sie dafür eine Erklärung?«

»Vielleicht einen Anhaltspunkt. Wissen Sie, die Menschen, die heute neunzig Jahre oder älter sind, und davon gibt es sehr, sehr viele, die haben alle den Krieg und die Nachkriegszeit bewusst erlebt, also diese Not, die Währungsreform und all das, sogar in einer prägenden Zeit ihres Lebens. Ich bin sicher, damit hängt es zusammen.«

Sie musste an Waltraud Schreiners Gold denken. Vielleicht hatte der Mann recht.

»Ach, ja, noch eine Frage, Herr Hansen, wenn Sie mir das überhaupt beantworten können: Ist bei allen oder zumindest vielen so viel Geld und Besitz vorhanden im Alter?«

»Keineswegs. Gerade in der Generation gibt es eine große Gruppe, die müssen ihre Konten regelmäßig leer fegen, denn meistens leben die Frauen länger, und die hingen in dieser Generation oft finanziell vollkommen von ihren Männern ab. Das findet ja auch in den Medien ihren Widerhall, Stichwort Altersarmut. Bei ihren beiden Kunden war das Gegenteil der Fall.«

»Okay, vielen Dank, Herr Hansen. Und wenn Sie mir die Daten noch zuschicken könnten, wäre ich Ihnen sehr dankbar.«

Versprach er. Sie nannte ihm ihre E-Mail-Adresse und verabschiedete sich.

Eine ganze Weile überlegte sie, ob noch eine andere Chance existierte, aber ihr war von Anfang an klar gewesen, dass es nur zwei Möglichkeiten gab, an die Informationen aus den Niederlanden zu kommen. Eine zeitlich aufwendige übers Ministerium und eine, die schnell ging über einen Kollegen im Haus, der bekannt dafür war, persönliche Connections in die Niederlande zu haben. Und dieser Kollege war Sebastian Haller.

Schweren Herzens wählte sie seine Nummer, vielleicht war er schon aus der Kantine zurück.

Alexander

Trotz der längeren Anfahrt war Deniz als Erster eingetroffen.

Er hatte Alex vorher am Telefon erklärt, dass er da örtlich nicht zuständig sei und die Kollegen verständigen würde.

Beide erwarteten die Bochumer Freund-und-Helfer-Abordnung vor der verrotteten Schranke. Die Kollegin von der Vermisstenstelle hieß Anja Lange und begrüßte Deniz wie einen alten Bekannten; das Pärchen, das aus dem Streifenwagen stieg, war so jung, dass Alex die beiden auch für Gymnasiasten hätte halten können. Sein optischer Eindruck, dass die junge Frau eine Türkin sein könnte, bestätigte sich, als sie Deniz' türkische Begrüßung ebenso und mit einem Lächeln erwiderte.

»Und woher kennen Sie den Mann?«, fragte Anja Lange, nachdem Alex länger erklärt hatte, warum sie alle hier waren.

»Ich bin Journalist und schreibe eine Serie über ›Lost Places‹ im Ruhrgebiet. Es gibt da eine Szene, deren Mitglieder nennen sich ›Urbexer‹ von ›Urban Explorer‹, und diese Orte heißen bei denen ›Lost Places‹. Ich hatte in einem Internetforum Kontakt zu ihm aufgenommen, und wir haben uns getroffen. Er hat mich dann sogar einmal auf so eine Tour mitgenommen, als er nachts unterwegs war.«

»Sie sind das, der in *Watching the West* darüber schreibt?«, fragte der Schüler in Uniform mit einer leisen Begeisterung, die ihn noch jünger machte. »Cool.«

Weil niemand einen Bolzenschneider dabeihatte, mussten alle den Weg über den Zaun nehmen und hatten dabei ebenso wenig Schwierigkeiten wie beim Einstiegsfenster. Drinnen führte Alex die kurze Prozession durch die Eingangshalle bis vor die Treppe.

»Hier sind mir die Tropfen zuerst aufgefallen.«

»Führen nach unten und nach oben«, sagte Deniz nach einer Weile.

»Genau, und ich bin dann auch weiter nach oben gegangen.«

Alle taten dasselbe und bildeten in der ersten Etage einen kleinen Kreis um die Stelle, an der Alex die Stirnlampe gefunden und liegen lassen hatte.

»Das ist das Teil. Ich habe es auch einmal angefasst«, sagte er und fand, dass es eine Spur zu schuldbewusst klang.

Die junge Türkin verließ den Kreis und ging weiter den düsteren Flur entlang.

»Ist das hier auch Blut?«, fragte der Gymnasiast, nahm seine Taschenlampe und beleuchtete eine Stelle am Kabel, das von der Decke hing.

Alle gingen näher heran.

»Könnte sein«, sagte Deniz, »vielleicht ist er mit der Lampe daran hängen geblieben, und sie ist ihm irgendwie vom Kopf gewischt worden.«

»Hier ist ziemlich viel Blut.«

Die junge Kollegin stand fünf Räume weiter in der Tür.

»Da, hinter dem Schrank.«

Deniz ging als Erster in den Raum und blieb vor der Stelle stehen.

»Vielleicht sollten wir langsam mal ein bisschen vorsichtig sein«, sagte er. »Das ist doch schon eine ganze Menge Blut. Fasst mal nichts an. Denn hier«, er ging Richtung Balkontür, »gehen die Tropfen weiter und am Balkongeländer ist auch was.«

Nur Anja Lang löste sich aus der Gruppe und warf einen Blick auf das Geländer.

»Ja«, sagte sie.

Alle marschierten zurück und blieben erst wieder am Fuße der Treppe stehen.

»Ich schau mal, wie weit die Tropfen nach unten gehen, es reicht, wenn das einer macht.« Deniz nahm vorsichtig die ersten Stufen und verschwand nach der Biegung der Treppe unter dem Vorsprung.

Warten, niemand sagte ein Wort, nach kurzer Zeit kam er zurück.

»Da ist kaum was zu sehen. Ich glaube, die Spur beginnt hier unten, irgendwo Mitte des Gangs. Sieht an einer Stelle sogar ein bisschen so aus, als habe da jemand versucht, drei oder vier Tropfen wegzuwischen.«

Anja Lang schürzte die Lippen, umfasste mit einer Hand ihren Hals und sah dann Deniz an.

»So können wir hier nicht wegfahren.«

»Das sehe ich auch so.« Er lächelte mit Verständnis.

»Ein Hund würde helfen, oder?«, sagte die junge Türkin, und er hatte den Eindruck, sie kam damit der Polizistin zuvor. »Ich weiß, dass heute zwei im Dienst sind.«

Cleveres Mädel, dachte Alex.

»Ja«, Anja nickte, »gute Idee. Aber vorher frage ich noch mal bei der Leitstelle nach, ob hier in der Nähe oder überhaupt einer verletzt aufgegriffen worden ist in den letzten beiden Tagen oder vielleicht sogar im Krankenhaus liegt. Denn da oben in dem Raum ist echt einiges an Blut.«

Sie nahm das Handy, und Alex fand, dass »jemand aufgegriffen« ziemlich nach Bullendeutsch klang.

Es hatte niemand jemanden aufgegriffen in den letzten beiden Tagen, und es war auch niemand, auf den Mooodhunters Beschreibung gepasst hätte, in irgendeine Klinik eingeliefert worden.

All das bekam Alex mit, weil die Kripofrau aus Bochum einer der Menschen war, die den ursprünglichen Sinn des Telefons, sich mit normaler Stimme über große Entfernung verständigen zu können, offensichtlich nicht ganz verinnerlicht hatte.

Weil der Hund eine Stunde brauchen würde, entschlossen sich alle, in der Sonne zu warten, was bedeutete, noch einmal den Weg über die Fensterbrüstung zu nehmen. Zwei Stühle aus einem Nachbarbüro erleichterten die Sache jetzt aber beträchtlich.

Als der Hundeführer nach einer Stunde eintraf, hatte der junge Schutzmann sich zwischenzeitlich vorsichtig unter dem Balkon umgesehen, an dessen Geländer Blut klebte, und auch dort sah es so aus, als sei nicht nur das Gras blutig, sondern auch das Geländer am Balkon im Hochparterre darunter.

Sie begleiteten das Mensch-Hund-Team bis zu der Stelle, an der die Tropfspur vom Keller in die erste Etage führte.

»Hier ist die Spur«, sagte Anja Lange und wies mit der Schuhspitze auf einen der dunklen Punkte.

Nach einem kurzen Kommando von Herrchen wirkte der Hund wie eingeschaltet, fand Alex, und mit einer wilden Geschäftigkeit hetzte das Tier mit der Nase über dem Boden nach oben, drehte an der Stelle mit der Lampe ein paar Pirouetten und lief dann über den Flur in jenes Zimmer mit der größeren Blutspur.

Alex war mit den beiden uniformierten Gymnasiasten im Treppenhaus stehen geblieben, von wo er den Hund jetzt bellen hörte.

»Ich dachte, die legen sich nur hin und bellen nicht, wenn sie was gefunden haben«, sagte er.

»Das ist nur bei Sprengstoffhunden so«, die junge Türkin, ohne eine Spur von Klugscheißerei, »der hier ist ein Leichenhund, bei denen stört es niemanden, wenn sie bellen.« Sie lachte.

Nach kurzer Zeit kam das Pärchen zurück, und mit derselben Eile hetzte das Tier jetzt die Treppen hinab.

Alex folgte mit den anderen, und als er im Keller auf den Gang trat, sah er, wie der Hund sich schon fünfzehn Meter weiter neben einen Schutthaufen legte und bellte.

Der Hundeführer bückte sich, schob mit dem Fuß etwas vom Papier- und Holzmüll zur Seite und zeigte zu seinen Füßen.

»Ein Handy.«

Anja Lange und Deniz warfen Alex einen Blick zu, als habe er in der Schule eine Antwort gegeben, die ihm niemand zugetraut hätte.

Nach einem weiteren Kommando sprang das Tier wieder auf, verschwand mit der Nase über dem Boden aber sofort im nächsten Raum, und postwendend war wieder ausgiebiges Bellen zu hören. Er bewegte sich langsam in die Richtung und bemerkte, dass neben der Tür ein gelbes Strahlen-Warnschild hing.

Die beiden Uniformierten gingen sofort nach vorn und leuchteten mit ihren Taschenlampen den Raum professionell aus.

Alex blieb stehen, als der Blick in den Raum für ihn möglich war, und er sah den Hund vor einem hohen Regal, das an einer Wand stand. Das Tier bellte und verbreitete selbst im Liegen eine hektische Energie.

Der Hundeführer klopfte gegen die Fläche, und es hörte sich deutlich hohl an.

»Irgendwas ist dahinter«, sagte er über die Schulter, dann verließ er den Raum, lobte den Hund ausgiebig und hielt ihm ein Spielzeug hin, an dem das Tier wie irrsinnig riss und zerrte.

Deniz pfriemelte plötzlich aus einer seiner Jeanstaschen Latexhandschuhe, zog sie sich über die Hände, und Alex fragte sich, ob Polizisten ständig solche blauen Dinger griffbereit mit sich trugen, falls man mal irgendwas anfassen musste, ohne die eigenen Spuren zu hinterlassen.

Mit Mühe hob er das Regal ein Stück zur Seite und klopfte noch einmal gegen die Wand, die sich genauso hohl anhörte wie vor ein paar Augenblicken. Fast zärtlich strich er mit der Hand über eine Fuge, die verschmiert zu sein schien und ging dann mit der Nase dicht an die Wand.

»Das riecht frisch. Irgendwie nach Lösungsmittel.«

Mit suchendem Blick trat er auf den Gang und fand hier in einem der Müllhaufen ein armlanges Stück Eisenrohr. Mit einem der Enden stieß er erst sehr vorsichtig, dann heftiger neben der Fuge gegen die Wand, bis ein faustgroßes Loch entstanden war.

Mit leisem Nicken drehte er sich um.

»Das riecht nicht gut, was da rauskommt. Hoffen wir mal, dass es nur 'ne verrottete Ratte ist.«

»Leihst du mir die mal bitte?«, fragte Anja Lange, und die junge Türkin reichte ihr die Taschenlampe. Sie leuchtete in das Loch und versuchte gleichzeitig, hineinzusehen. Als sie sich umdrehte, hatte sie nicht mehr dasselbe Gesicht wie vorher.

»Ach, du Scheiße«, sagte sie. »Wir gehen hier jetzt alle ganz vorsichtig raus, berühren nach Möglichkeit nichts, spucken nicht, lassen nichts fallen, das hier ist nämlich ein Tatort.«

Sie gab die Lampe zurück, fingerte ihr Handy aus einer der Hosentaschen und schoss mit Blitz mehrere Fotos durch das entstandene Loch.

»Ich zeig's dir draußen«, sagte sie zu Deniz und folgte den anderen, die wortlos nach oben schlichen, eine stumme Karawane, als dürften sie auch keine Worte mehr fallen lassen.

In der Eingangshalle alarmierte Anja Lang telefonisch die Mordkommission, und als alle wieder in der Sonne standen, zeigte sie auf ihrem Handy die Fotos.

Alex reichte eines davon, das er über Deniz' Schulter wahrgenommen hatte. Es zeigte ein düsteres Durcheinander, in dem nur diffus etwas Menschliches erkennbar war, was dem Anblick viel von dem Grauen nahm, das diesem Bild zugrunde lag, dachte Alex.

Als er sich eine Zigarette drehte, musste er daran denken, dass ihn sein Gefühl nicht getrogen hatte. Aber dieser Gedanke schmeckte bitter.

Camilla

»Drei Leichen, du meine Güte«, sagte Camilla.

»Und dann diese irrsinnige Mischung. Eine skelettierte, mindestens ein paar Jahre alt, und zwei andere, die höchstens ein paar Tage tot sind.«

»Und eine davon ist Mooodhunter, der Informant von Alex.«

»Bis jetzt die einzige, die sie identifiziert haben.«

Wie Wachskugeln in einer Lavalampe stiegen in Camilla Bilder auf, eine Mischung aus Deniz' Schilderung der Leichen und ihrer Fantasie von einem Lost Place, die sicher viel mit Alex' Serie in *WtW* zu tun hatte, damit, wie faszinierend er es beschrieb, denn diese Reportagen waren bisher ihre erste und einzige Berührung mit diesem Thema gewesen. Früher waren diese Gebäude für sie nur Ruinen gewesen, Abrissobjekte, jetzt waren es plötzlich Orte einer morbiden Romantik.

»Wie hat er das aufgenommen? Alex, meine ich. Der hat bestimmt schlecht geschlafen. Leichen sind ja nicht so sein Ding.«

»So direkt war der Kontakt ja nicht, wird ihn schon nicht umhauen, das Seelchen.«

»Etwas mehr Mitgefühl, bitte.«

Schon zu Schulzeiten hätte sie nicht sagen können, ob zwischen den beiden die Wertschätzung oder die Konkurrenz größer war, aber vielleicht war das so bei Menschen, die im anderen das erkannten, was ihnen persönlich fehlte, es aber attraktiv fanden und selbst gern gehabt hätten.

»Der ist gestern noch ein paar Stunden vernommen worden, nehme ich an.«

»Ich rufe ihn nachher mal an. Vielleicht möchte er ein bisschen reden.«

»Ooooch, reden ... Irgendwann nenne ich dich ›Mutti‹. Darf ich das?«

»Nicht, wenn du eine Antwort erwartest.«

Mit einem Lächeln trank er den Rest seines Kaffees und stellte die Tasse ab, schüttelte nachdenklich den Kopf.

»Und was für ein absoluter Horror-Tatort. Eine riesige, vermüllte ehemalige Klinik, Blutspuren über drei Etagen«, sagte er, »da sind die mindestens noch zwei Tage dran, und dann übersiehst du immer noch was.«

Camilla ging zum Whiteboard und entstöpselte einen Stift.

»Da können wir ja froh sein, dass wir nicht zuständig sind. Aber darum bist du nicht gekommen, lass uns anfangen. Ich habe gleich noch einen Termin.«

Sie hatte eine große Tabelle gezeichnet und die Namen der fünf Leichen mit den auffälligen Verletzungen nebeneinander in der oberen Zeile notiert. Darunter den Wohnort, das jeweilige Alter, die Art der Verletzung und die abschließende strafrechtliche Beurteilung, die bei allen dieselbe war. Keine Hinweise auf Fremdverschulden. Die beiden letzten Zeilen ließen mehr Platz für Eintragungen, und hier waren »Besonderheiten« und »Finanzen« kurz skizziert. Zwei der Kästchen bei »Finanzen« waren noch frei.

»Los, sag mal, was deine Ermittlungen bei den Banken ergeben haben hinsichtlich Casper und Holland. Wolltest du ja machen.«

Deniz zog seine Klappmappe aus dem Rucksack.

»Die waren alle bei nur einer Bank, war also gar nicht so aufwendig.« Er lachte unpassend. »Wobei die Mitarbeiterin dort langsam glaubt, ich wollte was von ihr, und ich bin sicher, die steht auf mich. In den letzten zwei Wochen hab ich da bestimmt fünfmal angerufen.«

»Können wir zur Sache kommen, ich muss gleich weg.«

»Jaja, gleich weg ... Für alles und jeden hast du Zeit, aber wenn du mal mit mir ...«

»Deniz ...!«

»Ja, wenn du immer ablenkst ... Also«, er blätterte, stoppte dann, »das ist allerdings echt alles ein bisschen strange, bei beiden. Hildegard Holland hatte nämlich durchaus Kohle und hat in den letzten vier Wochen vor ihrem Tod in vier größeren Beträgen insgesamt siebenundsechzigtausend Euro abgehoben.«

Camilla trug den Namen der Bank ein, die Summe, die Zeiten und damit den Umstand, dass kurz vor dem Tod abgehoben worden war.

»Sonst noch was? War das alles Geld, was sie hatte?«

»Ne, da waren noch sechzehntausend Euro auf einem Sparkonto oder so, und sie hatte fünftausend Schweizer Franken in einem Schließfach bei der Bank, das hatte ihr Mann noch eingerichtet, der allerdings seit 2013 tot ist.«

»Und das war noch da, das Geld.«

»Jupp, war noch da. Geerbt haben das zwei Enkelinnen. Mit einer habe ich kurz gesprochen, und ihr kam das schlechte Gewissen aus den Ohren raus, weil sie nichts sagen konnte. Sie wäre einmal im Jahr bei Oma gewesen, täte ihr auch leid, aber man hätte ja auch seinen Job und viel zu tun und der Weg und bla, bla, bla ... So«, er blätterte weiter, »dann Bruno Casper. Auch hier sind in den Wochen vor seinem Tod insgesamt zweiunddreißig Überweisungen erfolgt, macht hundertdreitausend Euro. Immer unregelmäßige Summen, Empfänger waren drei Konten in den Niederlanden, allesamt offensichtlich Firmenkonten, jedenfalls dem Namen nach. Nur wer die eingerichtet hat, muss ich noch ermitteln, ist bei Geldinstituten in Holland nicht ganz so einfach.«

Mit quietschendem Stift füllte Camilla die freien Kästchen.

»Das kann ich machen, wir haben hier im Haus einen guten Kontakt«, sagte sie, und der Gedanke, Sebastian Haller noch einmal zu fragen, schmeckte wie Sodbrennen. »War noch Geld übrig? Und wer war dein Ansprechpartner?«

»War noch was übrig. Auf einem anderen Konto hatte Bruno noch etwa zwanzigtausend Ocken, bisschen weniger, und«, er blätterte weiter, »geerbt hat die sein Sohn, der aber alles gespendet hat, weil er es nicht haben wollte. Seit er eine Araberin geheiratet hat und vor acht Jahren zum Islam konvertiert ist, hatte der Vater mit ihm gebrochen. Hatte nicht mal Kontakt zum Enkelkind.«

Sie quietschte den Rest aufs Board, ging zwei Schritte zurück und betrachtete wortlos die Tabelle. Auch Deniz schwieg.

»Gut, fangen wir mal«, sagte sie nach einer Weile, »Gemeinsamkeiten. Alle fünf Toten sind alt, alle sind Deutsche, alle hatten eine Verletzung, die frisch war, bei allen lag Verbandsmaterial noch in der Nähe.« Ihr Blick wanderte über die Spalten und Zeilen. »Bei keinem gab es Hinweise auf Fremdverschulden, alle sind ganz normal unter die Erde gekommen oder verbrannt worden, und alle hatten vor ihrem Tod ungewöhnliche, tja, wie soll man das nennen, finanzielle Transaktionen.«

»Sehr ungewöhnliche«, sagte Deniz.

»Und alle hatten auch finanziell wirklich was zu bieten.«

»Vielleicht ist das Letzte gar nicht so besonders. Vielleicht ist bei den meisten Alten mehr Geld vorhanden, als man denkt. Wohlstandsgesellschaft halt.«

»Ne, das ist nicht so. Dein spezieller Freund, der ›Stock im Arsch‹«, sie lachte, weil das sonst nicht ihre Worte waren, auch gegenüber Deniz nicht, »der sagte, dass die meisten Alten viel weniger zur Verfügung haben. Er meinte, dass Altersarmut wirklich ein Thema wäre.«

Deniz starrte auf die Tafel und scheuerte sich mit einer Hand das unrasierte Kinn.

»Wenn man das so zusammenfasst, stinkt das doch gewaltig, oder spinne ich da?«

Sie setzte sich, drehte den Bürostuhl aber in Richtung Tafel.

»Ne, du spinnst nicht, wir haben nur ein Problem. Wir haben nicht einen einzigen konkreten Anhaltspunkt für ein Verbrechen. Vier der Leichen können wir nicht mehr obduzieren, und die eine, die wir obduziert haben, weist keine Spuren eines Verbrechens auf.«

»Um es noch mal auf den Punkt zu bringen: Wir gehen davon aus, dass hier alte Leute getötet wurden, nachdem man sie finanziell erleichtert hat, und das über Jahre. Und getötet hat man sie auf eine Weise, die nicht nachweisbar ist und bei der man alles so arrangiert hat, dass es wie ein natürlicher Tod aussieht. So was wie Enkeltrick mit noch schlechterem Ende.«

Als sie es in der Form hörte, klang es abenteuerlich.

»Man mag das kaum aussprechen, finde ich auch. Aber das kann doch kein Zufall sein.«

»Und wer sollte da tatverdächtig sein, denn die da haben ja alle nichts miteinander zu tun«, sagte er.

Wieder betrachteten beide wortlos die Tafel.

»Weißt du, was wir gar nicht abgefragt haben? Ob die irgendwie gepflegt wurden, ob da eine ambulante Pflege kam oder Essen auf Rädern oder so was. Da gab es doch mal solche Fälle. Denn irgendwer muss ja diese Geldgeschäfte gemacht oder sie dazu veranlasst haben«, sagte sie, »und dafür muss man schon näher dran sein.«

»Vielleicht sollten wir noch mal Köslin-Richter kontaktieren. Könnte sein, dass sie das jetzt anders sieht, wenn sie weiß, dass es nicht nur eine solche Leiche gibt.«

»Was sollte sie jetzt anders sehen?«, sagte sie mit Zweifel, griff trotzdem zum Telefon und wählte aus ihrem Register die Nummer der Gerichtsmedizinerin, die tatsächlich im Büro war.

»Frau Doktor Köslin-Richter, ich grüße Sie. Lopez von der Staatsanwaltschaft Essen. Haben Sie ein paar Minuten für mich, und wenn Sie erlauben, stelle ich mal auf Lautsprecher, denn Deniz Müller von der Polizei ist auch bei mir.«

Zeit hatte sie und auch nichts dagegen, für alle hörbar zu sein.

So knapp wie möglich schilderte ihr Camilla das, was aus diesen schwarzen Strichen und Buchstaben auf dem weißen Kunststoff so klar und unzweifelhaft herauszufließen schien, dass es den ganzen Raum füllte.

»Ja, das ist wirklich bemerkenswert«, sagte die Ärztin, als Camilla fertig war, »auch vor dem Hintergrund, dass es keine Anzeichen auf Fremdverschulden gibt, nirgendwo. Denn auch die serologischen Untersuchungen der Leiche von Frau Schreiner, die wir letztens obduziert hatten, sind negativ. Den Befund schicke ich Ihnen noch heute.«

»Was könnte das heißen, Frau Doktor?«

»Also, wenn Sie davon ausgehen, und das tun Sie ja, nehme ich an, eine Manipulation könnte mit der Wunde zusammenhängen, dann ist vorstellbar – ich sagte es glaub ich schon –, dass in die Wunde etwas eingebracht, vielleicht injiziert worden ist. Dass wir nichts gefunden haben, bedeutet nicht, dass da nichts gespritzt wurde. Denn auch Sie wissen, dass es durchaus Substanzen gibt, die nur sehr schwer nachweisbar sind, Kalium etwa oder Insulin. Wir haben dafür ja Beispiele, die zum Teil gar nicht lange zurück liegen, denken Sie an die Fälle in Delmenhorst. Auch Insulin kommt immer mal wieder vor.«

»Wäre das auch in diesen Fällen möglich?«

»Natürlich. Nur ...«, eine Weile schwieg sie, und Camilla scheute sich, die Lücke zu nutzen, »… diese Injektion müsste das Opfer ja über sich ergehen lassen und auch den vorausgehenden Schnitt, denn davon ist auszugehen, dass auch das durch einen eventuellen Täter erfolgt ist, und dafür hätte ich jetzt im ersten Moment keine Erklärung, denn die Opfer waren ja nicht bettlägerig wie etwa in Pflegeheimen, sondern hätten sich wehren können.«

Deniz nickte ihr zu mit Hätten-wir-auch-drauf-kommen-können-Gesicht.

»Vielleicht ist sie festgehalten oder fixiert worden«, sagte er in Richtung Telefon.

»Dann hätte man sie aber durchaus länger fixieren müssen, so schnell wirkt das ja nicht, und ich bin sicher, dass man da Spuren an der Leiche gefunden hätte, Hämatome oder Schürfungen. Das lässt schließlich niemand freiwillig mit sich machen.«

»Vorher K.o.-Tropfen?«, sagte Deniz.

»Ja, das wäre eine Möglichkeit, GHB oder GBL. Auch sehr schwer nachzuweisen, und bei einer Leiche wie der Ihren, die ein paar Wochen liegt, gleich gar nicht.«

Camilla bedankte sich, legte auf, und beide sahen sich wortlos eine Zeit lang an.

»Wie hast du es eben so schön formuliert?«, sagte Deniz. »Wir haben nicht einen verdammten Ermittlungsansatz. Es ist nur in unseren Köpfen.«

»Hat nicht der eine Nachbar von Waltraud Schreiner einen Mann gesehen?«

»Klar, einen Mann, aber das kann auch ein Paketbote gewesen sein.«

Sie drehte sich wieder der Tafel zu, und beide betrachteten die Aufzeichnungen lange wortlos.

Dann stand Deniz auf und tippte nacheinander auf alle fünf Spalten in der Reihe, wo Camilla die Geldinstitute notiert hatte.

»Alle Toten hatten ihre Konten bei zwei Geldinstituten mit der Unterscheidung, dass die beiden älteren in Dortmund waren, alle neueren hier in Essen, jeweils beim selben Institut. Nur zwei von ... wie viele Banken und Sparkassen gibt es im Pott?«

Er setzte sich wieder.

»Kann Zufall sein«, sagte sie, »vielleicht aber auch nicht.«

»Und alle Toten hatten Kohle, bei allen war was zu holen. Hat ›Stock im Arsch‹ nicht gesagt, das gäbe es gar nicht so oft?«

»Noch mal Zufall«, sagte sie, »aber schon deutlich weniger wahrscheinlich. Außerdem ist das auch der einzige Ansatz, den wir haben, über die Geldinstitute. Aber ein Verfahren kriege ich damit noch nicht eröffnet, geschweige denn, irgendeinen Beschluss. Vielleicht kommt ja was bei der Ermittlung in Holland raus.«

Deniz nickte.

»Und ich hab noch eine Idee. Vielleicht kann ich meinen Charme ja mal anderswo nutzen, wenn du schon immun dagegen bist. Wenn das Recht nicht auf unserer Seite ist, braucht es vielleicht ungewöhnliche Methoden.«

»Du und dein Charme, da bin ich mal gespannt«, sagte sie und schüttelte den Kopf.

Dann starrten beide wieder auf die Tafel.

Als sei dort eine Lösung zu finden, dachte Camilla. Aber vielleicht war das ja auch der Fall.

Deniz

Er erkannte sie sofort. Nicht weil sie trotz ihrer sieben Minuten Verspätung noch in der erwartbaren Zeitspanne das Bistro betrat, das hatten in der letzten Viertelstunde auch eine Reihe anderer Frauen getan, sondern weil sie so aussah, wie sie am Telefon sprach. Er hatte darauf verzichtet, ihr Alter in den Daten des Einwohnermeldeamts zu checken, mit dem Vornamen wäre das eine kurze Suche gewesen, sicher auch, weil er sich überraschen lassen wollte.

Sie war etwas älter als er, vielleicht Mitte vierzig, etwas mollig, hatte ein sehr hübsches Gesicht und sah mit ihrer Frisur so aus, wie er sich Filmdiven aus den 1950ern vorstellte. Wenn das Rot ihrer Haare nicht echt war, hatte der Friseur einen prima Job gemacht, das satte Make-up ging sicher auf ihre eigene Kappe.

»Felicitas Dörr. Herr Müller?«

Deniz hatte sich im Laufe der Jahre so sehr an diese mal mehr, mal weniger deutliche Irritation in den Gesichtern gewöhnt, wenn Menschen ihn das erste Mal sahen, mit denen er vorher nur telefoniert hatte, dass er es kaum noch wahrnahm. In diesem Moment war das anders.

»Deniz Müller, Kripo Essen.«

Sie setzte sich ihm gegenüber, und er entschied sich, gnädig zu sein.

»Deniz mit ›iz‹, wenn ich das sagen darf.«

»Danke. Ich hatte schon gedacht, wenn da mal nicht der türkische Briefträger seinen Job sehr ernst genommen hat.«

Sie lachte komplizenhaft.

»Meine Mutter war Türkin, mein Vater ist Deutscher.«

Das Lachen wich ihr schlagartig aus dem Gesicht.

»Oh, Shit, habe ich mich jetzt in die Nesseln gesetzt? Dann sorry, das passiert mir manchmal.«

»Verstehe ich gar nicht.« Er hielt sein erlösendes Lächeln zwei Sekunden zurück und genoss ihre kurze Unsicherheit.

»Sie sind wirklich ein Komiker. Auf jeden Fall hat die Mischung doch etwas sehr Beeindruckendes hervorgebracht«, wieder mit einem einäugigen Lidzucken, als hätten sie schon gemeinsam drei Banken ausgeraubt.

Komplimente gehen immer, dachte er.

Die Bedienung kam, und sie bestellten.

»So, Deniz, um mal auf den Grund zu sprechen zu kommen, aus dem ich hier mit Ihnen sitze: Ich hoffe, das bleibt unter uns, ich hoffe das sehr.«

Es waren die ersten Worte, seit sie das Bistro betreten hatte, die nicht primär auf Wirkung aus waren, sondern etwas von ihr enthielten.

»Oh, das wird schwierig. Ich habe meine Chefin natürlich eingeweiht, dazu die Staatsanwaltschaft, das ist Pflicht, ein paar Kollegen und natürlich die Pressestelle.«

Sie brauchte fünf Sekunden, dann entspannte sich ihr Gesicht.

»Herr Hauptkommissar, finden Sie nicht, dass Ironie und Verarsche zu diesem frühen Zeitpunkt unserer halbprofessionellen Beziehung unangebracht sind? Und wenn, dann ist das mein Part.«

»Halbprofessionell?«, fragte er. »Aber schon gut. Die Staatsanwältin weiß allerdings wirklich Bescheid, dass ich mich mit Ihnen treffe. Aber die ist genauso diskret wie ich. Außerdem müssen wir auch erst mal sehen, um welche Infos es überhaupt geht.«

»Genau. Erklären Sie es mir noch mal. Es geht um ... was war Ihr Ausdruck? Tötungsdelikte.«

»Nicht ganz so laut vielleicht.« Er sah sich lächelnd um. »So habe ich das nicht gesagt.«

Er erklärte ihr von dem, was er und Camilla bisher ermittelt hatten, so viel, dass er glaubte, sie habe als Laie sowohl die Dimension dessen verstanden, worum es möglicherweise ging, als auch die rechtliche Problematik.

Mit ernstem Gesicht atmete sie einmal tief durch.

»Wohl ist mir dabei nicht, das sage ich Ihnen. Aber Sie sind ja von der Polizei.«

»Was soll schon passieren, Frau Dörr ...«

»Felicitas, bitte.«

Die Bedienung brachte die Cappuccino.

»Okay, was soll schon passieren, Felicitas? Wenn nichts an der Sache dran ist, vergessen wir das alles, dann tut das niemandem weh. Wir stellen ja keine hanebüchenen Theorien auf, sondern es geht um Beweise, darum, etwas nachzuweisen, was geschehen ist, wenn es geschehen ist.«

»Sie sollten Vertreter für Staubsauger werden. Also okay.« Sie zog einen kleinen Schreibblock aus ihrer Handtasche, in der sie locker ein paar Leitz-Ordner hätte transportieren können. »Die drei Kontoinhaber, die Sie mir genannt hatten, haben keinen festen Sachbearbeiter. So was gibt es bei uns nicht mehr. Wenn sich Leute um die Konten gekümmert haben, dann waren das somit nicht immer dieselben, weil auch die Gründe natürlich unterschiedlich waren. Dann zu den Daten, und da hoffe ich mal, unser Mann für die IT-Sicherheit findet es nicht eigenartig, dass ich ihn danach gefragt habe. Denn«, mit erhobenem Zeigefinger und Lob-mich-Gesicht, »ich habe einen von denen mal gefragt, wer denn auf die Kontodaten zugegriffen hat. Das nachzuvollziehen war nur noch bei den beiden jüngeren Fällen möglich, denn Kontodaten werden zehn Jahre aufbewahrt, hier geht es aber wohl um …«, sie hob die Hände und zuckte mit den Schultern, »bla, bla, blubb, er hat's mir erklärt, irgendwelche Registrierdateien, die werden nur drei Jahre aufbewahrt. Aber dabei ist mir was aufgefallen, und da habe ich jetzt ein Problem.«

»Problem? Moralisch? Rechtlich oder taktisch?«

Sie wiegte den Kopf.

»Also, disziplinar bekäme ich dann sicher auch Ärger, wenn's rauskommt, aber ne, schon moralisch. Denn wenn ich Ihnen jetzt was sage, und da ist nichts dran, was sehr wahrscheinlich ist – auf ein Konto zuzugreifen ist ja erst mal für einen Bankmitarbeiter ganz harmlos –, was dann?«

»Wenn das das Einzige bleibt, wird daraus nichts entstehen, Frau … Felicitas. Und vielleicht ist der personelle Bezug ja auch nicht so direkt. Nur ist uns eben aufgefallen, dass bei dreien dieser Kunden auffällige Dinge passiert sind, und auch, dass alle wirklich Geld hatten und alle eben bei demselben Institut sind. Und sollte wirklich was dran sein, werden wir ganz sicher noch mit einem Beschluss auflaufen, ganz offiziell, dann ist eh alles in Ordnung.«

Noch ein tiefer Atemzug, dann hob sie den Block an.

»Alle Zugriffe auf die Konten Waltraud Schreiner und Bruno Casper sind erklärbar, nur die Zugriffe eines Kollegen kann ich mir so nicht erklären, auch die Häufigkeit nicht.«

»Warum?«

»Weil er eigentlich für Firmenkunden zuständig ist, und das waren die beiden Kunden ganz und gar nicht.«

»Und der hat öfter auf die Konten der beiden zugegriffen?«

»Ja, auch immer mal wieder über einen längeren Zeitraum. Und …«, sie lehnte sich zurück, und ihr Gesicht wurde noch eine Spur ernster, »… oh, Mann, hoffentlich mache ich jetzt keinen Mist.« Sie kam wieder nach vorn und stützte sich auf die Ellbogen. »Also, der Mann ist kein unbeschriebenes Blatt, aber Genaues kann ich Ihnen da nicht sagen.«

»Was können Sie mir denn sagen?«

»Der ist bei unserem Institut in der mittleren Führungsschiene und ist seit etwa dreieinhalb Jahren bei uns. Ich kenne ihn nicht näher, er ist ein stiller, netter Kollege, wenn man sich sieht. Aber die Umstände, unter denen er zu uns gekommen ist, sind nicht so ganz klar. Er ist vor dreieinhalb Jahren etwa aus einem Institut in Dortmund zu uns gewechselt ...«

»Dortmund?«

»Ja, und man munkelt – ich weiß da wirklich nichts Genaues –, dass da irgendwas vorgefallen ist. Sein Schwiegervater ist Unternehmer, schwer reich und Inhaber einer größeren Maschinenfabrik, und der soll dafür gesorgt haben, dass er jetzt hier arbeitet.«

»Mit Beziehungen, Golfclub oder so.«

»Irgendwie so, ja.«

»Und wie heißt der Mann?«

»Oliver Matuschek, ist Mitte vierzig, schätze ich.«

»Und alles andere auf den Konten war normal?«

»Jedenfalls habe ich nichts anderes festgestellt.«

Sie trank den Rest ihres Cappuccinos, stellte die Tasse ab und knipste wieder ihr Anmachlächeln an.

»Ich sollte Kommissarin werden, finden Sie nicht? Wir beide wären sicher ein ganz unschlagbares Team.«

»Unschlagbar, ohne Zweifel.«

Er lächelte ebenfalls und stellte sich vor, Felicitas wäre ein Tinder-Termin. Mit einem Foto von dem Gesicht würde sie sich nicht retten können. Und beim Alter und den Pfunden logen auf diesen Plattformen ohnehin alle.

»So, ich muss jetzt wieder.« Sie packte den Block in ihre Handtasche. »Wenn das wichtig war, muss aber mehr drin sein als ein Kaffee. Da muss es schon ein Abendessen sein.« Sie blieb stehen, und wieder floss in ihr kokettes Lächeln ein Rinnsal Ernsthaftigkeit. »Könnten wir auch so machen, was halten Sie davon? Ich hab ja Ihre Nummer.«

Sie ging, und der Rhythmus ihrer Absätze war bis in die letzte Ecke des Ladens zu hören.

Sobald er im Büro war, würde er ihre Daten checken. Er stellte sich vor, sie käme in ein Hotelzimmer, in dem er wartete, käme auf ihn zu und setzte sich neben ihn aufs Bett. Und auf dem Weg von der Tür zum Bett war aus ihr Camilla geworden.

Karl

Sie hofft, dass heute nur Opa kommen wird.

Manchmal, wenn sie so liegt, fragt sie sich, ob sie das nicht vielleicht doch ausgehalten hätte, wenn es nicht immer schlimmer geworden wäre. Ob sie es nicht vielleicht ausgehalten hätte, dass Opa sie einfach nur anfasst und mehr nicht, auch wenn es schrecklich ist, wie und wo er sie anfasst. Aber sie hatte sich ja den Trick mit der Badewanne und den Eiswürfeln überlegt, der am Anfang so gut geklappt hatte. Und sie fragt sich manchmal, wenn sie im Bett liegt, so wie jetzt, auf die Geräusche von Oma und Opa in der Wohnung hört und wartet, dass er kommt, ob sie es nicht vielleicht sogar ausgehalten hätte, wenn sie ihn da weiter anfassen müsste, nur das und sonst nichts.

Aber als er anfing, sich nackt auszuziehen, sich dann auf sie zu legen und mit seinem Ding an ihr Dinge zu machen, dass es immer ziemlich lange wehtut, auch hinterher, wenn er schon längst wieder weg ist, da wusste sie, dass sie das nicht aushalten kann, nicht, ohne sich irgendetwas Neues zu überlegen.

Aber es fällt ihr kein neuer Trick mehr ein.

Und noch schlimmer ist es, wenn Opa seinen Freund mitbringt, der auch diese Sachen an ihr macht. Aber anders als Opa, noch schlimmer, irgendwie. Der Freund heißt Karl und kommt nur ab und zu mal zu Opa, weil er ziemlich weit weg in einer anderen Stadt wohnt. Aber wenn er Oma und Opa besucht, kommt er immer auch zu ihr, sie hat irgendwann sogar gedacht, dass Karl meistens nur wegen ihr kommt. Und manchmal beobachtet Opa das auch, wenn Karl bei ihr ist, das kann sie durch den Türspalt sehen, wenn sie den Kopf schräg legt.

Von der Sache mit Opas Freund Karl hat sie Oma nichts erzählt, einmal, weil Oma das bestimmt sowieso auch weiß. Und dann, weil sie wahrscheinlich nur wieder sagen würde, dass liebe Mädchen so was tun, solche Sachen machen, nicht nur mit ihren Opas, auch mit den Freunden von den Opas.

Schlimm, besonders schlimm ist, dass Martin es weiß, und er weiß es, weil er es beobachtet hat.

Sie muss oft daran denken, wie das alles gekommen ist, und dass es ganz bestimmt anders wäre, wenn Mama nicht diesen kranken Kopf hätte. Aber nachdem ihre Mama ins Krankenhaus gekommen ist, musste Martin zu Tante Christa und Onkel Jürgen, weil Oma sagte, dass sie es mit zwei Kindern nicht schaffen würde in dem Alter. Aber als das mit Mama nicht besser wurde und Tante Christa wieder eine Arbeitsstelle bekam, da konnte sie sich nur noch um ihre eigenen beiden Kinder kümmern, und Martin musste nun doch zu Oma und Opa.

Jetzt schläft er in einem Zimmer ganz oben unterm Dach, obwohl er da Angst hat, aber es gibt nichts anderes im Haus. Das Zimmer ist eigentlich weit weg vom Gästezimmer, da wo sie schläft. Aber an einem Abend hat er wieder Angst gehabt, ist runtergekommen und hat die Tür aufgemacht, als Opa grad auf ihr lag.

Danach hat Opa ihnen beiden Geld gegeben, das ist vorher nie passiert. Für Süßigkeiten sollte das sein, und das sagt er jetzt immer noch, weil das mit dem Geld macht er weiter. Meistens ist es viel zu viel für Süßigkeiten, was er gibt, aber dann kauft sie sich andere Sachen dafür. Und Martin macht das auch so.

Natürlich ist das gut mit dem Geld, auch, dass sie in der Schule Süßigkeiten verteilen kann, weil die anderen sie dann als Freundin haben wollen. Ohne Süßigkeiten war das oft nicht so.

Aber wenn sie es sich aussuchen könnte, keine Sachen mehr mit Opa machen und dann auch kein Geld bekommen, würde sie auf das Geld verzichten, auf jeden Fall.

Manchmal glaubt sie, dass das niemals wieder so sein wird.

Aber es hilft ihr, dass auch Martin davon weiß.

Deniz

Der Tote wurde rausgetragen, der Geruch blieb, als sei er ein festes Gebilde, das in Gänze nicht durchs geöffnete Fenster passte.

»Jetzt nur noch Aufnahmen von allen Räumen, damit wir uns hinterher ein Bild machen können, wenn nötig.«

Anna verschwand mit der Kamera in dem Zimmer, das möglicherweise als Schlafraum gedient hatte, und machte Übersichtsaufnahmen. Welches Zimmer welchem Zweck gedient hatte, war aufgrund des Zustandes der Räume nicht so leicht erkennbar. Nur getrunken worden war überall.

»Ist das beeindruckend oder eher traurig«, sagte sie, »schau dich mal um. Es gibt keine waagerechte Fläche, auf der keine leeren Flaschen stehen oder liegen, Boden inklusive.«

»Beides irgendwie. Und die meisten davon sind nicht mal Pfandflaschen, für die er noch was bekommen hätte. Jetzt ist es eh egal.«

Das Arsenal war beeindruckend. Kaum eine Marke und Sorte, die nicht vertreten war, allerdings mit deutlicher Tendenz zum preiswerten Fusel. Dass manche Lebern das überhaupt so lange mitmachten, erstaunte Deniz immer wieder.

Anna kam zurück und machte noch ein paar Bilder des Zimmers, in dem er wahrscheinlich vor ein paar Tagen vornüber in einen Spalt zwischen zwei Schränken gefallen sein musste und so auch gefunden worden war.

»Fertig«, sagte sie.

Er nahm den Totenschein, einen abgelaufenen Ausweis und das Smartphone des Toten und steckte auch den Wohnungsschlüssel ein, nachdem er abgeschlossen hatte.

Auf dem Rückweg zum Präsidium dachte er an Camilla. Sie war am gestrigen Abend nicht erreichbar gewesen und heute den ganzen Tag bei Gericht, darum hatte er ihr von Oliver Matuschek noch nicht berichten können. Eine Mail wäre natürlich möglich gewesen, aber er wollte es ihr gern erzählen.

Von der Website der Bank hatte er sich ein Bild des Mannes besorgt und wollte es jenem Nachbarn von Waltraud Schreiner zeigen, der zuletzt jemanden bei ihr gesehen haben wollte.

Sie hatten Glück, Radovan Antic war zu Hause.

»Tja, vom Typ her passt es auf jeden Fall«, sagte er nach ausgiebigem Betrachten des Fotos, »könnte auch sonst passen, da bin ich aber nicht sicher. Ich hab den ja nur sehr kurz gesehen. Nur die Klamotten waren andere, nicht so ... also mit Krawatte und Anzug. Der, den ich gesehen habe, hatte irgendwas Dunkles an.«

»Und warum ist Ihnen das aufgefallen, dass Sie sich daran erinnern?«

»Frau Schreiner selbst habe ich ja nur zwei- oder dreimal gesehen, ich habe die Wohnung erst vor zwei Jahren gekauft und bin auch viel unterwegs. Aber dann war sie immer ganz mitteilsam, weil sie – das sagte sie selbst – eben sonst keinerlei Kontakte habe. Sie rede manchmal die ganze Woche mit niemandem. Ja, und da habe ich gedacht, sieh an, heute hat sie Unterhaltung.«

»Und der Mann ging in ihre Wohnung?«

»Gesehen habe ich das nicht, aber der ging hoch und vom Türenschlagen her kann es nur Frau Schreiners Wohnung gewesen sein. Wobei«, er sah zur Seite und presste die Lippen aufeinander, »einmal hat der nicht geklingelt, da hörte es sich so an, als hätte er einen Schlüssel gehabt, stimmt.«

Die Tote hatte zu Lebzeiten weder einen Pflegedienst noch »Essen auf Rädern« oder was Ähnliches. Wenn der Mann wirklich bei ihr gewesen war, klang das interessant.

Radovan beantwortete noch ein paar Fragen zu Größe und Alter und war gern bereit, möglicherweise als Zeuge auszusagen.

Wenn wir denn je einen Zeugen brauchen, dachte Deniz.

Er hätte Anna ein Eis ausgegeben, aber ohne Händewaschen wollte sie nach der Wohnung nichts essen, und das Desinfektionsgel aus seinem Einsatzrucksack reichte ihr nicht.

»Ich lad dir die Fotos runter und stelle sie ins Laufwerk, ja«, damit verschwand sie im Büro ihres Tutors Werner.

Dieter Bartel war dabei, eine Reihe Beweismittel für den Abtransport zur Staatsanwaltschaft zu präparieren, und saß inmitten eines Wusts von Tüten.

»Wenn's buntes Papier wäre, hätte es was von Weihnachten«, sagte Deniz.

»Und ich bin der Weihnachtsmann. Ich fühle mich auch schon so.«

Deniz lachte, legte die Leichensachen zu den beiden anderen, die noch bis morgen erledigt werden mussten, und loggte sich nebenbei ins System ein.

Vier neue E-Mails, eine davon vom Kollegen aus Dortmund, die er sofort öffnete.

Hallo, Kollege Müller,

kurz zu Deiner Anfrage zu Oliver Matuschek.
Das war damals ein Verfahren wegen Verdachts der Untreue. Der soll in der Sparkasse Gelder umgeleitet haben. Das Ganze ist seinerzeit aber ziemlich im Sande verlaufen und nach 153a gegen Geldauflage eingestellt worden.
Der Mann hatte einen aus den Medien bekannten Staranwalt, der alle Register gezogen hat. Organisiert wahrscheinlich

über seinen Schwiegervater, der sehr vermögend ist. Der hat dabei anscheinend seine Verbindungen spielen lassen. Jedenfalls fühlte sich das alles eigenartig an.

Hintergrund des Ganzen war vermutlich die schwere Spielsucht des Beschuldigten. Wenn ich mich richtig erinnere, war Teil des Deals, dass er eine Therapie macht.

Ich hab mal unsere Finanzermittler gefragt, die haben da andere Verbindungen.

Er hat danach wieder anderthalb Jahre dort gearbeitet, kriegte aber wohl kein Bein mehr an die Erde, weil alle Bescheid wussten.

Er muss dann irgendwann nach Essen gegangen sein. Letzteres entnehme ich jetzt Deiner Anfrage.

Mehr kann ich Dir dazu leider nicht sagen, außer vielleicht, dass der Anwalt noch mit allen Mitteln versucht hat, die Daten aus unseren Systemen löschen zu lassen. Hat nicht geklappt.

Kollegialer Gruß
W. Sturm

Deniz lehnte sich zurück.

Ein Hardcore-Zocker, sieh an. Wenn das kein Grund war.

Er wählte Camillas Nummer, vielleicht hatte sie Lust auf einen Cappuccino oder was anderes.

Camilla

Der Tag war lang gewesen, und in der letzten Verhandlung hatte sie sich über einen anmaßenden gegnerischen Anwalt ärgern müssen, da war Deniz' Idee mit dem Feierabendbier preisverdächtig gewesen.

Nach dem ersten hatte er sie über das Gespräch mit Frau Dörr informiert, die er jetzt »Felicitas« nannte, wie er mit breitem Grinsen und großem Genuss mitteilte.

»Alles schön und gut, Deniz, aber ich habe heut Nacht wirklich eine Zeit wach gelegen. Vielleicht spinnen wir uns da was zurecht. Der Mann ist leitender Angestellter in einer Bank, wieso soll der nicht auf alle möglichen Konten zugreifen? Was soll der denn sonst machen? Wer weiß, welche Gründe er hat, das ist sein Job, und vielleicht kann«, kleine künstliche Pause, »Felicitas das gar nicht beurteilen.«

»Auf diese Konten eben nicht. Ey, was ist denn los, du schönste Ermittlerin westlich von Santa Fe?«

»Santa Fe?«

»Hab ich vom Stubenkamel geklaut, der benutzt den Spruch bei jeder Gelegenheit, stammt aus einer Westernserie seiner Kindheit, sagte er. Zurück zu unserem Thema. Denn das mit den Konten ist ja nicht alles. Der war damals auch zufällig bei der Bank, bei der die beiden Dortmunder Opfer waren. Er ist krankhaft spielsüchtig, als mögliches Motiv, und er hat schon mal krumme Sachen gemacht, wahrscheinlich genau deshalb.«

Sie nahm einen Schluck Bier und versuchte, ihre Zweifel wiederzufinden, die in der Nacht wie eine Herde Elefanten um ihr Bett marschiert waren.

»Ja, der hat eine Untreue begangen, aber hast du dir mal die Dimension klargemacht, von der wir hier sprechen?« Sie checkte mit einem kurzen Blick, wie nah die Ohren der Nachbartische waren, wurde leiser. »Wir gehen davon aus, dass hier einer rumläuft, der in den letzten Jahren etliche alte Leute mit Geld umbringt, nachdem er irgendwie an diese Kohle gekommen ist, lässt das alles aber wie natürliche Tode aussehen, so perfekt, dass Polizei und Ärzte ihm nicht draufkommen, über Jahre. Wonach hört sich das an?«

»Das ist mir schon klar.«

»Es ist nämlich noch mal was anderes, jemanden vom Leben zum Tod zu befördern, als ihn nur auszunehmen. Und – das kommt noch dazu – es ist ja zu befürchten, dass die Polizei einen großen Teil der Leichen gar nicht zu Gesicht bekam, weil Doktor Schnittenfittich und Co., seit dreißig Jahren behandelnde Hausärzte, mal ganz locker natürlichen Tod bescheinigt haben.«

»Wir wissen gar nicht, was das für ein Typ ist, vielleicht ist der völlig kalt.«

»Vielleicht ist er nur ein armer Teufel, Spielsucht ist nämlich echt kein Spaß. Und was ich eben noch vergessen hab: Wir haben sehr unterschiedliche Wege, wie an das Geld gekommen wurde. Mal Überweisungen, mal Abhebungen, mal glauben wir, sie hatten die Kohle zu Hause, wie erklärst du dir das?«

»Der hat sich das Vertrauen der Opfer erschlichen, ist denen auf irgendeine Weise nahegekommen, als Banker ist das doch leicht möglich. Das mit den Überweisungen ist einfach, hat auch ›Stock im Arsch‹ gesagt. Bei den anderen Sachen hat er sich dann vielleicht die PINs einfach besorgt, manche haben die im Portemonnaie neben der Karte. Vielleicht haben sie ihm die sogar gesagt als Banker. Wer weiß, was der denen erzählt hat. Denn – und das haben wir auch noch vergessen als Gemeinsamkeit – ist dir mal aufgefallen, dass alle Opfer allein waren, entweder ohne Partner oder verwitwet? Und dass wir auch bei keinem von denen was über einen Pflegedienst gehört haben, der jeden Tag vorbeikommt. Da war sonst keiner, der störte. Auch so was kannst du ein Stück weit an den Konten recherchieren.«

»Und warum nimmt er die Opfer nicht einfach nur aus? Machen die Enkeltrickleute doch auch oder die falschen Polizisten.«

»Weil es so keiner merkt und damit ungefährlicher ist. Denn sie kennen ihn doch wahrscheinlich. Und selbst die gutgläubigste Oma merkt irgendwann, dass ihr was weggenommen wurde, und alarmiert dann die Polizei. Es sei denn, sie ist tot, und zwar so tot, dass keiner was merkt.«

Sie trank, fasste ihr Bierglas danach mit beiden Händen an und strich das kondensierte Wasser mit dem Daumen nach unten. Sie wusste nicht, wo die Wurzel ihrer Vorsicht zu finden war. In der Befürchtung, jemandem etwas anzuhängen, der es offensichtlich ohnehin schwer hatte, oder war es die Angst vor einem Misserfolg?

»Es gab schon mal so einen Fall«, sagte er, »mit einer Altenpflegerin aus Köln, haben wir an der Fachhochschule in Kriminologie drüber gesprochen. Die hatte sich auch das Vertrauen ihrer Opfer erschlichen, zum Teil so weitgehend, dass sie die von ihren Ursprungsfamilien komplett isolieren konnte.«

»Ja, ich kenn den Fall, glaub ich.«

»Und bei der sind sie auch nur durch Zufall draufgekommen, irgendwie wegen einer Diebstahlsanzeige. Ne, Cami, dass bei diesen Leichen was gedreht wurde, da verwette ich mein linkes drauf. Jaja, ich weiß, Manipulation am Tatort kommt nicht jeden Tag vor, aber so eine Seltenheit ist es nun auch nicht.«

Sie sah ihn an und dachte, dass man ihm diese verbissene

Ernsthaftigkeit gar nicht zutraute, wenn man ihn nur als den smarten, jungenhaften Bullen kannte, bei dem es aussah, als sei das Leben ein Spiel, und der nie um einen Spruch verlegen war, manchmal auch hart im Bereich der Gürtellinie.

»Und wie machen wir jetzt weiter?«

»Wir trinken noch ein bisschen was und fahren noch zu mir.«

Sie sah in lange an und versuchte, keine Miene zu verziehen.

»Ach, du meinst, bei diesem schwierigen Fall, der sehr offensichtlich die Besten der Besten erfordert, die Elite, sag das doch gleich.«

»Genau das meinte ich«, mit gespieltem Ernst, »denn einen Beschuldigten kriegen wir mit den Indizien niemals aus ihm gemacht. Jedenfalls jetzt noch nicht. Damit fallen alle Maßnahmen, die uns weiterhelfen würden, raus. Keine TÜ, keine Durchsuchung, keine Obs.«

»Weil er nicht genügend verdächtig ist?«

»Ja, und der Verdachtsgrad ist dabei für mich gar nicht das Problem. Problematischer finde ich dabei eher, dass wir eigentlich gar keinen Anfangsverdacht einer Straftat haben, weil es keine Anhaltspunkte auf ein Fremdverschulden bei den Toten gibt, nicht mal mit Obduktion. Und ohne Straftat wird es schwierig, wenn nicht sogar unmöglich, da weitergehende Ermittlungsmaßnahmen drauf zu stützen. Wir bräuchten wenigstens einen Anfangsverdacht, also zureichende tatsächliche Anhaltspunkte für eine Straftat.«

Wieder fixierte sie ihr Bierglas.

»Und die Wunden?«

»Deniz, alle Ärzte haben natürlichen Tod bescheinigt, auch eine Gerichtsmedizinerin.« Sie versuchte, einen Gedanken zu fassen, der ihr kam. »Man könnte andererseits überlegen, ihn aus dem Todesermittlungsverfahren heraus zeugenschaftlich zu vernehmen, da gerade ja kein Anfangsverdacht besteht. Dabei wird er ausdrücklich darauf hingewiesen, dass er nichts sagen muss, womit er sich selbst belasten würde.« Sie checkte noch einmal die einzelnen Aspekte und nickte dann. »Ja, das müsste gehen.«

»Dann brauchen wir aber vorher die Daten, wer auf die Konten zugegriffen hat. Was willst du ihn sonst fragen?«

»Dann machen wir das. Ich setze morgen früh sofort etwas auf, mit Kopf der Staatsanwaltschaft sieht es noch etwas wichtiger aus, und du kannst ja mal deine Frau Dingsbums …«

»Du meinst Felicitas?«, mit Leonardo-di-Caprio-Blick.

»Ja, die kannst du fragen, vielleicht geht es dann schneller. Und sie ist dann auch völlig aus dem Schneider, wenn wir es ganz offiziell machen.«

Deniz nickte.

»Und sobald wir die haben, laden wir ihn als Zeugen in einem Todesermittlungsverfahren vor und schauen mal, was passiert.«

»Ja, vielleicht reagiert er irgendwie«, sagte sie. »Wir zeigen ihm ja dadurch, wir sind dir auf die Schliche gekommen, mal schauen, wie er das verpackt.«

»Gute Idee, Frau Staatsanwältin. Und dann haben wir noch die Ermittlungen deines Spezis zu den Konten in Holland, vielleicht bringen die uns weiter. Das ist auch ein Vorteil bei dieser Sache: Es besteht offensichtlich keine zeitliche Dringlichkeit.«

»Ja, warten wir mal ab.«

Sie strich wieder das Kondenswasser von ihrem Bier. So könnte es gehen.

Deniz setzte sich auf, als sei ihm noch etwas eingefallen.

»Oder wolltest du lieber zu dir als zu mir, hat dich das eben an meinem Vorschlag gestört? Dann sag das doch einfach und drucks nicht so rum.«

Sie sah ihn an, schüttelte den Kopf und konnte nicht vermeiden zu schmunzeln.

»Was ist denn los heute, Deniz? Hab ich irgendwas verpasst?«

»Ach, wer weiß. Vielleicht verpassen wir ja alle ständig was, an jedem verdammten Tag.«

Sie fand, dass er dies eine Spur zu ernst sagte.

Deniz

Die offiziellen Kontodaten der drei Essener Toten, auch jene aller Zugriffe der verschiedenen Mitarbeiter darauf, waren schneller als gedacht gekommen, auch noch ohne jedes Murren der Leitung, was sonst schon mal vorkam. Darum hatten sie Oliver Matuschek bereits einen Tag später telefonisch vorgeladen.

Aus taktischen Gründen wollten sie die Vernehmung zu zweit führen, wobei Camilla ihn gebeten hatte, den Hauptakteur zu geben, »vom Gefühl her ist das besser, glaub ich, du bist hier zu Hause«, das waren ihre Worte gewesen. Auch auf eine Schreibkraft hatten sie verzichtet. Zu viele Leute im Raum, fand Deniz.

Nachdem der Empfang im Foyer ihn angekündigt hatte, klopfte Oliver Matuschek zurückhaltend an die Tür und sah aus wie ein Bankangestellter. Den akkurat geschnittenen blonden Haaren waren an den Schläfen schon ein paar Pinselstriche Weiß verpasst worden, blauer Anzug, graues Hemd und dezente Krawatte saßen wie im Katalog.

»Herr Müller?«

»Genau. Herr Matuschek, schön, dass Sie es so kurzfristig geschafft haben. Setzen Sie sich!«

Deniz stand auf und begrüßte ihn mit Handschlag. Das dezente Unbehagen, das den Mann umgab, wollte er nicht überbewerten, fast alle zeigten das in den ersten Minuten auf diesem Stuhl.

»Das ist Frau Staatsanwältin Lopez von der Staatsanwaltschaft Essen.«

Camilla blieb angelehnt an die Fensterbank stehen und grüßte nur knapp aus der Ferne.

»Worum geht es denn?«

»Zunächst brauche ich Ihren Ausweis, Herr Matuschek, und dann muss ich Sie belehren. Es geht um drei Todesermittlungsverfahren, die ...«

»Todesermittlungsverfahren?« Zwischen seinen Augen zeigte sich eine Falte, und er reichte den Ausweis.

»Ja, hört sich erst mal schlimmer an, als es ist. Sie müssen wissen, dass alle Toten, bei denen der Arzt eine bestimmte Einschätzung hat, von der Polizei begutachtet werden müssen. Das sind eine ganze Menge. In anderen Ländern macht das ein Leichenbeschauer, klingt schon weniger dramatisch, oder? Hier bei uns macht das die Polizei. Sie sind, und jetzt bitte aufpassen, als Zeuge hier, Herr Matuschek, da heißt, Sie müssen die Wahrheit sagen, wenn Sie etwas sagen. Tun Sie das nicht, gibt es verschiedene Paragrafen im Strafgesetzbuch, nach denen Sie sich strafbar machen können. Haben Sie diesen ersten Teil verstanden?«

»Ja.« Er nickte kurz.

»Dann muss ich Sie darauf aufmerksam machen, dass Sie die Aussage dann verweigern können, wenn Sie sich selbst einer strafrechtlichen Verfolgung aussetzen würden mit dem, was Sie sagen, oder sich selbst oder einen nahen Angehörigen belasten müssten. Auch klar?«

Wieder nickte er.

»Gut, als Letztes noch der Hinweis, dass Sie auch als Zeuge vor der Vernehmung einen Anwalt konsultieren können, ja.«

Er zog die Stirn kraus.

»Also, verstehe ich nicht ganz. Anwalt? Als Zeuge? Brauch ich den?«

»Ja, klingt erst mal unnötig. In der Regel braucht man als Zeuge keinen Anwalt. Aber – darum die Belehrung – Sie müssen auch hierbei nicht auf einen Rechtsbeistand verzichten, wenn

Sie sich unsicher fühlen. Wir sind halt in einem Rechtsstaat. All das haben Sie verstanden, ja?«

Wieder signalisierte er Verständnis und Zustimmung, Deniz trug seine Daten ein und füllte die Belehrung aus.

»Wie gesagt, es geht um drei Todesermittlungsverfahren, bei denen wir noch ein paar Nachforschungen anstellen müssen. Kennen Sie eine Waltraud Irmgard Schreiner, Herr Matuschek?«

Er sah kurz an die Decke, zuckte dann mit den Schultern.

»Sagt mir jetzt erst mal nichts. Müsste ich die kennen?«

»Vielleicht. Sie war eine Kundin Ihres Instituts und ist vor etwa vier Wochen gestorben, ganz genau können wir das nicht sagen.«

»Ich kenne den Großteil unserer Kunden selbstverständlich nicht. Auch der Name sagt mir nichts, wie schon erwähnt.«

»Frau Schreiner ist vor drei Wochen tot in ihrer Wohnung gefunden worden und etwa vor vier Wochen gestorben. In der Zeit davor, also Wochen oder Monate davor, haben Sie ein paarmal auf ihre Konten zugegriffen. Warum?«

Deniz hätte nicht sagen können, ob diese kaum wahrnehmbare kleine Unruhe nur in seinem Gesicht erkennbar war, oder ob sie ihm sogar einmal kurz durch alle Gliedmaßen fuhr. War auch das noch unter Anfangsunbehagen abzuhaken? Es folgte noch ein Seufzer.

»Kann ich Ihnen nicht sagen. Wann habe ich da nachgesehen?«

Deniz sah auf die Tabellen des Systembetreuers der Bank und nannte ihm die Tage.

»Nein, weiß ich nicht. Aber das ist auch kein Wunder. Ich sehe bei meiner Arbeit natürlich in allen möglichen Datenbanken und Tabellen nach.«

»Aber den genauen Grund in diesem Fall können Sie mir nicht sagen?«

»Nein.«

Er hatte sich wieder gefangen.

»Gut. Kennen Sie einen Kunden namens Bruno Casper?«

Wieder schüttelte er mit dem Kopf und zuckte dazu mit den Schultern.

»Nein. Verhält es sich hier genauso wie bei Frau … wie war der Name? Schreiner?«

»Exakt. Mit dem nicht unwesentlichen Unterschied, dass Herr Casper vor etwa zweieinhalb Jahren gestorben ist. Und auch da haben Sie in der Zeit davor irgendetwas auf seinen Konten nachgesehen.«

Er faltete seine Hände und umfasste damit das Knie des übergeschlagenen Beines.

»Sehen Sie es mir nach, Herr Müller, aber zweieinhalb Jahre … ich bitte Sie.« Die Unruhe hatte ihn wieder verlassen. »Und Sie sprachen von drei Ermittlungssachen.«

»Ja, die dritte Person hieß Hildegard Holland, auch eine Kundin, da war es genauso. Frau Holland starb vor gut drei Jahren.«

Dass über diese Kundin keine Daten existierten, musste der Mann nicht wissen.

Er presste die Lippen aufeinander und hob die Brauen.

»Wüssten Sie, Herr Müller, mit wem Sie vor dreieinhalb Jahren hier in diesem Büro gesprochen haben? Oder meinetwegen sogar, wen Sie festgenommen haben?«

Camilla löste sich von der Fensterbank, ging drei Schritte in seine Richtung und blieb dann stehen.

»Ihre Erinnerung ist nur die eine Sache, Herr Matuschek, aber was könnten Sie auf den Konten nachgesehen haben? Irgendeine Erklärung müssten Sie doch haben. Wenn ich richtig informiert bin, werden in Ihrer Abteilung Firmenkunden betreut, ist das richtig?«

Deniz war überrascht, wie perfekt Camilla eine bedrohliche

Körpersprache mit einem Dir-kann-eigentlich-nichts-passieren in der Stimme verband.

»Ja, das ist richtig, aber dazu gehört natürlich, dass ich mitunter in unseren Datenbeständen recherchiere. Wenn Sie eine genaue Antwort wollen, müsste ich mir mal ansehen, was ich an dem Tag gemacht habe, woran ich gearbeitet habe.«

»Gar keine Idee?« Camilla, von oben herab. »Auch nicht bei Frau Schreiner? Ich meine, das ist ein paar Wochen her. Ich wüsste das bei mir schon noch.«

Seine Unsicherheit kehrte zurück.

»Also, wie gesagt, beim besten Willen nicht. Vielleicht war es Teil eines Projekts, vielleicht brauchte ich die Daten für eine Analyse.«

»Die Daten alter Leute, die ein ziemlich einsames Leben geführt haben und bis dahin seit Jahren nichts anderes taten, als zweimal im Monat ihr Geld abzuheben?«

Er überlegte einen Augenblick, als suche er nach einem Ausweg.

»Sie sagten Ermittlungen. Warum ermitteln Sie denn da, stimmte denn da etwas nicht?«

»Es gab vor dem Tod dieser Menschen Bewegungen auf deren Konten, die ungewöhnlich waren, ungewöhnlich für diese Menschen.« Deniz übernahm wieder.

»Und was habe ich damit zu tun? Hab ich da etwas veranlasst?«

»Nein, soweit ich die Daten lese, haben Sie aber etliche Zeit davor auf diese Konten zugegriffen.«

Er umfasste immer noch mit den gefalteten Händen sein Knie, und es sah mittlerweile ziemlich angestrengt aus.

»Also, ich kann mich da nur wiederholen. Vielleicht, wenn ich selbst mal nachsehe, was ich an den Tagen gemacht habe. Dafür brauchte ich aber Zugriff auf meinen Account und meinen Kalender.«

»Sagen Ihnen die Namen Josefine Kaminski und Otto Hölzemann etwas?«

»Sind das auch Kunden unseres Hauses?«

»Nein, das sind ... das waren Kunden Ihres früheren Hauses in Dortmund«, sagte Camilla, wieder mit dieser irritierenden Mischung.

Bei Boxkämpfen benutzten Kommentatoren an dieser Stelle häufig das Wort »Wirkungstreffer«, dachte Deniz.

»Sie haben über mich recherchiert?«

»Das ist ganz normal, Herr Matuschek. Sie sind ja für Polizei und Staatsanwaltschaft kein ganz Unbekannter, dass wir da mal nachsehen, gehört dazu.«

Er hob den Kopf, als sei ihm etwas Schwieriges erklärt worden.

»Und die beiden Namen, die Sie genannt haben, habe ich da auch ...«

Einen Moment überlegte Deniz, ob er den Mann aufklären sollte, dass das nicht mehr möglich war. Dass diese Infos nur drei Jahre existierten, war ihm offenbar nicht klar.

»Das wissen wir noch nicht, Herr Matuschek. Vielleicht holen wir uns die Daten noch.«

Immer noch saß er in der Position da, und Deniz hatte den Eindruck, dass ihm vor Verkrampfung gleich die Arme abfielen.

»Würden wir denn dort etwas finden?«, fragte Camilla.

Wieder brauchte er einen Moment für die Antwort, als sei er mit den Gedanken ganz woanders.

»Das kann ich Ihnen nicht sagen, Frau ...«

»Lopez.«

»... Frau Lopez. Wenn es mir bei einer Kundin von vor Wochen schon schwerfällt, dann aus früherer Zeit natürlich erst recht.«

Sein entschuldigendes kleines Lächeln geriet völlig schief.

Deniz schrieb den Satz zu Ende und überflog das, was Oliver Matuschek bisher gesagt hatte.

»Gut, Herr Matuschek. Wenn Sie sich an all das nicht mehr erinnern können, möchten Sie dann von Ihrer Seite noch etwas dazu sagen?«

Wollte er nicht.

»Wenn die Staatsanwältin dann auch keine Fragen mehr hat, war es das eigentlich.«

Er sah Camilla an. Frau Staatsanwältin hatte keine Fragen mehr.

Deniz druckte alles aus, reichte ihm die Bogen, und er begann zu lesen.

»Alles okay so?«

Der Mann nickte, als er fertig war, unterschrieb dort, wo sein Name gedruckt stand und erhob sich.

Wieder wirkte er, als sei er mit seinen Gedanken ganz woanders.

»Eine Frage hätte ich doch noch, wenn Sie erlauben.«

»Nur zu.«

»Sie sagten am Anfang ja etwas von Totenermittlung.«

»Todesermittlung, ja.«

»Gilt das für all diese Personen? Also für alle, die Sie genannt haben?«

»Genau.«

»Und Sie ermitteln da, weil … weil … wie soll ich sagen? Dabei etwas nicht mit rechten Dingen zugegangen ist?«

»So könnte man es nennen.«

»Besteht die Möglichkeit, dass diese Menschen, also die Namen, die Sie genannt haben, dass diese Transaktionen, von denen Sie sprachen, mit ihrem Tod zu tun haben?« Er blickte zwischen beiden hin und her.

»Das können wir noch nicht sagen, Herr Matuschek, darum die Ermittlung. Aber wenn wir in ein paar Tagen oder Wochen sagen: Ja, da war etwas nicht in Ordnung, da gab es eine Verbindung, dann wundert mich das nicht.«

»Das heißt«, er musste zweimal schlucken, »vielleicht sind sie getötet worden?«

»Das könnte es heißen, ja.«

Er nickte, hielt einen Augenblick inne und wollte dann ohne Gruß das Büro verlassen.

»Warten Sie, ich bringe Sie noch«, sagte Deniz und begleitete Oliver Matuschek bis zur Pforte. Als er ihm hinterhersah, hatte er den Eindruck, dass er wie ein Greis ging, und er wusste nicht, ob das beim Reinkommen auch schon so gewesen war.

Camilla hatte ihren Platz nicht verlassen und lehnte immer noch an der Fensterbank.

»Na, würdest du wieder dein linkes auf irgendwas verwetten?«, fragte sie, und er war überrascht, weil sie sich bei ihm solch dezente Anzüglichkeiten sonst nicht erlaubte.

»Mindestens das. Wie schade, dass wir keine TÜ laufen haben. Ich wüsste furchtbar gern, wen er jetzt anruft.«

»Glaubst du, er ist unser Mann?«

»Ich glaube es mehr als vorher.«

Er sortierte die Blätter und heftete alles in die Akte.

»Gibt es bei euch einen Kaffee?«, fragte sie.

Gab es.

Camilla

Es klopfte gehetzt an ihrer Tür, und im selben Moment stand Sebastian Haller vor ihrem Schreibtisch. Er hatte ein paar Akten unter dem Arm, Leiden in der Haltung und Vorwürfe im Blick.

»Was ist los?«

Auch das noch, dachte Camilla, und sie wusste nicht, warum ihr dieses Gespräch, das sich anbahnte, jetzt so unangenehm war wie Sand im Bett. Vielleicht weil sie sich selbst gar nicht so genau klargemacht hatte, was los war. Denn seit ihrer Entscheidung hatte sie alles, was mit ihm zusammenhing, gut verpackt irgendwo in ihrem Innern hinter einer verschlossenen Tür abgestellt, und da stand es gut.

»Was soll los sein?«

»Ich bin nicht blöd, Camilla. Sag mir wenigstens den Grund. Ich finde, das hat auch was mit Respekt zu tun.«

Respekt als Begründung geht immer, dachte sie, aber ihr war bewusst, dass er damit nicht falschlag.

»Ich kann es dir nicht sagen, lass mir einfach noch ein bisschen Zeit, okay?«

»Habe ich irgendwas falsch gemacht? Du weißt, du warst immer, vom ersten Moment an, etwas Besonderes für mich.«

Ja, vielleicht war es das. Etwas Besonderes war sie gewesen, seit sie fühlen und darüber nachdenken konnte. Sie wusste gar nicht, wie es war, nichts Besonderes zu sein, und schon möglich, dass sie sich genau das wünschte. Nichts Besonderes ... Aber irgendwie doch. Ach ...

»Weil ... es kommt so plötzlich.«

»Bitte! Lass mir einfach etwas Zeit, okay?«

Zeit als Begründung geht doch auch immer, dachte sie. Und war auch nicht falsch.

Er sah sie lange wortlos an, dann drehte er sich weg.

»Wie du willst.«

Und ging.

»Ach, Sebastian.« Erst jetzt fiel es ihr ein. »Was ist mit der Anfrage in Holland?«, rief sie ihm hinterher.

»Schau mal in deine Mails. Schon längst erledigt.«

Dann fiel die Tür ins Schloss.

Mit beiden Händen umfasste sie die Kante ihres Schreibtisches und blickte aus dem Fenster in den diesigen Essener Himmel, an dem die Sonne heute über der Stadt hing wie die Milchglaslampe ihres Zahnarztes, wenn sie im Stuhl saß. Was Besonderes … Sie hatte sich schon oft zu erinnern versucht, wann ihr zum ersten Mal aufgefallen war, dass sie in diesem Land mit dieser Hautfarbe etwas Besonderes war. Es musste vor ihrem ersten Tag in der Kinderkrippe gewesen sein, vielleicht wenn sie mit Oma und Mutter in der Stadt gewesen war oder beim Baden im See, vielleicht war es auch gar nicht die eine Gelegenheit gewesen, sondern die Summe vieler Blicke, unzähliger Gesten und Worte, die sie womöglich noch nicht verstanden, aber bei denen sie schon damals begriffen hatte, dass sie ihr galten.

Mit einem Schlenker der Maus öffnete sie ihr Mailprogramm und las die Mail, die er gestern von seinem Privatrechner an sie gesandt hatte.

Geliebte Camilla,

auch wenn Dir diese Anrede offensichtlich nichts mehr bedeutet, möchte ich sie weiter verwenden, weil sie einfach dem entspricht, was in mir ist.

Zu Deiner Anfrage:

Alle drei Konten sind bei zwei verschiedenen holländischen Geldinstituten auf holländische Firmen ausgestellt gewesen, die von einer Frau Frauke de Vries, '83 geboren (Kopie des Personalbogens hängt an), angelegt worden sind, obwohl ja eine längere Zeit dazwischen lag. Alle Konten sind nur kurz benutzt worden. Man hat das Geld entweder abgehoben oder virtuell weitergeleitet und das Konto dann aufgelöst.

Die Person ist weder in den Niederlanden noch in Deutschland bei der Polizei bekannt. Die holländische Kollegin meint, von einer Bank sei der Verdacht geäußert worden, der Ausweis könnte falsch gewesen sein.

Leider gibt es davon keine Kopie.

Ich hoffe, das hilft Dir weiter.

In Liebe
Dein Seb

Er hatte eine Komplizin.

Das musste Deniz erfahren. Sie wählte nacheinander seine dienstliche und seine Handynummer, aber mit ihr sprachen nur Mailboxen.

Dann später.

Ihr Handy klingelte, es war Alex.

»Du hast die Wahl.«

»Bitte?«

»Es stehen sogar zwei Begründungen für eine gemeinsame Nahrungsaufnahme am heutigen Abend zur Auswahl.«

»Aha, und zwar?«

»Erstens ist die eingehende Kenntnis der lokalen Gastronomieszene für Angehörige der Strafverfolgungsbehörden ein leidlich bekannter Vorteil.«

»Tatsächlich? Und zweitens?«

Er musste offenbar kurz überlegen.

»Die Bedeutung resilienter Lebensführung für herausragende Arbeitsergebnisse ist wissenschaftlich erwiesen. In unzähligen Studien.«

Sie hatte eigentlich vorgehabt, in ihrem Sportstudio irgendeine neue Fitness-Methode kennenzulernen, deren Namen sie wieder vergessen hatte, denn eigentlich war ihr sehr nach Schwitzen und Toben, aber vielleicht ging ja beides.

»Wann denn, obwohl ich nicht sicher bin, ob ich richtig verstanden habe, was du willst.«

»Völlig egal, wann, ich bin flexibel.«

Sie verabredeten sich nach ihrem Sport.

»Ach, und Alex: Du könntest auch einfach ganz normal fragen, ob wir essen gehen wollen.«

»Meine Methode minimiert die Möglichkeiten für Absagen.«

Nachdem sie das Gespräch weggedrückt hatte, musste sie noch eine Weile lachen.

Deniz

»**Danke**«, **sagte die Chefin und verschwand** aus dem Türrahmen. Deniz stand auf, um seine Waffe zu holen.

»Mach mal die Tür zu, von innen.«

Der Ton, in dem Dieter Bartel das sagte, ließ ihn aufmerksam werden.

»Nur mal so, als Stubenkamel mit fast zwanzig Dienstjahren mehr auf dem Buckel. Das ist in den letzten Wochen das dritte Mal, dass du ›ja‹ sagst, wenn von jetzt auf gleich einer gebraucht wird für einen Einsatz, der bis in den Feierabend geht, meistens für andere Dienststellen. Und das ist ja nur das, was ich mitkriege.« Er machte eine kurze Pause. »Du kannst auch einfach mal ›nein‹ sagen, nur mal als gut gemeinter Tipp.«

»Ist mir noch gar nicht aufgefallen. Du sagst doch auch nicht immer ›nein‹, wenn du gefragt wirst.«

»Stimmt, nicht immer, aber manchmal doch, jedenfalls öfter als du. Und das soll ja auch nicht heißen, dass man nicht kollegial sein soll. Ich habe nur das Gefühl, du meinst, das darfst du nicht, warum auch immer, und ich habe das Gefühl, das wird ausgenutzt. Denn einige andere in dieser Dienststelle sagen nie ›ja‹, haben immer grad was Wichtiges anderes, und die werden dann auch weniger gefragt. Bei solchen Sachen gehen Chefs nämlich gern den Weg des geringsten Widerstandes, und das führt meist zu Ungerechtigkeiten, wenn man nichts sagt.«

Er hatte keine Ahnung, ob Dieter recht hatte, und versuchte auf die Schnelle zusammenzurechnen, wie oft er zuletzt seinen Feierabend über den Haufen geworfen hatte.

»Ich meine, du willst ja noch was werden in diesem Verein und bist als MK-Leiter mit Ende dreißig auf 'nem guten Weg, trotzdem. Ich habe das Gefühl, da ist was in dir, was glaubt, es ständig allen recht machen zu müssen.«

Es hatte schon vorher einige Situationen gegeben, seit er in diese Dienststelle gekommen war, in denen klar wurde, dass Dieter es gut mit ihm meinte, aber so direkt den Daddy hatte er noch nie gegeben.

»Ich denk mal drüber nach«, sagte er, ging, drehte sich an der Tür noch einmal um. »Und danke für die Fürsorge.«

»Jaja ... 'ne Flasche zwanzig Jahre alter Whisky und alles ist gut.«

Er lächelte die kleine Möglichkeit weg, dass Deniz das ernst nehmen könnte.

Deniz griff sich seinen Einsatzrucksack, holte seine Waffe und meldete sich bei der EK Enkeltrick, die eine Festnahme planten und noch zwei Teams aus anderen Dienststellen brauchten, weil sie von mehreren Tätern ausgingen.

Er fuhr mit Volker Zimmermann, mit dem er vor vielen Jahren gemeinsam die Fachhochschule besucht hatte, zu einem Parkplatz in Fronhausen, der etwas weiter vom Objekt entfernt war.

Während der gesamten Fahrt hatte er wenig gesprochen, weil ihm die Worte vom Stubenkamel nicht aus dem Kopf gegangen waren. Du hast etwas in dir, was nicht »nein« sagen will. Ja, da war etwas dran, und wenn er sich an solche Situationen erinnerte und nach dem Grund dafür forschte, fielen ihm immer die Sätze von Onkel Kemal ein, dem Bruder seiner Mutter, der auch nach deren Tod, als er schon bei seinem Vater wohnte, eine wichtige Rolle in seinem Leben gespielt hatte.

Du musst besser sein, als die anderen, Deniz, hatte er immer gesagt. Auf uns Türken schauen sie besonders, darum musst du immer besser sein, besser und klüger und fleißiger. Bei vielen Gelegenheiten hatte er diese Sätze gesagt in einer Weise, dass man sie nicht vergaß. Irgendwann, als er schon ein wenig älter war, hatte er bei diesen Gelegenheiten ins Spiel gebracht, doch einen deutschen Vater zu haben. Das ist egal, hatte Onkel Kemal gesagt, für die Deutschen bleibst du der Türke, und darum streng dich an, um besser zu sein.

War das der Grund? Konnte er deshalb nicht »nein« sagen? Aus Anbiederung? Um ein gar nicht existierendes Defizit auszubügeln. Klang ja furchtbar.

»Und? Wie gefällt es dir im KK 11?«

Volker schien es langweilig zu werden.

»Bisher super.«

»Wird dir das nicht zu viel mit den Leichen?«

»Bis jetzt noch nicht.«

Am Funk fragte der Einsatzleiter, ob alle Kräfte in Position waren, was Deniz kurz bestätigte.

»Apropos Leiche. Die Sache, die du uns rübergeschickt hast, Ernst Huber ...«

»War das der mit der Debitkarte?«

»Genau, habe ich auf den Tisch gekriegt. Das ist wahrscheinlich kein reiner Enkeltrick-Fall. Da hatte es ja Abhebungen gegeben an mehreren Geldautomaten.«

»Ja, genau. Und ich hatte bei den Banken angefragt, ob es da Fotos gab. War ja länger her, der Fall.«

Er nickte.

»Ja, es gab noch Fotos, aber nicht die besten. Ist eine Frau mit Kopftuch und Sonnenbrille drauf abgebildet, die sich einen Schal vors Gesicht hält. Man sieht kaum was. Und du weißt ja, wie diese Fotos sind. Eigentlich erkennt man nichts. Aber wir wissen vielleicht trotzdem, wer sie ist.«

»Weil ...«

»Wir konnten mit ziemlicher Sicherheit ermitteln, wer die Karte in dem Auto verloren hat. Wahrscheinlich eine Holländerin, Frauke oder Rieke de Vries, wenn ich das grad richtig auf dem Schirm habe. Wir haben die Kunden, die den Wagen nach Hubers Todestermin gemietet hatten, abgefragt, und da blieb sie übrig.«

»Warum? Das sind doch bestimmt 'ne ganze Menge.«

»Erst mal, weil sie den Wagen direkt vor seinem Todestag länger hatte, dann weil die, ich glaub, neun Kunden danach alle Männer waren, und schließlich, weil die Personalien sehr, sehr wahrscheinlich falsch waren, wir haben die nämlich nirgendwo gefunden, weder hier bei uns noch in Holland.«

»Und wie groß ist der Schaden noch mal? Hatte ich damals schon nachgefragt, oder hab ich das falsch im Kopf?«

»Siebenunddreißigtausend Euro. Kann man schon einen schönen Urlaub von machen.«

Am Funk meldete ein Fahrzeug, dass die Abholer bei der Übergabe des Geldes festgenommen worden sind.

»Na, wunderbar. Doch noch pünktlich Feierabend, einigermaßen«, sagte Volker, startete den Wagen und fuhr zur Dienststelle.

Suzanne

Etwas stimmte nicht, dachte Suzanne Berger-Matuschek, und lächelte traurig.

Denn mit dem zweiten Gedanken wurde ihr klar, dass dieser in ihrem Kopf banal und klein klingende Satz, hätte sie ihn für andere ausgesprochen, den Eindruck erwecken könnte, sie habe diesen Schwelbrand vergessen, der in ihrem Leben glomm und dafür sorgte, dass schon seit vielen Jahren etwas ganz und gar nicht stimmte, hätte es vergessen oder übersehen oder versteckt. Aber das hatte sie keineswegs. Wie auch?

Jetzt stimmte noch etwas anderes nicht.

Sie stand am Fenster ihres Wohnzimmers und sah, wie der Himmel über Bredeney es still auf das Grün in ihrem Garten regnen ließ, wo die Pflanzen dies ebenso als Segen zu empfinden schienen wie sie selbst. Schon als Kind hatte sie Regen gemocht, jeden Regen. Den im Sommer, der trotz seiner Wärme Kühlung brachte, den im Herbst, wenn er meist von heftigem Wind gegen alles und jeden geschleudert wurde, oder solchen im Frühling, der die Luft nach Erde schmecken und die Knospen aufspringen ließ.

Dies war ihr Platz zum Denken, seit ihr Vater dieses Haus für sie möglich gemacht hatte, mit seinem Einfluss und seinem Geld, aber mit ausreichend Geschick, es für seine geliebte Tochter nicht wie ein herablassendes Geschenk aussehen zu lassen, auch wenn ihr Mann, den er von der ersten Minute bis heute für einen fatalen Irrtum in ihrem Leben hielt, damit ebenfalls ungewollt auf dieses weiche Kissen väterlicher Liebe fiel.

Und weil dies ihr Platz zum Denken war, hatte sie hier viele Entscheidungen getroffen, auch ein paar jener, die in ihrem Innern zu Kämpfen geführt hatten, heftigen Kämpfen, manchmal von Anfang an.

Etwa jene Entscheidung, auch dabei an Olivers Seite zu sein, das Monster in seinem Innern weiter zu füttern. Ihm dabei zu helfen, dieses seelenfressende Ungeheuer, das nach der Therapie betäubt zu sein schien, mit ihm am Leben zu erhalten, in der Hoffnung, dass es sich in dem Käfig beherrschen ließ, in den er es in langen Wochen und unzähligen Gesprächen seiner Therapie einzusperren gelernt hatte, das waren jedenfalls seine Worte gewesen. Und lange Jahre hatte sie ihm geglaubt, dass er der Dompteur war, dass er bestimmte, wann es erwachte, wann es den Käfig verließ und wann er es wieder einsperrte. Dass er die Kontrolle besaß, wenn sie ihm nur hin und wieder ein klein wenig dabei half. Und all die Jahre hatte sie das getan, weil es so aussah, als sei es ihm wirklich möglich gewesen.

Sie hatte vieles dafür in Kauf genommen und ertragen, sie hatte ihr Gewissen unbeachtet rufen lassen, sie hatte ihre eigenen Überzeugungen verraten, sie war gegenüber vielen Menschen und vor allem gegenüber ihrem Vater zur Lügnerin geworden, und viele Jahre war das Gefühl stärker gewesen, als sei dieser Weg möglich, auch wenn sie dafür ihre Zweifel nicht beachtete, die immer wieder aufleuchteten. Jetzt waren diese Zweifel stärker geworden, und sie wusste nicht warum.

Nur eines in ihrem Leben hatte sie nie bezweifelt, nicht eine einzige Sekunde, denn für all das gab es nur einen Grund: Sie liebte diesen Mann, sie liebte ihn von der ersten Sekunde an, in der sie ihm begegnet war, in der das Leben ihr dieses Geschenk gemacht hatte, die unvergleichliche Gewissheit zu erleben, Tag für Tag, am für sie einzig richtigen Platz auf dieser Welt zu sein. Seitdem fühlte sie sich getragen durch alle Tage und Nächte.

Aber sie wusste auch, dass diese Liebe sie zu seiner Komplizin gemacht hatte.

Camilla

Sie hatte Deniz gestern Abend nicht mehr erreicht, weil es nach tausend Erledigungen und einem Zwei-Stunden-Gespräch mit ihrer Mutter zu spät geworden war. Honecker hatte etwas Falsches oder vielleicht sogar Vergiftetes gefressen und wäre fast gestorben.

Der Name war eine späte Rache ihres Vaters gewesen, der es großartig fand, wenn er den Hund so ansprach, vor allem vor Leuten, und der Stöckchen holte oder bei Fuß ging. Honecker sitz! Zum Glück ging es dem Hund wieder besser.

Sie hatte ihr Büro kaum aufgeschlossen, als das Telefon klingelte.

»Lopez, Staatsanwaltschaft Essen.«

»Szymaniak, Kripo Dortmund, guten Morgen, Frau Lopez.«

»Morgen.«

»Ich bin von der Mordkommission Ruine, Frau Lopez, wir bearbeiten den Fall mit den drei Toten in der alten Klinik. Sie sind ja Kap-Dezernentin, vielleicht haben Sie davon gehört.«

»Ja, hab ich, in den Nachrichten und auch, weil einer Ihrer Kollegen hier aus Essen, mit dem ich viel zusammenarbeite, dabei war.«

»Ja, Deniz Müller. Denk ich mir, dass Sie den kennen. Okay, ich habe möglicherweise eine schlechte Nachricht für Sie, Frau Lopez. Kennen Sie einen Arthur Eggert?«

Ihr Kopf versuchte blitzartig, alle Informationen zu einem stimmigen Bild zu fügen, und sie hatte das Gefühl, zu wissen, was kam.

»Ja, den kenne ich.«

»Dann ist das in der Tat so, denn eine der drei Leichen, die wir dort gefunden haben, ist Arthur Eggert, zumindest mit sehr hoher Wahrscheinlichkeit.«

Wie fern ihr dieser Mensch emotional geblieben war, wurde ihr in diesem Augenblick klar, denn sie fühlte keinerlei Trauer, keinen Schrecken, sondern nur eine fast professionelle Überraschung, wie bei einer unerwarteten Information in einem Ermittlungsverfahren.

»Du meine Güte. Das kommt jetzt aber sehr plötzlich.«

»Mein Beileid. Ich hörte, er war ein Verwandter.«

»Danke. Ja, aber sehr entfernt verwandt.«

»Wir haben die Information übrigens von einem Konrad Strecker, ein Nachbar, der sagte, Sie wären eine Ansprechpartnerin.«

»Das stimmt, wir haben da eine kleine Abmachung, der Herr Strecker und ich, weil Arthur ja nicht mehr der Jüngste ist.«

Als sie es gesagt hatte, fiel ihr die falsche Zeitform auf, aber sie ließ es so stehen.

»Ich hab ein Anliegen, Frau Lopez, eigentlich zwei. Würden Sie ihn identifizieren, und natürlich müssen wir Sie dazu vernehmen?«

»Ja, natürlich.« Sie sah auf die Uhr und blätterte in ihrem Kalender. »Also, wenn es bald sein soll, wäre es am besten sogar gleich heute Morgen. Passt das?«

»Ja, das passt gut. Wenn Sie mir Ihre Mailadresse geben, schicke ich Ihnen die Adresse des Bestatters. Schaffen Sie es in einer Stunde?«

Noch ein Blick zur Uhr.

»Wenn die A40 mitmacht, müsste das klappen.«

Sie legte auf, und erst jetzt wurde ihr wirklich bewusst, dass sie nicht einfach die Nachricht über den Tod eines Siebenundneunzigjährigen erhalten hatte, sondern dass Arthur das Opfer eines Verbrechens geworden war, und beides passte für sie überhaupt nicht zusammen.

Auf dem Weg zum Auto dachte sie daran, Deniz anzurufen, als ihr Handy klingelte. Im Display erschien der Name Strecker. Etwas zu spät, Herr Strecker, dachte sie, und nahm das Gespräch an.

Dass die A40 nicht mitmachen würde, hatte sie rechtzeitig im Radio gehört, aber es gab ja noch die A42, und die war heute Morgen auf ihrer Seite.

Zehn Minuten später als vereinbart traf sie beim Bestatter ein, der glücklicherweise im Dortmunder Westen residierte.

Obwohl sie durch Deniz gewöhnt war, mit jüngeren Leitern von Kommissionen zusammenzuarbeiten, war Kriminalhauptkommissar Szymaniak jünger, als sie ihn sich vorgestellt hatte. Vielleicht lag es an der Stimme.

»Guten Morgen, Frau Staatsanwältin, Holger Szymaniak.«

Oh, ein Titel-Fan, fiel ihr auf.

»Morgen, Herr Szymaniak.«

»Schön, dass das so schnell klappt. Wollen wir gleich hineingehen?«

Wollte sie.

Der Bestatter war ein Koloss von Mensch und führte sie in einen Raum, in dem die Leiche lag, die vom Brustkorb abwärts bedeckt war.

Wenn sie tot sind, sieht man es ihnen nicht mehr an, dachte sie, ob sie Glück und Freude oder Schmerz und Verderben in diese Welt gebracht hatten. Der Tod gab den meisten ein Gesicht, als sei alles, was den Menschen mal ausgemacht hatte, mit der Seele durch den nächsten Fensterspalt verschwunden.

»Ja, das ist Arthur Eggert.«

Szymaniak nickte.

»Mein Beileid hatte ich Ihnen schon ausgesprochen.«

»Wie ist er gestorben?«

»Mit an Sicherheit grenzender Wahrscheinlichkeit ist er mit einem Kissen oder etwas anderem erstickt worden, er hat unter anderem Punktblutungen. Außerdem hat er Abwehrverletzungen an den Armen, so als wenn er gekämpft hat, aber bei einem Siebenundneunzigjährigen ist das sicherlich so eine Sache mit dem Kämpfen. Trotzdem deutet alles darauf hin.«

»Gibt es schon Täterhinweise? Ist er in seinem Haus überfallen worden?«

»Nein, wir haben noch nichts. Wir fangen mit der Spurensicherung in seiner Wohnung aber auch grad erst an, denn wir wissen erst seit einer Stunde, wer er ist.«

»Wie sind Sie auf ihn gekommen?«

»Letztendlich durch seine Blutgruppentätowierung. Wussten Sie, dass er Mitglied der SS war?«

»Ja, wusste ich. Und zu Ihrer Info: Er war später noch lange inoffizieller Mitarbeiter der Stasi.«

Szymaniak zog die Brauen nach oben.

»Ein Mann von edler Gesinnung also.«

»Vielleicht könnte das was mit seinem Tod zu tun haben.«

»Ja, vielleicht, ist schon mal ein Ansatz. Hätten Sie noch ein, zwei Stündchen Zeit, um all das zu Papier zu bringen, Frau Staatsanwältin?«

Sie sah auf die Uhr.

»Das wird ja etwas länger dauern. Dann müsste ich grad zwei Termine umlegen, zur Sicherheit. Aber natürlich, dann komme ich mit.«

Deniz konnte sie noch am Nachmittag informieren.

Alexander

Er hatte sich einen Tag Ruhe verpasst, von nichts etwas gehört und gesehen, hatte dort, wo auf dem riesigen Dach in einer Ecke mit zwanzig Quadratmetern Kunstrasen auf dem Schotter ein preisverdächtig geschmackloser Versuch einer Terrasse entstanden war, in seiner Hängematte gelegen, hatte hin und wieder Klavier gespielt, war mit Büchern, Bachs Goldberg-Variationen und abends mit Wein, etwas Gras und dem Blick über die Stadt durch die Stunden geglitten.

Warum berührte ihn die direkte körperliche Konfrontation mit Gewalt und Tod offensichtlich mehr als andere, mehr als die jungen Polizisten in der Ruine, mehr als viele seiner Kolleginnen und Kollegen, die regelmäßig dort recherchierten, wo die Verlierer wohnten und man sich keine Empfindsamkeit leisten konnte? Viel mehr als Camilla und Deniz in ihren Jobs? Immer wieder war diese Frage vor ihm aufgetaucht wie ein Jack-in-the-Box in Zeitlupe. Hatte es nur etwas mit Gewöhnung zu tun? Könnte er das, wenn er wollte, mit einem vierwöchigen Praktikum bei einem Bestatter beenden? Oder gab es doch ein Talent dafür, Grausamkeit zu begegnen, ohne dass die Seele irgendwann in Fetzen hing, so wie manche Leute leichter Klavier spielen lernten oder einfach schneller laufen konnten als andere?

All das ging ihm noch durch den Kopf, als er die Stahltreppe zu den Redaktionsräumen von *WtW* hinaufging, die auch in der alten Fabrik früher als Büros gedient hatten.

»Gut, dass du da bist«, sagte Faouzi Dahmani, »sieh dir gleich mal die Fotos an, was du davon hältst.«

Er hatte einen ihrer beiden Fotografen nicht nur gebeten, für diese besondere Folge seiner Reihe über Lost Places ein paar Fotos zu machen, sondern ihm auch seine Handybilder überlassen, die an der Klinik im Wald entstanden waren. Vielleicht konnte er etwas Brauchbares daraus basteln.

Vor diesem Erlebnis hatte er den Plan gehabt, nicht nur die Orte, sondern auch die Menschen, die sich Urban Explorer nannten, in einer Serie vorzustellen. Aber nach Mooodhunters Schicksal war ihm diese Motivation abhandengekommen, vielleicht nur vorübergehend.

Lisa und zwei andere Kolleginnen saßen hinter ihren Schreibtischen, die Tür zum Büro der Chefin stand wie immer offen, sie sprach mit jemandem. Er stellte seine Tasche am Schreibplatz ab und trat hinter Faouzi, der sich seine Handybilder auf die beiden übergroßen Monitore geladen hatte.

»Die beiden hier habe ich ein wenig mit 'nem Filter bearbeitet und den Ausschnitt verändert, die sehen ganz gut aus, oder?«

Immer wieder erstaunlich, dachte er, was Profis mit den heutigen Mitteln der Technik möglich war.

»Ich finde, die sind fast reif für den Pulitzer-Preis für Fotografie.«

Der Fotograf lachte, aber Alex kannte dieses Lachen, an dem immer auch ein paar Gewichte hingen. Faouzi war vor seiner Flucht in Aleppo siebzig Stunden verschüttet gewesen und hatte nur mit Glück überlebt, auch weil nah an seinem Kopf vorbei Abwasser tropfte, das er getrunken hatte. Auf der gemeinsamen Fahrt zur Einweihung eines Kulturzentrums in Bottrop hatte er es ihm einmal erzählt, und Alex war sich sicher, der Einzige im Team zu sein, der das wusste.

Als Nächstes zeigte Faouzi Dahmani Bilder, die er selbst geschossen hatte. Es waren Bilder von alten Fabriken, verfallenen

Zechengebäuden und einer überwucherten Villa, typische Objekte, wie man sie im Ruhrgebiet fand. Auf allen Fotos waren die Orte in besonderes Licht getaucht, und die Stimmung schien aus ihnen herauszufließen und um den Betrachter herum eine gemeinsame Aura zu erzeugen.

»Die sind natürlich nicht so gut wie meine, aber brauchbar.«

Nach einer Sekunde Irritation verstand Faouzi den Scherz und lachte mit ein paar Gewichten weniger, hatte Alex den Eindruck, aber vielleicht war das auch nur Wunschdenken.

»Die sind alle fantastisch, Faouzi, leg sie im Ordner ab, ich hol mir dann die, die ich brauche.«

Den Schulterklaps nahm er mit einer kaum wahrnehmbaren Regung, die Alex klarmachte, dass diese Berührung jenseits einer Grenze war.

Hülya kam aus dem Büro der Chefin, begrüßte ihn, und er ging hinein.

»Nur ganz kurz, Chefin. Ich habe gleich einen Termin mit meinem rechtsradikalen Informanten, der will mir Videos verkaufen. Ich schau es mir mal an und lege das Geld aus, wenn nötig.«

Sie richtete sich auf ihrem Stuhl auf und verschränkte die Arme.

»Grundsätzlich bin ich eine erklärte Gegnerin von so was. Scheckbuchjournalismus war noch nie meine Sache.«

Er wiegte den Kopf.

»Na ja, bei den Summen ist es doch wohl eher Kaffeekassenjournalismus, oder? Wenn man bedenkt, was die Hitler-Tagebücher gekostet haben.«

»Es geht ums Prinzip, Herr Rahn.«

»Ich schau es mir mal an, okay?«

Damit verschwand er, bevor sie noch etwas sagen konnte.

Nach dem Besuch einer erstaunlich großen Demo gegen Tiertransporte, die in der Essener Fußgängerzone fast auf dem Weg lag, stand er zwei Stunden später vor Parkebene drei auf der üblichen Etage im Treppenhaus und wartete.

Als Snowdown fünf Minuten zu spät die Treppe emporgestiegen kam, sah Alex schon von oben, dass mit dem Gesicht etwas nicht in Ordnung war. Eine geschwollene Lippe, ein Pflaster auf einer Braue und ein Brillenhämatom, das in seiner Perfektion wie von einem Maskenbildner gestaltet aussah.

»Ich dachte, Muhammad Ali ist tot«, sagte Alex zur Begrüßung.

Ein müdes Lächeln war die Antwort.

»Du wolltest mir Videos zeigen.«

»Korrekt.« Damit holte er sein Handy hervor und startete ohne weiteres Wort ein erstes Video.

Zuerst waren Hinterköpfe zu sehen, die einem Greis zuhörten, der auf einem erhöhten Podest kahlköpfig etwas schwer Verständliches erzählte, weil der Ton nicht besonders war. Alex verstand »Kameradschaft« und »Hitlersäge«. Das Video schwenkte, und jetzt waren deutlich die Gesichter vieler Zuhörer zu sehen. Er stoppte die Bilder und zeigte auf zwei Männer mittleren Alters.

»Einer der beiden hat ein größeres Unternehmen in Wanne, der Glatzkopf soll im Dortmunder Stadtrat sein.«

Mit ein paar Wischern startete er ein zweites Video, auf dem das Get-together der Veranstaltung zu sehen war. Der alte SS-Referent war umringt von trinkenden und fragenden Leuten, meist Männern, rechts am Bildrand erschien kurz das Gesicht von Snowdown.

»Du hast das Video gar nicht selbst gemacht?«

»Bin ich völlig bescheuert? Wer weiß, wo das im Netz auftaucht.«

Wieder stoppte er es nach einer Minute, zeigte auf ein paar Leute, nannte Namen oder ihren Hintergrund. Zwei der Männer glaubte Alex zu kennen.

»Kostet aber einen Schein mehr als sonst. Sind fast zehn Minuten.«

»Komm, das ist echt viel Geld. Der alte Preis ist okay. Wer weiß, vielleicht hab ich ja jetzt schon alles gesehen, was spannend ist.«

Finanzielle Verhandlungen waren ihm selbst an Urlaubsorten ein Gräuel, und es war ihm immer verschlossen geblieben, weshalb diese Tätigkeit bei anderen so viel Freude und Engagement hervorrief, etwa auf Flohmärkten. In diesem Fall induzierte vermutlich sein Interesse, einem Mitbürger solcher Gesinnung nicht mehr zukommen zu lassen als nötig, seine ungewohnte Motivation.

Sie einigten sich auf einen halben Schein mehr, und Snowdown schickte beide Dateien auf das E-Mail-Konto.

»Und was ist wirklich mit dem Gesicht passiert?«

Er steckte sich eine Zigarette unter die geschwollene Oberlippe.

»Ach, Arthur, einer der SS-Leute, der auch sprechen sollte an dem Abend, kam nicht und meldete sich auch nicht mehr. Bin ich nach der Veranstaltung spät zu ihm nach Hause, mal nachsehen, lag aufm Weg. Da war da so ein Idiot mit seiner Fotze. Waren erst hinterm Haus mit ihrer Scheißkarre und kamen dann nicht raus, ich sollte wegfahr'n. Und wenn man mir so kommt, schon mal gar nicht. Na, und da gab es halt 'ne kleine Auseinandersetzung. War leider allein.«

Es sah nicht nur nach Niederlage aus, dachte Alex, es hörte sich auch danach an.

Als Snowdowns Feuerzeug nicht ging, half Alex aus.

Dann nahm er die Treppe nach unten.

Deniz

Zwei Streifenwagen und ein Zug Feuerwehr waren noch vor Ort.

Deniz parkte auf dem Bürgersteig, nahm seinen Rucksack und grüßte im Vorbeigehen zwei uniformierte Kollegen und ein paar Feuerwehrleute.

Das Handy, Camillas Name im Display.

»Bleibt es bei gleich?«, fragte sie.

»Sorry, ich hätte dich noch angerufen. Ich bin bei einem Brand mit Leiche in Kray. Lass es uns auf zehn verschieben, ist das okay?«

»Ja, das geht. Wenn's länger dauert, sag Bescheid.«

Mit dem Einsatzleiter der Feuerwehr, der im Hauseingang stand, hatte er schon einmal bei einem Brand zusammengearbeitet, hatte aber den Namen vergessen. Neumann? Neuhaus? Neu…? Als der Mann ihn sah, unterbrach er sein Gespräch mit Sven, dem Dienstgruppenleiter.

»Herr Müller, Morgen.«

Älter als er, aber ein besseres Gedächtnis.

»Guten Morgen. Morgen, Sven.«

Er schüttelte beider Hände.

»Wollen Sie gleich mal schauen, ich geh vor.«

Neudings ging vor in den Flur, auf der Treppe nach oben eine Schicht aus feuchtem Ruß, die mit jeder Stufe intensiver wurde.

»Der Brandherd ist eindeutig im Zimmer des Toten. Wahrscheinlich eine Kerze oder was Ähnliches. Am besten setzen Sie sich eine Maske auf, ist doch einiges an Kunststoff verbrannt.«

In der ersten Etage schwenkte der Feuerwehrmann nach links und blieb vor einem Zimmer am Ende des oberen Gangs stehen.

Alles in dem Raum war dick verrußt, große Teile der Wände, der Decke und des Mobiliars hatten eine verkohlte Kruste, die von einer Zimmerecke ausging, in der ein Sofa stand. Darauf lag die Leiche. Der Körper war komplett verkohlt, nur die Unterschenkel und Füße sowie der Teil des Sofas, auf dem sie lagen, waren unversehrt, womöglich durch eine Decke, die nur halb verbrannt auf dem Boden unterhalb der Füße lag. Zwei Feuerwehrleute stocherten noch mit Stangen im nassen, verbrannten Schutt herum, offensichtlich Teile der Zimmerdecke, an einigen Stellen stiegen dünne Rauchfahnen auf.

»Wie Sie sehen, ging das Feuer eindeutig von der Kommode neben dem Sofa aus, das Messingteil da ist wahrscheinlich ein Kerzenständer. Sieht ganz nach einem klassischen Fall aus, dass Gardine oder Vorhang Feuer gefangen haben, und der Mann wahrscheinlich eingeschlafen war.«

»Wissen wir, wer er ist?«

»Ja, Ihr Kollege unten hat einen Ausweis gefunden. Gernot …«, er suchte nach dem Namen, »… weiß ich nicht. Einundneunzig Jahre alt. Soll nach Aussagen der Nachbarn allein gelebt und auch schon mal tiefer ins Glas geschaut haben.«

»Könnte passen«, sagte Deniz, denn neben dem kleinen Tisch lagen eine Flasche und Reste eines Glases im verkohlten Schutt.

Er nahm die Kamera aus dem Rucksack und machte ein paar Fotos für die erste Übersicht, dann folgte er dem Feuerwehrchef wieder nach unten.

»Die Todesbescheinigung ist im Auto, geb ich dir gleich«, sagte Sven und zeigte über die Schulter, »Personalien und alles andere hab ich hier.«

Er zog ein Notizbuch aus einer seiner Taschen und blätterte.

»Was war mit der Tür?«, fragte Deniz und sah, dass das Holz am Schlossblech gesplittert war.

»Die Tür war zugezogen, aber nicht abgeschlossen«, sagte Neudings, »und auch sonst haben wir nichts Offenes gefunden. Die Terrassentür nach hinten war sogar abgeschlossen und die Fenster unten alle verschlossen, auch keines auf Kipp.«

»Okay«, sagte Deniz, »bestellen wir erst mal den Bestatter, und dann sehen wir weiter.«

Die Uhr auf seinem Handy zeigte 10.16 Uhr, als er sein Büro betrat, in dem Camilla mit einem Kaffee auf Dieter Bartels Stuhl saß.

»Sorry, hat etwas länger gedauert.«

»Alles gut. Dieter hat mir Platz gemacht, freundlicherweise, wenn ich sein Chaos nicht durcheinanderbringe.« Sie lächelte.

»Ich wasch mir nur grad die Hände und hol mir einen Kaffee, okay?«

Als er zurückkam, setzte er sich so hin, dass er sie über die beiden Schreibtische hinweg ansehen konnte.

»Also, du hast Infos«, sagte er.

»Habe ich. Fang ich mal vorne an.« Sie machte eine Pause. »Einer der Toten in der alten Klinik in Dortmund ist mein Großonkel. Hab ich dir mal von dem erzählt?«

Es war länger her, aber er erinnerte sich schwach.

»Der Stasifuzzi, dem du manchmal die dreckigen Unterhosen wäschst.«

»Unterhosen nicht, aber genau der. Ich hab ihn gestern identifiziert.«

»Echt? Das ist ja Wahnsinn.«

Sie erzählte ihm die Kurzform, hatte er den Eindruck, die immer noch reichlich Unglaubliches enthielt.

»Wer ist MK-Leiter?«

»Holger Szymaniak hieß der, glaub ich, er kannte dich.«

»Ja, Hotte, wir haben gemeinsam den Lehrgang Todesermittlungen II gemacht. Ich rufe ihn nachher mal an. Aber du hattest noch was.«

»Genau, und zwar etwas, das für unsere Sache auch viel interessanter ist. Ich weiß nämlich, wer die holländischen Konten bei unseren drei Toten Casper, Hölzemann und Kaminski eingerichtet, leer geräumt und aufgelöst hat, und du wirst überrascht sein.«

Sie machte eine Bedeutungspause.

»Es ist eine Frau, und zwar ein- und dieselbe. Wenn Matuschek unser Mann ist, hat er also eine Komplizin, eine Holländerin mit dem Namen Frauke de Vries.«

Als sie den Namen nannte, fand in seinem Innern eine kleine, warme Explosion statt, und zwei Informationen schossen gleichzeitig wie zwei Silvesterraketen in sein Bewusstsein.

»Sag den Namen noch mal. Frauke de Vries, wirklich?«

»Ja.«

Sein Ton überraschte sie offensichtlich.

»Sagt dir das was?«

Er wählte die Nummer von Volker Zimmermann und hatte ihn zum Glück sofort am Draht.

»Volker, nur ganz kurz. Die Frau im Fall Huber, die das Auto gemietet hatte, in dem die Debitkarte lag, hieß die Frauke de Vries?«

»Ja, genau. Frauke oder Rieke, müsste ich grad nachsehen.« Deniz hörte Blätterrascheln im Hintergrund. »Frauke, sie hieß Frauke.«

»Und du hast ein Foto von ihr?«

»Ja, aber kein berauschendes. Soll ich dir das schicken?«

»Auf jeden Fall, und es sieht so aus, als nähme ich dir den Vorgang wahrscheinlich wieder ab. Ich erkläre es dir später.«

Er legte auf und sah in Camillas Gesicht, das ein einziges Fragezeichen war.

»Kurze Vorgeschichte: Ich hatte vor zehn Monaten eine Leichensache, normales Ding, alter Mann im Bett, keine Hinweise auf Fremdverschulden. Von dem hab ich letztens eine Debitkarte bekommen, die jetzt in einem Mietwagen gefunden worden ist bei einer Reparatur. Hat vor seinem Tod ein paar Abhebungen gegeben, sonst nichts. Ich hab das Ding an die EK Enkeltrick gegeben, weil es mehr nach so was aussah. Die haben rausgefunden, dass den Mietwagen wahrscheinlich eine Frau gemietet hatte.«

Camilla nickte.

»Und die hieß Frauke de Vries und war Holländerin?«

»Welch grandiose Kombination von Klugheit und Schönheit, Frau Staatsanwältin. Aber«, er machte eine Pause, »habe ich dann bei der Leichensache was übersehen, oder ist mir die Verletzung durchgegangen?«

Er klickte sich durch die Ordner auf seinem Account, bis er die Fotos der Leichensache Ernst Huber auf dem Monitor hatte. Camilla kam auf seine Seite, stellte sich dicht hinter ihn, und ihr Geruch aus Körper und Parfüm lenkte seine Aufmerksamkeit für eine Sekunde ab.

Er klickte durch die Fotos, bis die Innenseiten der Hände zu sehen waren.

»Keine Verletzungen, hatte ich doch richtig in Erinnerung.« Er dachte einen Moment nach. »Aber ich bin ein solcher Vollidiot, denn ...«

Er klickte weiter bis zu einer Gesamtaufnahme der nackten Leiche. Mit dem Cursor umkreiste er die aufgeklebte Kompresse am Unterbauch, klickte zwei Fotos weiter, wo sie abgezogen worden war.

»... der Mann hatte kurz vorher eine Operation wegen eines Leistenbruchs.«

Camilla nickte lächelnd.

»Tja, da brauchte der Täter keinen Schnitt in der Hand. Wenn die Theorie von Köslin-Richter stimmt, können sie es ihm da injiziert haben. Oder, wenn er eine OP hatte, muss der doch einen Zugang für Infusionen gehabt haben, das machen die doch meist auf dem Handrücken. Zieh die mal größer.«

Deniz ließ beide Hände vergrößert auf dem Bildschirm erscheinen, und auf dem Rücken der rechten Hand war deutlich ein kleiner blauer Fleck und eine alte Einstichstelle erkennbar.

»Scheiße, hab ich beim ersten Mal tatsächlich übersehen. War wohl zu fixiert auf einen Schnitt.«

»Nobody is perfect, mein Lieber ...« Sie strich ihm über die Wange, und für einen Moment fühlte es sich an, als besprühe in jemand mit einem kalten Wassernebel, dass sich auch das letzte Körperhärchen noch aufstellte.

Dann kam die zweite Erinnerung zurück, schwach und unsicher wie eine Streichholzflamme.

»Aber vielleicht kann ich den Fehler wiedergutmachen, wenn ich mich richtig erinnere, bin mir nicht ganz sicher«, sagte er und rief die Seite der Einwohnermeldedaten in Essen auf. Er gab den Namen Matuschek ein und rief aus der Liste die Maske für Suzanne Berger-Matuschek auf. Dann begann er zu nicken.

»Bingo.«

In verschiedenen Feldern stand dort Name: Berger-Matuschek, Geb.-Name: Berger, Vorname: Suzanne, geboren: 11.07.1978, Geburtsort: Duisburg, Staatsangehörigkeit: deutsch, niederländisch.

»Boah, der Wahnsinn«, sagte Camilla, richtete sich auf und lehnte sich an die Wand hinter sich. »Matuscheks Frau ist Holländerin, warum auch immer. Etwas zu viele Zufälle, oder?«

»Finde ich auch.«

Die Tür ging auf, und die Chefin blieb auf der Schwelle mit einem Zettel in der Hand stehen.

»Hast du vorgeladen?«

»Nicht, dass ich wüsste.«

»Unten steht eine Frau, die nicht genau sagen kann, zu wem sie wollte. Die Finanzermittler waren es nicht, sagt die Wache, obwohl es sich erst danach anhörte, irgendwas mit Geldinstitut. Dann sind sie auf dich gekommen, frag mich nicht warum.«

»Wie heißt die denn?«

Sie sah auf ihren Zettel.

»Berger-Matuschek.«

Im ersten Moment dachte Deniz, er habe sich verhört, dann hielt er es eine Sekunde lang für möglich, dass die Chefin gelauscht hatte und einen Scherz machen wollte, aber so war die Chefin nicht. Dann kam die Unbegreiflichkeit ganz bei ihm an.

»Im Ernst?«

»Ja, wirklich.«

Er sah Camilla an, die sacht den Kopf schüttelte.

»Ich komme.«

Er stand auf, um sie abzuholen.

Rosi

Es schellte, und Sultan sprang von ihrem Schoß.
Rosemarie Wachowiak sah auf die Uhr und stemmte sich aus dem Sessel.
»Heute aber sehr pünktlich.«
Sie öffnete.
»Paul, das ist aber eine Überraschung.«
»Guten Morgen, Rosemarie. Ja, ich habe mich dieses Mal gar nicht angekündigt.«
Er kam herein und folgte ihr ins Wohnzimmer.
»Es passte aber grad ganz gut. Ich hatte Ihnen doch letztens den Saft mitgebracht, diesen sehr gesunden, den Sie hoffentlich fleißig zu sich nehmen. Ein Glas am Tag reicht. Ich habe hier noch einmal eine neue Geschmacksrichtung, wollen Sie die mal probieren?«
»Ach, Paul, dass Sie sich solche Umstände machen. Ja, ich nehme den Saft regelmäßig, der ist wirklich sehr wohlschmeckend. Allerdings verdünne ich ihn ein wenig mit Wasser, so pur ist er ziemlich intensiv.«
Aus einer Stofftasche nahm er eine Flasche, und mit einem Knacken öffnete er den Verschluss. Dann verließ er das Zimmer, sie hörte in der Küche Schranktüren klappen, und er kam mit einem Glas in der Hand zurück, in das er ihr schon zwei Finger breit eingegossen hatte.
»Ist jetzt eine andere Geschmacksrichtung, Maracuja-Ananas, ein wenig exotischer als die letzte. Sehr zum Wohle, Frau Wachowiak.«

Er sagte es wie ein Kellner und lächelte sein Lächeln.

Sie trank einen Schluck und ließ den Saft wie einen guten Wein im Mund über die Zunge wandern.

»Auch sehr lecker. Da könnte ich mich jetzt gar nicht entscheiden, welchen ich lieber hätte. Aber auch der ist so pur ziemlich intensiv.«

»Wir finden schon Ihren Favoriten.«

»Aber wir stehen hier so herum, Paul, wollen Sie sich nicht setzen?«

Er zog einen Stuhl unter dem Esstisch hervor und nahm Platz.

»Kann ich Ihnen was anbieten? Einen Kaffee oder ein Wasser? Oder einen Schluck dieses leckeren Saftes?«

Sie sah, dass er den kleinen Spaß verstand, und die leise Vertrautheit, die das diesem Moment verlieh, fühlte sich gut an.

»Ein Wasser ist okay.«

Sie ging in die Küche, holte Glas und eine Flasche Wasser und schenkte ihm ein.

»Und Rosemarie, haben Sie mittlerweile einem Ihrer Nachbarn einen Schlüssel gegeben? Sie wissen ja, wenn Sie sich mal ausschließen, kann das teuer werden.«

»Ach, ich weiß nicht. Wem soll ich den denn hier im Haus geben?«

»Es müsste natürlich jemand sein, der Ihnen angenehm ist. Und ist ja nur für den Notfall. Meinen Zweitschlüssel hat ein Kollege.«

Einen Moment überlegte sie, ob es anmaßend sein könnte.

»Wollen Sie das dann nicht übernehmen? Ich habe ja Ihre Handynummer, wenn das nicht eine zu weitgehende Bitte ist.«

»Nein, das ist kein Problem, Rosemarie. Natürlich könnte ich in so einem Fall meist rechtzeitig hier sein, und wir hoffen ja, dass er nie eintritt.«

»Ich war eben übrigens wirklich überrascht, Sie zu sehen, denn eigentlich habe ich mit der Fußpflege gerechnet, die wäre dann aber sehr pünktlich gewesen.«

Er sah sie an und sagte einen Moment nichts.

»Es kommt gleich Ihre Fußpflege?«

»Ja, die Monika. Wissen Sie, so alle paar Wochen ist das mal nötig. Man will ja kein ungepflegter alter Knochen werden.«

Sie hoffte, auch über diesen Scherz könne er lachen, aber er war plötzlich aufgestanden und fasste sich an den Kopf.

»Du meine Güte, Rosemarie, was für ein Trottel ich bin. Ich habe doch auch einen Termin, den hätte ich fast vergessen.« Er sah auf seine Armbanduhr. »Aber wenn ich mich sehr beeile, schaffe ich den noch.«

Den letzten Satz sagte er schon halb im Flur.

»Ist mir jetzt sehr unangenehm, dieser plötzliche Aufbruch, aber ich melde mich bald wieder. Bis dann, noch einen schönen Tag, Rosi.«

Auch das sagte er mehr im Gehen, öffnete die Tür, blickte einmal den Flur entlang und ging eilig zur Treppe.

Sie schloss die Tür hinter ihm und setzte sich wieder an den Esstisch.

»Siehst du, Sultan, dann brauche ich mir um meine Vergesslichkeit gar nicht solche Gedanken zu machen. Den jungen Leuten geht es nicht anders.«

Sie verdünnte ihren letzten Schluck Saft mit etwas Wasser und trank alles aus.

»Ja, so ist es besser. Sehr lecker.«

Camilla

Als Deniz mit der Frau das Büro betrat, erschrak Camilla. Suzanne Berger-Matuschek war teuer und gepflegt gekleidet, perfekt geschminkt und frisiert, aber Traurigkeit und Verzweiflung, Resignation und noch ein paar Gefühle aus der Truhe fürs Schwere kamen mit ihr herein und füllten den Raum bis unter die Decke.

»Nehmen Sie Platz, Frau Berger-Matuschek«, sagte Deniz und bot ihr den Stuhl an, auf dem alle zu Vernehmenden saßen.

»Das ist Frau Staatsanwältin Lopez von der Staatsanwaltschaft Essen, wir arbeiten zusammen.«

»Guten Tag«, sagte Camilla und hatte das sichere Gefühl, es wäre besser, wenn sie dieses Gespräch führte.

»Was können wir für Sie tun, Frau Berger-Matuschek«, drängte sie sich nach vorn, und Deniz schien es zu verstehen, »denn es hat ja sicher einen Grund, dass Sie hier sind.«

»Ja, das ist so«, sagte die Frau, brauchte dann aber noch ein paar Momente.

»Es geht um meinen Mann, der war bei der Polizei, und ich weiß gar nicht, ob ich hier bei Ihnen richtig bin. Ich habe es unten bei Ihren Kollegen schon geschildert.«

»Ja, er war bei mir«, sagte Deniz.

Einen kleinen Moment dachte Camilla über die Belehrung nach, die immer jede Aussage kippen konnte, aber im Augenblick war die Frau nach allem, was sie wussten, möglicherweise eine Beschuldigte, mindestens eine Zeugin, da war nichts anderes möglich.

»Bevor Sie uns was sagen, Frau Berger-Matuschek, muss ich Sie belehren. Sie sind hier ja bei der Polizei, da ist das meist so, wenn man was sagen will, dass man belehrt werden muss.«

Den Versuch, den amtlichen Ton mit einem Lächeln zu mildern, ignorierte die Frau komplett.

»Wir ermitteln in einem Verfahren, in dem Ihr Mann möglicherweise eine Rolle spielt. Sie haben das Recht, hier bei der Polizei jede Aussage, die Ihnen selbst oder Ihrem Mann oder sonst einem nahen Verwandten schaden könnte, zu unterlassen, und Sie können jederzeit mit einem Anwalt Kontakt aufnehmen. Haben Sie das verstanden?« Das musste fürs Erste reichen.

»Ja, hab ich verstanden. Ich bin zu Ihnen gekommen, weil ich hoffe, Sie können mir vielleicht weiterhelfen.«

Deniz sah rüber.

»Wir können Ihnen helfen?«, sagte Camilla. »Wie meinen Sie das?«

»Ja, denn ich weiß nicht, warum er hier bei Ihnen war, was hier passiert ist.«

»Was sollte hier passiert sein?«

»Etwas, was ihn …«, sie suchte nach Worten, »etwas, mit dem er nicht mehr leben konnte. Oder wollte.«

Wieder Blickkontakt mit Deniz.

»Wieso? Wo ist Ihr Mann jetzt?«

»Er liegt auf der Intensivstation im Alfried-Krupp-Krankenhaus in Rüttenscheid. Er hat versucht, sich das Leben zu nehmen.«

Für eine Weile schwebte dieser Satz im Raum wie eine klebrige giftige Wolke.

»Wann?«, fragte Deniz.

»Das muss gewesen sein, nachdem er von der Polizei, also von Ihnen gekommen ist.« Sie blickte hoch. »Verstehen Sie das nicht falsch, das soll nicht wie ein Vorwurf klingen, ich wüsste nur gern, was Sie mit ihm besprochen haben.«

Deniz schien genauso unsicher zu sein, was man der Frau sagen könnte, wie sie selbst, weil sie vielleicht eine Mittäterin war. Für eine Absprache war es jetzt zu spät, aber wenn ihre Menschenkenntnis nicht vollkommen versagte, war das alles nicht gespielt.

»Wir ermitteln in einem Verfahren«, begann Camilla, »bei dem wir noch nicht genau wissen, wie die Dinge vor sich gegangen sind, aber wenn wir vom schlimmsten anzunehmenden Fall ausgehen, dann könnte es sein, dass mehrere Menschen getötet worden sind, um an deren Geld zu kommen.«

Als die Frau hereingekommen war, hatte Camilla gedacht, der Ausdruck des Dramas, das sich in ihr abzuspielen schien, sei nicht mehr steigerungsfähig. Das war ein Irrtum gewesen.

»Menschen ... getötet? Und damit hat Oliver etwas zu tun?«

»Ob überhaupt und wie, wissen wir noch nicht. Aber wenn er nach dem Gespräch mit Herrn Müller so ... reagiert hat«, als sie es gesagt hatte, war ihr klar, wie unpassend das Wort klang, »könnte es sein, dass es einen Zusammenhang gibt.«

Sie saß da und schüttelte endlos lange kaum sichtbar den Kopf.

»Ich wusste, dass etwas nicht in Ordnung war, ich wusste es seit langer Zeit, aber das macht mich vollkommen fassungslos.« Es war deutlich, dass sie sich zusammenriss. »Sie müssen wissen, mein Mann ist seit Langem spielsüchtig.«

»Das ist uns bekannt. Hat es damit zu tun?«

»Ich glaube, seit vielen Jahren gibt es nichts in seinem Leben, das nichts damit zu tun hat. Ich weiß das lange. Vor etwa fünfeinhalb Jahren hat er schon einmal, weil er Geld brauchte, eine Dummheit begangen, die aber einigermaßen glimpflich für ihn und uns ausgegangen ist.«

»Auch das ist uns bekannt, Frau Berger-Matuschek.«

»Daraufhin hat er eine Therapie gemacht, die Teil dessen war, was ein sehr guter Anwalt ... wie soll ich sagen, mit dem Gericht ausgehandelt hatte. Mein Vater hat da so seine Verbindungen, müssen Sie wissen.«

Sie machte eine Pause, und es wirkte, als sammle sie Kraft.

»Er hat danach wieder angefangen zu spielen, aber ich habe es schon bald gemerkt, weil er in einer Datei stand, in der sich Spielsüchtige registrieren lassen, und es daher nicht so einfach für ihn war. Daraufhin«, ein sehr tiefer Seufzer, »habe ich für ihn ein Konto auf meinen Namen eingerichtet, damit er weiterspielen konnte, meistens online oder seltener in Wettbüros.«

»Sie haben was getan? Ihn unterstützt?«

Camilla warf Deniz einen Blick zu, der ihm hoffentlich klarmachte, dass die Frage und vor allem der Ton das Gegenteil von dem waren, was jetzt gebraucht wurde.

Die Frau schloss kurz die Augen und nickte.

»Ja, ich weiß, das klingt für Außenstehende schlicht irrsinnig, und ich erspare Ihnen Einzelheiten, aber seien Sie sicher, eine solche Sucht ist ein Ungeheuer, gegen das selbst die größte Liebe machtlos ist, wie ich mittlerweile weiß. Wenn Sie solch einen Menschen lieben, bedingungslos lieben, und diese Liebe leben wollen, dann müssen Sie sich entscheiden, ob Sie es mit diesem Ungeheuer tun wollen oder gar nicht.«

»Haben Sie ihm Geld gegeben?«

»Nein, er hat gesagt, dass er gewinnt. Dass er niedriges Risiko spielt, es ginge ja nur um den Vorgang des Spielens, das Gefühl dabei, er habe in der Therapie gelernt, das alles so weit zu kontrollieren. Und er habe eben beim Spielen Erfahrung, mit Systemen mit geringem Risiko ginge das, dass man weder gewinnt noch verliert. Aber das war natürlich eine Lüge. Ich wollte es wohl nie wahrhaben, aber jetzt weiß ich es.«

»Woher wissen Sie es jetzt?«

Sie öffnete ihre Handtasche und zog einen Zettel hervor.

»Diesen Brief hat er mir geschrieben. Er ist für mich persönlich.«
Sie verzog das Gesicht zu einer Fratze und begann zu schluchzen.
»Aber ich zeige Ihnen den mal, vielleicht ist er hilfreich.«

Über einen kleinen Stapel Aktenordner hinweg reichte sie ihr den Zettel.

Geliebte Suzanne, du, mein Alles,

wenn Du dies liest, werde ich nicht mehr am Leben sein, und ich weiß auch, was Du schon bei dieser Anrede denken wirst. Du wirst denken, dass sie nicht stimmt, dass es in meinem, in unserem Leben immer etwas gab, das größer war als das, was Du mir bist. Ich kann es Dir nicht übel nehmen, meine Liebste, und meine Verzweiflung ist grenzenlos, kein Argument dagegen zu haben. Ich kann es nur beteuern, nichts und niemanden in meinem Leben so geliebt zu haben wie Dich.

Dennoch habe ich Dich belogen, viele Jahre, denn ich habe das Monster in mir nie besiegt und nie kontrolliert, wie ich es Dir gesagt habe. Es ist und war eine Illusion, eine Lüge. Ich weiß, dass Du immer, immer auf meiner Seite bist und warst und mir helfen wolltest, aber ich habe Dein Vertrauen schändlich missbraucht.

Denn ich habe niemals gewonnen. Es ist die Lüge aller Spieler, und ich war davon keine Ausnahme. Verzeih mir, Geliebte.

War all die Jahre das schon Last und Schmerz genug, habe ich heute etwas erfahren, das ich immer geahnt habe, aber niemals wahrhaben wollte, weil dann mein auf Lügen und Selbstbetrug aufgebautes Leben in sich zusammengefallen wäre. Jetzt ist es zusammengefallen. Ich habe allergrößte Schuld auf mich geladen, mit der ich nicht mehr leben will und kann.

Ich erspare Dir die Schilderung dessen, aus unendlicher

Scham, aus Schande, aus dem Bewusstsein größter Schuld und aus unendlicher Liebe zu Dir.
Leb wohl, meine Wunderbare, du bist die Freude meines Lebens.

Dein Dich ewig liebender Oliver

Ohne dass sie es wollte, musste Camilla zweimal tief atmen, dann reichte sie den Brief Deniz.

»Sie wissen also nicht wirklich, woher er das Geld zum Spielen hatte?«

»Nein. Von unseren normalen Konten konnte es nicht sein, das von mir eingerichtete Spielkonto habe ich nicht eingesehen. Ich wollte es wohl von mir fernhalten, weil es ja offensichtlich irgendwie lief über Jahre. Aber ich habe in letzter Zeit gemerkt, dass etwas mit ihm war.«

»Wie meinen Sie das? War er häufiger weg, ohne dass Sie wussten, wo? Hatte er andere Kontakte?«

»Nein, im täglichen Ablauf war nichts zu spüren, er machte nichts anderes. Er wirkte anders, emotional meine ich, bedrückter, noch bedrückter als sonst.«

Wieder musste sie weinen, unterdrückte es.

»Was meint er mit Schuld, von der er im Brief schreibt? Wäre Ihr Mann dazu fähig, dass er …?«

Sie blickte einen Moment zu Boden.

»Nein, niemals, er wäre niemals, niemals in der Lage, einem Menschen etwas anzutun. Dieses Ungeheuer lässt Menschen vieles tun, was sie sonst nicht täten, glauben Sie mir. Betrügen, lügen, stehlen, ihre Liebsten verraten und vieles mehr, Sie haben es gelesen. Aber das nicht, nein. Oliver wäre niemals imstande, jemandem etwas anzutun.«

»Haben Sie in letzter Zeit etwas an ihm bemerkt? War er mal länger woanders?«

»Nein, nicht dass es mir aufgefallen wäre. Wir haben vor Kurzem sogar eine sehr schöne Kreuzfahrt gemacht in die Arktis. Da war alles wie immer.«

»Wann war das genau?«

Sie nannte das Datum, und wieder sah Deniz sie an und verzog dabei den Mund. »Warum sind Sie jetzt zu uns gekommen, Frau Berger-Matuschek?«

»Weil ich wissen will, warum er das jetzt getan hat. Ich habe das Gefühl, ich muss ihm helfen. Das habe ich damals auch gedacht, aber ich sehe jetzt, das war keine Hilfe. Angehörige von Süchtigen sind oft irgendwann Teil des Problems, und ich bin da ein klassischer Fall. Darum jetzt dieser Schritt. Ich habe einfach das Gefühl, er ist da jetzt in etwas hineingeraten, das ich nicht kenne und das eine große Gefahr für ihn ist. Noch größer als die Spielerei, wenn das überhaupt geht. Vielleicht ist das jetzt der einzig richtige Weg. Wenn er wieder gesund wird.«

»Dann brauchten wir noch ein paar Informationen, Frau Berger-Matuschek«, sagte Deniz, und dieses Mal fand sie es passend. »Hat Ihr Mann ein Handy und einen Computer, den Sie uns zur Verfügung stellen können?«

»Wenn das nötig ist.«

»Haben Sie die Zugangsdaten dazu?«

»Nein, ich denke nicht.«

»Sie sagten, dass er in einer Klinik zu einer Therapie war. Können Sie uns die Adresse dieser Klinik mitteilen?«

»Natürlich. Da müsste ich nachsehen. Die war in der Nähe von Köln Richtung Eifel.«

»Ach, und den Brief, können wir davon eine Kopie machen?«
Sie nickte.

»Wir gehen auch sehr diskret damit um«, sagte Camilla, »versprochen.«

Deniz stellte ihr noch ein paar Fragen und vereinbarte, dass sie die elektronischen Geräte sobald wie möglich vorbeibrachte. Anschließend sollte das alles auch aufgeschrieben werden.

Sie stand auf, setzte sich dann noch einmal fahrig auf den Stuhl.

»Mein Besuch und das, was ich gesagt habe, das mag Ihnen alles sehr unverständlich vorkommen«, sie sah beide nacheinander an, »und ich will Ihnen nicht meine Lebensgeschichte erzählen, aber er hat mich gerettet, auf jede Weise, auf die ein Mensch einen anderen retten kann. Jetzt würde ich ihn gern retten, und im Moment fühlt es sich so an, als wäre es dafür das Richtige, hier zu Ihnen zu kommen.«

Sie nickte, stand auf, und Deniz begleitete sie zum Ausgang.

»Jetzt hab ich sie gar nicht gefragt, warum sie die niederländische Staatsangehörigkeit hat«, sagte Camilla, als er wieder reinkam.

»Aber ich, im Fahrstuhl. Ihre Mutter ist Holländerin. Daher auch Suzanne mit z.« Er ließ sich auf seinen Stuhl fallen. »Glaubst du ihr?«

»Ja. Denn Waltraud Schreiner kann er nicht getötet haben.«

»Nein, da hat er sich Eisberge angesehen. Aber ich bin sicher, er hat was damit zu tun.«

»Ja, da bin ich auch sicher.«

Deniz

Sie könne sich keine Leute backen, hatte die Chefin gesagt, und darum nur ein zusätzliches Team für okay gehalten, weil an der Sache doch mehr dran zu sein schien, als es am Anfang aussah, und zeitlicher Druck bestehe ja erst mal nicht.

Ganz falsch lag sie damit nicht, fand Deniz und war froh, überhaupt Unterstützung zu bekommen.

Während Anna und ihr Tutor Werner mit einem Beschluss auf dem Weg zur Bank waren, um die Daten sichern zu lassen, auf welche Konten Oliver Matuschek zugegriffen hatte, saß er mit Camilla im Büro von Professor Dr. Manfred Tödtmann, dem Leiter der Hinter-dem-Berg-Klinik, in der Menschen von ihren Süchten befreit werden sollten.

Die Möbel sahen nach Designerzeugs aus, an den Wänden reichlich abstrakte Kunst, und was die Größe des Raumes anging, wären in jeder Behörde daraus mindestens drei Büros gezimmert worden.

Deniz hatte nicht auf die Uhr gesehen, aber seit mindestens fünf Minuten saßen sie auf ihren Chrom-Leder-Sesseln und warteten, obwohl sie einen Termin hatten.

Die Tür öffnete sich.

»Guten Tag, ich bin Professor Tödtmann«, sagte er noch im Gehen, ersparte sich einen Handschlag und nahm hinter seinem Schreibtisch Platz. »Womit kommen Sie zu mir?«

Das volle weiße Haar war gescheitelt und saß perfekt, die Klamotten sahen aus, als ginge er anschließend direkt auf den Golfplatz.

»Deniz Müller, Polizei Essen, und das ist Frau Staatsanwältin Camilla Lopez von der Staatsanwaltschaft, ebenfalls aus Essen.«

Deniz erklärte ihm so knapp wie möglich den Grund ihres Kommens und die Situation mit Oliver Matuschek.

»Und von mir beziehungsweise meinen Mitarbeitern wollen Sie jetzt welche Informationen genau?«

Dem Mann floss die Arroganz wie gelber Schleim aus jeder Öffnung seines Körpers.

»Ob es in der Therapie oder während seines Aufenthalts hier Hinweise gibt, die uns weiterhelfen könnten«, sagte Camilla, die sich wohl aus Vorsicht dazwischenschob. »Wie Kriminalhauptkommissar Müller schon ausführte, besteht bisher zwar nur der Verdacht mehrerer Tötungsdelikte, aber unsere bisherigen Erkenntnisse lassen es möglich erscheinen, dass Herr Matuschek in einer Weise, die uns noch nicht bekannt ist, daran beteiligt war.«

»Ihnen ist aber schon klar, dass wir in Deutschland das Prinzip der ärztlichen Schweigepflicht haben, und ich gehe davon aus, dass Sie als Staatsanwältin die Bedingungen für eine Ausnahme davon kennen. Oder sollte ich mich irren?«

Vielleicht schlage ich ihm eine rein, kurz bevor wir gehen, dachte Deniz, nur um das Gesicht dabei zu sehen. Camilla würde dichthalten.

»Nein, Sie irren sich nicht, aber …«

»Oder habe ich übersehen, dass Sie eine Vollmacht des Patienten vorgelegt haben?«

»Nein, haben Sie auch nicht. Herr Matuschek liegt derzeit im Koma, und …«

»Darüber hinaus darf ich Sie darauf hinweisen, dass das erstens vor der Zeit war, seit ich dieses Haus führe, und es zweitens einen erheblichen Aufwand bedeuten würde, Erkenntnisse von …, wann war das gleich?, … vor fünf Jahren zu eruieren.

Besteht denn die konkrete Annahme, dass damit eine akut anstehende Straftat verhindert würde?«

»Eine konkrete Annahme sicher nicht, aber …«

»Also, darüber hinaus darf ich Sie davon in Kenntnis setzen, Frau Staatsanwältin, dass ich in solchen Fällen in meiner bisherigen fast dreißigjährigen Praxis prinzipiell und aus Überzeugung immer sehr zurückhaltend gehandelt habe. Im Zweifelsfall torpediert eine solche Ermittlung den Therapieerfolg nachhaltig. Ganz abgesehen von meiner grundsätzlichen Meinung zum Thema Strafe und ihrer Sinnhaftigkeit. Entsprechende Untersuchungen kennen Sie möglicherweise.«

Erst eine aufs Maul, und wenn er blöd kuckt, ein Tritt in die Klöten, dachte Deniz.

Er beugte sich nach vorn und klappte einen Ordner auf, den die Sekretärin in der Wartezeit auf seinen Platz gelegt hatte, las und blätterte ein wenig, klappte das Teil nach einer Weile wieder zu.

»Herr Matuschek war vor gut fünf Jahren zu einer Therapie bei uns. Da es hier nicht um die Planung einer aktuellen Straftat geht, kann und möchte ich dazu aus den schon vorgebrachten Gründen auch nichts weiter sagen.«

Er sah beide nacheinander an und stand auf.

»Wenn Sie mich jetzt entschuldigen würden, meine Zeit ist knapp. Meine Sekretärin wird Sie begleiten.«

Damit verließ er den Raum, ohne die Tür zu schließen, in der zwei Sekunden später mit Plastiklächeln seine Sekretärin erschien.

Sie gingen wortlos zum Auto, sahen sich über das Dach hinweg an, als Deniz aufschloss.

»Was für ein Arschloch«, sagten beide fast gleichzeitig und mussten lachen.

»Aber es hilft uns nicht weiter«, sagte er, nachdem sie eingestiegen waren.

Camilla kniff die Augen zusammen und biss sich auf die Unterlippe.

»Mir fällt da grad was ein, ich hatte das die ganze Zeit im Hinterkopf.« Sie tippte auf ihrem Handy und hielt es sich ans Ohr. »Hallo, Alex, hier ist Camilla.«

Er antwortete etwas, das sie zum Lachen brachte.

»Jaja … Alex, ich sitze bei Deniz im Auto, und ich stell dich mal auf laut, okay? Wir ermitteln in einer Sache, an der vielleicht eine Menge dranhängt, vielleicht mehrere Tötungsdelikte …«

Es pfiff aus dem Handy.

»… und bevor ich es dir breit erkläre, eine Frage: Wir sind hier an der Suchtklinik Hinter-dem-Berge. Du hast doch vor Jahren eine große Serie über Spielsucht und ihre Therapien bei *Watching the West* gemacht. Hattest du da nicht auch aus dieser Klinik berichtet, oder hab ich das falsch in Erinnerung?«

»Gutes Gedächtnis, mein tief empfundener Respekt.«

»Laber nicht.«

»Ich war da mehrere Wochen, ja, durfte sogar an einigen Gruppensitzungen teilnehmen, nach heiligem Schwur natürlich.«

»Hast du da noch Kontakte? Wir brauchten nämlich ein paar Infos, und der aktuelle Leiter ist, tja, Deniz nennt ihn ein Arschloch.«

Sie lächelte rüber und zwinkerte.

»Ich habe tatsächlich noch Kontakte, müsste ich ein wenig auffrischen, aber ja.«

»Könntest du für uns was probieren?«

»Wenn ich die defizitären Möglichkeiten der bundesdeutschen Ermittlungsbehörden ein wenig kompensieren kann, sehr gern.«

»Okay, hast du Zeit, dass wir uns irgendwo treffen können?«

Hatte er. Sie verabredeten sich in zwei Stunden in einem Café auf der Rüttenscheider Straße.

Alexander

Sie ging vor in den Raum und setzte sich auf einen der Stühle, die einen Kreis um ein Arrangement aus Blumen und drapierten bunten Tüchern bildeten, das in der Mitte auf dem Boden gestaltet war.

»Und warum musste es so eilig sein?«, fragte sie.

»So furchtbar eilig hätte es nicht sein müssen, wenn es so klang, tut mir das leid, aber wie schön, dass es dennoch geklappt hat.«

»Übrigens, wenn du einen Tee möchtest«, sie zeigte Richtung einer der Türen, »können wir uns auch in die Küche setzen. Du weißt doch, die besten Feiern finden in der Küche statt.«

»Danke, mir gefällt der Raum ganz gut«, sagte Alex, »erinnert mich an die Gruppensitzungen damals.«

»Ja, du hast dich länger nicht gemeldet. Unsere Konzertbesuche danach habe ich in sehr schöner Erinnerung.«

Er teilte diese Beurteilung, und wenn Frau Dr. Stefanie Neuwirth mit ihrer neuen Frisur vor ihm saß, wusste er gar nicht mehr, warum diese Besuche damals eingeschlafen waren.

»Worum geht es denn?«

»Es geht dieses Mal gar nicht um eine eigene Recherche, sondern ich unterstütze zwei, nun ja, Freunde, einer ist Polizist, die andere Staatsanwältin, beide ermitteln im Bereich Tötungsdelikte …«

»Oh Gott …«

»Ja, klingt erst mal ein wenig reißerisch. In diesem Fall geht es wohl um ein paar komplizierte Fälle, im Wesentlichen aus der Vergangenheit, bei denen noch nicht ganz klar ist, ob es überhaupt zu einem Verfahren kommt. Dabei spielt ein Mann eine

Rolle, der an deiner ehemaligen Klinik zu deinen Zeiten dort eine Therapie gemacht hat.«

»Warum fragst du nicht dort nach?«

»Tja, die beiden haben das getan, aber es muss ihnen da wohl der Chef, ein Profess…«

»… Tödtmann, nehme ich an …«

»Genau, also der muss sie wohl zum einen mit dem Hinweis auf die ärztliche Schweigepflicht und darüber hinaus mit gefestigt herablassender Attitüde ohne Infos nach Hause geschickt haben.«

»Tödtmann ist ein Arschloch, das sich für gottgleich hält. Er ist der Grund, warum ich dort gegangen bin.«

»Ich wollte es nicht wörtlich wiederholen, aber die beiden haben es in ähnlicher Deutlichkeit formuliert.«

»Trotzdem, ärztliche Schweigepflicht ist ja kein Selbstzweck, Alex, die hat schon ihren Sinn, vor allem hier. Diese Leute sind fast alle extrem verzweifelt. Manche haben Familienvermögen in zweistelliger Millionenhöhe verspielt und nicht wenige haben mindestens einen Suizidversuch hinter sich. Damit sollte man schon diskret umgehen.«

Er versuchte, verständnisvoll zu nicken, und erklärte ihr die näheren Umstände, und dass Oliver Matuschek vermutlich nicht das ausführende Organ, sondern nur beteiligt war, wenn er alles richtig verstanden hatte.

»Im Koma nach Suizidversuch«, sagte sie, »klingt nicht danach, als habe er sein Leben im Griff. So sagt mir der Name erst mal wenig. Ich habe zwar ein Bild vor Augen, aber ich müsste nachsehen. Jetzt gleich?«

»Wenn es möglich ist, wäre das günstig, denke ich.«

»Dann komm mal mit.«

Er folgte ihr in ein typisches Frauenbüro, fand er, weil allein auf der Fensterbank mehr geschmackvolle Deko zu finden war als in all seinen bisherigen Wohnungen zusammen.

Sie ging an einen Aktenschrank und entnahm ihm nach einiger Suche einen Ordner, mit dem sie sich an den kleinen Tisch in einer Ecke setzte und blätterte.

Er betrachtete sie und überlegte erneut, warum die gelegentlichen Unternehmungen damals eingeschlafen waren. So schön wie Camilla war sie nicht, wer war das schon, aber sie hatte ein fast aristokratisches Gesicht, dessen Mädchenhaftigkeit die neue Frisur mehr hervorhob als die alte, sie war klug, ohne dass sie dies wie er mit jedem Satz zeigen musste, und wenn er sich richtig erinnerte, wären sie nach einem Konzertabend und ein paar Gläsern Wein fast im Bett gelandet. Aber eben nur fast.

»So, ich hab jetzt wieder ein Bild von Oliver Matuschek, einigermaßen. Angenehmer Mensch, labil, das war so 'n Gutaussehender, sanft, sympathisch und einer, der sehr unter seiner Sucht litt. Was wolltest du jetzt wissen?«

»Ob du eine Idee hast, was Ermittlern helfen könnte, vor dem geschilderten Szenario weiterzukommen. Die beiden meinten, er könne nicht der sein, der wirklich Hand anlegt bei den Opfern, übrigens allesamt ältere Menschen, die allein gelebt haben. Aber er ist zweifellos darin verstrickt, jedenfalls lässt vor allem ein Abschiedsbrief, den er vor dem Selbstmordversuch geschrieben hat, diesen Schluss zu. Hat er mal was geäußert?«

Sie sah ihn mit gesenktem Kopf an.

»Du hast schon realisiert, wann das war?«

»Ich traue dir halt in jeder Hinsicht sehr viel zu.«

Sie blätterte lächelnd weiter, wurde dann wieder ernst und zog einen Post-it-Zettel von einem Blatt ab, las ihn. Damit ging sie wieder zum Schrank und nahm sich einen weiteren Ordner.

»Also noch mal, ärztliche Schweigepflicht ... Ich nehme das

Ernst, Alex, das weißt du, und ich vertraue dir, darum lehn ich mich jetzt mal ein wenig aus dem Fenster, ist ja für einen guten Zweck. Wenn ich mich richtig erinnere, hatte der während der Therapie eine immer enger werdende, aber sehr eigenartige Beziehung zu einem anderen Patienten, der Martin Henschel hieß. Ganz anderer Typ. Der war, soweit ich mich erinnere, ausgebildeter Arzt, aber man hatte dem die Approbation entzogen, weil er irgendeinen Unsinn mit Medikamenten gemacht hatte, ich meine, der hätte die im größeren Stil verkauft, was ja zu einer pathologischen Spielsucht passen würde.«

Alex zog sein Buch aus der Tasche und notierte den Namen.

»Hast du ein Geburtsdatum und Ort, wenn möglich?«

»Dritter Elfter fünfundachtzig, Ort hab ich nicht. Auch bei dem war die Therapie Teil des milderen Urteils, meine ich, nur dass der das völlig taktisch eingesetzt hat. An den kann ich mich auch noch einigermaßen erinnern, weil der vom Typ her das Gegenteil war. Dem konntest du anmerken, dass er bei den Sitzungen nur spielte. Das war so 'n aalglatter Typ, der nicht zu packen war. Das ist zwar kein therapeutisches Kriterium, aber man sollte die eigenen Empfindungen wahrnehmen, und der war mir wirklich unsympathisch.«

»Und die hatten miteinander zu tun?«

»Ja, das hab ich mir hier handschriftlich notiert. Warum? Kann ich nicht sagen, die waren nämlich völlig unterschiedlich. Trotzdem bemühte sich der Henschel um den anderen, das weiß ich noch.« Sie zuckte mit den Schultern. »Hatte wohl mit seinen Schattenseiten zu tun.«

»Du meinst Schatten nach C. G. Jung?«

Sie sah ihn an und schob anerkennend die Unterlippe vor.

»Sieh an, hast du doch was von damals behalten.«

»Bei der Ausbildung und der Ausbilderin, denn bei so viel universellem Glanz steht man halt selbst immer im Schatten. Wie sollte ich das dann vergessen?«

Sie lachte, klappte den Ordner zu und verdrehte die Augen zur Decke.

»Oh Gott, das hatte ich ganz vergessen.« Kurzes Nachdenken. »Aber ich glaube, das war's eigentlich, was ich dir dazu sagen kann. Und du gehst damit vertraulich um, davon gehe ich aus, ja? Auch mit meinem Namen.«

»Natürlich.« Er vermied jede scherzhafte Schwingung im Ton. »Ich werde das natürlich den beiden sagen, und wenn es akut relevant werden sollte, kontaktieren sie dich vielleicht persönlich, aber dann vollkommen offiziell mit allen Zetteln, die man dafür braucht.«

»Und wie willst du das wiedergutmachen?« Sie ließ eine ziemlich lange herausfordernde Pause. »Wie sieht denn das klassische Angebot orchestraler Musik im westlichen Ruhrgebiet demnächst aus?« Kokettes Lächeln.

»Wenn du mir deine aktuelle Handynummer gibst, werde ich dich zeitnah informieren.«

»Kein Problem«, sagte sie und zückte das Telefon.

Alexander

Die Pförtnerin kannte Alex von verschiedenen Pressekonferenzen und dem ein oder anderen Besuch in Deniz' Büro, auch wenn der letzte schon eine Zeit zurücklag. Darum ließ sie ihn ohne Begleitung durch.

»Möchtest du einen Kaffee?«, fragte Deniz und stand auf, als er das Büro betrat, »wir müssen eh auf Camilla warten, die müsste gleich da sein.«

»Mit Milch und Zucker, bitte.«

Er setzte sich auf den Stuhl, der nicht hinter einem der beiden Schreibtische stand.

Deniz hatte ihm den Kaffee noch nicht ganz hingestellt, als Camilla hektisch hereinkam und sich wie selbstverständlich hinter den zweiten Schreibtisch setzte.

»Schön, dass ihr gewartet habt.« Sie zog die Jacke aus und hängte sie über die Stuhllehne. Deniz stand auf und schloss die Tür hinter ihr.

»Muss ja nicht jeder mitkriegen, dass wir jetzt schon auf die Unterstützung halbseidener Vertreter der Sensationspresse angewiesen sind.«

»Defizite sagen manchmal mehr über eine Organisation aus als deren Stärken, und die kluge Kompensation derselb...«

»Jetzt ist es gut, ihr zwei«, sagte Camilla, »du hast gesagt, du hast was für uns.«

»Vielleicht«, sagte er, zückte sein Notizbuch und blätterte bis zu den notierten Personalien. »Also, euer verhinderter Suizident war meiner Informantin noch leidlich bekannt. Sie sagt, er habe während seiner Therapie eigentlich einen guten Eindruck gemacht, sie fand ihn sympathisch, gut aussehend …«

»Aber …«, Deniz klang ungeduldig.

»Auch in den Sitzungen sei die Kooperationsbereitschaft durchaus bemerkenswert gewesen, was bei vielen Mitpatienten in der Phase nicht immer der Fall wäre. Sie erwähnte da eine …«

»Alex, bitte!« Camilla mit Samtblick.

Er nahm einen Schluck Kaffee und grinste.

»Also zum Zweiten. Stimmt wirklich alles, was ich gesagt habe, sie hat ihn nur noch schwach, aber als sehr sympathisch in Erinnerung, darum fand sie es auch bemerkenswert, dass er zum Schluss immer intensiveren Kontakt zu einem Mitpatienten hatte, der völlig anders aufgestellt war. Ein Arzt, jüngerer Typ, auch spielsüchtig, natürlich, dem man aber früh die Approbation entzogen hat, weil er irgendeinen Blödsinn mit Medikamenten gemacht hat. Sehr intelligent, berechnend und überhaupt nicht zu greifen, sagt sie, auch therapeutisch nicht. Das völlige Gegenteil von eurem Mann.«

»Hast du einen Namen für uns?«, fragte Deniz.

Alex nannte ihm die Personalien, die er sofort eintippte.

»Martin Henschel, dritter Elfter fünfundachtzig in Lüneburg, hat eine Akte in Hamburg, dort auch Erkenntnisse wegen Untreue, Unterschlagung und Verstoßes gegen das Arzneimittelgesetz, deswegen auch verurteilt.«

Deniz tippte kurz weiter, griff dann das Telefon und wählte. Er sagte zweimal seinen Namen und ließ sich offensichtlich weiterverbinden.

»Deniz Müller, Kripo Essen«, sagte er zum dritten Mal, »'Tag, Kollege Jonas. Ich habe mich zu dir durchgehangelt, weil du mal ein Verfahren wegen Untreue, Verstoß gegen das Arzneimittelgesetz et cetera gegen einen Martin Henschel, dritter Elfter fünfundachtzig, in Lüneburg geführt hast.«

Er machte eine Pause.

»Vor etwa sechs Jahren.«

Lachen mit Verständnis.

»Ja, ich weiß, ist lange her. Kannst du trotzdem noch was dazu sagen?«

Deniz erklärte dem Kollegen am anderen Ende den Hintergrund seines Anrufes, beantwortete ein paar Nachfragen.

»Ich stell dich ab jetzt mal auf laut, okay? Dann muss ich das den beiden Mithörern gleich nicht noch mal erklären. Haben auch beide mit dem Fall zu tun.«

Er drückte einen Knopf und legte den Hörer zur Seite.

»Seit wir elektronische Aktenführung haben, können wir uns neuerdings den Weg in den Keller sparen«, kam es aus dem Lautsprecher. Im Hintergrund war Tastaturgeklapper zu hören, »dauert nur einen kleinen Moment, so ganz flott bin ich da noch nicht.«

Wieder leise Geräusche.

»So, Martin Henschel.« Noch eine Pause. »Ja, so langsam kommt es wieder. Wie gesagt, das war so 'n ganz junger Arzt, und der hat durchaus im größeren Stil mit Medikamenten gehandelt, die er zum Teil auch noch unterschlagen hatte. Das war sogar ein Sammelverfahren, seh ich grad, jetzt erinnere ich mich wieder, ist hier bei uns zusammengeführt worden. Das hatte der vorher auch in Bochum an einem Krankenhaus gemacht, das dann aber wohl in Konkurs gegangen ist. Ich hoffe, nicht deswegen.« Er lachte.

»In Bochum? Hast du den Namen der Klinik?«

Hatte er, und Deniz notierte es.

»Und da hatte der, glaub ich, auch studiert.«

»Wahrscheinlich an der Ruhr-Uni.«

»Schon möglich, ich kenne mich da nicht so aus. Jooo, viel mehr kann ich dir dazu eigentlich auch nicht mehr sagen. An die Durchsuchung kann ich mich noch erinnern. Der wohnte, meine ich, mit seiner Schwester zusammen, genau, das war auch irgendwie eigenartig. Ansonsten war das ein eiskalter Typ, der hatte sofort einen Anwalt, wenn ich das richtig in Erinnerung habe, und hat null ausgesagt, dem mussten wir jede verhökerte Scheißpille nachweisen. Und der hat eine lächerliche Strafe gekriegt, weil er sich auch mit einer Therapie einverstanden erklärt hat. Der Anwalt sagte was von Spielsucht. Die Fotos im System sind übrigens noch die von damals, ich weiß also nicht, ob es da aktuellere gibt, oder ob der jetzt anders aussieht.«

Damit waren die Infos des Kollegen Jonas erschöpft. Deniz verabschiedete sich, und eine Frau kam herein, von der Alex wusste, dass es die Chefin war, und legte Deniz etwas auf den Schreibtisch.

Deniz stellte ihn vor.

»Nicht nötig, ich kenn Herrn Rahn von Pressekonferenzen. Und Sie schreiben doch für *WtW*, oder? Sie haben vor längerer Zeit mal sehr tendenziös über einen Fall von mir berichtet.«

»Tut mir leid, aber wir sind halt mit großer Hingabe der Wahrheit verpflichtet.«

»Jaja, Wahrheit.« Der Anflug eines Lächelns milderte den Vorwurf ein wenig. »Was ich Sie immer schon mal fragen wollte: Sie heißen Rahn und sind doch aus Essen ...«

»Nein, ich bin nicht verwandt«, sagte er, »nicht mal entfernt.«

»Ach, schade. Hätte ja was gehabt.«

Sie verschwand wieder, und Camillas Handy klingelte.

»Lopez.«

Erst nickte sie eine Weile, dann wechselte ihre Miene von belanglosem Interesse zu ernster Überraschung und endete in einer Entgleisung.

»Was? Im Ernst?«

Wieder hörte sie zu.

»Nein, davon wusste ich nichts, Herr Szymaniak. Ich bin meinem Großonkel gelegentlich zur Hand gegangen, meistens im Haushalt, hatte ich ja ausgesagt, aber seine Finanzen hat er selbst geregelt, darüber weiß ich gar nichts.«

Zuhören, Nicken.

»Ja, ich kann Ihnen dazu einen Dreizeiler schreiben und zukommen lassen, aber damit wird es wahrscheinlich nicht getan sein, Herr Szymaniak. Ich melde mich alsbald wieder und kläre Sie auf, ja. Ich muss hier nur grad etwas ganz dringend besprechen.«

Sie drückte das Gespräch weg, und die Entgeisterung wich nur ganz allmählich aus ihren Zügen.

»Das war die Mordkommission Ruine aus Bochum. Die haben die Konten meines toten Großonkels überprüft, und jetzt rate mal, was dabei rausgekommen ist?«

Alex verstand nicht im Geringsten, was sie meinte.

»Moment. Einer der Toten in dem alten Krankenhaus war dein Verwandter?«, fragte er.

»Ja.«

»Einer von jenen Toten, bei deren Auffinden ich dabei war?« Seine Stimme überschlug sich fast.

»Hatte ich das noch gar nicht erzählt? Ja.«

»Und wir sprechen hier über den Nazi-Stasi-sonst-was-Typen, der so ein Arsch war?«

»Genau über den.«

»Leute, ich fasse es nicht. Das erfahre ich jetzt erst?«

Beide sahen ihn an, dann sahen sie sich gegenseitig an, dann wieder ihn.

»Sorry, Alex, ist mir irgendwie durchgegangen, ich dachte, ich hätte es dir erzählt. Und es kommt noch viel besser: Bei den Kontoüberprüfungen ist rausgekommen, dass von Arthurs Konten in den letzten vier Wochen neun Überweisungen von beträchtlicher Höhe auf ein Geschäftskonto in den Niederlanden angestoßen worden sind.«

Einen Moment hielt Alex es für eine Täuschung, dass zwei neue Infos dieses Kalibers so kurz hintereinander möglich waren, aber es war so.

»Wie bitte? Und dein Onkel heißt Arthur? Also dieser Onkel, der mal in der SS war? Und in der Stasi? Von dem du mir erzählt hast? Arthur?«

»Jaha, Alex, was ist denn los?«

Er lehnte sich zurück, rief sich noch einmal das Gespräch in Erinnerung und fragte sich, ob er sich täuschte, aber er war sich mehr als sicher, dass Snowdown beim letzten Treffen den ehemaligen SS-Mann, der nicht zum Abend gegen das Vergessen gekommen war, Arthur genannt hatte.

»Gibt es einen Namen, wer die Konten in Holland angelegt hat?«, fragte Deniz.

»Nein, da sind sie noch dabei, aber ich glaube, wir wissen beide, welcher Name da mit Sicherheit auftaucht.«

»Okay«, sagte Deniz, »dann sind wir ab heute in einer anderen Dimension. Ich sage der Chefin Bescheid. Rufst du in Bochum an? Wir müssen das zusammenlegen.«

Camilla nickte und nahm das Handy.

»Ich will mich nicht unnötig wichtig machen«, ging Alex dazwischen, »und ich bin selbstredend nicht so involviert in die Geschehnisse wie ihr. Aber wenn ich eins und eins zusammenzähle bei dem, was ihr mir über den Fall in Vorbereitung auf mein Gespräch mit Stefanie erzählt habt, und bei dem, was ich hier in den letzten Minuten mitbekommen konnte, dann habe ich wahrscheinlich einen Zeugen für euch, der vielleicht eure Täter gesehen hat, der sogar kurz Kontakt zu denen hatte. Möglicherweise.«

Endlich schauen die beiden auch mal blöd, dachte er.

Opa

Sie liegt im Bett, hört auf die Geräusche im Haus und wartet, weil sie es so gewohnt ist. Aber es kommt niemand zu ihr, es ist vorbei. Sie weiß gar nicht, wie lange sie das nicht glauben konnte, aber jetzt wacht sie morgens auf, weil sie irgendwann eingeschlafen ist. Und niemand ist zu ihr gekommen.

Und es ist vorbei, seit diesem einen Moment damals. Immer wieder muss sie an diesen Abend denken.

Es ist wie immer gewesen. Opa ist gekommen und hat wie jedes Mal nett mit ihr gesprochen, dass sie sein kleiner großer Schatz wäre, dass sie so wunderschön aussähe und dass sich bei ihr alles so gut anfühlen würde.

Denn eigentlich war ihr Opa ein netter Opa gewesen, auch daran erinnerte sie sich. Er hatte nie laut gesprochen oder geschrien, hatte oft mit ihr gespielt, sie waren spazieren gegangen, und er hatte ihr etwas über Blumen und Tiere erzählt, alles, bevor diese Sache begann. Da hatte sie ihn wirklich lieb gehabt, weil er ein lieber Opa war. Aber das war weggegangen, als er anfing, diese Sachen mit ihr zu machen.

Auch an dem Abend lag er irgendwann auf ihr drauf und atmete wieder so ganz doll. Am Anfang war das noch nicht so, aber hinterher hat er immer so geatmet, dass sie dachte, er strengt sich sehr an.

Vielleicht hatte er sich an dem Abend zu sehr angestrengt, denn er war plötzlich auf sie drauf gefallen, einfach so. Er lag auf einmal ganz auf ihr, bewegte sich nicht mehr, und es war furchtbar schwierig, unter ihm wegzukrabbeln.

Und dann passierte gar nichts mehr. Er lag einfach nur da, hat nicht mehr geatmet und sich nicht mehr gerührt. Sie hatte das alles erst nicht verstanden, was los war, und konnte eine ganz lange Zeit gar nichts anderes machen, konnte nur dasitzen und ihn ansehen.

Irgendwann hat sie Oma aus dem Bett geholt, die sofort und furchtbar zu schreien anfing, so laut, dass auch Martin das hörte und von oben aus seiner Kammer kam, obwohl es dunkel war. Oma hat telefoniert, aber der Notarztwagen, der dann kam, konnte ihm auch nicht mehr helfen, trotz Blaulicht.

Er war tot. Für immer.

Sie konnte das alles am Anfang erst nicht begreifen, weil danach ja viel los war im Haus und auch sonst mit der Beerdigung und dem Kaffeetrinken und den vielen Leuten. Da hat sie auch zum letzten Mal Karl gesehen.

Aber ab da kam keiner mehr abends zu ihr. Und sie hat begriffen, es kam niemand mehr zu ihr, weil Opa tot war.

Die Sache mit dem Geld war ab dann natürlich auch vorbei. Aber dafür hat sie Oma öfter was aus dem Portemonnaie genommen, die hat das nie gemerkt.

Jetzt ist sie hier, in dieser Familie, und Martin ist in einer anderen, weil Mama inzwischen so krank ist, dass man gar nicht mehr mit ihr reden kann.

Hier ist es so einigermaßen. Anne ist ganz nett, aber oft schlecht gelaunt, weil sie ja noch die Arbeit mit ihren drei anderen Kindern hat. Bernd, den sie Papa nennen soll, ist nicht nett, manchmal schlägt er die Kinder sogar, wenn sie nicht das machen, was er will. Kinder brauchen Grenzen, sagt er immer.

Aber er kommt abends nicht zu ihr und will Sachen mit ihr machen.

Und das ist wirklich das Beste.

Deniz

Es hatte nur wenige Stunden gebraucht, um die Sache organisatorisch auf den Weg zu bringen. Auch wenn noch nicht jede Einzelheit geregelt war, stand Deniz gemeinsam mit Camilla und Holger Szymaniak in einem zu kleinen Besprechungsraum im Bochumer Polizeipräsidium vor den Mitgliedern der »MK Ruine«. Die meisten Leute saßen um den langen Besprechungstisch, einige auf den kleinen Pulten der Schreibplätze, andere lehnten an der Wand, viele mit einer Tasse in der Hand.

Deniz und Camilla hatten die längere Geschichte erzählt, wie beiden die Verletzungen aufgefallen waren und alle kleinen Ermittlungen bei Angehörigen und Geldinstituten sich ineinandergefügt hatten.

»Wir haben schon mit Holger grad 'ne halbe Stunde fantasiert und sind uns noch nicht vollkommen klar, wie die Dinge zusammenhängen und was genau passiert ist, aber bisher scheint sich vor dem Hintergrund, den wir kennen, folgendes Geschehen abzuzeichnen mit allen Unwägbarkeiten, die da noch drinstecken können.«

»Das ist echt abstrus«, sagte Holger Szymaniak, »so was hatte ich in zwanzig Jahren Todesermittlungen nicht.«

»Wir haben bisher sieben mögliche Opfer in circa fünf Jahren und drei Tatverdächtige«, Deniz übernahm wieder das Wort, »wobei man sagen muss, dass wir noch keinen absolut zweifelsfreien Beweis haben. Von zwei der Tatverdächtigen wissen wir, dass sie pathologisch spielsüchtig sind und sich vermutlich während einer Therapie vor etwa fünf Jahren kennengelernt haben.

Die Namen sind Oliver Matuschek, der Mann, der einen Suizidversuch verübt hat, und der zweite Mann heißt möglicherweise Martin Henschel, ausgebildeter Arzt, hat aber seine Zulassung ziemlich schnell verloren, weil er die Medikamente nicht verabreicht, sondern zum großen Teil vertickt hat, sehr wahrscheinlich, um seine Spielsucht zu finanzieren.

Auf Matuschek sind wir gekommen, weil er erstens als Banker auf die Konten von drei der letzten Opfer zugegriffen hat, obwohl das nichts mit seinem Arbeitsbereich bei der Bank zu tun hatte. Außerdem war er vorher auch bei der Dortmunder Bank angestellt, bei der beide Dortmunder Opfer als Kunden waren. Leider konnten wir da keine Daten mehr bekommen, weil die Aufbewahrungsfristen abgelaufen waren. Zweitens: Den Suizidversuch hat er unternommen, unmittelbar nachdem wir ihn vernommen hatten«, er sah Camilla an, »erst mal als Zeugen in einem Todesermittlungsverfahren, und ihn bei dieser Vernehmung damit konfrontiert hatten, worum es geht oder anders, was wir ihm möglicherweise vorwerfen.«

»Warum er danach versucht hat, sich das Leben zu nehmen«, sagte Camilla, »da können wir nur spekulieren. Wenn wir davon ausgehen, dass die Opfer so getötet werden, wie eben geschildert, also durch eine Injektion in eine vorher angebrachte Wunde, kann Matuschek das zumindest beim letzten Opfer nicht selbst getan haben, weil er da mit seiner Frau auf einer Arktis-Kreuzfahrt war, das haben wir überprüft. Auch passt so eine Tat nicht zu seinem Persönlichkeitsbild. Der Abschiedsbrief legt den Schluss nahe, dass er aus Schuldbewusstsein versucht hat, sich das Leben zu nehmen, auch wenn er nicht selbst Hand an die Opfer angelegt hat. Wir gehen darum bisher davon aus, dass er auf andere Weise darin verwickelt ist. Vielleicht hat er die Opfer ausgesucht, weil man über Bankdaten neben dem finanziellen Potenzial auch andere Dinge ziemlich gut ermitteln kann, etwa ob irgendwelche Pflegedienste engagiert sind, Essen auf Rädern, oder ob noch andere Menschen Zugriff auf die Konten haben, ob es also noch andere soziale Kontakte des Opfers gibt. Denn bisher war allen Opfern auch zu eigen, dass sie nicht nur viel Geld hatten, sondern auch ziemlich einsam lebten.«

»Wir gehen darum davon aus«, machte Deniz weiter, »dass Matuschek Kontakt zu einem anderen Täter gehabt haben muss. Wie, wissen wir nicht. Sein Handy und sein Notebook haben wir von seiner sehr kooperativen Frau bekommen, aber wir sind noch dabei, es zu knacken. Die Retrodaten vom Handy geben erst mal keinen Aufschluss, aber da gibt es ja übers Netz heute tausend andere Möglichkeiten, ›Web.de‹ oder ›Googlemail‹ oder was weiß ich. Dieser zweite Täter könnte Martin Henschel sein. Dafür spricht, dass die beiden Kontakt hatten, dass Henschel Arzt ist, oder war, also für den möglichen Modus Operandi entsprechend ausgebildet und vor allem, dass er in seiner Ausbildung in der Klinik gearbeitet hat, in deren Ruine die drei Leichen gefunden worden sind.«

»Warum ist die letzte Leiche, also die von dem Alten, da abgelegt worden, warum haben sie die nicht wie die anderen als natürlichen Tod in der Wohnung gelassen?« Eine junge Kollegin mit schwarzem Zopf.

»Da haben wir keine wirkliche Ahnung, Isra«, sagte Holger Szymaniak. »Der einzige Unterschied zwischen Arthur Eggert und den anderen Opfern besteht darin, dass er Verletzungen hat, Abwehrverletzungen meistens. Damit könnte es zusammenhängen. Und er ist auch anders getötet worden, nämlich erstickt.«

»Ja«, sagte Camilla, »vielleicht ist bei der Tatausführung irgendwas schiefgelaufen, denn die Gerichtsmedizinerin meint, die anderen Opfer müssen vorher irgendwie sediert worden sein, weil ihnen diese Wunde ja noch beigebracht werden musste, und weil als Tötungsmittel Insulin oder Kalium in Betracht kommen, und das wirkt nicht sofort. Das könnte mit K.o.-Tropfen passiert sein, und vielleicht ist da beim letzten Opfer was schiefgelaufen, und er hat sich gewehrt. Hätte man Eggert mit diesen Abwehrverletzungen einer normalen polizeilichen Leichenschau unterzogen, wäre das mit Sicherheit nicht als natürlicher Tod durchgegangen, wahrscheinlich wären wir sogar von einer Straftat ausgegangen.«

»Und darum musste er verschwinden.«

»Könnte sein, dass das eine Erklärung ist«, sagte Holger Szymaniak. »Das könnte auch der Grund sein, warum die skelettierte Leiche dort liegt, die wir ja heute identifiziert haben, die passt nämlich auch in die Reihe. August Quante, neunundachtzig Jahre alt, viel wissen wir noch nicht, aber dass auch er allein gelebt hat. Der hatte einen gebrochenen Finger, was nicht postmortal geschehen sein kann, sagte der Obduzent, also auch eine Abwehrverletzung sein könnte.«

»Und bei allen anderen Opfern«, sagte Deniz, »ist vom Arzt natürlicher Tod bescheinigt worden, bei der letzten Leiche sogar nach einer Obduktion. Und auch sonst gab es null Hinweise auf Fremdverschulden.«

»Was ist mit der Frau?«, fragte Isra mit dem Zopf.

»Das ist bisher die große Unbekannte, obwohl wir ein Foto von ihr haben.« Camilla zeigte auf das Foto am Whiteboard, auf dem die Frau abgebildet war, die ziemlich vermummt mit Ernst Hubers Debitkarte Geld abgehoben hatte. »Zugegeben, schlechtes Foto, aber immerhin. Sie benutzt niederländische Dokumente, also ID-Karte und Führerschein, auf den Namen Frauke de Vries, die sind aber mit an Sicherheit grenzender Wahrscheinlichkeit gefälscht, weil die Kollegen sie auch in den Niederlanden amtlichoffiziell nirgendwo finden konnten. Auf den Namen hat sie das Auto gemietet und in Holland die Konten eingerichtet.«

»Wie passt unsere dritte Leiche da rein, der junge Typ?« Isra mit dem Zopf will es genau wissen, dachte Deniz.

»Da fragst du was«, sagte Holger, »können wir wieder nur spekulieren. Wir wissen, dass er ein … wie nennen die sich noch mal?«

»Urbexer«, half ihm Isra mit einem Lächeln, »Urban Explorer. Die besuchen solche Orte, die sie ›Lost Places‹ nennen. Gibt's reichlich Videos bei YouTube, wer sich das mal ansehen will.«

»Ja, so einer war er. Und es könnte gut sein, dass er unfassbares Pech hatte und den oder die Täter überrascht hat. Nach unseren bisherigen Ermittlungen und den Spuren am Tatort steckt er da jedenfalls wohl nicht mit drin.«

Einen Moment sagte niemand etwas, und Holger nahm sich eine Mappe vom Tisch.

»Wenn keiner mehr eine Frage hat, machen wir folgendermaßen weiter. Wie wir das von den Staatsanwaltschaften her regeln, klärt sich im Lauf des Tages. Wir als größere Mordkommission übernehmen erst mal die Arbeit und haben die beiden Essener Teams dabei. Staatsanwältin Lopez ist zumindest heute mit im Boot.«

Camilla nickte und lächelte in die Runde.

»Deniz und Frau Lopez haben gleich noch ein Treffen, aus dem vielleicht ein Zeuge hervorgeht, wenn wir Glück haben. Zu dem, wie wir vorgehen wollen, sagst du am besten was, Deniz.«

»Kann ich machen. Wir haben über Matuscheks letzten Arbeitgeber die Konten identifizieren lassen, auf die er die letzten drei Jahre zugegriffen hat, weil wir bis jetzt davon ausgehen, dass die Opfer so ausgewählt worden sind – und das nach bestimmten Kriterien. Also zunächst, wer war alt, wer hatte viel Geld, und bei wem stimmte auch alles andere. Das sind 'ne ganze Menge, über hundert Leute, von denen die meisten sicher irgendwie rausfallen. Dafür müssten wir aber erst mal schauen, wer lebt davon überhaupt noch, die sind nämlich in der Regel ziemlich alt, und dann sollen diese Menschen von den Teams aufgesucht und befragt werden. Vielleicht ergeben sich da Hinweise, welcher Art auch immer, denn wenn wir Glück haben, ist es zu weiteren Kontaktversuchen der Täter gekommen. Und vielleicht kommen sogar noch Opfer dazu.«

»Das machen neben den Essener Teams noch zwei von uns«, sagte Holger Szymaniak, »mehr geht vorerst nicht, denn unsere anderen Spuren sind ja auch längst nicht abgearbeitet. Ach, und da ist auch eine gewisse zeitliche Dringlichkeit geboten, denn wir wissen nicht, ob der Matuschek seine Mittäter kontaktiert und über die polizeilichen Ermittlungen informiert hat. Wenn ja, sind sie weg, sehr wahrscheinlich. Wenn nicht, ist vielleicht noch jemand von der Liste in Gefahr.«

Er nickte, alle standen auf, Stühlerücken, Gerede.

Camilla sah auf ihr Handy und hielt es ihm dann hin.

Eine Nachricht von Alex. Sie enthielt einen Zeitpunkt und eine Adresse.

Alexander

Das Treppenhaus auf Parkebene drei war ohnehin ein Ort, an dem man die Wahrnehmungsregler seiner fünf Sinne am besten auf null stellte und den persönlichen Aufenthalt auf das Allernötigste reduzierte. Wenn aber jemand – was durchaus vorkam – es vorgezogen hatte, in der jüngeren Vergangenheit die Umwandlung seiner zwei Liter Fiege-Pils nicht in der Kälte der Nacht in einer der vorhandenen Grünanlagen zu entsorgen, sondern in der einladenden Wärme dieser Einrichtung, grenzte es an Folter.

Niemand wusste, wie ein Mann dieser Gesinnung reagierte, darum hatten sie vereinbart, dass Alex erst allein wartete, und eine kurze Nachricht sandte, wenn Snowdown auftauchte, damit er nicht sofort wieder das Weite suchte. Er hatte Lisa beauftragt, und gegen ein Nuts hatte sie in den unendlichen Weiten des Internets herausgefunden, dass sein Informant wahrscheinlich Arndt Leibold hieß.

Als er auf dem letzten Treppenabsatz angekommen war, drückte Alex auf »Senden«.

»So, da bin ich«, sagte Snowdown, »du wolltest mir irgendwelche Bilder zeigen. Kostet aber auch was, sag ich gleich.«

Die Tür zur Parkebene schlug auf, und Deniz und Camilla erschienen mit einem zweiten Polizistenpärchen, das sofort den Abgang nach unten sicherte.

Snowdown hatte ein paar Fragezeichen im Gesicht.

»Müller, Polizei Essen«, sagte Deniz, »das sind meine Kolleginnen und Kollegen. Herr Leibold, wir hätten ein paar Fragen an Sie. Haben Sie irgendwas, womit Sie sich ausweisen können?«

»Nein, habe ich nicht. Was soll denn der verdammte Scheiß?«

»Scheiß sowieso nicht, aber damit Sie auch nicht meinen, das wäre ein Spaß.« Deniz hielt ihm einen Ausweis hin.

Er sah Alex an mit einer Mischung aus Überraschung und Ärger.

»Hast du das verbockt? Ja, oder? Hast du mich echt verarscht?«

»Das tut doch nichts zur Sache, Herr Leibold. Jetzt sind wir hier und haben ein paar Fragen an Sie.«

Snowdown sah einmal in die Runde und musterte Deniz und Camilla von oben bis unten.

»Jetzt wird man als Deutscher in diesem Land schon von einer ... einer Schwarzen und 'nem Türken kontrolliert, der sich als Tarnung Müller nennt, das ist echt der Untergang.«

»Das mit dem Untergang hatten wir bereits, und da waren im Wesentlichen deine Gesinnungsgenossen dran beteiligt«, sagte Alex. Jetzt war eh alles egal, die Quelle war dahin.

»Herr Leibold, Sie hatten zuletzt Kontakt zu einem Arthur Eggert, ist das richtig? Dass Sie sich nicht selbst belasten müssen und bestraft werden, wenn Sie was Falsches sagen, das wissen Sie, nehme ich an? Sie müssen dann die Wahrheit sagen. Also, kennen Sie Arthur Eggert? Und wann hatten Sie zuletzt Kontakt zu ihm?«

»Ich werde hier dermaßen gelinkt und soll euch helfen? Geht's noch? Ich muss doch nichts sagen, oder? Hat man mir doch grad erzählt, wenn ich mich belaste.«

»Erstens, es geht um Tötungsdelikte, Herr Leibold, vielleicht denken Sie mit dieser Information noch mal neu nach. Zweitens: Zur Belehrung gehört auch, dass Sie unter gewissen Umständen der Beihilfe beschuldigt werden könnten. Und drittens könnte ich ja mal nachsehen, was wir so aktuell auf Ihrem Handy finden, so an Bildern und Filmchen, was meinen Sie?«

Er schloss resignierend die Augen, das Hämatom leuchtete immer noch.

»Was wollt ihr wissen?«

»Sie kennen Arthur Eggert?«

»Kennen? Mein Gott, aber, ja.«

»Wann haben Sie ihn zuletzt gesehen?«

»Keine Ahnung. Vor drei Wochen oder so.«

»Wann wollten Sie ihn sehen? Letzte Woche?«

»Ja. Eigentlich sollte er auf dem Abend gegen das Vergessen sprechen, aber als er abgeholt werden sollte, hat er nicht geöffnet.«

»Und dann?«

»Nichts und dann. Er kam nicht. Ich bin nach der Veranstaltung noch mal vorbei, um nachzusehen. Alter Mann, kann man sich ja mal kümmern für die nächste Veranstaltung. Gibt ja nicht mehr so viele dieser Helden.«

»Wann war das?«

»Letzten Mittwoch.«

Deniz und Camilla sahen sich an.

»Was ist dann passiert?«

»Na, hatte ich erst gar nicht gesehen, aber hinterm Haus stand ein kleiner Sprinter, und da war dieser Typ mit der Pissnelke. Ich habe was wegen Arthur gefragt, aber die waren nur Scheiße, und ich sollte Platz machen. Lass ich mir natürlich nicht sagen, und da isses zu 'ner kleinen Auseinandersetzung gekommen. Hab ihn zweimal erwischt, aber er mich auch, wie man sieht.«

»War das der Mann?«

Deniz hielt ihm ein Foto hin, Leibold begann langsam zu nicken.

»Ja, glaub schon. Hatte aber 'ne Mütze auf, der Typ.«

»Wie sah die Frau aus?«

»Normal irgendwie. Normal groß, ungefähr so alt wie der Typ. Lange dunklere Haare.«

»Und Sie sind dann gegangen?«

»Ja, erst. Bin dann an der Einfahrt noch mal zurück, will man ja nicht auf sich sitzen lassen. Da kamen die aber schon raus mit dem Sprinter. Hätten mich fast umgefahren. Ich hab noch gegen die Tür getreten, aber sind dann abgehauen, die beiden.«

»Können Sie was zum Auto sagen?«

»Ich habe sogar das Kennzeichen.« Mit Lob-mich-Attitüde.

Wieder sahen die beiden sich an, Camilla nickte auch Alex danach zu.

Leibold holte sein Handy hervor, rief ein Foto auf und nannte ein Hamburger Kennzeichen.

»Wahrscheinlich ein Leihwagen«, sagte der Polizist, der auf der Treppe stand. »Hört sich nach Europcar an.«

»Gegen welche Tür haben Sie getreten?«

»Fahrertür«, sagte er.

»Können wir das Foto haben?«

Snowdown sah Deniz genervt, aber resigniert an.

»Rufen Sie es mal auf.«

Er tat wie befohlen, Deniz fotografierte den Wagen vom Display.

»Das war's fürs Erste, Herr Leibold. Jetzt möchte ich Sie nur noch bitten, dass Sie morgen im Präsidium in Bochum vorbeischauen, wo wir das Ganze aufschreiben, ja?«

Ihm entgleisten die Gesichtszüge.

»Nicht euer Ernst?«

»Doch, vollkommen.«

Er winkte ab und ging zwischen den beiden Leuten auf der Treppe hindurch nach unten.

»Du hast ja sympathische Informanten«, sagte Camilla mit gespielt blasierter Miene.

»Der Weg zur Wahrheit ist mitunter ein steiniger, da kann man sich seine Begleiter nicht immer aussuchen.«

»Du immer mit deiner Wahrheit. Und hättet ihr euch nicht irgendwo im Grünen treffen können? Das ist ja furchtbar hier.«

»Leicht und angenehm kann jeder«, sagte er.

Sie verließen das Treppenhaus Richtung Parkdeck.

»Danke, Alex«, sagte Deniz, als sie an dem Auto angekommen waren, »hat uns sehr geholfen, echt.« Er wandte sich den anderen zu. »Und wir fahren jetzt zu Europcar, ich rufe von unterwegs Holger an.«

Die Polizisten besetzten die Autos und fuhren ab. Camilla winkte ihm lächelnd zu.

Camilla

Sie hatte ihren Chef informiert, dass sie auch den morgigen Tag in Bochum verbringen würde, um mit der Staatsanwaltschaft dort letzte Fragen der Zuständigkeit zu klären, was halb gelogen war, denn das wäre auch telefonisch möglich gewesen. Theoretisch konnten Staatsanwälte bei jeder Ermittlung dabei sein, praktisch war das aus vielerlei Gründen meist nur bei größeren Einsätzen oder wichtigen Terminen der Fall. Diese Chance jetzt wollte sie sich nicht entgehen lassen.

Ein paar Anrufe, mehr hatte es Deniz nicht gekostet, um herauszufinden, dass der Wagen, ein weißer Ford Transit, bei einer Filiale in Oberhausen angemietet worden war und dort sogar noch stand.

»Ich bin morgen noch mit dabei, hast du vielleicht grad mitbekommen.«

»Welch große Freude.«

»Glücklicherweise habe ich keine Sitzung, und der Chef konnte nicht widersprechen bei der Argumentation. Nimmst du mich noch mal mit? Rausschießen kann ich dich ja nicht, wenn's brenzlig wird.«

»Passt gut«, sagte Deniz. »Werner hat morgen einen längeren Gerichtstermin, da ist Anna allein. Fahren wir zu dritt.« Kurzes Lächeln. »Und die kann dann ja schießen bei Bedarf.« Erneutes Lächeln, diesmal mit Zwinkern.

Frau Sahin von der Autovermietung hatte noch einen Kunden, dafür bekamen sie einen Kaffee angeboten, der sensationell gut schmeckte.

»So, jetzt habe ich Zeit für Sie, tut mir leid«, sagte sie, kurz nachdem Deniz geflüstert hatte, bald wäre mindestens ein zweiter Kaffee fällig.

Auch bei Frau Sahin nahm sie die kleine Irritation wahr, als sie Deniz sah und einen Augenblick brauchte, um ihre Erwartung bei dem Namen »Müller« der optischen Realität anzugleichen.

»Kein Problem, Frau Sahin«, sagte Deniz und zeigte seinen Ausweis. »Ich hatte ja schon am Telefon kurz erklärt, worum es geht. Wir – das ist Frau Staatsanwältin Lopez – hätten erstens gern gewusst, wer das Fahrzeug an dem Tag geliehen hatte, wer es danach noch benutzt hat, und dann müssten wir es für eine Untersuchung sicherstellen.«

»Ja, ich habe Ihnen den Kontrakt mal rausgesucht und auch schon kopiert«, mit Lob-mich-Miene. »Die Kundin hieß Mareijke Jansen und hat einen Euroführerschein vorgelegt, ausgestellt in den Niederlanden. Und der Wagen ist seitdem nicht benutzt worden, was wirklich ein seltener Zufall ist.«

Sie reichte die Kopie des Vertrages.

»Wenn die Frau den Kontrakt unterschrieben hat, dann bräuchten wir das Original«, sagte Camilla. »Gegebenenfalls können Sie es nach Abschluss des Verfahrens wiederbekommen, wenn das nötig ist.«

Mit einer leisen Enttäuschung tauschte die Frau die beiden Blätter.

Deniz fasste den Vertrag mit Latexhandschuh an und steckte ihn in eine Plastiktüte, obwohl die Chance auf eine mögliche Finger- oder DNA-Spur mehr als gering war.

»Und das Auto hat sonst niemand mehr benutzt?«

»Nein. Er ist einmal umgeparkt worden von einem Mitarbeiter, Herrn Jürgens, aber soviel ich mitbekommen habe, war niemand sonst mehr am oder im Auto.«

»Gab es irgendetwas Besonderes bei diesem Mietverhältnis?«, fragte Deniz. »Der Wagen könnte einen Schaden gehabt haben.«

»Richtig, aber das war wohl kaum der Rede wert. Ich selbst hab den Wagen nicht zurückgenommen, das war mein Kollege, den hab ich eben aber angerufen, nachdem Sie sich angesagt hatten.« Wieder das Lob-mich-Lächeln, aber vielleicht war es auch Interesse am hübschen Polizeibeamten, dachte Camilla.

»Der sagte, das wäre mit etwas Politur zu fünfundneunzig Prozent zu beseitigen gewesen. Das war ein kleiner Schaden an der Fahrertür.«

»Wie wird so etwas mit dem Kunden geregelt?«

»Die Kundin hatte den Premiumtarif gebucht, der ist nicht billig, aber dafür ohne Selbstbeteiligung.«

»Womit hat sie bezahlt?«

»Alles mit einer holländischen Girocard.«

»Geht so etwas, also ohne Kreditkarte?«

»Wenn das mit ihrem Wohnsitzland übereinstimmt, ja. Und sie hatte alle nötigen Personaldokumente dabei, auch eine holländische ID-Karte.«

Deniz notierte sich die Angaben, zog dann aus einer Lasche seiner Mappe das Foto der Frau vom Geldautomaten hervor.

»Könnte es die Frau gewesen sein? Ich weiß, kein gutes Foto.«

Frau Sahin sah sich das Bild ausgiebig an und wiegte den Kopf.

»Das könnten sicher viele Frauen sein, bei der Maskierung, und unsere Kundin sicher auch, denn sie trug ein Basecap und eine Sonnenbrille, zumindest, als sie den Wagen abgeholt hat. Ob das bei der Abgabe auch so war, da müsste ich bei Marcel, also Herrn Jürgens nachfragen.« Sie hob den Blick. »Aber Sie können sich das möglicherweise selbst ansehen, denn wir haben draußen eine Überwachungskamera, da müsste sie noch drauf sein.«

Überraschtes Gesicht bei Deniz.

»Leider kann ich Ihnen die Aufnahmen erst morgen geben, weil unser Computermann da erst wieder hier ist, und sonst kann das keiner.«

»Wunderbar«, sagte Deniz, und Frau Sahin strahlte. »Und könnten Sie Herrn ... wie war der Name? Jürgens? ... bitten, dass er mich mal anruft, vielleicht kann er noch etwas dazu sagen.« Er überreichte ihr eine Visitenkarte.

»Dann lassen Sie uns doch den Wagen mal ansehen.«

Als sie nach draußen gingen, kam der Wagen des Abschleppunternehmens schon durchs Tor gefahren.

Deniz

Auf dem Rückweg zur Bochumer Dienststelle rief Camilla bei Suzanne Berger-Matuschek an. Ihr Mann war stabil, und die Ärzte wollten in Kürze das künstliche Koma beenden. Deniz hoffte, dass der Mann dann frühzeitig vernehmungsfähig war und aussagen würde, was immer dabei herauskam.

Zwei Teams hatten damit begonnen, bei den Kunden zu ermitteln, auf deren Konten Oliver Matuschek zugegriffen und dort recherchiert hatte. Auch wenn die meisten dieser Menschen im Essener Stadtgebiet wohnten, waren immer noch genug andere übrig, die auf das gesamte westliche Ruhrgebiet verteilt waren, was die Befragungen aufwendig machte.

Nach einem schnellen Döner, der sehr ordentlich, aber nicht so gut war wie der seines Stammtürken in Essen, besprachen sie sich kurz mit dem Bochumer Team, das schon wieder auf der Dienststelle war. Die beiden stellten sich als Harry und Vanessa vor, und wenn Deniz die Kollegin zehn Jahre jünger als sich selbst einschätzte, war Harry ebenso viel älter.

»Insgesamt haben wir heute elf Leute geschafft, das heißt, wir haben sie zumindest kontaktiert«, sagte Vanessa, »wobei wir bei sechs von denen schon nach dem Telefonat ausschließen konnten, dass die einen Kontakt zu unseren Tätern hatten, bei drei anderen war das klar, nachdem wir sie aufgesucht hatten.«

»Warum? Sie haben Henschel auf dem Bild nicht erkannt?«, fragte Camilla.

»Einmal das, und weil sie auch überhaupt nicht wussten, was wir von denen wollten. Wir haben das zwar erklärt, aber an die war niemand herangetreten. Bei zwei von den anderen war das aber möglicherweise der Fall, bei einem, ein Gustav Schumacher in Duisburg«, sie sah Harry an, der nickte, »sieht es ganz danach aus, dass es einen Kontaktversuch gegeben hat.«

»Der hat ihn erkannt?«, fragte Deniz.

»Ja, obwohl der jetzt wirklich etwas anders aussehen muss, hundertprozentig sicher war er sich nicht. Mit dem Bild hatten alle Schwierigkeiten, es könnte sein, dass Henschel sein Aussehen nach der ED-Behandlung damals verändert hat. Aber bei Schumacher stimmten viele andere Faktoren. Er ist einundneunzig, rüstig, lebt in einem schicken Häuschen, allerdings ziemlich einsam. Geschwister und Freunde sind seit Jahren weggestorben, und dann hat jemand vor drei Jahren Kontakt zu ihm aufgenommen, und zwar auf die ganz linke Tour, wenn es unser Mann war. Der hat ihm sein Portemonnaie wiedergebracht, nachdem er es im Park verloren hatte, angeblich. Natürlich mit Ausweis und aller Kohle, die vorher drin war. Hat sich als Paul Weber vorgestellt und den Kontakt nicht abreißen lassen. Hat gesagt, er wäre Arzt und hat dem Opfer in der Folgezeit bei allen möglichen Dingen geholfen. Einkaufen, kleinere Reparaturen, irgendwas im Garten und so weiter, kam immer zufällig vorbei.«

»Und, ganz wichtig«, Harry dazwischen, »der Mann, also der Alte, hat Kohle. Wollte er erst nicht mit rausrücken, aber er hat früher als Ingenieur gearbeitet, auch im Ausland, da schon gut verdient, dann später zusätzlich eine Betriebsrente, dem geht es gut. Zahlen hat er nicht genannt, aber der hat eine Schwäche für Uhren, und ich kenn mich da nicht so aus, aber ...«

»Da waren echte Kracher dabei«, wieder Vanessa, »Breitling, Cartier, diese Kaliber. Das war schon beeindruckend, auch Firmen, die ich gar nicht kannte. Was hat er gesagt? Die eine hat vierzehntausend Mark gekostet, damals?«

Harry nickte.

»Aber er lebt ja noch«, sagte Deniz.

»Ja, er lebt noch, denn«, sie hob die Hand mit ausgestrecktem Zeigefinger, »der Kontakt ist irgendwann völlig abgerissen. Warum, das ist ihm wahrscheinlich erst heute klar geworden nach unserer Befragung. Wir haben nämlich gefragt, ob da irgendwas vorgefallen ist, sich was verändert hatte, und vermutlich ist der Grund, dass eine Nichte, die Tochter seiner toten Schwester, auch schon gute fünfzig, ihren Wohnsitz 2019 wegen Donald Trump aus den USA wieder in die alte Heimat, genauer nach Oberhausen, verlegt hat, zusammen mit ihrem Mann. Seitdem ist dieser Kontakt sehr intensiv geworden, die hat ihn öfter besucht, hat Opa mal zu sich geholt, so was halt. Und er wusste noch von einem Mal, wo die beiden, also Henschel und die Schwester, sich bei ihm begegnet sind, und kurz danach hat sich Paul Weber vom Acker gemacht, war vollkommen verschwunden.«

»Das heißt«, sagte Camilla, »die suchen bewusst die alten Leute aus, die kaum oder keine sozialen Kontakte haben. Und bei denen, wo das anders ist, da versuchen sie es erst gar nicht oder geben es auf.«

»Könnte sein«, sagte Vanessa, »denn bei den beiden anderen, die sich auch an einen Arzt erinnern können, der zumindest so ähnlich aussah, aber eben einen Bart hatte …«

»… machte er sofort die Arztnummer«, sagte Deniz, »die Götter in Weiß, da haben Opa und Oma sofort Vertrauen.«

»Ja, wahrscheinlich, Vertrauen und Respekt. Jedenfalls hat eine von den zwei anderen erzählt, dass sie vor zwei Jahren diesen Arzt kennengelernt hat, weil der eine Panne hatte direkt vor ihrer Wohnung. Sie hat ihm angeboten, dass er bei ihr telefonieren kann. Dann ist er später mit Blumen gekommen, hat sich noch mal gemeldet, gefragt, ob er sich revanchieren kann, aber war dann irgendwann verschwunden. Wir haben dann wieder gefragt, ob was vorgefallen ist, und sie erinnerte sich, dass er zweimal auf ihre Freundinnen gestoßen ist, die sie besucht haben.«

»Und das war ihr vorher gar nicht klar?«, fragte Camilla.

»Nein, ist ja auch verständlich. Zufällige Bekanntschaft, bleibt irgendwann einfach weg, das merkt man erst nach einer gewissen Zeit, da kann man gar nicht genau sagen, was da passiert ist.«

»Bei der Frau hat er sich übrigens Thomas Breuer genannt«, sagte Harry, »auch so 'n Allerweltsname.«

»Okay«, sagte Camilla, »danke, und ihr schreibt das ja auf. Dann versuchen wir morgen mal, von den restlichen Opfern so viele wie möglich zu erreichen.«

»Das wird lustig«, Vanessa lächelte und stand auf, »vor allem, wenn sie schlecht hören. Davon hatten wir heute drei.«

Als die Mordkommission die abschließende Besprechung des Tages begann, hatte das Licht, das in den Raum fiel, schon ein paar rötliche Anteile.

Holger Szymaniak fragte nacheinander die Teams ab, vor allem die Leute, die sich mit den telefonischen Massendaten beschäftigten, hatten einiges zu berichten. Zwei Teams hatten sich intensiv um den Hintergrund der skelettierten Leiche gekümmert, und je mehr herauskam, desto mehr passte der Tote in die Reihe der Opfer.

»Bei zwei Teams nehmen wir morgen wegen anstehender beziehungsweise beendeter Urlaube Wechsel vor, die Leute wissen aber schon Bescheid. Ansonsten kümmern wir uns morgen intensiv um die Bankkunden von der Liste, und wir nehmen zuerst die, die noch leben, weil nicht auszuschließen ist, dass von denen noch einer in Gefahr ist. Und die, die mittlerweile gestorben sind, kommen danach dran. Gut möglich, dass wir noch ein Opfer finden.« Er blickte einmal in die Runde. »Wenn nichts mehr ist, bitte ich alle, die noch was Wichtiges zu Papier bringen müssen, das heute noch zu tun, damit ich es morgen früh habe. Allen eine angenehme Nachtruhe, wann immer die beginnt.«

»Wollen wir noch was trinken, einen Absacker?«, fragte Deniz, als sie schon fast an Camillas Wohnung angekommen waren.

»Ich glaube, ich muss heute mal schlafen. Damit ich meine Falten wenigstens einigermaßen in Schach halte. Geht bald sowieso nicht mehr.«

Sie fuhren wortlos um die letzten Ecken, im Radio lief Popmusik. Nachdem er angehalten hatte, drehte sie sich im Sitz zu ihm.

»Hab ich dich noch nie gefragt, Deniz. Bist du eigentlich Muslim? Denn du trinkst ja Alkohol, seit ich dich kenne.«

»Als Sohn einer Muslima, ja, weil meine Mutter das so bestimmt hat. Ich war auch früher öfter mit meiner Mutter in der Moschee, hab da mit den anderen Kindern gespielt und mir die Geschichten angehört. Aber als sie gestorben ist, war das mehr oder weniger vorbei. Hat mir immer gefallen. Mein Onkel hat mich noch ein paarmal mitgenommen, nachdem ich zu meinem Vater kam. Aber das hörte dann auch auf. Und mein Vater hat mit all dem eh nichts am Hut. Jetzt sowieso nicht mehr.«

»Wie alt warst du da? Hast du mir schon mal erzählt.«

»Fast sieben.«

»Vermisst du das Türkische manchmal?«

»Wenn das Türkische das ist, was ich mit meiner Mutter vermisse, ja? Aber weißt du, ich bin, wie ich bin. Ich weiß meist gar nicht, was an mir Türkisch und was Deutsch ist.«

»Oh, Mann, schwere Gespräche am Abend.«

Sie lächelte, und es sah warm und verbindend und hinreißend aus, fand er.

»Schlaf gut.«

Als sie auf die Eingangstür zuging, sprang ein Bewegungsmelder an, dann verschwand sie, ohne sich noch einmal umzusehen.

Deniz

Die Mordkommission Ruine war noch in dem Stadium, dass über den Tag ständig Neues ermittelt wurde und dann die Runde machte, was wie ein permanenter Blasebalg an einer Esse wirkte, dieses Bild jedenfalls hatte Deniz im Kopf. Im MK-Raum und den angrenzenden Büros wurde geredet und geschrieben, telefoniert und hin und her gerannt, Teams kamen rein und fuhren raus, am Drucker, beim Händewaschen, an der Kaffeemaschine, bei jeder Gelegenheit wurde über das ein oder andere Detail gesprochen, und diese Energie war fast körperlich zu spüren.

»Deniz, könnt ihr mal kurz reinkommen?«, rief Holger Szymaniak den Flur entlang, kaum dass sie angekommen waren.

Sie gingen zu dritt in sein Büro, eine weitere Kollegin, die er gestern noch nicht gesehen hatte, kam dazu.

»Das ist Veronika, ist heute den ersten Tag nach dem Urlaub wieder da. Hat ein paar sehr interessante Sachen für uns.«

»Morgen.« Veronika lächelte in die Runde, die Urlaubsbräune leuchtete unter dem grauen Bürstenhaarschnitt noch intensiver. »Es geht um euren Tatverdächtigen und dass da noch eine Frau im Spiel ist. Ich hab vor etwa zehn Jahren mal Todesermittlungen in Dortmund gemacht. Da hatten wir ein paar eigenartige Leichensachen in einem Pflegeheim. Letztlich ist das damals im Sande verlaufen, aber ich bin mir bis heute sicher, dass da was an uns vorbeigegangen ist. Die Ermittlungen waren nicht einfach, auch weil die Leitung kein großes Interesse hatte, dass das publik wurde. Die haben wirklich gegen uns gearbeitet, vielleicht konnten wir auch deshalb nichts nachweisen. Aber langer Rede …

Eine der Personen, die damals in den Fokus geriet, war eine der Pflegekräfte, eine Sandra Brouwers. Die Frau hatte die deutsche und die holländische Staatsangehörigkeit, und«, sie machte eine kleine Pause und legte den Kopf schief, »sie ist die Halbschwester von Martin Henschel.«

»Und die hat als Pflegekraft gearbeitet, wirklich?«, fragte Camilla.

»Genau. Als Pflegekraft in einer Seniorenresidenz. Und die war nicht koscher. Ich meine sogar, damals hätte es auch schon mal bei einer vorherigen Arbeitsstelle Vorwürfe wegen Misshandlung von Patienten gegeben, bin mir aber nicht mehr sicher, ob ich da jetzt was verwechsle. Die Heime halten da ja oft einiges unter der Decke, weil die natürlich um ihren Ruf fürchten. Da entlassen sie lieber irgendwen.«

»Gibt es ein Foto von Sandra Brouwers?«

»Hab ich schon nachgesehen«, Veronika schüttelte den geschorenen Kopf, »aber ich habe nur noch die Einwohnermeldedaten von damals gefunden. Ist kurz danach aus Lünen weggezogen, und seitdem ist sie wie vom Erdboden verschluckt. Kein Bild, keine aktuelle Adresse, nichts. Und auch keine Erkenntnisse seitdem.«

Alle sahen sich an.

»Aber das mit dem niederländisch passt natürlich total«, sagte Deniz. »Vielleicht hat sie sich einfach 'ne falsche holländische Identität zugelegt.«

»Oder zwei«, Camilla.

»Oder zwei, genau.« Er wandte sich wieder der Sonnenanbeterin zu. »Danke, wichtige Info.«

Veronika nickte lächelnd und ging.

Wenn Rosemarie Wachowiak aus ihrem Küchenfenster sah, reichte der Blick über die Dächer von Bergerhausen hinweg bis zum Schellenberger Wald. Das war der Vorteil, wenn man im dritten Stock wohnte, und auch deshalb hatten ihr Erich und sie sich damals für diese Wohnung entschieden, wegen dieser wunderschönen Aussicht. Mehr scherzhaft war damals manchmal über den fehlenden Fahrstuhl gesprochen worden, und dass man im Alter sicher Schwierigkeiten haben würde. Aber zu der Zeit hatte das Alter noch hinter dem Horizont gelegen, so wie die Inseln unter dem Wind, wenn sie im Urlaub am Strand der Nordsee gestanden und nach Westen geblickt hatten.

Weit, weit weg.

Sie sah auf die Uhr, aber es war noch etwas Zeit. Paul war ein sehr pünktlicher Mensch, sogar penibel pünktlich, und sie hatte ihn gebeten, nach ihrer Waschmaschine zu sehen, weil die ein ungewöhnliches Geräusch machte. Obwohl er jetzt einen Schlüssel zu ihrer Wohnung besaß, schellte er jedes Mal, und wartete, bis sie öffnete. Ihr gefiel diese Zurückhaltung.

Auch wenn sie die Ahnung mit sich herumtrug, dass Paul einer der Menschen gewesen wäre, die ihr Erich nicht gemocht hätte, brachte er mit seiner Gegenwart und Fürsorge Licht in ihr Leben, und sie freute sich jedes Mal sehr über die Abwechslung und die Gespräche, denn ihm war bei jedem Satz anzumerken, dass er eine feine Erziehung genossen hatte und überdies sehr klug zu sein schien.

Es klingelte, da war er schon, doch etwas früher. Sie ging zur Tür und ließ ihn herein.

»Guten Morgen, Rosemarie.«

»Guten Morgen, Paul.«

Er trat ein, hatte eine größere Tasche dabei und in der anderen Hand etwas, das wie die wöchentliche Stadtteilzeitung aussah.

»Na, haben Sie mich heute wieder für die Fußpflege gehalten? Das hier steckte in Ihrem Briefkasten.«

»Nein, heute nicht.« Sie versuchte, entschuldigend zu lächeln.

»Dann erwarten Sie heute niemanden mehr?«

»Nein, heute sind Sie mein einziger Besuch, wie so oft, wie eigentlich immer.«

»Ich habe mal ein wenig Werkzeug mitgebracht, mal sehen, ob ich da helfen kann, oder ob Sie doch den Kundendienst holen müssen.«

»Das hoffe ich nicht, auch wenn das für Sie natürlich Unannehmlichkeiten bedeutet.«

»Alles halb so schlimm, Rosemarie, schau'n wir mal.«

Er stellte die Tasche in der Küche auf den Tisch und entnahm ihr als Erstes eine Flasche.

»Ach, ja, Rosmarie, ich habe Ihnen noch einmal eine Geschmacksprobe mitgebracht. Das ist jetzt wieder etwas ganz anderes. Sie müssen verzeihen, ich habe die Flasche schon aufgemacht, weil dieser Geschmack ganz neu ist, und ich es auch mal probieren wollte«, er lächelte, »ich hoffe, das stört Sie nicht.«

Er nahm ein Glas aus dem Schrank und schenkte es ihr halb voll ein.

»Ich weiß, dass Sie es gern mit etwas Wasser verdünnen, aber probieren Sie es am Anfang ruhig einmal so, auch wenn es ein wenig intensiv ist, dann bekommen Sie eher einen Eindruck.«

Sie nahm einen Schluck, und auch dieser Saft war wie die anderen sehr wohlschmeckend mit einer dominanten Beerennote.

Sie saß am Küchentisch und sah ihm dabei zu, wie er sich blaue Handschuhe aus Gummi anzog, die Trommel untersuchte und aus den Falten der Gummidichtung eine Münze hervorholte.

»Haben Sie zu viel Geld, Rosemarie?« Er lächelte. »Ich glaube, da haben wir den Übeltäter schon.«

Mit spitzen Fingern legte er das Zweieurostück vor sie auf den Tisch, nahm sich ein Glas aus einem der Schränke und ließ es halb voll Leitungswasser laufen. Dann stieß er mit ihr an.

»Auf Ihr Wohl, Rosemarie.«

Sie nahm noch einen kräftigen Schluck.

»Sie meinen, das hat die Geräusche verursacht?«

»Ich bin mir ziemlich sicher. Es kommt häufiger vor, dass man in diesen Gummifalten etwas übersieht.«

»Da bin ich aber froh, dass das so schnell ging, und dass es so preiswert war. Eigentlich müsste ich Sie ja bezahlen, Paul.«

»So weit kommt das noch, Rosemarie. Schön, wenn ich helfen konnte. Lassen Sie uns auf die Freundschaft trinken.«

Wieder stieß er mit ihr an, und sie nahm noch einen Schluck, obwohl ihr plötzlich nicht ganz wohl war. Wie der Anflug eines kleinen Schwindels.

Sie hatten wegen der gewissen zeitlichen Dringlichkeit die verbliebenen Kunden auf vier Teams aufgeteilt. Von den Leuten, die Deniz, Camilla und Anna auf ihrer Liste hatten, war eine Frau mittlerweile gestorben, fünf weitere konnten nach telefonischem Kontakt als mögliche potenzielle Opfer ausgeschlossen werden, nicht nur, weil sie noch lebten, sondern auch, weil keiner der Befragten sich an irgendetwas erinnern konnte, was zu ihren Taten gepasst hätte. Vermutlich lag das auch daran, dass alle entweder familiär eingebunden waren oder sonst regelmäßig Kontakt zu anderen Menschen hatten.

Auf dem Weg zum Auto rief Deniz Alex an und fragte, ob sein weibliches Computergenie mit den Personalien von Sandra Brouwers, die mal in Lünen gelebt hatte, vielleicht ein Bild herzaubern könnte. Alex wollte es weitergeben, es koste aber mindestens eine Zehnerbox Nuts.

»Das letzte hast du nicht gehört«, sagte er zu Anna, als sie eingestiegen waren.

Er sah im Rückspiegel, wie sie mit Unschuldsmiene die Hände hob.

»Ne, im Ernst, Anna, ganz in Ordnung ist das nicht. Den ich da angerufen hab, ist ein sehr guter Bekannter von uns, dem wir vertrauen. Aber ein offizieller Weg sollte das nicht sein. Du hast ja deine Bachelorarbeit noch vor dir, nicht dass du da mal was Falsches schreibst.«

»Alles gut, ich denke, ich kann das einschätzen.«

Camilla sah ihn von der Seite an, und er wusste nicht, ob das ein Vorwurf oder wohlwollendes Verständnis war, was sie da zu ihm rübersandte.

»Wohin geht's denn, du hast die Liste?« Wieder nach hinten.

Anna nahm eine Klappmappe aus ihrem Rucksack.

»Hermann Pracht, Rosemarie Wachowiak, Agnes Puhlmann und Lore Brüggemann. Das sind unsere Kandidaten.«

»Machen wir es doch der Reihe nach«, sagte er.

»Kein Problem.«

Sie nannte ihm die Adresse von Hermann Pracht.

»Nach Fischlaken? Tief in den Essener Süden? Gut, nehmen wir den weitesten zuerst.«

Vor Jahren hatte es schon mal eine Phase in ihrem Leben gegeben, da war es öfter vorgekommen, dass ihr plötzlich schwindelig wurde, und damals hatte sie es auf die Wechseljahre geschoben.

Mit einem Lächeln versuchte sie, sich nichts anmerken zu lassen, und hoffte, dass es gleich vorbeigehen würde. Sie nahm noch einen Schluck Saft und konzentrierte sich auf den Geschmack nach Beeren, um sich ein wenig abzulenken, vielleicht half ihr das über diese Phase hinweg.

»Diese Säfte, die Sie mir mitbringen, schmecken ja alle sehr gut, Paul, aber ich glaube, dieser könnte mein Lieblingssaft werden.«

»Das habe ich mir gewünscht, wenn ich ehrlich bin«, sagte er und lächelte sein Lächeln, das nicht lächelte.

Obwohl sie sich sehr bemühte, es erst zu ignorieren und dann, ihre Gedanken auf anderes zu lenken, wurde das eigenartige Gefühl nicht weniger, sondern eindeutig schlimmer. Einen Moment lang versuchte sie noch, sich zusammenzunehmen und eine intakte Fassade aufrechtzuerhalten, dann war das nicht mehr möglich.

»Das ist mir jetzt sehr unangenehm, Paul, aber mir ist im Moment gar nicht gut. Ich weiß nicht, was los ist. Ich glaube, ich muss mich mal einen Moment hinlegen.«

»Ach, machen Sie sich mal keine Gedanken, Rosemarie, das kommt schon mal vor in dem Alter, auch wenn ich jetzt nicht despektierlich klingen will«, sagte er. »Wird sicher nichts Ernstes sein. Kommen Sie, ich helfe Ihnen.«

Sie dachte darüber nach, dass das wieder so ein Wort war, despektierlich, das sonst niemand benutzte, den sie kannte, und das zeigte, welch ein kluger Mensch er war.

Er fasste ihr unter die Achsel und an den Unterarm und führte sie ins Wohnzimmer, wo sie sich auf die Couch legte.

»Brauchen Sie eine Decke, Rosemarie?«

»Nein, danke, ich glaube, das geht schon so. Vielleicht ist es ja gleich wieder vorbei.«

Ihr fiel auf, dass er immer noch seine blauen Latex-Handschuhe trug, mit denen er die Waschmaschine repariert hatte.

»Ruhen Sie sich einfach ein wenig aus, Rosemarie. Das wird schon wieder.«

Er verließ das Zimmer, und sie hörte, wie er irgendetwas räumte, aber sie war sich nicht sicher, ob es in der Küche war, es klang anders. Es klang, als sei er in Erichs Arbeitszimmer, was sie ein wenig überraschte, dann erfasste der Schwindel sie wieder.

Es wurde immer schlimmer, obwohl sie lag, und jetzt war nicht nur ihr Kopf betroffen, sondern es fühlte sich so an, als wäre sie gar nicht mehr imstande, sich zu bewegen. Wäre es nicht besser, wenn Paul einen Arzt holen würde?, dachte sie einen Augenblick, aber er war ja selbst einer.

Nach einer Weile ging es ihr so schlecht, dass sie befürchtete, es sei wirklich etwas Ernstes, weil sie kaum noch die Kraft hatte, nach ihm zu rufen, als sie zuerst ihre Klingel und kurz danach die Wohnungstür hörte. Sie wandte im Liegen den Kopf und sah in dem Ausschnitt der Tür zum Flur für einen Moment eine Frau vorbeigehen, die mit Paul zu sprechen schien.

Obwohl es ihr schwerfiel, überhaupt etwas von dem zu fassen, was da an Gefühlen und Gedanken in ihr herumschwirrte, wusste sie nicht, was sie zuerst beachten wollte: die Verwunderung darüber, dass Paul eine Frau in ihre Wohnung ließ, oder die Überlegung, woher sie diese Frau kannte, denn dieses Gesicht hatte sie schon einmal gesehen, ganz sicher.

Sie versuchte, etwas zu sagen, sich irgendwie bemerkbar zu machen, aber offensichtlich gelang ihr das nicht, denn Paul sah sie nur ein- oder zweimal auf dem Wohnungsflur an der Tür vorbeigehen, und alles in ihr rief und winkte, aber er nahm keinerlei Notiz von ihr.

Schickes kleines Haus, dachte Deniz, teurer Eingang. Er klingelte, und Hermann Pracht öffnete die Tür.

»Müller, Polizei Essen, Herr Pracht, wir hatten heute telefoniert.« Deniz hielt ihm den Ausweis hin. »Erinnern Sie sich?«

»Das vom selben Tag kriege ich grad noch hin.« Mit dezentem Vorwurf.

»Das sollte nicht skeptisch klingen, 'tschuldigung. Das sind Frau Staatsanwältin Lopez und meine Kollegin Altemeier.«

»Kommen Sie herein. Zwei schöne junge Frauen haben bei mir immer Zutritt, ist selten in meinem Alter.«

Mit leicht gebeugtem Gang führte er sie ins Wohnzimmer, dessen Einrichtung das hielt, was der Eingang versprochen hatte. Camillas kurzer Seitenblick schien dieselbe Einschätzung auszudrücken.

In einem der Sessel saß ein Mann, der ungefähr das Alter des Hausbesitzers hatte, der wiederum etwas jünger wirkte, als er war, fand Deniz. Beide strahlten aber etwas Unangenehmes aus, was er bisher nicht greifen konnte.

»Das ist Herr Wolter, Freund, Nachbar und Gesinnungsgenosse.«

Herr Wolter grüßte kurz, hatte dabei aber ausschließlich die beiden Frauen im Blick.

»Nehmen Sie Platz, kann ich Ihnen was anbieten?«

Deniz bedankte sich, verneinte und erklärte etwas ausführlicher als beim morgendlichen Telefonat, warum sie hier waren.

Als er fertig war, sahen beide Männer sich an.

»Denkst du an dasselbe wie ich?«, fragte er den Freund und Nachbarn.

»Du meinst die Ärztin mit dem schönen Arsch? Die mit der Panne?«

Pracht nickte.

»Ist mir heute Morgen nach unserem Telefonat schon eingefallen«, wieder in seine Richtung, »ist vielleicht anderthalb Jahre her, muss im Herbst gewesen sein, es war schon früh dunkel und hat geregnet. Da war hier fast vor der Tür einer Frau der Wagen verreckt, die kam dann an die Tür und fragte, ob sie telefonieren könnte, ihr Akku sei leer. Holländerin …«

»… mit einem schönen Arsch, wie gesagt«, der Gesinnungsgenosse mit Chauvi-Grinsen.

»Na ja, konnte sie natürlich, attraktives Weib, stimmt, was Kurt sagt. Ist dann in den Tagen danach noch ein paarmal erschienen, mit 'ner Flasche Wein unterm Arm, wollte sich revanchieren, und ob sie sich nützlich machen könne.«

»Wie oft kam sie noch vorbei? Und wie lief das ab?«

»Ach, vielleicht noch zwei-, dreimal. Ist einmal sogar auf einen Kaffee geblieben. Ach, ja, sie sagte, sie suche eine Wohnung hier im Essener Süden, darum sei sie jetzt öfter hier.«

»Aber nach ein paarmal war das vorbei?«, fragte Camilla.

»Ja, ist mir erst später aufgefallen, aber irgendwann hab ich sie nicht mehr gesehen.«

»Können Sie sich das erklären, gab es einen Anlass?«

Er sah den Freund und Nachbarn mit komplizenhaftem Grinsen an.

»Könnte schon sein, dass sie da etwas missverstanden hat«, sagte Wolter, ebenfalls mit triefender Selbstgefälligkeit.

»Können Sie uns aufklären?«

Deniz hörte an Camillas Ton, dass ihr die beiden mächtig auf die Nerven gingen.

»Na, sie kam mal, als wir beiden … Wie soll ich sagen?« Wieder selbstgefälliges Grienen.

»Sag's, wie es ist«, Wolter dazwischen. »Was mein verehrter Freund zum Ausdruck bringen möchte: Wir zwei sind erklärte

Anhänger der modernen pharmazeutischen Industrie und ihrer die Auswirkungen des Alters mildernden geriatrischen Erzeugnisse.« Erneut dieses Grinsen. »Und da arrangieren wir hier hin und wieder Gelegenheiten, um dem mit professioneller Unterstützung zu frönen.«

»Was heißt das?«, fragte Camilla aufrichtig arglos.

Oh, Mann, Camilla, dachte Deniz. Was heißt das wohl?

»Das heißt, Sie bestellen sich Prostituierte?«

»Hin und wieder«, Pracht, ohne die Spur von Peinlichkeit. »Und das traf an dem Tag ziemlich zusammen. Sie war kurz vorher gekommen, wir standen quasi noch im Flur, als die Frauen eintrafen.«

»Und das war das letzte Mal, dass Sie sie gesehen haben?«

»Ja, ich glaub schon.«

»Also, wegen mir hätte sie bleiben können«, wieder der Freund und Nachbar, grinsend.

Gleich haut Camilla ihm eine rein, dachte Deniz, aber sie blieb vollkommen professionell.

»Haben Sie in dem Zusammenhang bei der Frau auch mal einen Mann wahrgenommen?«, fragte sie völlig unbeeindruckt.

Der Alte sah seinen Bruder im Geiste an, schüttelte den Kopf.

»Nein, diese drei, vier Treffen, da war sie immer allein.«

Er zeigte ihnen noch das Bild von Henschel, aber keiner der beiden konnte etwas damit anfangen. Auf das Foto der Vermummten verzichteten sie.

Nach dem Verlassen des Hauses hatten sie das Gartentor noch nicht erreicht, als Camilla stehen blieb.

»Wie bedauerlich«, sagte sie, »manchmal trifft es im Leben leider die Falschen.«

»Das sehe ich auch so. Alte, geile, selbstherrliche Arschlöcher«, sagte Anna und zeigte den Mittelfinger.

Deniz schloss den Wagen auf, sie stiegen ein.

»Und unsere Täter tauschen die Rollen, sieh an«, sagte Camilla.

»Ja, wahrscheinlich passen sie es individuell an. Wo geht's jetzt hin?«

Anna nahm ihre Mappe.

»Rosemarie Wachowiak.«

Sie nannte ihm die Anschrift.

Erst in einiger Entfernung zur Adresse fand er eine freie Parkbucht.

»Schöne Gegend«, sagte Camilla auf dem Weg zurück zum Haus. »Und sicher nicht ganz billig.«

»Sieht man schon an den Autos …« Anna blieb mit neidischem Blick vor einem Oldtimer-Cabrio in einer der Parkbuchten stehen.

Sie hatten Rosemarie Wachowiak telefonisch am Morgen nicht erreicht, und auch jetzt reagierte sie nicht auf das Schellen.

»Vielleicht verreist«, sagte Anna.

»Oder schwerhörig. Kommt in dem Alter schon mal vor.«

Deniz drückte der Reihe nach die unteren Knöpfe, nach dem dritten fragte eine Frauenstimme aus dem Lautsprecher, wer da sei.

»Die Polizei, Frau Schacht, wir müssten mal ins Haus, könnten Sie öffnen?«

Ein Zeit tat sich nichts.

»Polizei? Ich bin mir da nicht sicher, man hört da so viel.«

»Sie haben völlig recht, Frau Schacht. Wenn Ihnen das lieber ist, rufen Sie bei der Polizei in Essen an, ruhig die 110, ich sage dann dort Bescheid.«

Er zückte sein Handy.

»Nein, lassen Sie mal.«

Sie knickte doch ein, und der Summer ertönte. In der ersten Etage war eine Tür einen Spalt weit geöffnet, direkt über dem Sperrriegel ein faltiges Gesicht unter gefärbten Haaren.

»Vielen Dank, Frau Schacht«, er hielt ihr den Ausweis hin, »wir müssen nur mal ins Haus. Und Ihre Vorsicht ist total richtig. Eine Frage: Wissen Sie, ob Frau Wachowiak da ist? Sie reagiert nicht auf unser Klingeln.«

»Nein, weiß ich nicht.«

»Wann haben Sie sie zuletzt gesehen?«

Sie überlegte einen Moment.

»Vorgestern, glaub ich. Ich geh selten raus, da sehe ich die Leute hier auch nicht oft.«

Er bedankte sich.

Welch ein Vorteil, dass in Häusern dieser Art auch vor den Wohnungen Namensschilder an den Klingelknöpfen zu finden waren, dachte er und klingelte. In anderen Gegenden der Stadt weiter nördlich war das oft nicht mal am Hauseingang der Fall, und man suchte sich einen Wolf.

Auch nach dem zweiten Klingeln tat sich nichts, obwohl Deniz glaubte, drinnen ein zaghaftes Geräusch gehört zu haben.

Er klopfte ein-, zweimal. Beim dritten Versuch etwas heftiger.

»Frau Wachowiak, hier ist die Polizei. Sind Sie zu Hause? Wir müssten mal mit Ihnen reden.«

Wieder tat sich nichts.

Rosemarie Wachowiak hatte jegliches Zeitgefühl verloren und wusste nicht, wie lange sie schon so dalag. Eine Weile vernahm sie nur Geräusche und Gesprächsfetzen aus anderen Räumen ihrer Wohnung, sie hörte es mal klappern und wie Türen geöffnet und wieder geschlossen wurden.

Dann erschien die Frau bei ihr im Wohnzimmer, auch sie

trug jetzt diese leuchtend blauen Handschuhe. Sie legte mehrere Dinge direkt vor ihren Augen auf den Couchtisch, und als sie nun dieses Gesicht von vorn und aus der Nähe vor sich sah, war sie noch sicherer, dass sie es schon mal gesehen hatte. Es kostete sie viel Mühe, den Kopf noch weiter zur Seite zu drehen, aber mit einem Blick, der immer trüber zu werden schien, erkannte sie bei den Dingen, welche die Frau auf den Tisch gelegt hatte, das kleine, scharfe Kartoffelschälmesser mit dem gelben Griff aus der Küche und ein paar Schachteln, von denen eine Heftpflaster zu enthalten schien. Mit letzter Kraft sah sie der Frau erneut ins Gesicht und versuchte, etwas zu sagen, aber es geschah nichts. Die Fremde verließ das Wohnzimmer, und wieder war zu hören, dass die beiden in den anderen Räumen miteinander sprachen.

Zu all der Konfusion, in der sie zu versinken drohte, kam jetzt noch eine kleine Übelkeit, aber das konnte ihr Befinden auch nicht mehr verschlechtern.

Abermals vernahm sie, wie es mehrmals an ihrer Tür schellte, aber sie war sich nicht mehr sicher, ob das wirklich geschah. Dann war da ein Klopfen, oder? Doch, es schien jemand kräftig zu klopfen, und sie glaubte, mit dem letzten Rest ihrer Konzentration wahrzunehmen, wie eine Männerstimme ihren Namen rief und etwas von Polizei sagte. Mit allerletzter Kraft wandte sie ihren Kopf und sah verschwommen, wie beide Personen regungslos im Flur standen. Woher kannte sie diese Frau nur?

Kurz bevor um sie herum alles wegschwamm, fiel es ihr ein. Es war die Frau, mit der sie auf dem Parkplatz des Supermarktes zusammengestoßen war.

Dann wurde es schwarz um sie.

»Machen wir uns Sorgen«, fragte Camilla in die Runde, »oder geben wir ihr noch etwas Zeit? Vielleicht ist sie einkaufen.«

Deniz sah auf die Uhr.

»Später Vormittag, da kaufen Rentner gern ein.« Er hielt noch einmal das Ohr näher an die Tür. »Wo ist denn der nächste auf der Liste?«

»Ich glaube, der ist gar nicht so weit weg, wenn ich's richtig im Kopf habe«, sagte Anna.

»Okay, dann geben wir ihr noch eine Stunde und entscheiden danach neu.«

Als sie das Haus verließen, zeigte er auf die Briefkästen, in den meisten steckte eine Stadtteilzeitung, der Briefkasten von Rosemarie Wachowiak war leer.

»Wahrscheinlich ist sie tatsächlich einkaufen oder so.«

Die nächste Adresse lag zehn Minuten entfernt. Als er einen Parkplatz gefunden hatte, klingelte sein Handy.

»Jürgens, Europcar. Ich sollte mich melden.«

»Müller, ja, Herr Jürgens, danke, dass Sie anrufen. Es geht um den weißen Transit, sind Sie im Bilde? Sie hatten den ja zurückgenommen, hat uns Ihre Kollegin gesagt.«

»Richtig. Mit der kleinen Macke auf der Fahrertür.«

»Genau. Gab es da irgendwelche Auffälligkeiten? Was Außergewöhnliches?«

»Eigentlich nicht. Die Kundin hat den Wagen abgegeben. Ich hab ihn mir angesehen, hab das abgewickelt, sie hatte ja das Premiumpaket gebucht. Dann ist sie gefahren.«

»Wie gefahren?«

»Also, nicht selbst. Sie ist abgeholt worden.«

Er stellte den Wagen ab, die beiden anderen blieben ebenfalls sitzen.

»Konnten Sie sehen, von wem?«

»Von einem weißen Golf 7.«

»Können Sie was zum Fahrer sagen?«

»Puuuh… Ne, eigentlich nicht. Ich glaube, es war ein Mann. Aber der Wagen hatte eine Macke vorn rechts.«

»Da sind Sie sich sicher?«

»Ja, sehr sicher. Eine auffällige V-förmige Schramme über dem rechten Scheinwerfer. Wenn Sie hier arbeiten und ständig Leihwagen zurücknehmen, fällt Ihnen so was sofort auf.«

»Haben Sie das Kennzeichen gesehen?« Das wäre der Hit.

»Ne, gar nicht, hab ich nicht drauf geachtet. Ach, ja, und meine Kollegin sagte noch, Sie wollten was wegen der Aufzeichnungen der Kamera wissen. Da muss ich Sie enttäuschen. Die hatte an den Tagen einen Ausfall.«

Deniz bedankte sich, drückte das Gespräch weg.

»Das war der Mann von der Autovermietung, nicht?«, sagte Camilla, als sie ausgestiegen waren. »Und? Hatte er was für uns?«

»Die Frau ist von einem weißen Golf abgeholt worden. Leider hat er das Kennzeichen nicht. Aber der Wagen hatte eine V-förmige Macke über dem rechten Scheinwerfer.«

Anna wurde abrupt langsamer und blieb schließlich stehen.

»Weißer Golf? Da stand eben so einer. Der hatte genau da eine Schramme. Ein ›V‹.«

Alle blieben stehen und sahen sich nach ihr um.

»Bist du sicher?«

»Ja, an der letzten Wohnung stand ein neuerer weißer Golf mit einer Schramme vorne, die sah aus wie ein schräges V. Der stand direkt hinter dem alten Cabrio.«

Camilla sah ihn an, und sie machten auf dem Absatz kehrt.

Zehn Minuten später standen sie vor einem weißen Golf mit einer V-förmigen Schramme über dem rechten Scheinwerfer. Deniz hatte die Leitstelle am Handy und wartete auf Informationen zum Halter.

»Lass uns mal nicht so auffällig hier rumstehen«, sagte er und ging mit den anderen Richtung Hauseingang Wachowiak. Ein älteres Ehepaar kam ihnen entgegen und eine jüngere Frau mit Sonnenbrille, die im Gehen zum Glück mit ihrem Handy beschäftigt war, und Deniz sah in den Gesichtern der Leute, dass sie keine Notiz von den Dreien zu nehmen schienen.

Die Fenster von Rosemarie Wachowiaks Wohnung waren nach hinten raus, darum blieben sie direkt vor der Haustür unter einem Glasbaldachin stehen.

Der Halter des Wagens war ein vierundachtzigjähriger Mann aus Köln, und Deniz bestellte bei der Leitstelle ein weiteres Team zur Unterstützung, nach Möglichkeit einen Zivilwagen.

Sie klingelten noch einmal bei Frau Schacht und drückten die Tür auf, als es summte.

»Du bleibst hier unten stehen und behältst den Wagen im Blick«, sagte er zu Anna, »von hier aus geht das ganz gut, und wir beide gehen jetzt in die Wohnung.«

Ein alter Mann kam mühsam die Treppe herunter, grüßte und holte seine Post aus dem Briefkasten.

»Guten Morgen, Müller von der Polizei in Essen.« Er zeigte ihm den Ausweis. »Kann ich Ihnen eine Frage stellen?«

Der Mann musterte einen nach dem anderen.

»Polizei? Meine Güte. Ja, können Sie.«

»Kennen Sie Frau Wachowiak hier aus dem Haus?«

»Ja, kenne ich.«

»Haben Sie die heute schon gesehen?«

»Ne, die letzten Tage nicht. Aber«, er ging ein paar Schritte und sah hinter die Treppe, »ihr Rollator steht da. Da müsste sie zu Hause sein.«

»Ganz sicher?«

»Was ist schon sicher im Leben? Aber eigentlich geht sie nie ohne den wohin.«

»Danke, Herr …?«

»Rohleder.«

»Danke, Herr Rohleder.«

»Der Polizei hilft man doch gerne.«

Er kämpfte sich wieder die Treppe nach oben.

Camilla sah ihn an.

»Dann könnte es eilig sein«, sagte sie.

»Ja. Du behältst das Auto im Blick.«

Anna nickte, Camilla folgte ihm in den dritten Stock.

Er klingelte noch einmal Sturm und klopfte dann heftig gegen die Tür.

»Frau Wachowiak. Hier ist die Polizei, können Sie bitte aufmachen!«

Auch mit dem Ohr an der Tür war drinnen nichts zu hören.

»Wir müssen da rein, und zwar schnell.«

Camilla nickte, er nahm zwei Schritte Anlauf und trat einmal in Schlosshöhe gegen die Tür, aber nichts tat sich. Er versuchte es noch mal, dann zweimal mit der Schulter, aber außer einem stechenden Schmerz hatte das nichts zur Folge.

»Scheiß-Sicherheitstüren«, sagte er, nahm das Handy, gab der Leitstelle einen kurzen Abriss der Lage und bestellte einen Schlüsseldienst. Er reichte Camilla den Autoschlüssel und ließ sie die Schutzwesten aus dem Auto holen.

Drei Minuten später meldete sich der Dienstgruppenleiter der Leitstelle und fragte nach, ob das eine Sache für die Spezialeinheiten wäre und er eine BAO aufmachen müsste. Deniz fand, dafür war keine Zeit, wovon sich der Kollege mit etwas Mühe überzeugen ließ, und einen Hinweis auf eine Waffe gebe es auch nicht. Den guten Rat, vorsichtig zu sein und die Westen anzuziehen, nahm Deniz mit Dank entgegen. Mit einem weiteren Anruf brachte er Holger Szymaniak in Bochum auf den neuesten Stand, der ebenfalls sofort ein Team schicken wollte.

Wenig später traf die Unterstützung ein, und die Leitstelle hatte tatsächlich einen Zivilwagen im Angebot mit einem gemischten Team. Die Kollegin stellte sich als Tanja vor, das Riesenbaby an ihrer Seite hieß Nicki, und trotz der Hektik dachte Deniz einen Moment daran, dass seine Eltern bei der Namensgebung damals offensichtlich nicht auf dem Schirm hatten, was für ein Koloss von Mensch der süße Fratz in ihrer Wiege mal werden würde. Nicki übernahm die Observation des Autos vom Eingang aus, Tanja und Anna kamen zu ihm in die dritte Etage.

Trotz aller geschilderten Dringlichkeit brauchte der Schlüsseldienst länger als gedacht, und das Wort »Scheiße«, als der Mann die Tür sah, ließ nichts Gutes erwarten.

Eine jüngere Frau kam die Treppe herauf und sagte, sie heiße Rohleder, wolle zu ihrem Vater und sei schon unten an der Tür kontrolliert worden, was denn los sei. Camilla beschwichtigte sie, und die Frau ging weiter nach oben.

»Das war's«, sagte der Mann vom Schlüsseldienst nach einer gefühlten Ewigkeit, und mit einem metallenen Geräusch schnappte die Tür auf.

Deniz hatte Annas Protest ignoriert und sich mit Tanja abgesprochen, dass nur sie mit in die Wohnung ging.

»Ihr bleibt draußen, bis wir rufen.«

Er nahm die Waffe in die Hand, drückte die Eingangstür auf und rief laut: »Polizei, wir kommen jetzt in die Wohnung.«

Von einem längeren Flur gingen fünf weitere Türen ab. Er lief an der ersten vorbei, die Tanja sofort öffnete und nach fünf

Sekunden rief: »Ist sicher.« Er öffnete die erste Tür links, stand im Schlafzimmer, nichts in den Schränken, er zog die Betten ab und rief ebenfalls: »Ist sicher.«

Die nächste Tür auf der rechten Seite war einen Spalt offen, er blickte in ein Wohnzimmer und sah auf dem Sofa eine alte Frau liegen. »Eine Person auf dem Sofa, wir brauchen einen Arzt«, rief er laut, blickte in den nächsten Raum auf der linken Seite, in dem nur ein Schreibtisch und ein Bücherregal standen, rief: »Sicher«, und dasselbe noch einmal zehn Sekunden später, als er in die Küche gesehen hatte.

Tanja wartete am Eingang des Wohnzimmers, sie gingen zu zweit hinein, sicherten in alle Richtungen, aber hier war sonst niemand mehr.

»Die Wohnung ist sicher, ihr könnt reinkommen«, rief er Richtung Flur, fühlte gleichzeitig den Puls der Frau und nahm wahr, dass sie nicht nur warm war, sondern ihr Herz noch schlug.

»Sie lebt noch«, rief er und blickte sich um.

»Der Notarzt ist schon bestellt«, sagte Anna, die mit Camilla ins Wohnzimmer gekommen war.

Camilla kam zu ihm, hob die Wolldecke an und entdeckte auf dem Handballen der Frau ein frisches Heftpflaster, das noch etwas blutig war. Beide sahen sich an.

»Schaut noch einmal durch die Räume«, sagte sie, »ob wir irgendwas Akutes übersehen haben, dann lasst uns alle draußen warten, das hier ist nämlich ein Tatort.«

»Scheiße, das können nur Minuten gewesen sein«, sagte Deniz. »Warum der Wagen jetzt noch da steht, kapier ich nicht. Vielleicht hat er zufällig denselben Schaden. Golf gibt's wie Sand am Meer.«

Sein Handy zeigte den Eingang einer App. Da sie im Augenblick nichts anderes machen konnten, als zu warten, sah er nach. Sie war von Alex.

Lisa, unser Genie, hat ihrem Ruf wieder alle Ehre gemacht. Sie hat tatsächlich ein Bild von Sandra Brouwers gefunden, sie sagt von irgendeiner Behörden-Website in Holland, und nicht nur das. Sie hat eine Software, die Gesichter im Netz erkennt und ein zweites Bild aufgestöbert, etwas älter, von einem Gruppenfoto. Zwar ohne Namen, aber es ist dieselbe Frau, erkennt selbst meine humane Software. Bilder hängen an. Gruß A.

P.S. Das Honorar habe ich schon bezahlt.

Deniz öffnete das erste Bild, zuckte zuerst zusammen, und im nächsten Moment war in ihm das Gefühl von Leere, wenn man erkennt, eine einmalige Gelegenheit unwiederbringlich verpasst zu haben.

»Verdammte Scheiße!«

Anna und Camilla sahen ihn an. Er zog das Foto groß und hielt ihnen das Display hin.

»Das ist Sandra Brouwers.«

»Sagt mir nichts.« Camilla schüttelte den Kopf.

»Die ist uns vorhin entgegengekommen«, sagte Anna, »unten vor dem Haus«, und das bewies zum zweiten Mal in kurzer Zeit, dass diese junge Kollegin mit offenen Augen durch die Welt ging und ein gutes Gedächtnis hatte.

Das Team vom Notarzt kam die Treppe hochgehetzt. Deniz gab noch einen Hinweis, dass das ein Tatort sei, und die Leute nickten. Dann machten sie sich daran, Rosemarie Wachowiak bei den Lebenden zu behalten.

Sie warteten gemeinsam auf dem Flur. Deniz hatte telefonisch die Spurensicherung geordert, und wenn der Notarzt weg war, würden sie entscheiden, wie es von dort weiterging.

Bei dem Riesentheater mit Notarztwagen vor der Tür war es

mehr als unwahrscheinlich, dass der weiße Golf noch abgeholt wurde, wahrscheinlich würden die Täter ihn sogar aufgeben, aber für alle Fälle ließen sie Nicki noch unten stehen. Kurze Zeit später traf das zweite Team aus der Mordkommission ein.

Vom Flur eine Etage höher war zu hören, dass jemand heftiger als normal an eine Tür klopfte und eine Frauenstimme nach ihrem Vater rief. Deniz sah Camilla an, die zuckte mit den Schultern. Er ging die Treppe nach oben und sah die Frau, die sich als Rohleder vorgestellt hatte und nun vergeblich versuchte, einen Schlüssel in das Schloss der Wohnungstür zu stecken.

»Können wir helfen?«

»Ich weiß nicht.«

»Worum geht's denn?«

»Mein Vater müsste zu Hause sein, er weiß auch, dass ich komme, aber er macht nicht auf. Ich habe einen Schlüssel, aber seiner steckt von innen. Er macht das sonst nie.«

»Sie sind Frau Rohleder, und Ihr Vater heißt auch so?«

»Ja, Gustav Rohleder, und ich mache mir Sorgen. Er ist dreiundachtzig und war in letzter Zeit nicht gut beieinander.«

»Wir haben Ihren Vater vor etwa zwei Stunden noch gesehen, als er die Post holte.«

Die Informationen der letzten Minuten wirbelten in seinem Kopf durcheinander, dann legte er den Finger auf die Lippen und gab ihr ein Zeichen, dass sie schweigen und zu ihm kommen solle. Beide stiegen eine Etage tiefer. Mit gedämpfter Stimme schilderte er dem zweiten MK-Team und Tanja die Umstände dessen, was sich die letzten zwei Stunden abgespielt hatte, und bat Anna, bei Nicki nachzufragen, ob ein alter Mann das Haus verlassen hatte, seit sie hier waren.

Sie kam zurück und schüttelte den Kopf.

»Nur eine Frau Schacht, und die ist schon wieder da.«

Sie ließen das Team des Notarztes durch, das sich mit Rosemarie Wachowiak auf der Trage verabschiedete.

»Dann gibt es zwei Möglichkeiten«, sagte Deniz. »Vielleicht ist Ihrem Vater etwas zugestoßen, er hat den Schlüssel – was er sonst nie macht, wie Sie sagen – aus Versehen ins Schloss gesteckt und ihm geht es grad nicht gut.«

»Möglichkeit zwei kann ich mir vorstellen«, sagte Camilla und zog die Stirn in Falten.

»Möglichkeit zwei ist echt tricky, könnte aber trotzdem sein: Die Täterin, die wir gesehen haben, als wir kamen, hat das Haus vor Henschel verlassen, warum auch immer, vielleicht wollten die beiden nicht gemeinsam gesehen werden. Eine Minute später haben wir unten im Hausflur mit dem alten Rohleder über Wachowiak gesprochen, haben uns als Polizei vorgestellt, das hat unser zweiter Täter beim Verlassen der Wohnung gehört, er konnte nur noch nach oben weg, und weil die Tür zur Wohnung Rohleder grad offen war oder der alte Mann wieder aufschloss und reinging, passte das ganz gut.«

»Gibt es da oben noch 'ne andere Möglichkeit wegzukommen, ein Dachboden oder so?«

»Gibt es«, sagte Rohleders Tochter, »aber da ist auch eine Metalltür, die immer abgeschlossen sein muss.«

Tanja zückte ihr Handy.

»Ist euer Fall, aber ich denke, den Schlüsseldienst brauchen wir auf jeden Fall, oder?«

Sie bestellte ihn zum zweiten Mal und brachte die Leitstelle bei der Gelegenheit auf den neuesten Stand.

Um nicht gehört zu werden, zogen sie sich auf den Flur in der ersten Etage zurück.

Zum Glück war der Mann vom Schlüsseldienst noch ganz in der Nähe und brauchte nur ein paar Minuten.

»Es ist jetzt noch ein wenig wahrscheinlicher als eben, Herr Grumann«, sagte Deniz, »dass da möglicherweise ein Straftäter drin ist. Wir haben keinen Hinweis auf eine Waffe, aber so ganz ohne ist es nicht, da am Schloss rumzumachen. Erstens: Wollen Sie? Und wenn ja, wollen Sie eine Weste von uns?«

Er winkte ab.

»Ach, kein Problem. Wenn ich hinterher nicht mit rein muss, ist alles gut. Wird schon gut gehen.«

»Okay, dann mal los.«

Mit dem zweiten Team und Tanja waren sie jetzt zu viert. Sie besprachen, dass Deniz wieder als Erster ging, der Rest folgte in oft trainierter Manier.

Da der Mann mit den Türen dieses Hauses mittlerweile Übung hatte, ging es dieses Mal deutlich schneller. Mit demselben Geräusch wie vor einer Stunde sprang die Tür auf. Alle hatten ihre Waffen in der Hand, Deniz rief: »Polizei, wir kommen jetzt rein!«, und ging vor. Die Wohnung lag genau über der von Rosemarie Wachowiak und war deshalb genauso geschnitten, was die Sache erleichterte. Deniz ließ die ersten drei Türen hinter sich und bekam in den nächsten Sekunden die »Sicher!«-Meldung der drei anderen, die folgten. Als er die Tür zum Wohnzimmer aufschob, sah er Gustav Rohleder in einem Ohrensessel sitzen, und es ging ihm offensichtlich schlecht.

»Eine Person Rohleder im Wohnzimmer.«

Er schob die Küchentür auf, ging weiter und checkte den Raum, in dem niemand war. Dann folgte er den drei anderen, die schon im Wohnzimmer bei Rohleder waren, der offensichtlich Atemnot hatte, unverständlich stammelte und in großer Not zu sein schien. Tanja hatte wieder das Handy am Ohr und orderte noch einmal den Notarzt.

»Ihr könnt reinkommen, alles gut, ist doch nur ein medizinischer Notfall«, sagte Deniz und winkte Anna und Camilla zu, die noch vor der Wohnung standen.

Im allerletzten Moment, bevor er den Flur Richtung Wohnzimmer verließ, sah er, wie eine der oberen Schranktüren im Flur aufflog, Anna so heftig von hinten traf, dass sie stürzte und schrie, auch Camilla hörte er schreien, auch das war ein Schmerzensschrei, er sah unter dem Türblatt plötzlich Beine, die in den Hausflur rannten, er sah Camilla stürzen, er sah wie Blut aus ihrer Nase floss, und eine Person Richtung Treppenhaus rannte. Die beiden liegenden Frauen, die Schreie und das Blut lösten einen Reflex in ihm aus, der ihn kurz zögern ließ und dem Fliehenden einen Vorsprung von einem Stockwerk einbrachte.

»Das ist der Täter, halt ihn fest«, schrie er, »Nicki, das ist der Täter! Festhalten! Und pass auf!«

Er nahm die Treppenabsätze fast in einem Sprung, strauchelte auf der ersten Etage, rappelte sich wieder hoch, trotzdem fiel die Milchglastür nach draußen ins Schloss, als er sie fast erreicht hatte. Mit Wucht riss er sie auf und sah Nicki, das Riesenbaby, breitbeinig über Martin Henschel stehen, der mit blutendem Gesicht auf dem Gehsteig lag und stöhnte.

»Festhalten ging nicht. Ich denke, das ist so auch in Ordnung.«

Die anderen waren nachgekommen und standen mittlerweile neben Deniz. Tanja konnte ein Lachen nicht unterdrücken. Sie zog ihre Acht aus dem Hosenbund und fesselte Martin Henschel die Hände auf dem Rücken.

Camilla

Weil der Tat- und Fundort der drei Leichen und damit die aktuellste der Taten in Bochum lag, hatten sie die Zuständigkeiten dort belassen.

Bei der Rückkehr auf die Bochumer Dienststelle gab es Lob und Schulterklopfen im Zehnerpack, denn wenn nichts Überraschendes mehr ermittelt wurde, waren diese Täter für alle Opfer, die bekannt waren, verantwortlich. Das machte sich gut in der Statistik. Der kleine Schönheitsfehler, dass Sandra Brouwers ihnen erst mal durchs Netz geschlüpft war, trübte das Ganze nur leicht. Wahrscheinlich hatte sie auch die Beute bei sich, wenn die beiden denn eine solche gemacht hatten. Auch wenn die Frau Übung darin hatte, ihre Identitäten zu wechseln, irgendwann würde sie einen Fehler machen, da war Camilla sich sicher.

Der Schlag auf ihre Nase hatte nur im ersten Moment sehr wehgetan, aber nachdem es zu bluten aufgehört hatte, konnte sie den Schmerz ertragen. Auch die Schwellung sah bis jetzt im Spiegel geringer aus, als es sich anfühlte.

Anna hatte einen Bluterguss zwischen den Schulterblättern, den sie zeigen konnte, weil der Polizeiarzt ihn mit ihrem Handy fotografiert hatte. Aber auch ihre Schmerzen seien zu ertragen, sagte sie.

Die drei hatten sich ein Büro gesucht, um unbehelligt vom großen Trubel konzentriert die Dinge auf den Weg zu bringen, die jetzt anstanden. Sie mussten Martin Henschel anhören, und es war einiger Papierkram zu bewältigen, bevor er in Haft ging. Nebenbei hatte Camilla Frau Dr. Köslin-Richter informiert, dass sie mit ihrer Theorie wahrscheinlich ziemlich richtig gelegen hatten, auch wenn von dem, wie die Taten begangen worden waren, noch vieles im Dunkeln lag.

Die Bürotür öffnete sich, ein Kollege der MK, dessen Namen sie nicht kannte, steckte seinen Kopf durch den Türspalt, zeigte lächelnd und wortlos den Daumen nach oben und verschwand wieder. Die drei sahen sich an und mussten lachen.

Wieder öffnete sich die Tür, und Holger Szymaniak blieb ebenfalls im Rahmen stehen.

»Erstens: Toni und Berthold haben eben angerufen, sie sind mit Henschel auf dem Rückweg. Der Arzt hat ihn für haftfähig erklärt. Sollen sie ihn erst unten ins Gewahrsam stecken oder gleich hochbringen?«

»Was ist denn mit seinem Anwalt?«, fragte Camilla.

»Der sitzt schon seit fast einer Stunde unten in der Schleuse und wartet.«

»Dann sollen sie ihn hochbringen, haben wir das hinter uns. Der wird sowieso nichts sagen.«

»Zweitens«, sagte Szymaniak, »wir gehen heute Abend alle im Bermudadreieck auf das ein oder andere Fiege-Bier. Ich gehe davon aus, ihr seid dabei.«

Sie sahen sich an, und die beiden anderen nickten.

»Wir kommen auf jeden Fall mit«, sagte Deniz, »wie lange, müssen wir dann mal sehen. Wir haben ja eine Fahrgemeinschaft.«

»Der Verkehrsverbund Rhein-Ruhr ist ein zuverlässiger Partner an solchen Abenden, und die fahren bekanntlich auch bis Essen«, sagte Szymaniak im Beraterton, »außerdem haben wir hier bei uns auch diese Autos mit den kleinen gelben Schildern oben drauf.«

Camilla lächelte.

»Wir schauen mal, was draus wird.«

Er schien zufrieden und schloss die Tür.

Nach einer Minute wurde sie erneut geöffnet, und Camilla dachte, dass von ungestörtem Arbeiten offensichtlich sehr unterschiedliche Ansichten bestehen konnten. Die beiden Kollegen, die mit Deniz und Anna in die Wohnung Rohleder gegangen waren, kamen herein.

»Wollten nur mal horchen, wie es den beiden Verletzten geht.«

»Alles gut, halb so schlimm. Heute Nacht eine Kühlkompresse und eine Ibu 600, dann wird das Schlimmste vorbei sein.«

»Bei mir auch, alles halb so wild«, sagte Anna.

»Ja, ist echt blöd gelaufen«, sagte der Größere der beiden, deren Namen sie vergessen hatte, »hätte auch richtig böse ausgehen können, tut mir aufrichtig leid. Aber das einer in 'nem Schrank sitzt, der einen knappen Meter über der Erde anfängt, hatten wir nicht auf dem Schirm. Der hatte die Stange und alle Klamotten da rausgenommen und unters Bett gestopft.«

»Ich hab's auch übersehen«, sagte Deniz, »ich war ja der Erste, war auch mein Fehler.«

»Alles gut. Ich bin zwar nicht so trainiert wie ihr, mich in solchen Situationen zu bewegen, aber mir hätte es ja auch auffallen können, dass da jemand drin sein könnte. Hab ich aber auch mit keinem Gedanken dran gedacht.«

»Ne, ne«, sagte der Kleinere, »das war schon unser Ding, sorry dafür, das hätte echt ziemlich schiefgehen können. Stell dir mal vor, wenn der 'ne Waffe gehabt hätte. Aber nachdem wir den Alten da allein im Sessel sitzen sahen, war uns wahrscheinlich innerlich klar, was los war. War nur leider falsch.«

»Holger sagt, ihr seid heute Abend dabei. Dann geben wir wenigstens einen darauf aus«, mit Entschuldigungsmiene.

Sie grüßten kurz und gingen.

Martin Henschel hatte im Vergleich zu seinen erkennungsdienstlichen Fotos etwas abgenommen, seinen Haaren einen rotblonden Ton verpasst und sich einen Bart stehen lassen. Damit sah er nur noch entfernt so aus wie auf den erkennungsdienstlichen Fotos von vor sechs Jahren.

Natürlich sagte er während der Vernehmung kaum ein Wort. Sein Anwalt war ein Jackett-Jeans-Turnschuh-Typ und darum wahrscheinlich nicht mehr ganz so jung. Sie tippte ihn auf Ende vierzig. Er erledigte seinen Job angenehm unaufgeregt, fand Camilla, was aber nichts heißen musste. Manchmal waren die leisen in der späteren Verhandlung die bissigeren.

Henschels Oberlippe war auf einer Seite geschwollen, und am Auge begann ein Bluterguss sein Farbenspiel. Trotzdem hatte der Arzt ihn für haftfähig erklärt. Es gab Anwälte, die machten bei solch einem Zustand ihres Klienten eine ziemliche Welle, dieser nicht, aber auch das konnte Taktik sein, denn sie standen zwar erst sehr am Anfang der Ermittlungen, aber bisher konnten sie ihrem Beschuldigten ganz konkret noch nicht das Meiste nachweisen.

Der Beschuldigte hörte sich mit reglosem Gesicht Belehrung und Vorwürfe an und unterschrieb dann, dass er verstanden hatte und nichts sagen würde. Der Anwalt erkundigte sich nach dem Termin beim Haftrichter und verabschiedete sich.

Deniz holte sich einen Bochumer Kollegen, der sich im Haus auskannte, und sie brachten Henschel wieder ins Polizeigewahrsam.

In der Hoffnung, dass sie jetzt wirklich eine halbe Stunde ungestört blieb, begann Camilla, den dringenden Tatverdacht zu formulieren, der kein Selbstläufer war. Auch wenn die Situation bei seiner Festnahme eindeutig schien, sie hatten Henschel weder in der Wohnung Wachowiak angetroffen noch eine wirkliche

Spur von ihm dort gefunden, jedenfalls bis jetzt, und wann Rosemarie Wachowiak vernehmungsfähig war, stand noch nicht fest. Sie war das erste Opfer, das überlebt hatte, und damit ihre einzige und wichtigste Zeugin.

»Hast du was mit dem Fahrzeughalter des Golf in Köln erreicht?«, fragte Deniz, als er zurückkam.

»Nein«, sagte Anna, »der Mann lebt noch, und die Kölner Kollegen fahren dort vorbei, um ihn zu befragen.«

Deniz zuckte mit den Schultern.

»Keine Ahnung, was da gelaufen ist, bin mal sehr gespannt.«

Als sie vier Stunden später in der vereinbarten Kneipe ankamen, stand der Großteil der Truppe an mehreren Stehtischen vor angetrunkenen Gläsern, meist Bieren, und stoppte kurz die lebendigen Gespräche.

»Und?«, fragte Holger Szymaniak.

»Was und?«, fragte Deniz und griente wissend, alle sahen ihn an. »Ach, so. Er ist natürlich in Haft gegangen.«

Sofort setzte zustimmendes Gemurmel ein mit einigen »Jawolls« dazwischen.

Ohne dass sie bestellt hatten, drückte ihnen irgendwer jeweils ein Bier in die Hand, und Deniz war sofort mit einem Kollegen und einer Kollegin im Gespräch, die sie bisher an den beiden Tagen nur bei den Besprechungen wahrgenommen hatte. Auch Anna wurde von einem Stehtisch-Team vereinnahmt, wobei die Haltung der männlichen Teammitglieder ein wenig aufrechter wurde und sie zu lächeln begannen, als die junge Kollegin an den Tisch trat.

»Und, Frau Staatsanwältin? Sind Sie zufrieden?«, fragte Holger Szymaniak.

Der Satz klang freundlich und war auch so gemeint. Aber es

war für sie doch ein Unterschied spürbar, der sich nicht nur darin zeigte, dass sie als Einzige gesiezt wurde. Solche Einsätze wie an der Wohnung Wachowiak hatte sie nur wenige miterlebt, aber diese Menschen verband in solchen Situationen etwas, das ihr gefiel. Sie wusste von Deniz, dass er keineswegs mit allen seinen Leuten ganz dicke war, wie er sagen würde, den ein oder anderen auch nicht mochte. Trotzdem war er mit ihnen Teil von etwas, das stark war, sich gut anfühlte, und das es so woanders nicht gab. Als Staatsanwältin war sie sicher näher dran als andere, das spürte sie, aber sie war nicht Teil dessen. Immer wenn sie es erlebte, bedauerte sie das.

»Ja, sehr zufrieden«, sagte sie und stieß mit ihm an.

Das kühle Bier schmeckte wunderbar.

Deniz

Der Anruf, dass Rosemarie Wachowiak aufgewacht sei, kam erst am Nachmittag und erreichte Deniz in seinem Essener Büro. Er informierte Holger Szymaniak in Bochum und schrieb Camilla anschließend eine Nachricht, weil er wusste, dass sie in einer Verhandlung war.

Anna fand er an ihrem Schreibtisch, und sie hatte Zeit und große Lust, dabei zu sein.

Als sie am Büro der Chefin vorbeigingen, rief Brigitte Bellmann hinterher, dass die Pförtnerin auf seinem Anschluss anriefe. Er bat sie abzunehmen, und sie teilte ihm mit, es wolle jemand zu ihm. Er hatte keinen blassen Schimmer, wer etwas von ihm wollte und befürchtete schon, einen Vernehmungstermin verpennt zu haben.

Fünf Minuten später saß Gernot Schneider in seinem Büro, der Bruder des Toten aus dem Zelt im Wald. Der Mann lebte in Chile und wollte etwas über die Umstände wissen, unter denen sein Bruder gefunden worden war.

»Wissen Sie, Herr Müller, der Erwin hat einen Abstieg hingelegt, der von vorne bis hinten wie ein Klischee klingt. Nachdem das Fuhrunternehmen über den Jordan gegangen war, fing er schon verstärkt an zu saufen. Ich meine, gesoffen wird in der Branche immer und überall, aber eben nicht so. Und als er dann durch einen Betrug das Haus in Bredeney verlor, war der Ofen völlig aus.«

»Er ist betrogen worden? Davon habe ich gar nichts in den Akten gelesen.«

»Er hat es auch nicht angezeigt, der Idiot, aus Scham, denke ich. Er hatte sich schon länger völlig zurückgezogen, hatte dann aber wohl Kontakt zu einem Arztpärchen bekommen. Was dann da genau gelaufen ist, kann ich Ihnen nicht sagen. Aber er hat denen wohl zu sehr vertraut, wie er sagte. ›Ich bin so blöd, dass mich die Schweine beißen‹, meinte er damals am Telefon. Ich höre es noch, als wäre es gestern gewesen.«

Bei Arztpärchen schrillten bei Deniz alle Alarmglocken.

»Was ist da genau passiert?«

»Kann ich Ihnen nicht sagen, ich habe damals schon in Chile gelebt. Er hatte sich mal wieder abgeschossen, dieses Mal aber wohl heftiger als sonst, hatte nur Glück, dass eine Nachbarin zufällig was von ihm wollte und ihn im Wohnzimmer hat liegen sehen. Er ist gerade noch gerettet worden, war sogar ein paar Tage im Krankenhaus, aber das Konto war leer.«

»Und tatverdächtig war das Arztpärchen?«

»Jemand anderes kam wohl nicht infrage.«

»Und Ihr Bruder hat keine Anzeige gestellt?«

»Soweit er mir erzählt hat, nein. Er sagte, das könne man niemandem erzählen.«

»Namen hat er nie genannt?«

»Nein, er hat es mir nur mal erzählt, als ich ihn zuletzt gesehen habe. Da lebte er noch in diesem Loch in Altenessen, so lange ist das her.«

Gernot Schneider wollte sogar Fotos von der Situation im Zelt sehen, und Deniz suchte ihm ein paar weniger krasse heraus. Dann bedankte er sich für den Kaffee und die Infos und ging.

»Wie lange bist du noch bei uns?«, fragte er Anna auf der kurzen Fahrt zum Alfried-Krupp-Krankenhaus, »ich weiß, hast du schon mal gesagt.«

»Heute ist mein letzter Tag bei euch.«

»Heute? Ehrlich? Na, dann wollen wir den Fall gemeinsam mal so gut zu Ende bringen wie möglich.«

»Ja, war echt toll, dabei zu sein.« Er sah ihr an, dass sie nachdachte. »Glaubst du, der Bruder von dem eben grad war auch eines der Opfer?«

»Gut möglich. Es klang doch vieles danach, oder?«

»Ja, aber da kann man nichts mehr machen. Und du hast gestern doch auch gesagt, dass wir die Daten von dem Bankmenschen nur drei Jahre zurückverfolgen können.«

»Stimmt.« Er wusste, was kam.

»Das heißt doch, dass wir gar nicht wissen können, wie viele Opfer es gibt, die wir gar nicht kennen. So wie seinen Bruder eben.«

»Richtig, wir können es nur hochrechnen. Wenn wir davon ausgehen, dass Martin Henschel und Oliver Matuschek sich während der Therapie kennengelernt und sich das damals ausgedacht haben oder bald danach, dann fehlen uns etwa zwei Jahre. Und wenn in der Zeit ein Arzt natürlichen Tod bescheinigt und auch sonst keiner was gemerkt hat, sind diese Toten still und leise beerdigt oder verbrannt worden.«

»Ist das nicht frustrierend, so 'n Gedanke?«

»Schön ist es nicht. Aber wenn dich das wirklich belastet, mach lieber was anderes.« Er versuchte ein Lächeln, das dem Satz seinen letzten Ernst nahm. »Wir kriegen sie nicht alle, Anna. Es gibt einen bekannten alten Spruch, weiß gar nicht, von wem der ist: Wenn auf jedem Grab, in dem ein unerkannt Getöteter liegt, ein Licht brennen würde, wären unsere Friedhöfe hell erleuchtet.«

Sie zog eine Fratze.

»Ist ein bisschen düster, das Bild. Aber man weiß aus Untersuchungen, dass ein bis drei Prozent der Tötungen nicht erkannt werden, aus verschiedenen Gründen. Wir, also die Bullerei, haben auch unseren Anteil daran.«

Sie dachte ein paar Augenblicke wortlos nach, sah ihn dann an und lächelte.

»Aber es ist geile Arbeit, trotzdem.«

Rosemarie Wachowiak war wacher, als er erwartet hatte, aber sehr schwach, und ihre Stimme klang dünn und wässrig. Die Ärztin hatte sie gebeten, es sehr kurz zu machen.

Nachdem er Anna und sich vorgestellt hatte, erklärte Deniz der Frau die Ereignisse von gestern, was ein bisschen brauchte, denn der Mann, der sie hatte töten und ausrauben wollen, war in den letzten Monaten im Leben dieser Frau ein Bote der Freude gewesen.

»Das hier ist ein Aufnahmegerät, und ich nehme das mal auf, was Sie sagen, Frau Wachowiak, hinterher schreibe ich es dann auf. Ist das in Ordnung für Sie?«

»Jaja, machen Sie mal.«

»Dann müssten Sie mir diese Einwilligung hier unterschreiben.«

Sie konnte es nur mit Mühe und Unterstützung, und er war froh, dass die Ärztin nicht mehr im Raum war.

»Wie hat sich der Mann Ihnen gegenüber denn genannt, Frau Wachowiak?«

»Er sagte, er hieße Paul Weber und sei Arzt. Und das stimmt gar nicht, sagen Sie?« Sie zog die Stirn kraus und wandte kurz den Blick ab. »Er war so ein feiner Mensch.«

»Ist schwer für Sie zu begreifen, das alles, das kann ich mir vorstellen, wir wollen Sie auch gar nicht lange in Anspruch nehmen. Aber haben Sie eine Erklärung, warum es Ihnen gestern so schlecht ging? Hat er Ihnen ein Medikament gegeben oder sogar etwas gespritzt, wenn er Arzt war?«

Sie blickte ihn wieder an.

»Nein.«

»Ihnen ist einfach so schlecht geworden? Aus heiterem Himmel?«

Die Anstrengung beim Nachdenken war ihr anzusehen.

»Ich habe nur den Saft getrunken.« Wieder wandte sie einen Moment den Blick ab. »Ja, richtig. Ich habe seinen Saft getrunken, danach ging es mir nicht gut.«

»Sie haben Saft getrunken.«

»Ja, Paul hat mir häufiger Saft mitgebracht, so einen besonderen für meine Gesundheit, wie er sagte. Hat mir auch gutgetan.«

»Aber gestern ist es Ihnen danach schlecht gegangen.«

Sie überlegte noch mal und begann zögerlich zu nicken.

»Ja, wenn ich es jetzt überlege. Das mit dem Saft weiß ich noch, und dass ich auf dem Sofa gelegen habe, aber dann weiß ich gar nicht mehr, was passiert ist.«

Er hätte nicht sagen können, ob es mehr Erschöpfung war oder Enttäuschung, was so deutlich aus ihr floss wie Eiter aus einer Wunde, wahrscheinlich beides.

»Noch zwei letzte Fragen, Frau Wachowiak, dann haben wir es fürs Erste geschafft: Hatten Sie Wertsachen in Ihrer Wohnung? Wir haben in der Küche versteckt unter Tellern zwei Schlüssel gefunden, einer davon war für den Schreibtisch. Da waren aber nur Papiere drin, nichts besonders Wertvolles.«

Sie sah ihn an, dann Anna, dann wieder ihn.

»Sie sind ja von der Polizei. Hinter der mittleren Schublade im Schreibtisch ist eine flache Kassette. Darin müsste Geld sein.«

Er sah Anna an.

»Und wie viel Geld müsste da sein?«

Wieder brauchte sie ein paar Augenblicke, um sich zu überwinden.

»Genau kann ich Ihnen das nicht sagen, aber sicher etwa einhundertzwanzigtausend Euro. Mein Mann war immer der Meinung, man habe das besser bei sich.«

Deniz spürte, wie es leise seinen Nacken hinabrieselte.

»Ich kann Ihnen nicht sagen, ob das noch da ist, Frau Wachowiak, aber sobald ich das weiß, werde ich Ihnen Bescheid geben, ja? Eine letzte Frage für heute habe ich noch. Sie haben sich da an der Hand geschnitten? Wissen Sie noch, wie das passiert ist?«

Sie sah ihre Hand an, als sähe sie die zum ersten Mal, betastete mit der rechten das Pflaster, ließ dann beide Hände sinken und blickte zur Seite.

»Nein, ich weiß nichts davon, dass ich mich geschnitten habe.« Wieder dachte sie nach. »Vielleicht habe ich das auch vergessen, aber nein, ich kann mich nicht erinnern, dass ich mich … Paul hat die Waschmaschine repariert, ich habe den Saft getrunken und dann bin ich aufs … Nein, ich kann mich nicht erinnern. Ich dachte, dieses Pflaster hätte man mir hier gegeben.«

»Danke, Frau Wachowiak, das hilft uns sehr.« Ihm fiel das Bild ein. »Ach, jetzt habe ich doch noch eine Frage vergessen, geht aber ganz schnell.«

Er hatte sich entschlossen, auf eine Wahllichtbildvorlage zu verzichten, obwohl er dies hier nicht vor Gericht verwerten konnte, und hielt ihr das Bild von Martin Henschel hin.

»Ist das Paul Weber?«

Sie sah es sich lange an, und in ihrem Gesicht war deutlich der Kampf zu beobachten, der sich in ihrem Innern abspielte und bei dem allmählich Trauer und Enttäuschung siegten.

»Ja, das ist Paul.«

Als sie das Krankenhaus verließen, fiel ihm mit dem zweiten Blick in der Raucherecke am Eingang ein Gesicht auf, das ihm bekannt vorkam.

»Warte mal«, sagte er zu Anna und änderte die Richtung.

»Guten Tag, Frau Berger-Matuschek. Na, wie geht's?«, mit einfühlsamem Ton, hoffte er.

»Es gab schon bessere Zeiten, wie Sie sich denken können.«

»Wir hätten uns heute noch bei Ihnen gemeldet.«

»Warum?«

»Um noch einmal mit Ihnen zu sprechen und zu fragen, was Ihr Mann dazu sagen möchte.«

»Das können Sie ihn selbst fragen.«

»Ohne Anwalt wird er sicher nicht mit mir reden wollen.«

»Wir werden sehen.« Sie drückte die Zigarette aus und ging vor.

Vielleicht bildete man sich das in solchen Situationen ein oder legte es sich hinterher passend zurecht, dachte Deniz, aber Oliver Matuschek sah völlig anders aus als noch vor wenigen Tagen in seinem Büro, was nach einem ernsthaften Selbstmordversuch kein Wunder war. Aber es ging etwas von ihm aus, das vorher nicht da war, als habe sich in ihm eine bisher verschlossene Kammer geöffnet, deren Inhalt jeder Zelle seines Körpers und jeder Faser seines Herzens mitgeteilt hatte, dass ab jetzt alles eine andere Bedeutung haben würde.

»Guten Tag, Herr Matuschek.«

»Guten Tag.« Er nickte beiden kaum merklich zu.

»Bevor wir irgendetwas reden, Herr Matuschek, ist es an der Stelle wichtig, dass ich Sie belehre, dass müssten Sie mir auch unterschreiben. Also ...«

»Sie müssen mich nicht belehren, ich weiß das alles noch vom letzten Mal. Ich muss nichts sagen, Anwalt und so weiter. Ist mir alles klar.«

»Ja, aber jetzt sind Sie ein Beschuldigter, das ist ein entscheidender Unterschied.«

Die ausführliche Belehrung ließ er kraftlos über sich ergehen.

»Ich habe auch das verstanden«, sagte er. »Und ich will jetzt nichts unterschreiben. Ich will Ihnen jetzt nur eines sagen: Ich will nicht mehr lügen. Ich will zu meiner Schuld stehen, auch wenn ich mir damit keine Absolution erkaufen kann, was ich gern täte. Das Schicksal hat zum zweiten Mal mein Angebot nicht angenommen, ich denke, das hat etwas zu bedeuten. Zu all dem, was passiert ist: Ich wusste am Anfang nicht, was mit diesen alten Menschen passiert. Vielleicht habe ich es da schon nicht wissen wollen, vielleicht habe ich mich von Anfang an belogen, darin bin ich ein großartiger Experte, schon mein Leben lang. Aber ab einem gewissen Zeitpunkt habe ich geahnt, was passiert, habe es aber innerlich ignoriert, weil etwas in mir nur an das Geld und das Spielen gedacht hat.« Ihm lief eine Träne über die Wange, auch seine Frau weinte still. »Ich weiß, Menschen wie Sie, wie alle anderen können sich diese Erlösung in dem Moment nicht vorstellen, wenn Sie das befriedigen können, was Sie auffrisst, verlange ich auch gar nicht. Ich weiß nicht wirklich, was mit diesen Menschen passiert ist, will Ihnen nur sagen, dass ich nie selbst Hand angelegt habe. Ich habe nur die Namen der Todgeweihten, wie ich jetzt weiß …« Er hatte Mühe weiterzusprechen. »Ich habe sie weitergegeben. Damit will ich nichts minimieren, meine Schuld ist auch so erdrückend. Aber ich will der Wahrheit Genüge tun.« Er sah seine Frau an, die nahm seine Hand. »Wenn ich wieder bei Kräften bin, will ich Ihnen das meinetwegen auch unterschreiben, aber ich muss mir selbst noch über einiges klar werden. Wenn Sie mir die Zeit geben würden.«

»Ja, natürlich.«

»Können Sie uns jetzt bitte allein lassen? Ich melde mich bei Ihnen.«

Deniz nickte, und sie bewegten sich Richtung Tür. Dort blieb er stehen und wandte sich noch einmal um.

»Sie sollten in Ihrer Lage trotzdem über einen Rechtsbeistand nachdenken, Herr Matuschek. Man kann auch mit einem Anwalt der Wahrheit Genüge tun, jedenfalls mit den meisten.«

Dann gingen sie.

»Für deine Ausbildung: Wir schreiben über so eine Aussage auf jeden Fall einen Bericht«, sagte er, als sie draußen waren. »Bei ihm denke ich das zwar nicht, aber ansonsten ändern Beschuldigte nach dem Besuch eines Anwalts nicht selten ihre Ansichten, was die eigene Schuld angeht.«

Sie nickte, stieg auf der Beifahrerseite ein. Eine ganz Weile fuhren sie wortlos Richtung Präsidium, auch der Funk schwieg.

»Und? Wie war dein letzter Tag bei uns?«

»Ganz schön viel Leben, was man hier so mitkriegt«, sagte sie. Es klang nachdenklich. Und es klang nach Mut.

Alexander, Deniz, Camilla

Beide hatten ihre Gläser schon halb leer getrunken, als er kam, und vielleicht war es sogar schon das zweite Bier. Aber die Redaktionssitzung hatte länger gedauert als angenommen, was an der neuen Chefin lag. Wieder war ihm klar geworden, dass diese gesteigerte Kontrolle irgendwann nicht unproblematisch für ihn werden könnte. Außerdem war es nach seiner Schilderung des Falls und der Beteiligung seines Informanten daran zu einer Diskussion über Scheckbuchjournalismus gekommen, wieder mal.

»Ja, ruht denn am heutigen Abend die repressive Verbrechensbekämpfung in dieser Stadt total, wenn Frau Staatsanwältin mit ihrem Hilfsbeamten dem Alkohol frönt?«

Camilla verdrehte kurz die Augen und grinste.

»Es heißt im Gesetz nicht mehr Hilfsbeamter, schon seit 2004 nicht mehr«, sagte Deniz, »es heißt jetzt Ermittlungsbeamter. Ist das bezeichnend für das Verständnis von Aktualität bei *Watching the West*?«

»Aber am Status hat sich doch nichts geändert, oder? Sie kann dir weiterhin sagen, was du tun musst, oder? Schließt das auch Kaffeekochen und Bierholen mit ein?«

»Hallo, Alex«, sagte Camilla, »schön, dass du da bist. Wie geht's denn so? Und was möchtest du trinken?«

»Was haben die hier? Stauder? Dann dasselbe wie ihr.«

»Das ist Alster, ich muss noch fahren«, sagte Deniz.

Der Kellner verstand sein Zeichen.

»Du hast beim Reinkommen so entgeistert gekuckt, gab's dafür einen Grund?«

»Deniz hatte mir grad erzählt, dass die Frau, bei der wir den Täter festgenommen haben, ungefähr hundertzwanzigtausend Euro in der Wohnung hatte, und die sind weg.«

»Zwar wirklich gut versteckt«, sagte Deniz, »in so einer Art Geheimfach im Schreibtisch. Sind sie aber wohl draufgekommen.«

»Liest man ja häufiger, dass manche so viel Geld zu Hause haben, insbesondere ältere.«

»Einer der Bankmenschen, mit denen ich gesprochen habe, nannte diese Leute Captain Flints.«

»Wie der Pirat aus der Schatzinsel? Witzig. Passt ja«, sagte er.

Der Kellner stellte das Bier vor ihn auf den Tisch und machte einen Strich auf seinem Deckel. Der Mann stutzte, blieb stehen und sah ihn an.

»'tschuldigung, wenn ich frage, aber heißen Sie nicht Rahn?«

»Ja, aber ich bin nicht verwandt, auch nicht entfernt.«

»Wie bitte?«

»Ich bin nicht verwandt und kann also auch keine Geschichten erzählen oder alte Klamotten besorgen.«

Der Mann verzog sein Gesicht.

»Ich weiß nicht, was Sie meinen, aber Sie schreiben doch im Netz bei *WtW* zurzeit über diese Ruinen, oder?«

»Ach, so, ja?«

»Tolle Serie, wollte ich nur mal sagen.«

Mit dem Daumen nach oben ging er.

Die beiden anderen lachten mit leiser Häme.

»Kann man ja nicht ahnen.«

»War übrigens ein wirklich wichtiger Tipp von deinem Neonazi-Informanten. Kannst froh sein, dass keine Belohnung ausgelobt war, sonst kriegte der dafür noch Kohle.«

Deniz erzählte ausführlicher, welche Rolle der weiße Golf bei der Aufklärung und Festnahme gespielt hatte.

»Ohne den Tipp von dem Europcar-Typen wären wir nicht zurückgefahren, und 'ne Stunde später wären die Täter ganz sicher weg gewesen, weil die wahrscheinlich durch unser erstes Klopfen gewarnt waren.«

»Ihr wart zweimal an der Wohnung?«

»Ja«, sagte Camilla, »beim ersten Mal haben wir nur heftig geklopft. Das hat aber nach jetzigem Kenntnisstand gereicht, um sie aufzuscheuchen, denn die waren zu der Zeit schon in der Wohnung. Und es hat der Frau vermutlich das Leben gerettet, weil ihr wohl nicht mehr das Insulin oder Kalium gespritzt worden ist, sagt jedenfalls die Ärztin.«

Deniz bestellte für die beiden noch einmal dasselbe.

»Wie kann so was möglich sein«, fragte er, »dass die so nah an die Leute rankamen, nah genug, um sie auszunehmen, deren Bankdaten zu erfahren und was weiß ich?«

»Nach dem, was wir bisher ermittelt haben, hatten die Alten zwar Geld, aber zum Teil null Kontakte.« Camilla wartete, bis der Kellner die Getränke abgestellt hatte. »Manchmal kam einmal die Woche ein Einkaufsservice vom Roten Kreuz, manchmal alle drei Wochen der Friseur oder die Fußpflege oder ein Arzt. Ansonsten saßen die meist den ganzen Tag allein vorm Fernseher.«

Einen langen Moment sagte niemand von ihnen etwas, und es war nur der Klang der Kneipe zu hören, der im Wesentlichen aus den Gesprächen und dem Lachen anderer Menschen bestand, und schon oft hatte er den Gedanken, dass kaum etwas anderes so sehr nach Leben klang.

Irgendwann verabschiedete sich Deniz, weil er noch einen Termin hatte.

Nach drei weiteren Strichen auf ihren Deckeln zahlten auch Alex und Camilla und gingen zum Taxistand an der U-Bahn-Station Rüttenscheider Stern. Für eine gemeinsame Fahrt lagen ihre

Wohnungen zu sehr in entgegengesetzter Richtung, so standen sie zur Verabschiedung voreinander und umarmten sich.

»Hab ich dir schon mal gesagt, dass bei dir allumfassend eine nahezu vollständige Kongruenz mit den Kriterien meines persönlichen Attraktivitätenkatalogs besteht?«

»Wie bitte?« Sie schüttelte ein wenig unwillig, aber schmunzelnd den Kopf.

»Ich finde, du bist eine seelische und körperliche Schönheit.«

Ihr Lachen war fast nicht als solches zu erkennen.

»Du bist schlicht verrückt. Ich geh jetzt lieber schlafen.«

Damit löste sie sich von ihm, nahm das erste Taxi in der Reihe und fuhr.

Als eine Stunde vergangen war, wusste Deniz, dass die Frau, die er als »Jenny« kennengelernt hatte, nicht mehr kam. Der Grund, warum sie sich nicht meldete, war ihm nicht klar. Es kam kein Anruf, keine Antwort auf seine WhatsApp, nichts. Er hoffte, dass nichts Ernstes passiert war, ein Unfall oder etwas Ähnliches. Eigentlich war das letzte Treffen doch sehr zufriedenstellend verlaufen, auch körperlich, wenn die Selbstüberschätzung sein Urteilsvermögen nicht vollkommen trübte, und sie hatte ja auch noch mal zugesagt. Vielleicht war ihr im letzten Moment aufgefallen, dass zweimal mit demselben doch zu viel Nähe für sie war. Hatte er selbst bis jetzt auch immer vermieden, Wiederholungen. Aber bei Jenny gefiel ihm der Gedanke an diese leise Vertrautheit nach so 'nem Abend. War das okay?

Er nahm die Flasche Sekt, die er mitgebracht hatte, aus der gekühlten Minibar, öffnete sie und trank einen Schluck. Aus dem Fenster hatte er einen freien Blick auf den Florianturm, der farbig in den Dortmunder Himmel ragte, an dem er ein paar Sterne erkennen konnte. Als er die halbe Flasche intus hatte, entschloss er sich, auch den Rest zu trinken und nicht mehr nach Hause zu fahren. Die Kohle fürs Zimmer war eh weg. Er öffnete das Fenster und ließ die Kühle und den Klang der Stadt herein. Was Camilla wohl grad machte, fragte er sich und stellte sich ihr Gesicht vor. Lächelnd.

Alex schleifte einen der Stühle vom Kunstrasenplatz über den Kies an die Brüstung, setzte sich und legte die Beine auf die Blechverkleidung. Nach dem ersten Zug von einer vorgestern angerauchten Tüte, die er noch gefunden hatte, legte er den Kopf in den Nacken und suchte nach den Sternbildern, die er kannte. Beim Schwan war er sich nicht sicher.

In seinem Kopf regnete es Bilder aus den letzten Tagen, von all den Toten, den Orten und dem Moment, sich allein in dieser Klinik zu bewegen. Hatten etwas gemeinsam, diese Menschen und Orte, fand er. Beide alt, vergessen, ein wenig beschädigt, trotzdem war ihre vergangene Schönheit noch erkennbar, ging manchmal noch Faszination von ihnen aus. Jetzt umgab sie vor allem Einsamkeit, nach einem Leben voller Begegnungen.

Wie es war, neben einem Menschen aufzuwachen, hatte er in der kurzen Zeit des Irrtums seiner Ehe erfahren. Lange her. Wie es war, neben einem Menschen aufzuwachen, bei dem man sich wünschte, dass das immer der Fall sein sollte, auch wenn es mal nicht so war, das wusste er nicht. Und wahrscheinlich war so etwas nur herauszufinden durch einen Praxistest, was nicht ohne Risiko war. Er fragte sich, warum er sich ausgerechnet diese Situation vorstellte. Vielleicht besaß ja genau dieser Moment all jene Kriterien, die für diesen Wunsch und die Beantwortung dieser Frage wichtig waren. Nicht der erste Blick, nicht der Sex, nicht die gemeinsamen Kinder, Hobbys oder Gesprächsthemen, sondern morgens mit Mundgeruch, ungeschminkt an Körper und

Seele, müde, noch nicht im Vollbesitz seiner körperlichen und schon gar nicht seiner geistigen Fähigkeiten mit teilweise extremem Harndrang neben sich zu schauen und sich genau diesen Menschen, dem es genauso ging, in diesem Augenblick dort zu wünschen. Er stellte sich vor, neben Camilla aufzuwachen. War angenehm, der Gedanke.

Als Camilla in Unterwäsche mit einem Bier aus ihrer Küche kam und ins Schlafzimmer ging, fiel ihr auf, dass die Spur ihrer Klamotten vom Flur übers Wohnzimmer bis zum Bett etwas Filmreifes hatte. Mit dem Unterschied, dass diese Spur in Filmen meist aus den Klamotten von zwei Menschen bestand, die am Ende der Kamerafahrt irgendwie Sex hatten. Sie machte das Licht aus, öffnete das Fenster und legte sich aufs Bett. Der erste Stern, den sie am Himmel ausmachte, entpuppte sich als ein Flugzeug und verschwand ziemlich schnell, aber als sich ihre Augen an die Dunkelheit gewöhnt hatten, fand sie tatsächlich ein paar Punkte, die ihren Platz behielten. Fixsterne. Sie hatte zu viel getrunken, um noch einen Gedanken klar zu Ende zu bringen. Ihr kamen Bilder von all der Aufregung gestern, dem Geschrei, der Anspannung und dem Schmerz, und wie ernsthaft und zielstrebig sie Deniz dabei erlebt hatte, der in anderen Momenten das völlige Gegenteil von all dem sein konnte. Sie dachte an Alex und versuchte amüsiert, seine Formulierung über ihre Attraktivität noch einmal auf die Reihe zu bekommen. Vergeblich. Dann kam zuerst der Gedanke, aber fast gleichzeitig mit ihm eine fast kindliche Verstohlenheit, als sei diese Frage etwas Peinliches, Unpassendes oder Verbotenes. Sie fragte sich, wen von den beiden sie jetzt, in diesem Moment, lieber bei sich hätte.

Sie wusste es nicht.

Dank

Die Entstehung auch dieses Buches kam nicht ohne vielfältige kollegiale, freundschaftliche und sehr wohlwollende Unterstützung aus.

Weil ich auch nach fast 46 Dienstjahren viele Dinge bei der Polizei nicht weiß und von Kolleginnen und Kollegen lernen kann, danke ich Alexander Scholz vom PP Bielefeld herzlich für alles, was er mir über Todesermittlung erzählt hat.

Ich danke sehr meinem früheren Büropartner (Stubenkamel) Thomas Böckler für die vielen hilfreichen Tipps, Einschätzungen und Betrachtungen, auch wenn wir uns nicht mehr gegenübergesessen haben.

Großer Dank ebenso an Claudia Bosse von der Staatsanwaltschaft Bielefeld für äußerst wertvolle Einblicke in den Alltag einer Staatsanwältin und Kap-Dezernentin. Hat mir sehr geholfen.

Herzlicher Dank an einen sehr hilfsbereiten Kollegen von der Bielefelder Polizei, der mir vieles von dem nahegebracht hat, was beim polizeilichen Blick auf die Stadt Essen besonders relevant ist.

Ein ganz besonderer Dank geht an meine Kollegen Alper Yesilyurt und Mustafa Aydemir für ihr Vertrauen, mich daran teilhaben zu lassen, was es bedeutet, in Nordrhein-Westfalen ein Polizist mit türkischen Wurzeln zu sein. Ich hoffe, ich konnte Deniz ein wenig davon mitgeben.

Viele Jahre ging das nur anonymisiert, jetzt endlich kann ich auch einer Frau namentlich danken, die mir jederzeit mit wertvollem Rat bei Fragen der Gerichtsmedizin beisteht. Also: Herzlichsten Dank an Dr. Karin Varchmin-Schultheiß.

Dank auch den Mitarbeitern der Agentur Thomas Schlück für die stets wertschätzende Zusammenarbeit.

Mein Dank natürlich an Barbara Heinzius vom Goldmann Verlag für so, so vieles in all den Jahren, besonders aber, auch beim neunten gemeinsamen Buch, für ihr großes Vertrauen in meine Texte.

Dank auch meinem Lektor Gerhard Seidl für die immer wieder wundervoll leichte und so fruchtbare und freundschaftliche Zusammenarbeit. Und endlich waren wir mal gemeinsam essen.

Großer Dank wie immer an meine Familie, und hier zunächst an unsere Kinder Julia und Lukas, dass sie mein Schreiben auch aus der Ferne jederzeit so begeisternd und motivierend begleiten.

Unter den unzähligen Gründen für den umfassenden Herzensdank an meine Frau Elke ist vielleicht jener für ihre Nachsicht hervorzuheben, Nachsicht dafür, dass ich meine Schreibphasen immer noch nicht anders gestalte. Es wird der Tag kommen …